Martin Schöne

Wolf spielt das Lied vom Tod

Martin Schöne, geboren 1968 im Westerwald. Nach dem Studium der Geographie arbeitete er als freischaffender TV-Produzent im Bereich Kriminalliteratur. Zurzeit ist er als Redakteur bei 3sat *Kulturzeit* tätig und hat dort eine monatliche Krimi-Kolumne. Er ist Mitglied in der Jury für den Deutschen Kurzkrimi-Preis und Mitglied in der Jury des Rudolph Dirks Awards der Deutschen Comic Con. Für die Dokumentation »Marek Krajewski – Tod in Breslau« erhielt er 2009 den Deutsch-Polnischen Journalistenpreis.
Der Titel »Wolf spielt das Lied vom Tod« aus seiner Thriller-Reihe um den coolen Ex-BKA-Zielfahnder Tom Wolf ist sein erstes Buch bei KBV.

MARTIN SCHÖNE

WOLF
spielt das Lied vom Tod

KBV

Originalausgabe

www.kbv-verlag.de
E-Mail: info@kbv-verlag.de
Telefon: 0 65 93 - 998 96-0
Fax: 0 65 93 - 998 96-20
Umschlaggestaltung: Ralf Kramp
unter Verwendung von:
© luckyjoy7 und © trendobjects - www.fotolia.de
Lektorat: Volker Maria Neumann, Köln
Druck: CPI books, Ebner & Spiegel GmbH, Ulm
Printed in Germany
ISBN 978-3-95441-361-4

Dämonen.
Man kann ihnen nicht entkommen.
Schon gar nicht den eigenen.

1

Tote.
Überall.

2

Viel zu heiß.
Zum Sterben.
Für nur irgendwas.

Es hilft nichts. Ein weiteres Kreuz wird in die knochentrockene Erde getrieben. Seit Wochen kein Regen. Luft, die steht. Still und schwer. Der Schrei einer Möwe. Seltsamerweise. Das hier ist Berlin. Nicht Malta. Doch die Sonne verbrennt auch hier alles. Die Bäume. Das Gras. Das Leben. Sie kennt kein Erbarmen.

Den Toten ist es egal.

Die beiden Friedhofsgärtner machen ihren Job. Wischen sich Schweiß von der Stirn. Der Minibagger ist schon weg. Erde türmt sich. Ein Spaten wie ein weiteres Kreuz. Staub zu Staub. Von Asche keine Spur. Ein letzter Schlag. Dann packen sie die Werkzeuge zusammen. Verschwinden schnell zwischen Heiligen und Engeln.

Im Hintergrund Hochhäuser. Nicht schön, aber funktional. Satellitenschüsseln an Balkonen. Sonnenschirme. Markisen. Mietskasernen. In Grau und Beige. Getrennt durch azurblauen Himmel. Kondensstreifen von

Flugzeugen. Eine Propellermaschine zieht ein Banner. *Jesus lebt.*

Gut zu wissen. Denn hier ist der Tod zu Hause. Schleicht um die Gräber herum. Sitzt in den Wipfeln der Bäume. Umschmeichelt die Grabsteine. Die Sense bereit. Wartet. Still und geduldig. Irgendwann kommen sie alle.

Eine kleine Trauergemeinde nähert sich.

Lautlos. Die Hitze schluckt die Geräusche. Lässt sie tanzen wie zu stummer Musik. Ein Walzer in b-Moll. Vorneweg ein Priester. Es folgen die Träger. Der Sarg schwer zwischen ihnen. Angehörige in Schwarz dahinter. Männer. Frauen. Kinder. Die Gruppe stoppt. Der Geistliche bleibt seitlich der Grube stehen. Dreht sich zu den Wartenden. Schweigt. Ein feierliches, ernstes Gesicht. Zur Schau gestellte Trauer.

Jesus lebt.

Die sechs Sargträger setzen sich in Bewegung. Jeweils drei von ihnen rechts und links an der Grube vorbei. Ihre Last genau über die quer ausgelegten Balken. Ein stilles Kommando. Vorsichtig lassen sie den Sarg hinab. Treten zurück. Die Hände vor dem Körper verschränkt. Den Kopf gesenkt. Still stehen sie da.

Bewegung.

Die Trauernden bilden einen Halbkreis.

Zwei Familien. Ein dürrer, großer Mann, dessen graue Haare fingerlang starr nach oben stehen. Als hätte ihn jemand gekrönt. Tiefe Furchen zerteilen sein Gesicht. Er hält sich militärisch gerade. Doch seine Schultern verraten ihn. Ein weiterer einzelner Mann südländischen Aussehens. In glänzenden schwarzen Schuhen. Braun gebrannt. Pechschwarzes Haar. Eine gefaltete, maltesische Flagge in den Händen. Ein gut aussehender, junger Mann im Rollstuhl. Die Hände verbunden. Eine tätowierte, junge Frau greift seine Schulter. Formen und Farben wachsen auf ihren nackten Armen nach unten. Selbst die Hände sind bedeckt von Tattoos. Sie senkt den Kopf. Blonde, kurze Haare. Eine einzelne blaue Strähne fällt ihr ins Gesicht. Daneben eine weitere Frau. Älter. Ihr Haar zu einem Pferdeschwanz gebunden. Eine Schönheit. Klassische Züge. Auch sie hält sich gerade. Doch es ist eine bewusste Haltung. Gezwungen. Eine Art Panzer, der sie schützen soll. Als stemmte sie sich der Trauer entgegen. Ein afrikanisches Kind an der Hand, ein Kleinkind auf dem Arm. Eine italienisch aussehende Familie komplettiert die Gemeinde. Ein kleiner, schmaler Mann mit seiner hübschen Frau. Zwei Kinder. Ein Mädchen. Ein Junge.

Alle schwitzen.

Alle schweigen.

Alle hassen den Tod.

Jesus lebt.

Die Propellermaschine verschwindet hinter den Baumwipfeln. Das Motorengeräusch ebbt langsam ab. Dann wird es seltsam still. Als hielten die Menschen die Luft an. Als warteten sie auf Antworten von Fragen, die keiner von ihnen beantworten kann.

Warum?

Warum jetzt?

Warum er?

Verdammt noch mal: Warum die ganze Scheiße?

Stille breitet sich aus wie zähflüssiger Stahl bei der Schmelze. Jetzt wird es ihnen bewusst. In diesem Augenblick. Es gibt keine Antworten. Nicht hier. Nicht heute. Wahrscheinlich niemals mehr. Davor haben sie sich gefürchtet.

Es hilft nichts. Der Geistliche setzt noch einmal zu einer Predigt an. Spricht von Freundschaft und Familie. Von Verlust und Trost. Dass das Leben mit dem Tode nicht zu Ende sei. Daran kann man glauben oder nicht. Dennoch spüren die Trauernden Verbundenheit. Jedem von ihnen gibt sie Halt. Trotzdem weinen die Frauen und Kinder. Oder gerade deswegen. Sie halten sich an den Händen. Tränen. Wenigstens daran glauben sie.

Erhobene Arme. Der Geistliche spricht den Segen. Schließt für einen Moment die Augen. Nickt dann den Trägern zu. Hände, die Taue packen. Ziehen. Der Sarg wird angehoben. Hände, die Balken beiseite räumen. Vorsichtig wird die Last in die Tiefe gelassen. Hände, die Taue herausziehen. Die Füße der Helfer. Hintereinander gehen sie in Richtung Kapelle davon.

Der Geistliche tritt an den Rand des Grabes. Nimmt den Spaten aus der Erde. Lässt Staub auf den Sargdeckel fallen. Murmelt unverständliche Worte. Bekreuzigt sich. Tritt dann zurück. Überlässt das Ritual den Trauernden.

Nacheinander treten sie an die Grube. Staub vermischt sich mit Tränen.

Der Mann im Rollstuhl ringt nach Fassung. Kramt in der Tasche. Lässt eine Postkarte in die Tiefe segeln. Ballt die verbundenen Fäuste. Die junge Frau drückt seine Schulter. Küsst ihn auf den Kopf. Schiebt ihn in den Schatten. Macht Platz für die Frau mit dem Kleinkind. Den afrikanischen Jungen an sich gedrückt, geht sie in die Knie. In der freien Hand hält sie eine rote Rose. Lässt sie in die Grube hinabfallen. Ihre Schultern beben. Der kleine Italiener zieht sie hoch. Umarmt sie. Spricht beruhigend auf sie ein. Wischt ihr eine Träne von der Wange. Dann nimmt auch seine Familie Abschied.

Der Mann mit den glänzenden Schuhen ist als Nächster an der Reihe. Im Stillen ein Gebet. Unchristlich garniert mit Schimpfwörtern und Flüchen. Obwohl er durch und durch Katholik ist. Er kann nicht anders. Nicht heute. Nicht hier. Nicht jetzt. Freitag wird er zur Beichte gehen. Dann ist er zurück auf seiner Insel.

Er kocht innerlich. Ist wütend und verzweifelt gleichermaßen. Hält seine Fassade aber aufrecht. Zwischen seinen Fingern gleitet die Flagge auf den Sarg. *Adieu, mein Freund*. Er hebt den Kopf. *Farewell, Alter*. Ein letzter, kameradschaftlicher Gruß. Sieht mit einer Mischung aus Trauer und Wut auf den Namen. Jemand hat ihn ins Kreuz geschnitzt. Geschwungene Zeichen. Kerben. Mit schwarzer Farbe gefüllt. Kann es immer noch nicht glauben. Liest die Buchstaben und Zahlen. Immer und immer wieder.

W

o

l

f

Darunter.

1964

-

2016

Er schüttelt den Kopf.

Warum, mein Freund?! Was ist schiefgegangen?! Was, verdammt noch mal.

Hat genug. Will weg. Dreht sich um. Geht.

Die Gemeinde schließt sich ihm an. Der Pfarrer folgt in kurzem Abstand. Nur der Mann mit den grauen Haaren bleibt zurück. Er will allein sein mit dem Toten. Wartet, bis Büsche und Bäume die anderen schlucken. Dann tritt er vor, den Blick auf den Eichensarg gerichtet. Legt den Kopf schief. Ein Lächeln umspielt seine Lippen, das zu einem Grinsen wächst.

»Leb wohl, treuer Kamerad«, murmelt er.

Er lauscht noch eine Weile den sich entfernenden Stimmen. Freut sich auf die Trauerfeier und darauf, dass es noch nicht vorbei ist.

»Man kann nicht immer gewinnen, Wolf.«

Er senkt den Blick. Spuckt in die Grube. Legt den Kopf in den Nacken. Beginnt zu lachen. Lauthals. Er schließt die Augen. Genießt seinen Triumph. Kostet ihn aus. Atmet noch einmal tief durch. Will gehen. Dreht sich um …

… und stirbt.

Er hat den Schuss nicht einmal mehr gehört.

Das Stück Blei zerschneidet den Nachmittag in zwei Teile. Das Projektil trifft ihn mittig in die Stirn. Und tritt am Hinterkopf wieder aus. Gehirnmasse und Knochensplitter spritzen auf Kreuz und Erde. Feiner Blutnebel steht einen Moment in der Luft. Dann trägt eine Böe ihn fort in die Ewigkeit. Wie in Zeitlupe kippt er nach hinten. Hinein in das ausgehobene Grab.

Sein Leben versickert im Staub.

Viel zu heiß.

Aber nicht zum Sterben.

Zwei Wochen zuvor …

3

Das Leben war wieder in den richtigen Bahnen. Beileibe nicht perfekt – eigentlich ein gutes Stück entfernt davon –, aber ich freute mich auf die Zukunft. Fühlte mich den Umständen entsprechend prächtig. Ich war soeben mit Anke aus Malta zurückgekommen. Beide knabberten wir an den Geschehnissen der letzten Woche. Waren ziemlich lädiert. Konnten von Glück sagen, am Leben zu sein. Folter. Kampf. Verlust. Aber ich würde mich schnell erholen. Hatte schon Dutzende solcher Schlachten geschlagen. Es gehörte zum Geschäft. Das war mein Leben. Immer schon gewesen.

Anders Anke. Entführung. Tod. Trauma. Ihr ging es schlecht. Richtig schlecht. Auch jetzt noch. Alles kam hoch. Für sie war es die Hölle. Sie war einfach nicht dafür gemacht. Was sie brauchte, war Ruhe. Die Wunden waren das eine. Sie würden heilen. Die verletzte Seele das andere. Zeit. Nichts anderes würde helfen.

Jetzt Berlin – eine Wohltat.

Mein bester Freund Mauro hatte uns am Flughafen erwartet. Uns chauffiert. In Watte gepackt. Umsorgt. Ein richtiger Freund. Mehr noch, Familie. Das alte Appartement neben seiner Werkstatt. Hier hatten wir ein gemachtes Nest vorgefunden. Frisch renoviert. Liebevoll eingerichtet. Erstbezug sozusagen. Sogar an Blumen hatte er gedacht. An Vorhänge und Bilder. Frische Bettwäsche. Neue Fußmatte. *Crime scene – do not cross.* Ich liebte seinen Humor. Alles schrie Geborgenheit. Frieden. Stille. Hier konnten wir in Ruhe unsere Wunden lecken.

Jetzt wollte ich raus auf die Bahn.

Raus, den Kopf freikriegen. Kilometer fressen. Den Asphalt bügeln. Ich rutschte auf den Fahrersitz meines BMW. Wie hatte ich ihn vermisst. Drehte den Schlüssel. Lauschte dem sämigen Klang des 6-Zylinders. Schloss die Augen. Spürte die seichten Vibrationen. Das vertraute Kribbeln. Die automobile Schönheit entlockte mir einmal mehr ein Lächeln. In dieser Sekunde tickte die Uhr langsamer. Das Leben verdichtete sich auf das Jetzt. Genau das, was ich brauchte.

Ich öffnete die Augen.

Wollte den ersten Gang einlegen. Gas geben. Doch mein Blick fiel auf einen Zettel unter dem Scheibenwischer. Im ersten Moment dachte ich an eine Nachricht von Mauro. Daran, dass er mich und Anke nicht mehr stören wolle. So war er, rücksichtsvoll. Galant. Ganz der sizilianische Gentleman.

Ich stieg aus.

Der Zettel war eine Postkarte. Keine Adresse. Keine Briefmarke. Kein Stempel. Nichts. Ich drehte sie zwischen den Fingern. Verharrte.

Ein Satz.

In Bleistift: *Es war schön, Dich wiederzusehen, Wolf.*

Mein Körper reagierte, bevor der Verstand auch nur ansatzweise arbeitete. Ich stand unter Strom. Hörte mein Blut in den Ohren rauschen. Schweiß brach mir aus. Meine Hände kribbelten. Wurden heiß. Kalt. Heiß. Ich stützte mich am BMW ab.

Eine Postkarte.

Sechs beschissene Worte.

Vergangenheit. Gegenwart. Zukunft. Alles verschob sich. Alles verdichtete sich.

Sechs beschissene Worte.

Einmal im Jahr. Zum Geburtstag. Nur ein Mensch wusste von den Karten. Diesen bitteren Worten. Nur einem Menschen hatte ich jemals davon erzählt. Nicht Anke. Nicht Mauro.

Nein.

Philip.

Mein Blick fiel wieder auf die Karte in meiner Hand. Philip war hier auf dem Grundstück der Werkstatt gewesen. Ich sah mich um. Nichts. Lief ans Tor. Niemand. Die Straße. Leer. Verwaist. Ich lehnte mich mit dem Rücken an die Mauer. Rutschte langsam hinunter, bis ich saß. Die Karte glitt mir durch die Finger, überschlug sich mehrmals in der Luft. Blieb mit der Schrift nach oben liegen. Wieder las ich die Worte. Über Kopf.

Es war schön, Dich wiederzusehen, Wolf.

Wann? Wo? Meine Gedanken flogen zurück.

Es war schön, Dich wiederzusehen, Wolf.

Dann sah ich es vor mir.

Falsche Nase. Falsches Kinn. Falsche Wangen. Alles passte nicht richtig zusammen. Falsche Augen. Schwarz, nicht blau. Die falsche Stimme. Zu tief. Viel zu tief.

Nicht Philip, hatte ich gedacht.

Ich hatte mich geirrt. Hatte ihn nicht erkannt. Mister Romero – so hatte er sich genannt. Der, der mir auf Malta alles besorgen konnte. Waffen. Geld. Mädchen. Sogar eine Familie. Wenn ich wollte. Der, der mir so fremd gewesen war. Für meinen Vater gearbeitet hatte. Mir sein Lächeln geschenkt hatte. Jetzt wusste ich warum.

Mister Romero war Philip.

Philip war Mister Romero.

Der Operationssaal im Keller meines Vaters. Schönheitschirurgen. Blitzende Skalpelle im Neonlicht. Plan B. Der beschissene Plan B. Weil mich mein Vater nicht locken konnte. Alles fügte sich zusammen. Philip hatte die Nachfolge des großen *L'imperatur* auf Malta angetreten. So sah es aus. Es hatte direkt vor mir gelegen. Zum Greifen nahe.

Mit Sicherheit hatte sich mein Vater das etwas anders vorgestellt. Doch er hatte die Geister selbst gerufen. Dafür hatte er mit dem Leben bezahlt.

Hatte wirklich Philip ihm die Kehle durchgeschnitten? Von einem Ohr zum anderen? Ihn in seinem Rollstuhl verbluten lassen. Mit der Stirn auf der kalten Tischplatte. Zugesehen, wie alles aus ihm heraussprudelte? Er zuckte und würgte, bis er schließlich an seinem eigenen Blut ertrank?

Unvorstellbar ...

Es war schön, Dich wiederzusehen, Wolf.

Philip lebte, verdammt!

Mehr noch. Er war in der Nähe. Spielte mit mir. Verhöhnte mich. Ich griff nach der Postkarte. Stand auf. Ging nachdenklich zurück ins Haus.

Das Leben kotzte mich einmal mehr an.

4 Der Mann auf dem Dach gegenüber fluchte stumm. Die Zeit wurde knapp. Verdammt knapp.

Sein Ziel war früher aus Malta zurückgekehrt, als er gedacht hatte. Er hatte es soeben noch hier raufgeschafft. War schon einmal auf diesem Gebäude gewesen. Hatte es ausgekundschaftet. In aller Ruhe. Wusste, worauf er achten musste. Es war perfekt. Ein Glücksfall.

Er hatte schon ganz andere Bedingungen vorgefunden. Einsehbare Positionen. Belebte Orte. Tage, an denen es so kalt war, dass er die Finger kaum warmhalten konnte. Finsterste Nacht. Sandstürme. Gegenlicht. Manchmal ging es nicht anders. Aber hier und jetzt hatte er Glück.

Nichts hatte sich verändert. Das Schloss zur Dachluke unberührt. Der Tropfen Wachs noch an Ort und Stelle. Er hatte ihn auf das Loch des Schließzylinders gegeben. Wie er es gelernt hatte. Absicherung. Akribie. Nichts dem Zufall überlassen. Gute Vorbereitung war die halbe Miete.

Er war Profi.

Vorsichtig hob der Mann den Kopf. Sah über die kniehohe Brüstung. Wolf auf dem Bürgersteig. Geschätzte fünfzig Meter entfernt. Den Rücken an der Werkstattmauer. Wolf saß auf dem Präsentierteller. Ahnungslos. Ganz in seine Welt versunken.

Es wurde Zeit. Der Mann zog den Kopf wieder ein. Seine Finger fanden den Reißverschluss der Segeltuchtasche, die neben ihm lag. Er öffnete sie. Ertastete den kühlen Körper der Waffe. Mit einer flüssigen Bewegung hob er sie an. Griff mit der anderen Hand den Lauf. Steckte beide Teile zusammen. Klappte das Zweibein aus. Er konnte sich auf seine Finger verlassen. Sie arbeiteten selbstständig. Schnell. Zuverlässig. Blind konnte er die Sako zusammensetzen. Im Schlaf.

Wenn es sein musste.

Den Schalldämpfer hatte er im Wagen vormontiert. Das hatte ihm einfach ein gutes Gefühl gegeben. Da war er abergläubisch. Ein Ritual. Die Schulterstütze. Passgenau rastete sie ein. Das Gewicht der Waffe angenehm vertraut. Eine seltsame Ruhe breitete sich in ihm aus.

Eine Patrone vom Kaliber 7,62 x 51 mm NATO.

Fünf davon hatte er vor sich aufgestellt wie brave Soldaten. Mehr als einen Schuss würde er nicht brauchen. Die Fünf war seine Glückszahl. Der Verschluss lief butterweich. Er ließ die Patrone in die Kammer gleiten. Lud behutsam durch. Ein leises Klicken – kaum hörbar. Perfekt.

Fast.

Er legte die Waffe auf die Dachpappe. Ließ die Knöchel seiner Schusshand knacken. Eins fehlte noch: die Laservisiereinheit. In der Seitentasche. Eingeschlagen in ein Tuch. Er holte sie heraus. Wickelte sie aus. Hob sie ans linke Auge. Wieder riskierte er einen Blick. Der Entfernungsmesser zeigte genau vierundfünfzig Meter an.

Wolf hatte sich nicht von der Stelle gerührt. Kauerte immer noch am Boden. Das perfekte Ziel. Für einen

Scharfschützen ein Kinderspiel. Fast schon eine Beleidigung.

Er war Profi.

Kurz setzte er das Zielfernrohr ab. Aus beiden Augen ließ er den Blick über die Dächer der benachbarten Industriebauten gleiten. Zur Linken ein metallverarbeitender Betrieb. Ein Küchengeschäft. Ein Gebrauchtwagenhändler. Weiter hinten der schmucklose Komplex einer Speditionsfirma. Zur rechten Brachland. Im Anschluss ein Schrottplatz. Vor sich die Sportwagenschmiede M+M. Die Fensterfront von Wolfs Appartement – gute achtzig Meter entfernt.

Auch hier ein ideales Schussfeld.

Wieder fixierte er Wolf.

Die Karte zwischen den Fingern, verschwand dieser soeben durchs Tor zur Werkstatt. Die Mauer schluckte ihn. Toter Winkel. Ein Blick zum Schornstein über den Garagen. Das Windfähnchen. Schlaff. Der Mann auf dem Dach grunzte.

Die Visiereinheit.

Die Sako.

Warten.

5

Anke.

Wolf hatte sie allein gelassen. Er wollte raus auf die Straße. Den Kopf freibekommen. In den BMW und ab. Sie liebte ihn dafür. Er spürte, wenn sie Zeit für sich brauchte. Sie lächelte. Das erste Mal, dass ihr das bewusst auffiel.

Fühlte sich so Glück an? Bald würden sie eine Familie sein. Bald würden sie den Jungen aus Malta nach Berlin holen.

Beschwingt zog sie sich aus. Bis auf die Unterwäsche. An Philip wollte sie jetzt nicht denken. Erst morgen wieder. Dieser Moment gehörte ganz ihr selbst. Eine Dusche. Heißes Wasser. Den Dreck abspülen. Die Erinnerungen. Scheiß auf die Wunden. Sie war in Sicherheit. Sie war bei ihm.

Sie schlüpfte ins Bad. Sah sich im Spiegel lächeln. Zwinkerte sich zu. Stellte das Wasser an. Ein Piepsen. Ihr Handy. Eine SMS.

Wolf, dachte sie. Ihr Herz hüpfte.

Sie ging zurück in den Wohnraum. Kramte das Handy aus den Taschen ihrer Jeans. Rief die Benachrichtigungen auf. Erstarrte.

Nein.

Nein.

Nein.

Von ihnen.

Da stand: *ES GEHT LOS.*

Nur drei Worte.

Wie ICH DREH DURCH.

Die Welt zerriss. Ihr Traum löste sich auf. Stattdessen war da etwas anderes. Der Drang, einfach wegzulaufen. Einfach raus hier. Weg. Alleine sein. Verkriechen. Für Immer. Und ewig.

Fast hätte sie sich übergeben.

Ihr Glück zerfiel. Wolf. Der Junge. Frisch adoptiert. Die Familie. Endlich wieder. Aber sie hatten sie in der Hand.

Der Teufel.

Das Pack.

Kein Entrinnen.

Niemals.

Ihre Gedanken kreisten um Wolf. Im Kopf suchte sie nach Worten. Wie erklären, was nicht zu erklären ist.

»Wie feige ich bin«, murmelte sie. »Wie gern würde ich alles rausschreien, Geliebter. Lies meine Gedanken.«

Verdammt.

Lies sie:

Wolf, ich liebe dich.

Aber ich muss gehen. Es geht nicht. Da ist diese Dunkelheit, die mich zu verschlingen droht. Alles ist falsch. Mein Leben eine einzige Lüge.

Wo fange ich an?

Am besten ganz vorne. Peter. Ich habe meinen Mann geliebt. Ja, ich kann sagen, dass ich ihn wohl immer noch liebe, und dass sich das nie ändern wird – obwohl er tot ist. Aber es ist eine andere Liebe als die zu dir jetzt. Beide seid ihr damals gleichzeitig in mein Leben getreten. Man kann nicht sagen, dass ich euch gesucht habe, vielmehr habe ich euch gefunden. Peter war immer der Sanftere von euch beiden, zarter, aber nicht weniger männlich. Ganz im Gegenteil, ich liebte seine Art, mir zu zeigen, wie sehr er mich begehrte.

Du, Wolf, warst ganz anders. Misstrauischer. Unnahbarer. Ein Einzelgänger. Trotzdem spürte ich dein Verlangen. Aber es musste Peter sein, damals. Heute ist das anders. Peter ist nicht mehr. Und du bist immer noch da. Besser sollte ich sagen, wieder da. War es Schicksal, dass Philip verschwunden ist und ich dich um Hilfe gerufen habe? Nein, nichts von alledem ist Schicksal.

Nichts.

Wolf, mein Leben ist eine einzige Lüge.

Lange habe ich geglaubt, damit umgehen zu können. Aber ich war allein. Du hast mich allein gelassen. Ich leide unter Depressionen. Nehme Tabletten. Zu viel und zu oft. Viel zu viel, viel zu oft. Aber ich gebe nicht dir die Schuld. Dass du mich nicht falsch verstehst, hörst du?! Nein, das ist allein meine Entscheidung gewesen.

Ich kann nicht mehr.

Philip hat mich im Leben gehalten. Doch auch er ist gegangen. Fort. Von heute auf morgen. Vielleicht habe ich ihn vertrieben. Ganz bestimmt habe ich das. Kinder spüren die Wahrheit, auch wenn sie sie nicht kennen. Doch, das meine ich ernst.

Ich habe so viel falsch gemacht.

Es ist nur gerecht, dass alle Menschen, die mir je etwas bedeutet haben, gegangen sind. Peter. Du. Philip. Vielleicht sollte ich auch einfach gehen. Die Sache beenden. Hier und jetzt. Nach all den Jahren die Reißleine ziehen.

Keine Schmerzen mehr. Keine Angst mehr. Keine Lügen mehr.

Ich bin schuld.

Und ich habe es von Anfang an gewusst. Es konnte nicht gut gehen. Wie naiv war ich, zu glauben, es gebe einen Ausweg. Zu glauben, irgendwann sei es vorbei. Einfach so. Ohne Konsequenzen. Alles, was ich tat und tue, hat Konsequenzen. Weitreichende. Entscheidende. No way out – kein Weg raus. Nur tiefer hinein. Von Anfang an. Eine Spirale. Abwärts. Immer weiter. Immer schneller. Das Ende, Leid und Tod.

Jetzt zahle ich den Preis dafür.

Eben habe ich eine SMS erhalten. Ich hatte gehofft, sie würden mich vergessen und unsere Liebe hätte eine Zukunft. Ich habe die Augen verschlossen. Mich tot gestellt. Gebetet und gehofft. Doch der Dunkelheit in mir kann ich nicht entkommen. Sie füllt mich vollkommen aus. Bald verschlingt sie mich.

Leb wohl, mein Geliebter. Morgen bin ich weg.

Und verzeih mir …

Es ist allein meine Schuld!

Sie griff die Reisetasche. Paralysiert. Stellte sie neben den Nachttisch. Morgen würde sie verschwinden.

Gleich nach dem Aufstehen.

6

Ich fühlte mich hochgradig beschissen – im doppelten Sinn. Die Postkarte zwischen meinen Fingern schien zu brennen. Vor dem BMW blieb ich stehen. Funkelte den Scheibenwischer an, als wäre er schuld an alledem.

Er war hier gewesen. Hier im Hof. Hier in meinem Revier.

Philip.

Was sollte ich tun? Anke informieren? Schweigen? Ich hatte ihr auf Malta das Versprechen gegeben, über alles zu reden. Gemeinsam. Keine Geheimnisse mehr.

Ein Versprechen!

Ich schaute die Karte an. Warum hatte Philip auf diese Weise mit mir Kontakt aufgenommen? Was wollte er mir damit sagen? Was?! Warum kam er nicht einfach aus seinem Versteck spaziert. Sagte: »Hey Wolf, wir müssen reden.«

Ja, verdammt noch mal. Reden hilft. Das hatte ich von Anke gelernt. Mann, wir waren eine Familie!

Konnte er nicht? Wollte er nicht? Was sollte der Scheiß?!

Ich drehte mich um die eigene Achse. Rief: »Zeig dich! Ich bin dein Freund, verdammt! Deine Familie!«

Vor dem Tor fuhr ein Auto vorbei. In der Ferne bellte ein Hund. Die Straße. Der Hof. Die Werkstatt. Verwaist.

Kein Philip. Keine Menschenseele. Niemand. Ich fluchte. Was sollte ich tun? Alles stehen und liegen lassen und ihn suchen?

Was sollte ich tun?

Ich spürte kalten Zorn wie Sodbrennen in mir aufsteigen. Zwang mich zur Ruhe. *Er* war doch der große Zampano. Derjenige, der mit mir und seiner Mutter Katz und Maus spielte. Er war derjenige, der seine Familie verriet.

Ich hatte die Schnauze voll von Heimlichkeiten. Von Menschen, die nur sich selbst sahen. Von Menschen, die einfach verschwanden. Ich hatte es so satt zu suchen. So verflucht satt.

»Fick dich!«, zischte ich durch geschlossene Zähne. Stieß etwas zu fest die Tür zur Garage hinter dem Wagen auf. Von hier gelangte ich über eine Treppe in mein Appartement. Ich dachte an Anke. Keine Geheimnisse mehr. Ich würde mein Versprechen halten. Reden. Über alles. Gemeinsam. Das würde ich.

»Bin wieder da«, rief ich.

Die Wohnungstür fiel hinter mir ins Schloss. Ich verharrte. Stille. Für einen Moment stand ich unschlüssig da. Der Nachmittag ging langsam in den Abend über. Durch die breiten Fenster zum Hof floss nur noch diffuses Licht in den großen Raum. Auf dem Bett sah ich Ankes Klamotten. Jeans. Bluse. Davor Sneaker. Die Reisetasche neben dem Nachttisch. Hörte beim Nähertreten das Rauschen von Wasser aus dem angrenzenden Bad.

Ich spielte kurz mit dem Gedanken, mich auch auszuziehen. Ihr nah zu sein. Sie zu spüren. Aber die Erlebnisse auf Malta waren heftig gewesen. Sie konnte noch immer kaum laufen. Konnte von Glück sagen, von der Kugel nicht schlimmer erwischt worden zu sein. Ich durfte daran gar nicht denken.

Also ging ich hinüber in die offene Küche. Legte Philips Postkarte auf den Tisch. Holte zwei Tassen aus dem Schrank. Startete den Kaffee-Vollautomaten. Während er aufheizte, inspizierte ich den Kühlschrank. Voll. Mauro hatte wirklich an alles gedacht.

»Danke, mein Freund.«

Ich dachte an die Ruine, die ich damals verlassen musste. Brandbomben waren durch die Scheiben geflogen wie wütende Vögel. Die Flammen hatten ganze Arbeit geleistet. Nichts hatte ich retten können. Nicht einmal meinen Stolz.

Während ich auf Malta war, hatte Mauro aufgeräumt. Sich um alles gekümmert. Mir diese Luxussuite hier hingestellt. Ein bisschen zu viel von allem. Aber Mauro hatte es gut gemeint. Sicherlich ein Versuch, mich hier zu binden.

»Komm endlich zur Ruhe, Wolf.« Dabei sprach er mit mir wie mit einem kranken Gaul. Ich grinste. »Vielleicht, mein Freund, vielleicht hast du es geschafft.«

Ich blickte zur Badezimmertür. Spürte mit einem Mal Glück.

»Alles wird gut, Anke«, flüsterte ich.

Das grüne Lämpchen an der Maschine blinkte. Ich ging mit der Tasse hinüber. Stellte sie unter den Auslass. Drückte den Knopf. Kaum hörbar wurden Bohnen gemahlen. Mit kurzer Verzögerung und einem Zischen verließ herrlich duftender Kaffee den Automaten. Ich nahm einen Schluck. Ließ ihn im Mund umherwandern. Schloss die Augen. Langsam ging es mir besser.

Den Schock von kurz zuvor hatte ich verdaut.

Ich genoss den Kaffee bis zum letzten Tropfen. Stellte die Tasse in die Spüle. Sah hinüber zur Badezimmertür.

»Anke?«

Lauschte. Nichts. Ging hinüber.

Lauter. »Anke? Willst du auch einen Kaffee?«

Wieder nichts.

Schlagartig hatte ich ein komisches Gefühl.

»Beruhig dich, Wolf«, redete ich mit mir selbst. »Nicht immer findest du hinter verschlossenen Türen Leichen. Du bist paranoid.«

Es half nichts. Das Gefühl blieb. Ich öffnete die Schiebetür – musste es einfach tun.

Sie saß zusammengekauert in der Dusche. Das Wasser prasselte auf sie hinab. Ihre Unterwäsche hatte sie an. Den Kopf zwischen den Knien. Die Hände im Nacken. Ihre Schultern bebten.

»Anke …« Ein raues Flüstern.

Dann war ich bei ihr. Das Wasser eiskalt. Ich ließ es laufen. Nur wärmer. Ich hockte mich neben sie. In voller Montur. Als ich den Arm um sie legte, sah sie mich an. Tränen und Wasser und Wimperntusche. Sie sagte kein Wort. Schaute mich einfach nur an. Ich zog ihren Kopf heran. Drückte ihn an die Brust.

»Ich weiß«, flüsterte ich. »Ich weiß!«

Das Wasser prasselte und nahm die Worte mit.

Wie lange wir so dagesessen hatten, ich weiß es nicht. Es war auch nicht wichtig. Was zählte, war der Moment. Der Augenblick.

Bilder schoben sich vor. Malta. Strand. Meer. Ihr lebloser Körper. Hände, die sie aus dem Wasser fischten. Blaue Lippen. Geschlossene Augen. Blut, das pochend aus ihrer Wunde lief. Finger, die das Loch verschlossen. Sanitäter. Geschrei. Panik. Der Tod. Ganz nah. So verdammt nah.

Im Hier und Jetzt. Bewegung in meinen Armen. Ankes Atem an meinem Hals. Ihre Hand an meiner Wange. Lippen, die die meinen suchten. Zögerlich. Eine Ertrinkende. Ich zog sie auf die Beine. Spürte Widerstand. Zog immer und immer weiter. Beharrlich.

Ein Seufzen. Endlich. Er brach – der Widerstand. Fingernägel in meinem Fleisch. Der Schmerz. Wir lebten. Die andere Hand suchte meinen Hosenbund. Fand ihn. Rutschte rein. Fester Griff. Alle Dämme brachen. Wir liebten uns hart, wir liebten uns sanft. Eine Achterbahnfahrt der Gefühle. Hemmungslos, bedingungslos. Sex pur.

Das Wasser prasselte auf uns nieder und nahm auch den Rest mit.

Atemlos klammerten wir uns aneinander. Genossen den Moment. Dass es ihre Art war, Lebewohl zu sagen, sie mich schon am nächsten Morgen verlassen würde, wurde mir erst klar, als ich ihren Blick sah.

»Wirklich?«, fragte ich.

Sie nickte nur. An ausgestreckten Armen hielt ich sie vor mir.

»Du schaffst das hier in Berlin nicht.«

Wieder nickte sie nur.

»Ich dachte, wir zwei …«

Ihr Zeigefinger an meinen Lippen. »Wolf, das hat nichts mit uns zu tun. Ich liebe dich, das weißt du. Aber ich …« Sie schlug die Augen nieder. Erzitterte. »Ich brauche Zeit. Zeit für mich. In dieser Stadt hier habe ich alles verloren. Peter. Philip. Alles.«

Philip.

Ich dachte an die Postkarte auf dem Küchentisch. »Ich …«

»Bitte, Wolf. Ich fliege morgen zurück nach Malta. Es gibt so vieles, um das ich mich dort kümmern kann. Das wird mir guttun. Schließlich haben wir ein Kind adoptiert.«

»Und deine Verletzungen?«

»Ich werde auch dort einen guten Arzt finden.«

Ich starrte sie an. Wollte böse sein. Konnte nicht. Ich liebte diese Frau. »Ich verstehe. Versprich mir nur eins …«

»Wenn ich Hilfe brauche, rufe ich dich an.«

Ich musste lachen. »Kluges Mädchen. Ich werde Sandro anrufen. Er wird dich im Appartement unterbringen. Noch ist es nicht verkauft.«

Ich glitt aus der Dusche. Streifte die restlichen Klamotten ab. Griff nach dem Badetuch. Nachlässig trocknete ich mich ab. Anke schenkte mir ein Lächeln. Mit einem Handtuch um die Hüften schlüpfte ich in die dunkle Wohnung. Dieses Lächeln. Es versöhnte mich mit der Welt.

Die Schiebetür zog ich hinter mir zu. Tappte zum Tisch hinüber. Ertastete die Postkarte. Drehte sie im Kreis. Nein, die sollte sie nicht sehen. Auch wenn ich ihr dieses Versprechen gegeben hatte. Das eben … Sie steckte ohnehin in einer Krise. Warum alles noch komplizierter machen?!

Ich öffnete die Schublade. Ließ Philips zweifelhaften Gruß verschwinden.

Irgendwie erleichtert trat ich ans Fenster. Blickte hinaus in die Dunkelheit.

Wir mussten lange unter der Dusche gewesen sein. Draußen tauchten Straßenlaternen die Welt in blasses Licht. Der Hof selbst war finster wie ein Bärenarsch.

Ich hörte die Schiebetür. Drehte den Kopf. Ankes Hand wanderte zum Schalter. Zwei Deckenfluter flammten auf. Drei Nummern zu grell. Mindestens. Ich kniff die Augen zusammen. Lächelte ihr zu.

Mitten in der Bewegung hielt sie inne. Schüttelte den Kopf, als wäre ihr irgendetwas in den Sinn gekommen. Huschte zurück ins Bad. Ich wandte mich um. Sah mein Spiegelbild in der Scheibe. Narben. Blaue Flecken. Groteske Formen und Farben. Andenken an Malta. Stumme Zeugen.

Und ich sah den scheiß kleinen, roten Punkt. Wie eine lästige Fliege wanderte er über meine Stirn.

Fuck!

7

Die Kugel traf punktgenau ihr Ziel.

Durchschlug den gesamten Schädel, um dann ins Trudeln zu geraten. Sie hatte dennoch ausreichend Bewegungsenergie, um acht Zentimeter tief ins Mauerwerk dahinter einzudringen.

Der Schalldämpfer hatte seine Aufgabe erfüllt. Bis auf ein matschiges *Ploppen* und ein widerliches Klatschen war nichts zu hören gewesen. Nicht annähernd laut genug, unten auf der Straße wahrgenommen zu werden. Geschweige denn, Aufmerksamkeit zu erregen. Wahrscheinlich hätten Passanten nur einmal kurz den Kopf gedreht, um dann ihren Weg fortzusetzen.

Die Zielperson selbst war nach hinten gekippt. Schon tot und seelenlos, bevor sie auf dem Boden aufschlug. Um ihren Kopf hatte sich ein roter Heiligenschein ausgebreitet. Zitternd wachsend wie Lava, die aus dem Erdinneren fließt.

Der Schütze hielt den Abzug noch eine Weile in der Endposition. Atmete kontrolliert und gleichmäßig ein und aus. Durch die Visiereinheit beobachtete er die leblose Gestalt. Nicht weil er befürchtete, der Kerl könne noch aufstehen. Sondern weil er sich vergewissern wollte, auch die richtige Zielperson erwischt zu haben.

Ein Foto zur Identifizierung war nicht nötig. Kannte er den Mann doch aus einem anderen Leben.

Es passte.

Zufrieden ließ er das Gewehr sinken. Flink zerlegte er es in seine Einzelteile. Ließ diese in eine Sporttasche verschwinden. Prüfend sah er zu Boden. Versicherte sich, keine Spuren zu hinterlassen.

Er schulterte sein Gepäck.

Verschwand lautlos, wie er gekommen war.

8 Flammen fraßen sich durch Papier, Celluloid und Fleisch.

Hinterließen nichts als Glut und Asche. Das Feuer war an drei verschiedenen Stellen des Lagers gleichzeitig ausgebrochen. Jeweils in zwei gegenüberliegenden Ecken und in der Mitte waren Sprengsätze deponiert gewesen. Mit nahezu 6.900 Metern pro Sekunde war das versteckte TNT explodiert. Und hatte die Welt in ein Inferno verwandelt. Wer von den unglücklichen Angestellten nicht durch die Explosionen direkt getötet worden war, wurde Opfer des alles erstickenden Rauches und der Flammen. Das Gebäude brannte die ganze Nacht über bis in die frühen Morgenstunden.

Asche zu Asche.

Der Plan war aufgegangen. Die herbeigerufenen Einsatzkräfte konnten nur noch mit ansehen, wie der ganze Block verglühte. Und schließlich krachend in sich zusammenfiel. Funken stoben in die Luft. Eine weiße Ascheschicht bedeckte Autos und Asphalt.

Die drei Täter hatten sehr schnell gearbeitet. Unter falschem Namen Akteneinsicht beantragt. Für die gleiche Uhrzeit am gleichen Tag. Nach Prüfung durch den zuständigen Beamten war den Anfragen schließlich stattgegeben worden. Die Kontrollen am Eingang des

Gebäudes waren kaum der Rede wert gewesen. Ein Beamter hatte lediglich Legitimation und Personalien geprüft. Die Rucksäcke jedoch nicht durchsucht. Hatten sie doch wahrscheinlich nur Papier enthalten. Vielleicht noch einen Laptop. Wer in dieses Gebäude kam, wollte schließlich etwas über sich erfahren. Oder seine Angehörigen. Oder Freunde. Oder Nachbarn. Oder ehemalige Mitarbeiter in seinem Betrieb. Gibt es eine Akte von mir? Wer hat mich ausspioniert? Wenn ja, wie lange? Vielleicht sogar der eigene Bruder? Die Schwester? Besucher kamen in guter Absicht hierher. Normalerweise. Obwohl der gesunde Menschenverstand einem eigentlich das Gegenteil sagen musste. Eine Münze hat immer zwei Seiten. Die Spitzel von damals waren vielleicht immer noch da draußen. Denunzianten. Kaderhörige. Opfer.

Nachdem die Täter den riesigen Raum betreten hatten, waren sie ausgeschwärmt. Dutzende Regale voller Papier und Ordner. Katalogisiert. Gestapelt. Jeder hatte exakt gewusst, was er zu tun hatte. Ihr Anführer hatte sich auf die Suche nach einer bestimmten Akte begeben. Der kleine, drahtige Mann fand sie korrekt abgelegt. Unter W. Im hinteren Bereich einer langen Reihe. Er hatte die erste Seite aufgeschlagen. Den Namen geprüft. Das Geburtsdatum. Sicher war sicher.

Er hatte einen klaren Auftrag. Es wäre eine Katastrophe, die falschen Dokumente abzuliefern. Zufrieden hatte er die fingerdicke Akte schließlich unter die Jacke geschoben.

Der Rest konnte draufgehen.

Zeit für den zweiten Teil seines Auftrags.

Ein paar Regalwände weiter fand er die ideale Stelle. Etwa in der Mitte des Raumes. Er war in die Knie gegangen. Und hatte seinen Rucksack geöffnet. Ein Päckchen entnommen. Schuhkartongroß. Den Timer auf 15 Minuten gestellt. Den Zünder in den Sprengsatz gesteckt. Von seinem Paket aus war ein Signal gesendet worden. Es ließ auch die beiden anderen Bomben seiner Komplizen gleichzeitig explodieren. Auf die Millisekunde genau.

Er hatte den Sprengsatz weit nach hinten unter die Regale geschoben. Geprüft, ob es in irgendeiner Weise zu sehen war. Perfekt. In aller Gelassenheit das Gebäude verlassen. Nur ein Besucher, der nach Hause ging. Ein Kinderspiel.

Draußen war er auf seine beiden Komplizen gestoßen. Ein kurzes Nicken. Beide hatten ihre Sprengsätze ebenfalls deponiert. Ein Blick auf die Uhr. Noch elf Minuten. Zwei Straßen weiter waren sie zusammen in einen schwarzen Mercedes gestiegen.

Und verschwunden.

Niemand hatte von ihnen Notiz genommen.

Der Anfang war gemacht. Wolfs Akte wie geplant auf einem Schreibtisch gelandet. Nur ein paar Straßen weiter.

Es hatte begonnen.

Operation *Gemini* war endlich angelaufen.

9

Ich blinzelte – und der rote Punkt war verschwunden. Dann schlug ich auch schon auf dem Parkett auf. Rollte über die linke Schulter ab. Ging hinter der Couch in Deckung. Das Handtuch war mir von den Hüften gerutscht. Lag wie weggeworfen vor dem Fenster.

Scheiße, was war das gewesen?

Ich schielte hinter der Lehne hervor. Sah nur das Appartement. Matt. Verschoben. Eine verzerrte Wirklichkeit im Spiegel.

Wer war da draußen? Wer hatte auf mich gezielt? Hatte überhaupt jemand auf mich gezielt? Oder hatte ich mir den roten Punkt nur eingebildet?

Nein.

Die Schiebetür.

»Wolf?!«

»Bleib im Bad!«

Anke steckte den Kopf ins Zimmer.

»Zurück, verdammt!« Ich schrie ihr die Worte entgegen.

Sie verschwand wieder hinter der Tür. Ihre Stimme zitterte. »Was ist denn los?«

Eine gute Frage. Ich fluchte. »Lösch die Fluter, Anke.«

»Was?!«

»Das Licht! Mach das verdammte Licht hier im Wohnzimmer aus!«

Ihre Hand kroch hinter der Tür hervor. Kein roter Punkt zeigte sich. Gut. Die Finger tasteten weiter über die Wand. Fanden den Schalter. Mit einem Knacken gingen die Lampen aus. Das Licht aus dem Badezimmer, eine Schneise im Appartement. Dann erlosch auch das. Sie ging auf Nummer sicher.

Dunkelheit schlug brutal über mir zusammen. Scheinbar endgültig. Nur langsam ließen sich Konturen erkennen.

Wieder blickte ich hinter der Couch hervor. Keine Spiegelung mehr. Die Welt vor dem Fenster war schwarz. Die matte Straßenlaterne ein Lichtklecks, mehr nicht. Die Gebäude gegenüber ließen sich nur erahnen. Unmöglich zu sehen, ob jemand an einem der Fenster stand oder auf dem Dach.

Ich kam auf die Beine. War mit ein paar schnellen Schritten an der Schiebetür.

»Bleib im Bad, Anke. Ich bin gleich wieder da. Und lass das Licht aus.«

»Was ist los?« Eher wütend denn besorgt.

»Ich weiß es noch nicht. Da war was. Draußen.«

Aus dem Schrank angelte ich mir eine Unterhose. Jeans. Sweatshirt. Die Turnschuhe. Ich griff nach hinten in den Schrank. Wühlte mich durch T-Shirts. Mauro hatte Wort gehalten. Meine Finger fanden den kalten Griff einer Automatik. Ich zog sie hervor. Überprüfte sie. Das Handy. Die kompakte, aber leistungsstarke LED-Lampe. Dann war ich an der Tür. Durchquerte die Garage. Tastete mich vorwärts. Der Hof. Ich lief um den BMW herum ans Tor.

Zögerte. Keine gute Idee, einfach den Haupteingang zu nehmen. Sollte tatsächlich ein Schütze gegenüber lauern, wäre ich leichte Beute.

Ich konnte nur hoffen, dass die Tür zum Reifenlager immer noch das kaputte Schloss hatte. Also zurück. An der Mauer entlang. Im Schatten der Dunkelheit.

Eine Palette. Mein Knöchel. Keine gute Kombi. Ich fluchte. Biss auf die Zähne. Die Wand zum Reifenlager. Die Tür nur eine Ahnung. Als wäre das Schwarz dort noch dichter. Die Klinke. Nahezu lautlos schwang die Tür nach innen. Na also, ging doch. Durch den Spalt. Das helle Rechteck eines Fensters an der hinteren Wand. Da musste ich hin.

Es roch penetrant nach Gummi. Meterweise Regale. Stapel von Reifen. Felgen. Werkzeuge. Der Boden leicht schmierig. Vorsichtig glitt ich zum Fenster. Musste die Fensterbank von irgendwelchen Spraydosen und Lacken freiräumen. Dann konnte ich es öffnen.

Ich steckte den Kopf ins Freie. Nichts. Kein Auto. Kein Mensch. Nur Sirenen in der Ferne. Die Gegend wie tot. Ich sprang auf den Bürgersteig. Überquerte die Straße im toten Winkel. Schlug mich durch die Büsche. Um dann in einem weiten Bogen hinter das Gebäude zu gelangen, das genau gegenüber der Einfahrt zu Mauros Werkstatt war. Dunkel lag es vor mir. Erst am Montag würden sich die Büros wieder füllen.

Das offene Fenster fand ich direkt. Lauschte. Mein Griff um die Waffe wurde fester. Nichts. Kein Laut. Ich zog mich am Fensterrahmen in die Höhe. Glitt in den Raum dahinter. Niemand erwartete mich.

Wie ich es beim BKA gelernt hatte, arbeitete ich mich Stockwerk für Stockwerk nach oben. Wäre ich ein Scharfschütze, wäre das Dach meine erste Wahl. Ein offenes Fenster hingegen könnte auffallen. Und man saß in einem Zimmer fest. Nur eine Tür, das konnte schnell zur Falle werden.

Die oberste Etage. Die Leiter zum Dach. Die Automatik im Anschlag starrte ich direkt in den Nachthimmel. Die Luke war sperrangelweit geöffnet. Kühle Luft senkte sich auf mich herab.

Ich hörte in mich hinein. Verließ mich auf meine Instinkte. War allein. Wer auch immer hier gewesen war, längst verschwunden.

Trotzdem wollte, musste ich nachsehen. Vielleicht fand ich Spuren. Irgendetwas, das mir weiterhelfen würde. Niemand hinterlässt gar keine Hinweise. Zigarettenkippe. Kaugummipapier. Fußabdrücke. Irgendetwas.

Das Dach war flach wie ein Kuchenblech. Keine Rohre. Keine Kästen. Keine Verstecke. Eine ebene Fläche. Begrenzt nur durch die Brüstung zur Straße. Der Himmel dahinter und darüber eine Nuance heller.

Wind kam auf. Leicht. Frisch. Widerlich. Er trieb mir einen eigentümlichen Geruch in die Nase. Ich erstarrte. Schnüffelte. Mit allem hätte ich gerechnet, aber nicht den Bluthund geben zu müssen. Brauchte Licht. Riskierte es. Ließ die Taschenlampe aufblitzen. Abgeschirmt mit der Hand. Reflexionen. Wie Zuckerguss.

Scheiße!

Obwohl ich vorgewarnt war, traf mich das, was ich sah, wie ein Faustschlag.

Die Oberfläche einer beachtlichen Blutlache glänzte im hellen Schein der LED. Ein Körper dahinter. Wie weggeworfen. Es ist schwer, Größe und Gewicht einer Person zu schätzen, die liegt und gleichzeitig noch einen Schatten wirft. Aber ich hatte den Eindruck, einen relativ kleinen Mann vor mir zu haben. Er lag halb auf der Seite. Den Rücken zu mir. Stiefel. Armeehosen. Darüber eine Jacke. Sein Halstuch über das Gesicht gerutscht. Ein Zipfel in der riesigen Blutlache. Halb vollgesogen.

Ich runzelte die Stirn. Die Proportionen passten ganz und gar nicht. Es sah aus, als wäre der Kopf zur Hälfte in die Betondecke getrieben worden. Als hätte ein Riese seinen Stiefel darauf abgesetzt und sein Gewicht verlagert. Ich wusste, was das hieß: Ein Teil des Schädels fehlte.

Ich leuchtete den Bereich unmittelbar vor mir ab. Wollte keine Spuren zerstören. Erst recht keine hinterlassen. Fehlte nur noch, dass ich in der Sauerei ausrutschte. Dann könnte ich gleich meine Visitenkarte dalassen. Dieser widerliche Geruch von Blut. In einem Bogen ging ich um den Toten herum.

Ein Gewehr zu seinen Füßen. Eine Hochpräzisionswaffe. Zweifarbig lackiert. Braun und grün. Camouflage. Zweibein. Schalldämpfer. So lang wie mein Unterarm. Das Arbeitsgerät eines Profis. Ich ging in die Hocke. Scannte Zentimeter für Zentimeter. Zog den Ärmel meines Sweatshirts über die Hand. Keine Fingerabdrücke hinterlassen.

Die Optik. Ein Druck. Rot schwebte der Punkt am Fuß der Brüstung. Die scheiß kleine Fliege.

Ich sah nach rechts. Nach vorn. Wieder nach rechts. Im Entengang bewältigte ich den Meter zur Brüstung. Und leuchtete den Rand ab. Da. Feine Einkerbungen im Mauerwerk. Da wo das Zweibein Kontakt gehabt hatte. Von hier konnte ich direkt auf mein Appartement blicken.

Anke hatte nicht auf mich gewartet. Die dicken Vorhänge waren zugezogen. Am rechten Ende blitzte Licht durch den Spalt zur Wand. Ich nahm es nüchtern zur Kenntnis. Auch ich hätte keine Lust gehabt, mich auf unbestimmte Zeit im Bad zu verschanzen.

Ich leuchtete nach rechts. Zum anderen Gebäude hinüber. Der helle Strahl an der Fassade. Hoch. Hinauf bis aufs Dach. Die andere Position.

Dort musste er gesessen haben, der andere Schütze. Mein Schutzengel. Der, der mich beschützt hatte. Der, der mir das Leben gerettet hatte. Der, der längst verschwunden war. Er hätte sich längst gezeigt. Da war ich sicher. Instinkt, Erfahrung oder eine Mischung von beidem. Ich war hier mit der Leiche des Heckenschützen allein.

Die Leiche.

Ich drehte mich um. Und blickte den Toten an. Ging näher ran. Leuchtete. Das Projektil hatte die rechte Kotelette durchschlagen. Ein sauberes, hässliches Loch. Das Gesicht. Geschwärzt. Kriegsbemalung. Auf wundersame Weise unversehrt. Jedenfalls der Teil, der nicht vom Tuch bedeckt wurde.

Moment!

Ich schluckte.

Das kann nicht sein!

Ich zitterte, als ich den Zipfel mit spitzen Fingern leicht anhob. Und die Lampe genau auf die Reste des Gesichtes richtete.

Scheiße!

Aber das sagte ich bereits.

10

Ich stieß die Luft aus. Ließ das Tuch los. Hatte genug gesehen.

Antonio schien einen wirklich üblen Tag gehabt zu haben.

Ich stand auf. Löschte die Lampe. Stand in der Dunkelheit. Abendgeräusche tropften auf mich herab. Perlten ab. Nur der Tod und ich.

Was zum Teufel ging hier vor?!

Antonio.

Pater Antonio. Ehemals Priester auf Malta. Aber auch ein Fremdenlegionär. Ein Söldner. Durch und durch. Nun war er gestorben, wie er gelebt hatte: mit der Waffe in der Hand. *Long Kitty.* So hatte er sein Gewehr genannt. Seine Braut – wie er gesagt hatte. Bis dass der Tod sie scheidet – oder so ähnlich. Jetzt lag sie neben ihm. Im Tode vereint.

Auf Malta hatte Antonio mir geholfen. Mich verraten. Wieder geholfen. Auch wenn ich ihn niemals als Freund bezeichnet hätte, sein Tod bewegte mich.

Zum Schluss hatte er für den mächtigen *L'imperatur* gearbeitet. Den Paten der Insel. Dessen Stern im Begriff war unterzugehen. Der *L'imperatur,* der sich als mein tot geglaubter Vater entpuppte. Der *L'imperatur,* der mich auf seine Seite ziehen wollte. In seine Fußstapfen sollte ich treten. Sein Imperium aus Gewalt und Profit in die nächste Generation führen. Ich – oder Philip. Den er wie einen Enkelsohn, der ihm selbst verwehrt geblieben war, angenommen hatte. Aber es kam anders. Sein zweifelhaftes Reich starb mit ihm. Ich hatte Malta den Rücken gekehrt – für immer. Die Wunden noch frisch.

Und Philip? Der hatte sich abgesetzt von der Insel. Zurück blieb die Leiche meines Vaters. Noch mal: War er dafür verantwortlich? Auch Antonio hätte die Möglichkeit gehabt. Oder sonst einer seiner Männer. Ich wusste es nicht. Würde es vielleicht niemals erfahren.

Und jetzt? War Antonio hier aufgetaucht, um mich auszuschalten? Lag die Antwort nicht vor mir? Er war ein vorzüglicher Scharfschütze, ich hatte es auf Malta erlebt. Aber warum? Aus freien Stücken? Oder erledigte er wieder die Drecksarbeit für irgendwen? Einmal Söldner, immer Söldner.

Ich ging in die Knie. Schüttelte den Kopf. Schloss ihm die Augen. Bedeckte sein Gesicht mit dem Tuch. Ruhe in Frieden.

Aber wer hatte ihn erledigt? Philip? Ich dachte an die Botschaft auf der Karte hinter dem Scheibenwischer. Er war hier gewesen, das stand fest. Aber war er auch der Killer von Antonio? Mein Philip?!

Immer noch konnte ich mir nicht vorstellen, dass mein Ziehsohn dermaßen abgerutscht sein sollte. Erst ein Dieb, der sich Tonnen von Stasi-TNT unter den Nagel gerissen hatte. Dann ein Waffenhändler, der Sprengstoff an den *L'imperatur* verticken wollte – und jetzt ein Mörder?! Vielleicht sogar ein Doppelmörder?!

Mein Kopf brummte. Zu viele Fragen für den Moment. Viel zu viele.

Feierabend, dachte ich bitter.

Und weg hier.

11 Kennen Sie diese Tage, die mit diesem einen komischen Gefühl beginnen? Als säße jemand auf Ihrer Brust und hindere Sie am Atmen? Wenn die Alarmglocken schrillen als gäbe es kein Morgen? Und Liegenbleiben die einzig vernünftige Alternative ist? Klar kennen Sie die.

Schon am Vorabend herrschte zwischen Anke und mir eine seltsame Funkstille. Sie sah mich nicht mehr an. Ignorierte mich, wie man einen Hund ignoriert, der auf den Lieblingsteppich geschissen hat. Ich hasste es, wie ein unliebsames Haustier behandelt zu werden. Ich war machtlos. So verdammt machtlos. Und überfordert.

Was lief hier falsch, verdammt?

Erst als sie was von Migräne murmelte und in der Schlafecke verschwand, schien ich wieder freier atmen zu können.

Ihr Schweigen folterte mich noch beim Frühstück. Ihre Bewegungen waren spärlich. Ein Biss in den Toast. Ein Nippen am Kaffee. Blick in die Unendlichkeit. Ich existierte auch weiterhin nicht.

Wie bitte verhält sich da der Mann? Wie bloß?

Ich hatte keine Ahnung, noch weniger Übung. Schwere Jungs hatte ich zuhauf zum Singen gebracht. Lag unter Feuer, und der einzige Ausweg ein Sprung aus dem dritten Stock. Bei geschlossenen Fenstern. Jetzt aber brach mir der kalte Schweiß aus.

Himmelherrgottnochmal!

Ich spürte das Verlangen, einen psychopathischen Massenmörder aus einem panamaischen Gefängnis zu entführen. Mit ihm durchs ganze Land zu reisen. Von mir aus auf dem Buckel, sollte er nicht laufen können. Die Meute im Nacken. Unter Feuer. Gehetzt. Über den halben Kontinent hinweg. Gebt mir den Auftrag und ich sitze im Flieger nach Panama-Stadt. Und zwar sofort!

Ich hatte nicht die geringste Ahnung, was ich verbrochen hatte.

Sie merkt, dass ich ihr etwas verheimliche. Hatte ich zuerst gedacht. Aber sie hatte nicht einmal den Versuch eines Gespräches unternommen. *Danke* und *Gute Nacht* die einzigen Worte. Nicht einmal angesehen hatte sie mich dabei.

Vielleicht das Trauma ihrer Verletzungen? Die Folgen ihrer Entführung auf Malta? Das damit einhergehende Ableben zahlreicher Menschen? Sie hatte dem Tod ins Auge gesehen. Und die Augen der Toten.

Ich konnte nur spekulieren.

Erst der Zugang zur Sicherheitskontrolle im Abflugterminal hatte mich erlöst. Ihr flüchtiger Kuss brannte noch auf meinen Lippen. Wie lange ich dagestanden, ins Leere gestarrt hatte – keine Ahnung. Aber ich konnte wesentlich freier atmen. Auch wenn mir die Situation immer noch quer im Magen hing. Ich fluchte still. Frauen schafften es immer wieder. Pausenlos fühlte ich mich schuldig. Dabei war es egal, ob sie vier, vierzig oder vierundneunzig Jahre alt waren. Wahrscheinlich hatte es genetische Gründe. Das Y macht uns Männer schwach.

Eine andere Erklärung konnte es nicht geben.

Ich rieb mir die feuchten Handflächen an den Jeans. Suchte den Ausgang. Wollte nur noch zum Auto. Weg von hier. Heim. Schließlich hatte ich gegenüber von Mauros Werkstatt noch eine Leiche liegen. Okay, es war nicht meine Schuld. Aber ich konnte Antonio doch nicht einfach auf dem Dach verrotten lassen. Das würde eine ekelige Angelegenheit werden. Außerdem hatte er etwas Besseres verdient. Er hätte mir ebenfalls Respekt gezollt, im umgekehrten Falle. So gut kannte ich ihn. Die Kleinigkeit, dass er mich erledigen wollte, ließ ich außer Acht. Er würde seine Gründe gehabt haben. Jetzt war er tot. Berufsrisiko.

Doch was tun?

Ich hatte nachgedacht. Genug Zeit gehabt. Die ganze Nacht. Dabei hatte ich Anke neben mir gespürt. Ihre eigene Schlaflosigkeit. So nah und doch so weit entfernt. Nicht rühren. Still liegen. Nicht wagen zu atmen. Schuldbewusst. Der Hund, der auf den Teppich geschissen hat. Ich hatte kaum ein Auge zugetan.

Nachdenken. Die Polizei? Nein. Nur Ärger. Verhöre. Beteuerungen. Zeitverschwendung. Anonymer Hinweis? Nein. Verhöre. Schulterzucken. Zeitverschwendung.

Dann die Erleuchtung. Aus heiterem Himmel. Zwischen Schlaf und wach sein. So einfach. So klar.

Thomas Thorgen – mit doppelt th.

Ja, er war die Lösung. Nur er. So einfach. So klar.

Thomas Thorgen, genannt: *der König.*

Mein Mentor. Mein Ex-Chef in jener Spezialeinheit, deren Namen ich Ihnen nicht nennen darf. Nur so viel: Mein Job war es gewesen, Menschen zu finden, die nicht gefunden werden wollten. Zielfahnder. Der Beste – das sagten andere über mich. Mörder. Waffenhändler. Steuerflüchtlinge. Egal was sie getan hatten. Egal wo auf unserer Gottes Erde sie sich versteckt hielten. In welchem Loch sie sich auch verkrochen hatten. Ich und mein damaliges Team hatten fast jeden gefunden.

Damit nicht genug. Alle wurden in unserer Republik vor ein ordentliches Gericht gestellt. Hilfreich war ein Auslieferungsabkommen mit den entsprechenden Ländern. Das war relativ einfach. Papierkram und Diplomatie. Aber der gemeine Verbrecher von heute war ja nicht auf den Kopf gefallen. Verkroch sich lieber da, wo der lange Arm unserer Justiz nichts ausrichten konnte. Solange man nicht bei Rot über die Straße lief, war Brasilien eine gute Wahl. Aber auch Mexiko. Kuba. Der Iran. Es gab Dutzende von Ländern ohne Auslieferungsabkommen.

Ich kannte sie alle.

RAR.

So nannten wir die verdeckten Missionen.

Rein.

Abgreifen.

Raus.

RAR.

Ich hatte je ein Team zur Planung, also zur Logistik. Zur Kommunikation. Zur taktischen Ausrüstung. Waffen und so. Und ein Team, das den ganzen Einsatz leitete. *Der König* an der Spitze. Ich ging immer allein rein.

Und kam nur einmal alleine zurück, weil die Zielperson bevorzugt hatte, bei 150 km/h aus einem fahrenden Zug zu springen. Seine Entscheidung. Na ja, Verluste gab es überall.

Hatte man mich im Zielgebiet abgesetzt – oder in der Nähe –, war ich auf mich gestellt. Machte ich Fehler, wurde ich gefasst – mein Problem. Die Bundesregierung hätte nur mit den Schultern gezuckt. *Kennen wir nicht. Wissen wir nicht. Wir doch nicht.* Wäre zur Tagesordnung übergegangen.

Ich wusste, worauf ich mich eingelassen hatte – und hatte diesen Job geliebt.

Doch wie bei allem im Leben war irgendwann Schluss. Du wachst auf und weißt, das war's. Aus. Ende. Finito. Morgen machst du was anderes. Eine Ausbildung zum Krankenpfleger oder so. Lamas züchten in Peru. Ein Sonnenstudio auf Mallorca eröffnen. Sie wissen, wie ich das meine. Also hatte ich gekündigt.

Warum erzähle ich Ihnen das alles?! Ach ja, richtig: Thomas Thorgen. Mit doppelt th. *Der König.* Mit dem mich eine tiefe Freundschaft verband. Bilder tauchten auf. Die Missionen. Aber auch der private *König.* Ich dachte an seine Tochter, die er allein großziehen musste, weil er seine Frau an den Krebs verloren hatte. Dachte daran, dass wir zusammen nächtelang an ihrem Krankenbett ausgeharrt hatten, als es zu Ende ging. Ich war bei der Einschulung seiner Tochter Louisa dabei gewesen. Hatte sie gesucht und gefunden, als sie mit ihrem ersten Freund durchgebrannt war. Immerhin waren sie bis Amsterdam gekommen. Damals war sie gerade einmal dreizehn Jahre alt gewesen. Wir hatten zusammen ihr Abitur gefeiert. Ich war ein Teil seiner Familie. Ja, er war jetzt genau der Richtige.

Ich trat ins Sonnenlicht. Zückte mein Handy. Manche Nummern löscht man einfach nie.

Der Typ spiegelte sich in der Seitenscheibe eines Taxis. Ich hatte ihn bereits in der Abflughalle gesehen. Ich könnte Ihnen die Beschreibung von zwei Dutzend potentiell verdächtigen Personen runterbeten. Das war in meine DNA eingebrannt. Egal wo ich hinkam, checkte ich die Lage. Personen. Räume. Eingänge. Ausgänge. Fluchtwege. Kampfstrategien. Es war fast ein Spiel.

Diese Zielperson hier war ziemlich genau 1,85 Meter groß. Gute 90 Kilogramm schwer. Breite Nase. Schwarzes, mit reichlich Gel nach hinten gekämmtes Haar. Blumenkohlohren. Vermutlich Ex-Ringer. Selbstsicherer Gang. Ein Kämpfer. Jeans. Lederjacke. Boots. Stiefel zum Zutreten. Harte Sohle. Noch härterer Absatz. Und er beobachtete mich.

Ich steckte das Handy unbenutzt weg.

Gestern Abend. Der rote Punkt. Sie hatten nicht aufgegeben.

Ich wandte mich nach rechts. Steuerte das Parkhaus an. Dort stand mein BMW. Was aber wichtiger war, dort würde er es versuchen. Ganz sicher. Wenig Publikum. Viel Deckung. Ich würde es dort machen, an seiner Stelle. Spürte ein leises Kribbeln. So wie vor jedem Einsatz. Adrenalin. Es schärft die Sinne. Lässt dich fokussierter werden. Wacher. Du bist bereit. Zur Flucht oder zum Kampf. Je nach Lage. Je nach Laune.

Ich lockerte auf dem Weg die Nackenmuskulatur. Legte mir eine Schrittfolge zurecht. Durchspielte verschiedene Szenarien. Faust. Totschläger. Messer. Eine Schusswaffe würde alles verändern. Aber auch da gab es Möglichkeiten. Ich würde mich nach dem Gegner richten. Nicht zögern. Denn dann hast du verloren. Siege erst, kämpfe dann. Ganz einfach – eigentlich.

Ich beobachtete die Umgebung. Eine Wand im Rücken wäre perfekt. Deckung von hinten. Das Schlachtfeld vor mir. Mann gegen Mann. Ein ehrlicher Kampf.

Doch genug geschwafelt. Ich war bereit.

Er schien allein zu sein. Natürlich musste ich damit rechnen, dass ein Partner bereits auf der Parkebene auf mich wartete. Aber auch das war Zukunftsmusik.

Der Kassenautomat. Ich wartete, bis ein älteres Pärchen gezahlt hatte. Löste mein Ticket. Sein Schatten in der Scheibe zum Zugang des Treppenhauses. Ein gutes Stück hinter mir. Aber da.

Weiter.

Zweiter Stock. Das Quietschen der Tür. Die Reihe, in der mein BMW am Ende sein Heck herausstreckte. Meine Schritte an den Wänden. Seine Schritte. Harte Sohlen. Härtere Absätze. Schnell.

Ich kramte den Schlüssel aus der Hosentasche. Umklammerte den Kopf mit der Faust. Den Bart zwischen Zeige- und Mittelfinger. Eine vorzügliche Waffe.

Los komm!

Ich blieb stehen. Drehte mich seitlich. Als suchte ich meinen Wagen. Gab mich betont arglos. Mein Verfolger trat an einen dunklen Mercedes. Gab vor, nach dem Schlüssel zu suchen. So unschuldig. So scheiß unschuldig. Beide wären wir in die engere Wahl für einen Oscar gekommen.

Keine Pistole, dachte ich. Nicht sichtbar jedenfalls. Die Jacke nicht ausgebeult. Kein Abdruck eines Schulterhalfters.

Wahrscheinlich würde er kein Aufsehen erregen wollen. Ich tippte auf Garrotte. Oder Messer. Hauptsache lautlos. Ein Stich in die Leber, den Mund zugehalten. Schnell und effektiv. Wie gesagt, so würde ich es machen.

Langsam setzte ich meinen Weg fort. Mein BMW. Ich spürte den Typen direkt hinter mir. Seinen Atem. Sein Aftershave.

Jetzt!

Schneller Schritt nach links. Die Klinge eines Jagdmessers. In Leberhöhe schoss sie an mir vorbei. Bis zum Schaft ins Blech der Fahrertür. Mit einem Handkantenschlag brach ich ihm Elle und Speiche der Führhand. Trat auf ihn zu. Und rammte ihm mit der anderen Hand den Autoschlüssel unter das Kinn. In den Schädel. Sodass ich das gezackte Metall durch seinen zum Schrei geöffneten Mund aus der Zunge ragen sah. Er zappelte wie ein fetter Fisch am Haken. Ich zog an. Was ein Brocken. Ein Leberhaken hinterher. Kurz gezogen. Trocken. Kraftvoll. Aus der Hüfte nach oben. Oberkörper starr. Eine Bewegung. Wie im Training. Tausend Mal geübt. Ran. Hoch. Durchziehen. Eins. Zwei. Drei. Immer gleich. Immer wirkungsvoll. Nur nicht zögern. Niemals zögern. Er rutschte vor meine Füße. Ein Sack. Ein nutzloser Klumpen Fleisch.

Er stöhnte, als ich mich auf ihn warf, den gesunden Arm auf den Rücken drehte. Meine Hand an seiner. Mein Daumen diente als Scharnier. Druck. Die Hand nach hinten gebogen, bis sie fast brach. Leichtes Spiel.

»Wer bist du?«, ich ging nah an ihn heran, zischte in sein Ohr.

Ein undeutliches »Fick dich«. Mit einem Schlüssel im Mund würde auch ich Probleme haben zu sprechen. Unablässig starrte ich immer wieder in die Runde. Wollte mich nicht überraschen lassen. Wieder an sein Ohr.

»Wer. Schickt. Dich?«

Grunzen.

Falsche Antwort.

Ich erhöhte den Druck auf sein Handgelenk. Ein Millimeter weiter und er würde Gips tragen müssen. Er wusste das. Erneutes Wimmern.

Ich starrte in weit aufgerissene Augen. Sein Unterkiefer bewegte sich, als wollte er mit vollem Mund sprechen. Dann ein Knacken. Leise. In seinen Augen Trotz. Überheblichkeit. Ein Hauch von Sieg. Ich war irritiert. Sah ihn lächeln. *Warum?* Seine Lippen öffneten sich. Sein Blick begann zu flattern. Dann roch ich es. *Scheiße, er verpisst sich!* Mandelgeruch strömte mir entgegen. *Dieser Arsch.* Sein Körper begann zu zucken. Schäumender Speichel. Vermischt mit Blut. Ein Röcheln. Wütend ließ ich von ihm ab. Körper ans Blech. Rückendeckung. Wieder sicherte ich nach allen Seiten. Kampfbereit. Leicht in den Knien. Körperspannung. Bereit.

Scheiße, dachte ich, wer zum Teufel kaute freiwillig auf einer Zyankalikapsel rum?!

Mein Blick huschte hin und her. Ein Aufbäumen des Körpers. Ein letzter Seufzer. Der Kopf rutschte von der Tür. Schlug auf den Asphalt.

Gespenstische Ruhe.

Eine Speichelblase platzte leise zischend. Auf den Knien hockend suchte ich seinen Puls.

Nichts.

Ich fluchte. Tastete nach seinem Kinn. Zog den Schlüssel aus dem Fleisch. Das Blut wischte ich an seiner Jeans ab. Sah in die Runde. Alles still. Niemand hatte den Vorfall bemerkt. Auch war er alleine gewesen. Kein Komplize.

Das war der zweite Anschlag innerhalb von vierundzwanzig Stunden auf mein Leben. Nur warum? Wer waren die Typen? Was hatte ich ihnen getan? Seit meiner Rückkehr aus Malta war ich niemandem auf die Zehen getreten. Jedenfalls nicht wissentlich. Das hier waren Profis. Allein das Zyankali Beweis genug.

Ich steckte in ernsthaften Schwierigkeiten.

Mit beiden Händen klopfte ich den Burschen ab. Jeans. Hemd. Lederjacke. Griff in die Innentaschen. Ein Autoschlüssel mit Anhänger von Hertz. Seine Einfahrtskarte ins Parkhaus. Pfefferminzpastillen. Sonst nichts. Keine Papiere oder irgendetwas, was mir weiterhalf. Ich drückte den Funksender der Zentralverriegelung. Nirgendwo blinkte ein Auto. Rollte ihm die Ärmel hoch. Riss sein Hemd auf. Keine Tattoos. Der Rücken. Die Waden. Auch nichts.

Ich fluchte. Schließlich hatte ich jetzt eine weitere Leiche an der Backe. Für einen kurzen Moment dachte ich daran, ihn zwischen die parkenden Autos zu ziehen. Ihn einfach dort liegen zu lassen. Aus den Augen, aus dem Sinn. Das würde es einfach gestalten. Dann viel mir wieder Thorgen ein. Und ich entschied mich für meinen Kofferraum. Besser auch ich vermied Aufsehen.

Außerdem, was machte schon eine Leiche mehr oder weniger?! Vielleicht könnte Thorgen sie sogar identifizieren – den ganzen Apparat im Kreuz.

Ich öffnete den Kofferraum des BMW. Packte den Toten unter den Achseln. Hoch. Schwer wie Blei.

»Soll ich die Füße nehmen?«

Ich ließ die Leiche fallen. Fuhr herum.

»Wer?! Verdammt! Sie?!« Der hatte mir gerade noch gefehlt. Ich funkelte den kleinen, schmächtigen Mann vor mir an. Schlagartig hatte ich noch schlechtere Laune. Erneut Besuch aus der Vergangenheit – zum Kotzen war das. Wo war ich? Auf einem verfluchten Klassentreffen?! Stand *Einsam* auf meiner Stirn?!

»Ja, ich. Was jetzt? Soll ich die Füße nehmen? Ich meine es ernst.« Er trat näher an uns heran.

»Tingeln Sie jetzt mit Ihrer Drehorgel über die Flughäfen der Republik?« Ich machte eine Kurbelbewegung. »Sie schrecken auch vor nichts zurück. Das wäre ein terroristischer Akt.«

G grinste schief. »Ich sagte doch, wir würden uns früher oder später wiedersehen. Eher früher.« Auf Malta hatte er mir einen Job angeboten. Ich hatte dankend abgelehnt. Wollte nicht für den MAD arbeiten. Im Leben nicht. Hasste den Verein. Ich war und blieb ein einsamer Wolf. Mein eigener Herr. Hatte lange genug Befehle empfangen.

»Was wollen Sie, G?« Ich verlor die Geduld.

»Na, Ihnen bei Ihrem Problemchen behilflich sein.« Er deutete auf den Toten. Griff nach den Stiefeln.

»Meinen Dreck mache ich selber weg.« Diese ganze Unterhaltung war ziemlich abstrus.

»Dazu wird Ihnen die Zeit fehlen. Mein Boss will Sie sehen. Sofort.«

»Was haben Sie damals von ›Nein, ich werde nicht für Ihren Scheiß-Verein arbeiten!‹ nicht verstanden.« Ich zog das Jagdmesser aus der Tür.

Er ließ die Beine los. Richtete sich auf. Neigte den Kopf. »Nun, vielleicht kann mein kleiner Freund Sie überzeugen.« Er griff an seine Hüfte.

»Jetzt öffnen Sie bloß nicht die Hose, sonst schneide ich Ihnen das Zipfelchen ab.« Ich hob das Jagdmesser. Richtete die Spitze auf ihn.

Er lief tatsächlich rot an. Dann blickte ich in den kurzen Lauf einer .38er. »Schluss mit den Mätzchen, Wolf.« Er klang jetzt wirklich ärgerlich.

Ich grinste. »Sie wissen, dass Sie längst tot wären, wenn wir zwei nicht alte Bekannte wären?« Ich wog das Messer in meiner Hand. Seufzte übertrieben. »Also gut, G. Langsam bin ich neugierig geworden. Ich nehme an, Ihr Boss kann mir auch sagen, warum dieser Zyankali-Affe hinter mir her war.« Das hatte ich nicht als Frage formuliert.

Einer inneren Bosheit folgend, ließ ich das Jagdmesser kreisen bis ich die Klinge zu greifen bekam. Aus dem Handgelenk warf ich es dem guten G zu. Es war köstlich. Sein Gesichtsausdruck. Die Verwandlung. Von erschrocken zu verdutzt. Er ließ die Knarre fallen. Fing das Messer. Applaus

Ich lachte. »Erstklassige Ausbildung. Respekt, mein Guter.«

Seine Halsschlagader schwoll an. Die Kiefer arbeiteten. Am liebsten hätte er mich getötet. Jede Wette. Ich ging auf ihn zu. Legte die Hände aneinander. Verbeugte mich. Bebte. Was für eine Show. Herrlich. Allein das war es wert, am Morgen aufgestanden zu sein.

Zitternd führte er seine Finger zum Mund. Pfiff. Eine schwarze Limousine rollte lautlos aus dem Nichts heran. Scheiben getönt. Unmöglich die Insassen zu erkennen. Er hob die Waffe auf. Steckte sie ein. Das Messer flog unter den BMW. Dann öffnete er den Schlag.

Er zischte: »Wenn ich denn bitten dürfte, Sie Arsch.«

Hatte sich halbwegs wieder unter Kontrolle. Seine Gesichtsfarbe nunmehr rosa. Ich lachte immer noch. Ließ mich in die ledernen Sitze gleiten. Unter einer dunklen Sonnenbrille grinsend hielt mir ein Gorilla eine schwarze Kapuze unter die Nase.

Mann, was Affen, dachte ich. Schluckte das Lachen herunter.

Verfluchte mich jetzt schon, das Angebot angenommen zu haben.

12

Der Mann sah der Limousine nach, die am anderen Ende des Parkhauses aus seinem Blickfeld verschwand.

Er saß in einem weißen Audi A6 eine Querreihe weiter. Auf der Rückbank. Gut verborgen durch die Vordersitze. Unter der Kopfstütze hindurch hatte er die perfekte Sicht auf Wolf und das Schauspiel, das sich ihm bot. Ein Logenplatz. Die Glock mit Schalldämpfer griffbereit auf dem Schoß. Eine Sturmhaube auf dem Kopf, bereit sie jederzeit über das Gesicht zu ziehen, sollten die Umstände es erzwingen. Er hatte gesehen, wie Wolf kurzen Prozess mit seinem Verfolger gemacht hatte. Hatte wie erwartet nicht einschreiten müssen. Dass dieser spielend auch mit zwei Gegnern fertig geworden wäre, wusste er nur zu gut.

Ihm hatte aber nicht gefallen, was danach passiert war.

Dieser kleinwüchsige Typ war wie aus dem Erdboden gewachsen aufgetaucht. Ein Geist. Instinktiv hatte der Mann im Auto nach der Waffe gegriffen, die Sturmhaube heruntergezogen. Sich bereit gemacht. Doch statt eines Kampfes hatten sie geredet. Als wären sie alte Bekannte oder zumindest sich schon einmal begegnet. Auch schien der schmächtige Kerl helfen zu wollen, hatte tatsächlich die Stiefel des Toten gepackt. Also war er sitzen geblieben und hatte abgewartet.

Wer war der Kerl? Viele Möglichkeiten gab es nicht.

Was gesprochen wurde, hatte er nicht verstehen können. Der Mann im Auto ärgerte sich, nicht eine Wanze am BMW angebracht zu haben. Aber das wäre doch ein allzu großer Zufall gewesen. Dass es auf ein Kaffeekränzchen hinauslief, doch zu abwegig. Trotzdem. Er hätte es einkalkulieren müssen.

Mit Argusaugen versuchte er von den Lippen abzulesen, aber sie standen zu seitlich. Der Körperspannung der beiden nach, Geplänkel. Sogar Gelächter. Aber auch eine eigentümliche Spannung. Der Kerl hatte Wolf bedroht. Sein Einsatz. Den Türöffner hatte er schon in der Hand. Doch dann das Schauspiel mit dem Messer. Grotesk. Die Limo, die von links heranrollte. Gar nicht gut. Und Wolf war tatsächlich in den Wagen gestiegen. Freiwillig. Ohne zu zögern.

Das war der Punkt.

Er wusste nicht, was er davon halten sollte. Nur, dass sein Auftrag hier und jetzt endete. Er hatte klare Anweisungen: Bei Kontakt sofortiger Abbruch.

Er fluchte. Wolf war wichtig. Doch von nun an stellte er ein unkalkulierbares Risiko da. Feindkontakt. Eindeutig. Auf welcher Seite stand er? Sie mussten sicher gehen können, wem sie vertrauen konnten. Es hing so viel davon ab.

Da! Ein weiteres Fahrzeug. Ein Lieferwagen. *Elite-Gebäudereinigung* in großen Lettern auf der Seite. Darunter: *Wir machen Ihren Dreck weg*. Humor hatten sie ja, musste der Mann zugeben. Der Wagen stoppte direkt hinter dem BMW.

Sieh an, dachte der Mann. Wenn das mal nicht der Putztrupp ist.

Zwei Männer in Arbeitskleidung glitten aus der Öffnung der Schiebetür. Blickten sich um. Er war unsichtbar. Saß still in seinem Fahrzeug. Im Schatten. Die Männer bückten sich. Kamen mit Leiche hoch. Mühelos warfen sie den Körper in den Wagen. Stiegen hinterher. Noch bevor die Tür ganz geschlossen wurde, fuhr der Fahrer an. Das Ganze hatte nur wenige Augenblicke gedauert.

Der Mann wartete noch zehn Minuten. Zog sich die Sturmhaube ab und verstaute sie zusammen mit der Glock unter dem Beifahrersitz. Nahm dann seine Tasche. Verließ den Mietwagen. Hinterlegte den Schlüssel auf dem rechten Hinterrad. Irgendwann würde die Mietwagenfirma nach ihrem Fahrzeug suchen. Irgendwann würde er einer Streife auffallen.

Dass keine Spur zu ihm führte, dafür hatte er gesorgt. Einen falschen Namen und falsche Papiere benutzt. Niemand würde sein wahres Aussehen beschreiben können, denn für die Maske hatte ein Profi fast zwei Stunden gebraucht. Zurück blieb das Bild von einem Geschäftsmann mit Bart und Brille. Ein Dutzendgesicht. Spur verloren. Auch die Waffe war sauber, und er hatte stets Handschuhe getragen. Nicht getankt und auch sonst keine Quittung hinterlassen. Selbst wenn sie sich die Mühe machen würden, nach DNA zu suchen – finden würden sie wahrscheinlich diverse, Hautschuppen, Haare, irgendetwas verliert der Mensch immer – er war in keiner Datenbank der Welt vorhanden.

Ein letzter Blick in die Runde. Alles ruhig. In aller Ruhe entfernte er sich in Richtung Abflugterminal. Er sah sich nicht einmal mehr um. Sein Flug ging in fünfzig Minuten. Genug Zeit, seinen Auftraggeber per SMS zu informieren.

Von nun an war Wolf auf sich allein gestellt.

13

Ich schätzte die Fahrt auf etwa dreißig Minuten. Stadtverkehr. Ampeln. Ein ewiges Halten und Anfahren. Mehrmals waren wir abgebogen. Beschleunigen. Bremsen. Zum Schluss ging es abwärts. Echos gedämpfter Geräusche. Eine Tiefgarage. Stopp. Der Motor erstarb. Türen, die geöffnet wurden. Eine Hand an meinem Oberarm. Raus. Vorwärts. Auf dem Weg zum Big Boss. Alles ohne Worte. Jeder wusste, was er zu tun hatte. Ein Team. Der Fahrer. Der Gorilla. G ihr Anführer. Wahrscheinlich kochte er noch immer vor Wut.

Wie ich. Hätte mich nicht auf ihr Spielchen einlassen sollen. Zu spät. Da musste ich jetzt durch. Aber wenn ich ehrlich war, trieb mich nach den Geschehnissen des Vorabends auch die Neugier. Irgendetwas lief hier ab. Und ich schien eine nicht unwichtige Figur zu sein. Dachte an den toten Antonio auf dem Dach. An meinen geheimnisvollen Beschützer. An meinen Zyankali-Gegner. An Anke. Auf dem Weg nach Malta. Und ich in den Fängen des MAD.

Ein PLING. Sie stießen mich sanft in einen Lift. Wir fuhren nach oben. Ich zählte. Kam auf zehn Sekunden. Drei Stockwerke. Stiegen aus. Beton. Vorwärts. Schritte zählen. Zwei Gänge. Drei Gänge. Rechts rum. Links rum. Prägte mir alles ein. Automatisch. Sicher war sicher. Vielleicht musste ich schnell hier raus. Wollte den Wagen finden. Mein Notfallplan. Stopp. Klopfen. *Herein.* Ein paar Schritte. Teppichboden. Der Gorilla drückte mich auf einen Stuhl.

»Kann ich das verdammte Ding jetzt abnehmen?« Ich machte mir nicht die Mühe, meinen Gemütszustand zu verbergen.

»Aber natürlich, Herr Wolf.« Ein Mann. Die Stimme dünn und monoton.

Ich riss mir das Ding vom Kopf. Spuckte ein paar schwarze Fusseln vor mich. Wie gesagt, wollte keinen Höflichkeitswettbewerb gewinnen. Blinzelte in die Sonne, die ihre Strahlen durch das große Fenster vor mir in das Büro schickte. Nur mit Mühe erkannte ich im Gegenlicht einen Schreibtisch. Computer. Telefon. Den Mann im dunklen Zweireiher dahinter.

Eine weitere Person stand schräg hinter ihm. Ein Scherenschnitt. Seltsam unbeteiligt. Mit dem Rücken zu mir. Der Gorilla links an der Wand. Sein Schulterhalfter unter dem Sakko spannte. Er starrte stur geradeaus. Ich drehte mich um. Sah G an der Tür stehen. Als wollte er verhindern, dass ich einfach aufsprang und wegrannte. Der Fahrer fehlte. Wahrscheinlich hatte er vor der Tür Posten bezogen.

Ich rechnete meine Chancen aus. Vier gegen eins. Beziehungsweise fünf. Schwer, aber nicht unmöglich. Ich musste an die Waffe rankommen. Also wäre der Gorilla mein erstes Ziel. Dann sähe die Welt schon wieder anders aus.

Ich grunzte. »Oh, kein schalldichter, feuchter Keller? Keine Daumenschrauben? Kein Waterboarding?« Lachte auf. Wurde ernst. Die Neugier trieb mich. »Okay, da bin ich. Wer sind Sie, und was wollen Sie?«

Die dünne Stimme. »Sie!« Der Mann hinter dem Schreibtisch beugte sich nach vorn. Randlose Brille. Allerwelts-Gesicht dahinter. Seltsam alterslos. Irgendwo zwischen vierzig und sechzig. Farblose Augenbrauen unter aschblonden, dünnen Haaren. Ein Babyface. So taufte ich ihn auch.

Ich schnaubte. »Ich habe Ihrem …«, ich machte eine Kopfbewegung nach hinten. Sah zu G. Wieder nach vorne. »… Mitarbeiter des Monats schon auf Malta gesagt: Ich arbeite nicht für euch. Niemals. Bin nicht käuflich. Für kein Geld der Welt.«

»Ja, Herr Wolf, aber Sie erkennen ein gutes Geschäft, wenn Sie es sehen. Hören Sie mir erst mal zu.« Er machte eine kurze Pause. Fuchtelte mit der Hand. »Ich kann verstehen, dass Sie etwas ungehalten sind, aber meine Mitarbeiter hatten ihre Anweisungen. Wir mussten diese Maßnahmen ergreifen.« Er deutete auf die schwarze Kapuze vor uns auf dem Schreibtisch. »Nichtsdestotrotz möchte ich Sie recht herzlich willkommen heißen. Möchten Sie etwas trinken? Kaffee? Tee? Ein Wasser vielleicht?«

»Ich werde nicht die Zeit haben, es auszutrinken.« Ich sah ihm in die Augen. »Ein letztes Mal: Wer sind Sie, und was wollen Sie von mir?«

Babyface seufzte. Setzte die Brille ab. Polierte sie. »Also gut. Mein Name ist Heinz Müller. Ich leite diese Abteilung hier beim MAD. Sie sind hier in besten Händen. Und Sie können jederzeit gehen. Aber Sie sollten hören, was ich zu sagen habe. Es wird Sie interessieren. Versprochen. Es geht um Ihren Ziehsohn. Um Philip Komarek.«

Heinz Müller. Eher Herr Kaiser von der Hamburg-Mannheimer. Aber er hatte recht. Mein Interesse war geweckt. Die andere Information die entscheidende. Philip. Ich war nicht überrascht, seinen Namen zu hören. Irgendwie schwebte sein Geist seit dem Tag zuvor hinter mir her. Ich sah diesen Heinz Müller fragend an. Das Babyface. Er setzte seine Brille wieder auf.

Er fuhr fort. »Sie wissen, worum es geht. Um die Tonnen von TNT. Wir wollen sie. Philip hat sie. Und er plant weitere Anschläge auf deutschem Boden.«

Ich verdrehte die Augen. »Philip? Das glauben Sie wohl selber nicht. Dieses dämliche TNT. Existiert es überhaupt? Was heißt weitere Anschläge?«

Babyface hob eine Augenbraue. »Das Feuer letzte Nacht. Die Explosionen. Dazu wurde TNT benutzt.«

»Welches Feuer?« Verstand nur Bahnhof.

»Die Stasi-Unterlagen-Behörde.«

Ich starrte ihn an.

»Lesen Sie keine Zeitung, Wolf?«

»Nicht, wenn es sich vermeiden lässt.«

Er seufzte. Beugte sich vor. Hackte auf seine Tastatur ein.

»Mehrere Explosionen in der Hauptstadt lösten am gestrigen Abend einen Großeinsatz der Feuerwehr und des Katastrophenschutzes aus …«, hörte ich aus den Lautsprechern.

Er drehte seinen Computermonitor zu mir. Ich sah einen Film des ZDF.

Meterhohe Flammen. Einsatzkräfte. Feuerwehrmänner in voller Montur. Blaulicht schlug gegen Fassaden. Krankenwagen. Polizisten, die Sperren errichteten. Eine riesige, schwarze Wolke über Berlin. Eine aufgeregte Reporterin. Über dem Fernsehbild das Datum des Vortags.

»Vielleicht überzeugen Sie die Nachrichten?!« Babyface drehte den Bildschirm zurück. Stoppte den Stream. »Verursacht durch TNT. Das wurde nicht gesagt. Die Info wurde bewusst zurückgehalten. Ein Sprengstoffanschlag würde in heutigen Zeiten für zu viel Unruhe sorgen. Fakt ist aber, das TNT ist aus der Charge, die wir suchen. Die fehlenden Paletten aus dem Bauch des *DDR*. Das Ihr Ziehsohn an Ihren Vater verkauft hat.«

Mein Vater. Der *L'imperatur*. Der ehemals ruhmreiche Pate von Malta. Prostitution. Rauschgift. Menschenhandel. Aber TNT? Warum nicht. Solange Geld damit zu machen war. Aber ich war nicht überzeugt. Sie erzählten mir hier einen vom Pferd.

»Mein Vater ist tot.« Nimm das!

»Das wissen wir. Aber das TNT ist verschwunden.«

»Verschwunden?«

»Ja. Tun Sie nicht so. Das wissen Sie genau. Spurlos. Und mit ihm Ihr Ziehsohn Philip. Der sich jetzt Mr. Romero nennt. Aber das wissen Sie natürlich auch.«

Sie waren zweifelsohne gut informiert. Ich fragte mich aber, woher der MAD wusste, dass ich Philip als Mr. Romero kannte. Beziehungsweise zu erkennen geglaubt hatte. G hatte mich nie mit ihm zusammen gesehen. Dann ging mir ein Licht auf.

»Antonio.«

Mein Gegenüber nickte. »Schlaues Kerlchen. Antonio. Wir vermissen ihn im Übrigen. Sie wissen nicht zufällig wo er ist?« Etwas Lauerndes in der Frage.

Sie haben ihn auf dich angesetzt, dachte ich. Versteifte mich automatisch. Sie haben dir einen Killer auf den Hals gehetzt. Der rote Punkt auf meiner Stirn. Mein Hirn ratterte. Was lief hier? Es gab nur einen Weg. »Der liegt tot auf dem Dach, gegenüber meiner Wohnung.« Und das!

Stille.

»Was?!« Ich hatte Babyface aus dem Konzept gebracht.

»Tot. Kopfschuss.« Ich schickte ein BAAAAM hinterher. Wirkungstreffer, na also!

»Sie?«

Ich schüttelte den Kopf. »Nein, nicht ich. Aber *Ihr* Mann hat mir einen roten Punkt auf die Stirn gezaubert.«

Er hatte sich erstaunlich schnell wieder im Griff. »Unsinn! Er sollte Sie nur überwachen.«

»Da hat er wohl etwas falsch verstanden.«

Lügen schwebten im Raum. Ich dachte an Jagdmesser und seinen Zyankali-Abschied. Das alles ergab keinen rechten Sinn. Aber wir sprachen es beide nicht aus. Wir spielten Schach. Jeder reagierte auf den Zug des anderen. Bis sich eine Lücke bot.

Ich sah es in Babyface arbeiten. Er starrte mich an. Lange. Schließlich sagte er: »Ich will ehrlich sein: Nur Sie können Philip finden. Deshalb brauchen wir Ihre Hilfe, Wolf.«

Aha. Wir verzichteten bereits auf Höflichkeiten. Sollte mir recht sein. Ich bemerkte seine Änderung in der Taktik. Mit Fragen kam er bei mir nicht weiter, jetzt appellierte er an meine Hilfsbereitschaft. Ein überraschender Zug. Aber plump. »Nur damit ich es richtig verstehe, Müller: Sie kidnappen mich gewissermaßen. Schleppen mich in dieses Büro. Sagen mir ins Gesicht, mein Ziehsohn sei ein Terrorist. Und ich soll Ihnen seinen Kopf auf dem Silbertablett liefern. Ist das so in etwa richtig zusammengefasst?«

»Nun ja, es ist Ihre Pflicht als guter Bürger ...«

»Wollen Sie mich verarschen?«, unterbrach ich ihn. »G sagte, Sie kennen meine geheime Akte? Auch wenn ich nicht weiß, wie Sie jemals drangekommen sind. Aber Ihnen müsste dann klar sein, dass ich niemals die Familie verraten würde und werde.«

»Wolf. Ich gebe Ihnen die Chance, Ihren Ziehsohn lebend wiederzusehen. Ich könnte auch jemand anderen schicken.« Phase drei seiner Taktik. Jetzt waren Drohungen an der Reihe. Was für ein Kaspar. Ich schwieg. Starrte ihn an. Die Worte standen schwer zwischen uns. Dann: »Ich biete Ihnen einen Deal an: Sie liefern uns das TNT. Und Philip bekommt im Gegenzug einen fairen Prozess. Mensch, begreifen Sie das.«

»Wie kann es sein, dass Sie und Ihr Apparat nicht in der Lage sind, einen Jungen zu fangen.« Kaschong!

Sein Gesicht nahm ein helles Rot an. Seine Hände ballten sich zu Fäusten. Er musste sich zusammenreißen, um nicht zu schreien. Es bereitete ihm zusehends Schmerzen. »Ihr Junge ist ein scheiß Terrorist. Ein Profi. Wachen Sie auf, Mann!«

Sie mussten ziemlich verzweifelt sein, wenn sie mich um Hilfe baten.

Babyface lehnte sich im Stuhl zurück. Seine Hände entspannten sich. Er fixierte mich. »Also, Wolf, sind Sie auf unserer Seite?« Was passieren würde, wenn ich ablehnte, schwang in den Worten mit. Wahrscheinlich würde ich mit dem Aufzug direkt in den feuchten Keller fahren. Bestimmt lagerten sie die Daumenschrauben dort.

Seine dünne Stimme. »Und es ist nicht nur Ihre Nähe zu Philip. Sie sind auch noch aus einem ganz anderen Grund unser Mann.«

Wir näherten uns dem Knackpunkt. Es wurde spannend. Ich wartete. Rechnete noch mal meine Chancen aus, hier rauszukommen. Dass sie mich einfach gehen lassen würden, war Bullshit. Und er wusste, dass ich es wusste. Er hatte schon zu viel gesagt. Das konnten sie nicht riskieren. Und würden sie nicht.

Er fragte: »Wie gut ist Ihr Russisch?«

»Ganz passabel.« Worauf wollte er hinaus?

»Wir haben seine Spur in Moskau verloren.«

Daher wehte der Wind. Ein interessanter Zug. Er bot mir seinen Läufer an. Sie wollten den Zielfahnder für die besonderen Aufgaben. Russland. Kein Auslieferungsabkommen. Sie wollten mich vorschicken. Den Experten. Das hatte mehrere Vorteile. Es war mein Job, Personen in solchen Ländern aufzustöbern. Sie unbemerkt auszuschleusen. Sollte ich dabei erwischt werden oder draufgehen, könnte niemand eine Verbindung zu ihnen herstellen. Schlau eingefädelt, das musste ich ihnen lassen.

Ich schüttelte den Kopf. »Die Zeiten sind lange vorbei. Das ist kein Kindergartenspiel. Eine solche Operation braucht perfekte Planung. Das ist auch kein Einzelkämpfer-Wettbewerb. Ich hatte ein Team im Hintergrund, dem ich blind vertrauen konnte. Ihnen, Müller – oder wie auch immer Sie wirklich heißen mögen – würde ich nicht mal die Hand reichen ohne hinterher meine Finger zu zählen.«

Der Schatten vor dem Fenster rührte sich.

»Er wusste, dass du so argumentieren würdest, Wolf.«

Ich kniff die Augen zusammen. Nein, das konnte nicht sein. Die Gestalt vor dem Fenster löste sich aus dem Gegenlicht. Dann sah ich den *König* auf mich zukommen. Sein Haar jetzt grau. Fingerlang nach oben frisiert. Es zierte sein Haupt wie eine Krone. Thomas Thorgen – mit doppelt th. Mein ehemaliger Chef.

Mit einem Mal wurde mir schwindelig.

14

Neben Babyface blieb er stehen. »Sie meinen es ernst, Wolf. Es ist deine einzige Chance, Philip lebend wiederzusehen.«

Ich konnte nichts sagen.

Er streckte mir die Hand entgegen. »Es ist lange her. Du siehst gut aus, mein Freund.«

Ich schlug ein. Stand dabei auf. Halb kam ich, halb zog er mich um den Schreibtisch herum. Wir umarmten uns. Klopften uns auf den Rücken. Herzlich. Ehrlich. Mein Mentor. Fast wie ein Vater. Den ich irgendwie nie wirklich gehabt hatte. Schlagartig waren die alten Zeiten wieder da. Die unzähligen Einsätze in aller Welt. Bis ins kleinste Detail durchgeplante Operationen. Ich an der Front. Er der Rückhalt. Derjenige, der im Hintergrund die Fäden zog. Mir Rückendeckung gab. Auf mich aufpasste. Ihm hatte ich blind vertraut. Wir waren so verdammt gut gewesen. Jeder hätte für den anderen sein Leben gegeben.

Jetzt stand er hier vor mir. Übte Druck auf mich aus. Wollte, dass ich meine Familie verriet. Ich geriet ins Wanken. Natürlich wollte ich Philip helfen. Natürlich wollte ich ihn lebend in die Arme schließen. Aber das hier war und blieb ein Scheiß-Deal. *König* hin oder her.

»Denk nach, Wolf. Ein letzter Auftrag mit deinem alten Team. Du hast richtig gehört, die alte Mannschaft. Alle von damals sind dabei: Hajo, Zecke, Jo und Susan. Einfach alle. RAR. Rein. Abgreifen. Raus. Und Philip ist gerettet. Keine große Sache. Du erhältst die volle Unterstützung. Alles, was du brauchst. Kommunikation. Waffen. Koordination. Geld spielt keine Rolle. Auch du wirst nicht leer ausgehen. Du holst ihn aus Moskau zurück. Leise. Ohne Aufsehen. Auf dich wird er hören. Ich bürge für einen fairen Prozess. Junge, nur dieses eine Mal noch. Es geht um die nationale Sicherheit.«

»Ich bin nicht käuflich.«

»Das warst du nie. Tue es für Philip. Ich weiß, wie es ist, einen Sohn zu haben. Du musst zu ihm stehen. Glaub mir, er erwartet das. Vielleicht hat er sich auch nur aus Angst verkrochen. Sich in etwas reinmanövriert, aus dem er alleine nicht mehr rausfindet. Du willst dir doch nicht ewig vorwerfen wollen, ihn im Stich gelassen zu haben?!«

Manipulativer Mistkerl. Das war er immer schon gewesen. Ein Player. Er wusste, an welcher Schraube er bei Menschen drehen musste. Das hatte ihn auch zu einem guten Chef gemacht. Dabei war er immer fair geblieben. Stand zu seinem Wort. Ein Gentleman, könnte man sagen.

Sie hatten mich, ich spürte es bereits. Thorgen war ihr Trumpf, die Karte perfekt gespielt. Sie waren so verdammt schlau. Und das machte sie gefährlich. Mir schwirrte der Kopf.

Alle starrten mich an. Ich ließ mir Zeit. Ging zurück zum Stuhl. Setzte mich. Scheiße, ich würde es bereuen. Spürte es mit jeder Faser meines Körpers. Aber der *Kö-*

nig sah mich fast flehentlich an. Ich wüsste nur zu gerne, was sie ihm versprochen hatten. Wandte mich an Babyface. Hatte eine Entscheidung getroffen. Vielleicht war das ja die Lösung. »Ich nehme Sie beim Wort, Müller. Und sollte Philip etwas zustoßen, werde ich Sie besuchen. Selbst wenn Sie gar nicht mehr damit rechnen. Versprochen.«

Babyface lächelte. Nickte. Beugte sich vor. Streckte mir seine zierliche Hand entgegen. »Mein Ehrenwort, Wolf. Willkommen an Bord.«

Mein Ehrenwort …

Wie oft hatte ich das in diesen Kreisen schon gehört?! Es war einen feuchten Furz wert. Genauso falsch wie Müllers Name oder sein schmieriges Lächeln.

Trotzdem schlug ich ein. Drückte seine Hand einen Tick zu fest, hielt sie einen Moment zu lange. Das doppelte Ausrufezeichen hinter meinem Versprechen. Er verzog keine Miene. Er war geübt in solch fadenscheinigen Verhandlungen.

Mit dem Gefühl, einen Pakt mit dem Teufel geschlossen zu haben, lehnte ich mich im Stuhl zurück. »Okay. Lassen wir die Höflichkeiten. Wir haben eine geschäftliche Vereinbarung. Wie geht es jetzt weiter? Ich nehme an, Sie haben alles vorbereitet. Ich höre.«

Babyface drückte eine Taste auf seinem Telefon. »Berger kann jetzt reinkommen.«

Augenblicklich ging die Tür auf. Ein Mann im weißen Kittel kam herein. In der Hand einen kleinen Aluminiumkoffer. Neben mir ging er in die Knie. Stellte den Koffer ab. Öffnete ihn. Eine Art Pistole kam zum Vorschein. Fragend sah er Müller an. Ich folgte dem Blick.

»Das ist nicht Ihr ernst, Müller«, sagte ich.

»Wie Sie schon sagten. Alles vorbereitet und durchdacht. Zu Ihrer Sicherheit, sobald Sie uns hiermit …«, er schob mir ein Handy entgegen, »das Signal geben, aktivieren wir über Funk den Chip unter Ihrer Haut. Peilen Sie auf den Meter genau an. Und sofort arrangieren wir Ihren und Philips Rückzug. Wir schicken Ihnen Koordinaten aufs Handy. Dort wird ein Hubschrauber auf Sie warten. Ein Eingreifteam nimmt Sie in Obhut. Die Russen werden uns Amtshilfe leisten und sie ungehindert gehen lassen. Sie sind vollumfänglich über die Aktion informiert. Niemand legt uns Steine in den Weg. Ruckzuck sind Sie und Philip wieder in Berlin. Thorgen wird hier auf Sie warten. Wir halten unsere Versprechen. Das war's. Keine große Sache. RR. Rein, raus – oder wie auch immer Sie das zu sagen pflegen.«

»Ich bin kein Haustier.« Der Hund, der auf den Teppich geschissen hat.

Der Techniker hielt die Pistole bereit, sah mich an. Schulterzuckend rollte ich meinen Hemdsärmel hoch. Sagte trocken »Au«, als er mir die Kapsel mit dem Sender unter die Haut schoss.

»Ich hoffe, Sie können sofort los?!« Babyface war aufgestanden. Thorgen nickte mir lächelnd zu. Stand irgendwie da, wie bestellt und nicht abgeholt. Erst jetzt bemerkte ich, wie alt er geworden war.

»Klar«, sagte ich.

Anke war aus der Schusslinie. Alles in bester Ordnung. Ich sah auf die Uhr. Sie müsste bereits im Anflug auf Malta sein. Tausende Kilometer entfernt. In Sicherheit. In Sandros Obhut. Sie würde sich dort um Kenu kümmern. Den kleinen afrikanischen Jungen, den wir adoptiert hatten. Dessen Angehörige auf der Flucht über das Mittelmeer ertrunken waren. Den ich zusammen mit Anke aus den Händen der Amerikaner befreit hatte. Geiseln gegen Kokain, das ich nie in den Händen gehalten hatte. Es war eine blutige Angelegenheit gewesen. Das lag kaum zwei Wochen zurück. Schien aber Lichtjahre her zu sein.

Tat ich also – hip hip hurra – als guter Bundesbürger meine Pflicht. Und irgendwie kribbelte es wie früher. Mein altes Team. Hajo. Zecke. Jo. Susan. Thorgen an der Spitze. Ein neuer Einsatz. RAR. Es ging los. Trotzdem schwang der Blues mit. Ich konnte nur hoffen, Philip damit zu helfen. Dass er ein Terrorist war, das konnten sie ihrer Großmutter erzählen. Aber eins nach dem anderen. Zunächst würde ich meinen Ziehsohn aufspüren. Auch wenn ich noch keine Ahnung hatte wie. Dann würde ich weitersehen. Kein guter Plan. Aber immerhin ein Plan.

»Hier!« Babyface kramte in der obersten Schublade seines Schreibtisches. Warf mir eine Akte zu. »Ihre Flugzeuglektüre. Darin steht alles, was Sie wissen müssen über Ihren sauberen Ziehsohn. Viel Erfolg, Wolf.«

Was für ein Arschloch!

15

Anke trat aus dem Flughafengebäude in die grelle Sonne.

Obwohl sie nicht rauchte, auch nie geraucht hatte, sehnte sie sich plötzlich nach einer Zigarette. Sie musste ihre Nerven beruhigen. Ein schlechtes Gewissen plagte sie. Sie hätte Wolf nicht einfach so zurücklassen sollen. Das hatte er nicht verdient. Auch nicht so behandelt zu werden. Aber sie hatte keine Kraft gehabt, ihm das Theater der liebenden Freundin vorzuspielen. Gerade weil sie ihn wirklich liebte. Gerade wo sie sich doch für ihn und ihr neues Leben entschieden hatte. Aber sie ließen sie nicht aus ihren Krallen. Nicht nach all den Jahren der Arbeit.

Sie hasste sich für das, was sie war.

Jetzt blinzelte sie in die Sonne. Spürte den warmen Wind auf ihrer Haut. Ein Hauch von Frieden. Doch flüchtig und schon wieder vorbei. Für einen kurzen Moment dachte sie daran, einfach umzukehren und den nächstbesten Flieger zu nehmen. Das Ziel egal. Nur weg von hier. Und vielleicht war Weglaufen die Lösung. Sich irgendwo verkriechen, wo man sie nicht finden konnte. Vielleicht würden sie gar nicht nach ihr suchen. Glaubte sie das wirklich? Anke spürte Magensäure in sich hochsteigen.

Kramte in ihrer Handtasche nach den Antidepressiva. Drückte zwei Tabletten aus der Folie. Schluckte sie ohne Wasser.

Die Panikattacke kam aus dem Nichts. Überrollte sie. Sie musste sich an der Wand abstützen. Blut rauschte in ihren Ohren. Ihr Blickfeld schrumpfte. Ihre Atmung setzte aus. Die Panik fraß sich wie ein hungriger Parasit durch ihren Kopf. Sie krümmte sich vor. Würgte. Übergab sich auf ihre Schuhe. Schaumiger Schleim. Brocken des Frühstücks. Bis nichts mehr kam und Mund und Speiseröhre brannten wie Feuer.

Mühsam richtete sie sich auf. Spürte Schwindel. Schleppte sich unsicher in den Schatten. Erreichte an einer Bushaltestelle eine Bank. Setzte sich. Stützte den Kopf in die Hände. Schloss die Augen. Nur langsam gewann sie wieder die Kontrolle über ihren Körper. Geräusche wie durch Watte. Ein Wummern. Lichtblitze vor ihrem inneren Auge. Die Welt existierte nicht mehr. Sie war eine Gefangene ihres eigenen Ichs. Sie zwang sich, langsam und tief zu atmen. Auszubrechen aus diesem Vakuum. Sie konzentrierte sich auf die wärmende Sonne. Nahm sich alle Zeit der Welt. Erzwingen ließ sich nichts. Sie wartete, so wie sie es gelernt hatte.

Irgendwann kehrte sie ins Leben zurück.

Mit zittrigen Fingern kramte sie Papiertaschentücher hervor. Säuberte so gut es ging ihre Sneaker. Gegen den Geschmack in ihrem Mund half ein Pfefferminz. Sie blickte die Auffahrt hinab. Sah einen dunklen Mercedes auf sich zurollen. Er hielt auf Augenhöhe. Die Scheibe an der Beifahrerseite fuhr herunter. Ein Gesicht. Vertraut. Verhasst. Die Panik war wieder da. Die Magensäure.

»Einsteigen!«

Sie hatten sie gefunden.

Mechanisch erhob sie sich. Nahm ihr Gepäck. Öffnete die hintere Tür. Glitt auf den Rücksitz.

Den Zeitpunkt einfach wegzulaufen, hatte sie verpasst.

16

Sie hatten mir Economy gebucht.
War ja klar. Aber es war ohnehin kein Urlaubsflug. Immerhin war der Platz neben mir frei. Ich saß direkt am Fenster. Mein Handgepäck hatte ich über mir verstaut, nur mein Privathandy herausgenommen, offline geschaltet. Ich hatte mich gezwungen zu entspannen. Hatte minutenlang das Anschnallzeichen angestarrt, bis ich eine gewisse Schwere spürte. Für meine Lektüre wollte ich den Kopf freihaben. An nichts denken, was mit der Sache nichts zu tun hatte. Vor jedem Einsatz hatte ich das so gemacht. Der Flug diente der Vorbereitung. Der Konzentration auf die kommende Aufgabe. Es war wie ein Schritt aus meinem echten Leben in eines, das sich anders anfühlte. Es war fast so, als sähe ich mich selbst von außen. Ich verwandelte mich in eine Maschine, die keine Fehler machen durfte. Ich war wieder im Einsatz.

Eine Stewardess brachte mir Kaffee, den ich in der Hand balancierte. Schwarz. Ohne Zucker. Von Zeit zu Zeit nippte ich daran. Sah aus dem Fenster. Stellte mir vor, über die Wolken laufen zu können. Frei zu sein. Nicht diesen Auftrag angenommen zu haben. Doch das war nur ein flüchtiger Moment, denn ich saß in einer Maschine zehntausend Meter über der Erde und bewegte mich auf Philip zu. Ich konnte ihn spüren, wie ich alle Zielpersonen gespürt hatte. Der Jäger hatte Witterung aufgenommen. Würde seine Beute jagen und erlegen.

Die Beute.

Philip.

Ich war bereit. Griff nach Philips MAD-Akte, die ich zum Bordkatalog und den Sicherheitsanweisungen gesteckt hatte. Stellte den kleinen Tisch vor mir auf. Legte den Ordner vor mir ab. Klappte ihn auf. Er war etwa einen Zentimeter dick. Abgegriffen und ... zensiert. Überall im Text waren Stellen geschwärzt. Unmöglich, die Worte zu entziffern. Schwarze Blöcke. Manchmal mehrere Zeilen lang. So viel zu gegenseitigem Vertrauen. So viel zu guter Zusammenarbeit. Ich streckte ihnen meinen Mittelfinger entgegen.

Die Akte war streng chronologisch angelegt.

Enthielt sogar Kinderbilder von Philip, die ich nicht kannte. Obwohl ich in dieser Zeit wie ein Vater für ihn gewesen war. Vor allem, nachdem Peter verschwunden war. Aufnahmen des Jungen im Indianerkostüm, mit Zahnlücke grinsend. In Begleitung anderer Kinder. Wahrscheinlich ein Schulausflug. Beim Essen einer Pizza, die so riesig war, dass sie aussah wie ein Wagenrad. Philip etwas älter. Vielleicht zehn oder elf. In kurzen Hosen mit seinem Fahrrad. Auf dem Bolzplatz, dem Ball hinterherrennend. Auf fast allen Bildern lachte er in die Kamera. Ein glücklicher Junge wie es schien. Ein Stich ging durch mein Herz. Woher hatten sie diese Fotos?

Ich blätterte weiter. Entdeckte den Namen seines Vaters. Hinter Peters Namen ein Aktenzeichen. Ein Hinweis, dass sie auch über ihn eine Akte angelegt hatten.

Ich würde Thorgen danach fragen müssen. Vielleicht erfuhr ich so mehr, was sein Schicksal betraf. Mehr darüber hinaus, was Peter mir selbst im *DDR* noch erzählen konnte. Bevor er im Kampf mit Altmann vom Dach gefallen war. Und sein Leben verloren hatte.

Dann eine erste Zusammenfassung.

Philip. Geboren am 31. Juli 1984 in Ost-Berlin.

Mutter: Anke Komarek (geborene Heinrich), Hausfrau. Kein Aktenzeichen. Also schienen sie sie nicht auf dem Schirm zu haben. *Vater: Peter Komarek, Hauptfeldwebel (aktiv).* Ich stockte. Peters Militärzugehörigkeit. Er hatte immer ein Geheimnis darum gemacht. Jetzt, im Nachhinein, leuchtete mir das ein. Damals hatten wir einfach nicht darüber gesprochen. Es war zu dieser Zeit nichts weiter als sein Job. Dass es viel mehr war, er von der Stasi seine Ausbildung zum Schläfer erhielt mit dem Ziel, in naher Zukunft aktiviert zu werden, war sein gut gehütetes Geheimnis gewesen. Sie hatten ihn mit seiner Familie unter Druck gesetzt. Er oder sie – seine Entscheidung. Und er hatte sich entschieden. Für seine Familie. Hatte sich für sie geopfert. Was für ein Mann!

Mit einem Mal merkte ich, wie wenig ich vom Leben meiner engsten Freunde, ach was Freunde, Familie wusste. Ich musste an Anke denken. Sie kümmerte sich um unser Kind auf Malta. Die Sehnsucht brach über mir zusammen wie eine Monsterwelle. Zerriss mich. Zerrte, schüttelte mich. Drückte mich unter Wasser. Sobald wir gelandet waren, würde ich sie anrufen.

Ich arbeitete mich Seite für Seite durch die Akte. Anfangs versuchte ich noch zu erraten, was unter den geschwärzten Stellen verborgen war. Aber das war so aussichtslos wie albern. Ich konnte nur erahnen, dass es weniger Details aus Philips Leben waren, als vielmehr psychologische Beurteilungen und Anmerkungen irgendwelcher Experten und Ärzte. Was auch immer. Sie hatten ein komplettes psychologisches Profil erstellt, das so sensibel sein musste, dass es mir vorenthalten wurde. Wer weiß, wie oft ich selbst darin vorkam?! Schließlich war ich für Philip eine Vertrauensperson. Ein Vaterersatz. Der beste Freund.

Ich blätterte durch Philips Leben.

Grundschule. Weiterführende Schule. Abitur. Gelegenheitsjobs. Seitenweise bis ins kleinste Detail dokumentiert. Beurteilungen seiner Vorgesetzten. Interviews mit Kollegen. Mir wurde schlecht. Da sagte man, die Stasi sei Geschichte. Aber nichts anderes als die totale Überwachung hielt ich hier in meinen Händen. Die Stasi hatte nur einen anderen Namen bekommen. Was noch schlimmer war, nicht nur einen. Sondern viele verschiedene. Als hätte man der Hydra den Kopf abgeschlagen.

Ich stellte mir vor, was in meiner Akte stand. Wie dick sie war. Wie viele Akten es von mir gab. Zu meiner Zeit als Zielfahnder beim BKA fühlte ich mich frei. Dachte, ich stände mit an der Spitze der Nahrungskette. Was eine naive Vorstellung. Ich war auch nur ein kleines Rad in ihrem System. Wobei ich das *ihr* nicht klar definieren konnte. Staatssicherheit der DDR. Bundeskriminalamt. Militärischer Abschirmdienst der Bundesrepublik Deutschland. Die Grenzen verschwammen. Je öfter ich darüber nachdachte.

Die letzten Seiten der Akte waren die interessanteren. Philip trat seinen Dienst beim Objektschutz und Wachdienst *Heimat* an. Einsatzort: *Dritter Deutscher Rundfunk*, Berlin. Wobei dieser Teil der Akte dicker war als alles zuvor – und noch geschwärzter. Es war mühsam zu lesen. Aber ich kämpfte mich durch. Zusammengefasst stand dort: Aus einem unauffälligen Jungen wurde ein Terrorist. Ein Staatsfeind. Ganz oben auf der Liste der Meistgesuchten im Land.

Verlobung mit Lisa May. Ein Sohn. Lucas. Den Philip nach meiner Kenntnis noch nie gesehen hatte, da er vor der Geburt verschwunden war. Hinter Lisas Namen stand tatsächlich *uninteressant* – in den Augen des MAD spielte sie anscheinend keine Rolle. Wenigstens etwas, dachte ich. Haltet Frau und Kind da raus.

Philips Verschwinden.

Hier wurde die Akte schwammig. Der MAD ging davon aus, dass er den Job beim Wachschutz *Heimat* gezielt angenommen hatte. Um nach dem Stasi-TNT zu suchen. Auch stellten sie eine bewusste Verbindung zu seinem Vater Peter her. Zudem vermuteten sie Hintermänner. Eine terroristische Organisation. Alleine hätte er das alles nicht bewerkstelligen können.

Das Ganze las sich wie ein Bullshit-Report.

Das einzig Organisierte an Philip war seine jahrelange Mitgliedschaft bei Hertha BSC Berlin. Ich sah ihn vor mir. In seinem viel zu großem Trikot. Keine zehn Jahre alt. Ein Kind. Glücklich. Vom wirklichen Leben keine Ahnung. Und so voller Energie. Auch wenn ich ihn in den letzten Jahren aus den Augen verloren hatte – dafür hasste ich mich – waren die Unterstellungen in dieser Akte einfach absurd. Trotzdem hatten sie mir einen Stachel ins Fleisch gesetzt. Ich spürte zu meinem Ärger einen Hauch von Zweifel.

Wütend schlug ich die Akte zu.

Über mir gingen die Anschnallzeichen an. Dann verkündete der Flugkapitän auch schon den Landeanflug auf Moskau.

17

Anke saß auf dem Bett in ihrer Unterkunft. Die beiden Männer hatten ihr dieses Zimmer zugewiesen. Ihre Reisetasche aufs Bett geschleudert. Sie einfach stehen gelassen.

»Jetzt heißt es warten. Ruh dich aus. Du siehst scheiße aus«, hatten sie noch gesagt. Sie alleingelassen. Die Tür geschlossen. Aus dem angrenzenden Raum konnte sie sie lachen hören.

Sie hatte sich umgesehen. Bett. Kleiderschrank. Mit Spiegel. Nachttisch. Stehlampe aus den Sechzigern. Die Tapete in einem undefinierbaren Muster. Verblichen. Schäbig. Der Teppich fleckig. Unzählige Brandlöcher. An manchen Stellen abgewetzt. Es roch nach kaltem Rauch und altem Schweiß. Von der rissigen Zimmerdecke hing ein Kronleuchter mit blassen Schirmchen auf den Glühbirnen. Alles hier war trostlos. Trist. Erdrückend.

Warten.

Wie all die Jahre zuvor.

Sie trat ans Fenster. Schob die spröde Gardine zur Seite. Die Fenster waren einfach verglast, aber erstaunlich sauber. Hier kam sie nicht raus. Dritter Stock. Blick auf einen schäbigen Hinterhof. Keine Feuertreppe. Kein Balkon. Nichts.

Unten Mülltonnen. Verrottender Sperrmüll. Matratzen. Rostige Fahrräder. Aufgeplatzte Mülltüten. Ratten krabbelten dazwischen herum. Fette, ekelige Nager auf der Suche nach Nahrung.

Sie schüttelte sich. Ihre Hände flatterten. Sollten die Männer irgendetwas gemerkt haben, so hatten sie ihren Zustand weitestgehend ignoriert. Viel zu sehr waren sie mit sich selbst beschäftigt gewesen.

Jetzt saß sie in diesem Loch.

Sie wusste, was sie von ihr erwarteten. Na ja, so ungefähr. Sie wusste, dass es losging.

Operation *Gemini*.

Sie wusste alle Details. Jedenfalls die, die sie betrafen. Inwieweit sie ihnen Glauben schenken konnte, wusste sie nicht. Aber sie war Teil einer großen Bewegung. Früher hatte sie das mit Stolz erfüllt. War ganz in ihrer Rolle aufgegangen. War überzeugt von der Sache. Früher. Heute war sie ein anderer Mensch. Das Leben hatte sich geändert. Menschen, die sie liebte, hatten sie geändert. Dass das niemals hätte geschehen dürfen, wusste sie. Aber es war geschehen. Ein unbewusster Prozess. Langsam. Lautlos. Bis sie sich selbst nicht mehr kannte. Bis es zu spät war umzukehren. Bis alles zu spät war. Und es keinen Ausweg mehr zu geben schien.

Ihr Blick fiel auf den Nachttisch.

Auf den hässlichen Gegenstand, der matt glänzend dort lag. Ihre Knie zitterten, als sie hinüberging. Die Pistole in beide Hände nahm. Kalt und schwer lag sie zwischen ihren Fingern. Sie entriegelte das Magazin. Voll. Steckte es zurück. Geübt zog sie den Schlitten zurück. Sah die Patrone in die Kammer gleiten. Dann setzte sie sich aufs Bett.

Doch, einen Ausweg gab es.

Sie hob den Arm. Setzte den Lauf der Waffe unter ihr Kinn.

Einen Ausweg gab es immer.

18

Ich trat in die Flughalle.

Den Flug in den Knochen. Die Akte unter dem Arm. Hörte auch schon meinen Namen aus den Lautsprechern schallen. Sollte mich direkt an der Information melden. Dort wartete ein Mann in einem schlecht sitzenden, zerknitterten Anzug auf mich. Er lächelte freundlich.

»Herr Wolf, nehme ich an. Das ging ja schnell. Ich hoffe, Sie hatten einen angenehmen Flug. Nur einen Moment, Sie können gleich Ihr Gepäck holen.« Er sprach russisch mit leichtem Akzent. Ukrainischer Abstammung, vermutete ich.

Ich nickte. »Kein Problem. Nur Handgepäck.« Ich hielt meine Tasche hoch. Hatte nur Wäsche zum Wechseln dabei. Die Zahnbürste. Einen Rasierer für den Kopf. Die beiden Handys. Ein Buch. Das hielt ich auf Einsätzen immer so. Ich kaufte mir das, was ich brauchte. Ließ das Meiste sowieso zurück. Einfach und bequem.

»Bitte folgen Sie mir.« Er öffnete eine Tür, nachdem er eine Ziffernfolge in ein Touchpad rechts davon eingegeben hatte. Drehte sich zu mir um. »Ich habe Anweisungen, Ihnen ein Video zu zeigen.«

Ich fragte nicht, wie ich zu der Ehre kam. Aber die Arme von Babyface und Thorgen waren lang. Immerhin legten sie sich ins Zeug. Und ihr Hinweis, mit den Russen zusammenzuarbeiten, stimmte wohl. Immerhin, das machte die Sache einfacher. Ich war gespannt, was ich zu sehen bekommen würde.

»Bitte setzen Sie sich.« Anzug deutete auf einen Stuhl. Davor ein Tisch mit Bildschirm und Tastatur. Er selbst verschwand im Nebenraum. Der Monitor begann zu flattern. Dann sah ich ein Bild: einen Zugang zum Flughafen. Links die Schiebetüren, dahinter eine Fensterfront. Wartende Taxis. Ein Bus fuhr vorbei. Reisende mit und ohne Gepäckwagen. Eltern mit ihren Kindern. Ein Pärchen mit Hund. Rucksacktouristen. Geschäftsmänner. Zwei Polizisten mit Maschinenpistolen. Rechts einen Verkaufsstand für Kaffee und Zeitschriften.

Anzug kam zurück. Deutete auf Monitor und Tastatur. »Man sagte mir, Sie würden schon wissen, nach wem Sie suchen. Hier starten und stoppen Sie die Aufnahme. Sie ist von gestern Abend, etwa 20:30 Uhr.« Er tippte auf der Tastatur herum. »Vor. Zurück. Standbild. Zoom. Mit dieser Taste erstellen Sie einen Ausdruck. Das Gerät steht nebenan.« Er zeigte auf die offene Tür. »Ich lasse Sie jetzt allein. Bitte klopfen Sie an die andere Tür, wenn Sie fertig sind.«

Ich bedankte mich ebenso höflich. Wartete, bis sich die Tür hinter ihm geschlossen hatte. Stellte die Reisetasche ab. Setzte mich. Widmete mich dann dem Monitor. Das Bild war gestochen scharf und in Farbe. Kein Vergleich zu den grobkörnigen Schwarz-Weiß-Aufnahmen, mit denen ich mich während meiner aktiven Zeit zumeist hatte auseinandersetzen müssen. Ich scannte jedes einzelne Gesicht. Akribisch. Nahm mir alle Zeit der Welt. Suchte nach Philip alias Mr. Romero. Denn um niemand anderen ging es hier. Drückte auf *Start*. Meine Augen huschten hierhin und dahin. Oben rechts stand das Datum des Vortags. Die Uhrzeit. 20:29 Uhr. Menschen hasteten durchs Bild. Eine Reisegruppe Japaner. Ein Pärchen mittleren Alters, einen kleinen Hund hinter sich herziehend.

Dann sah ich ihn.

Er kam von rechts. Also aus dem Inneren des Flughafens. Trat an den Verkaufsstand. Redete mit dem Verkäufer. Wandte sich mit einer Zeitschrift oder Zeitung dem Ausgang zu. Sah für einen Augenblick direkt in die Kamera. Zufall? War ein Mann auf der Flucht so unvorsichtig? Würde er nicht versuchen, die Kameras zu umgehen? Fühlte er sich sicher?

Er ging durch die Schiebetür. Tauchte kurz in der Fensterfront auf. Stieg in eines der Taxis. Der Wagen fuhr an. Reihte sich in den fließenden Verkehr ein. Verschwand.

Ich spulte zurück. Sah mir die Szene ein halbes Dutzend Mal an. Aber ich konnte weder die Taxinummer noch das Kennzeichen erkennen. Aber vielleicht würde mir die Taxigesellschaft weiterhelfen können. Ich notierte mir den Namen. Immerhin ein Ansatz.

Ich spulte ein weiteres Mal so weit zurück, bis Philip ins Bild trat. Verfolgte jede seiner Bewegungen. Beobachtete auch die Umgebung, aber niemand schien sich für ihn zu interessieren. Der Moment, als er in die Kamera blickte. Stopp. Zoomte sein Gesicht heran. Fror es ein. Musterte es. Entspannter Ausdruck. Klarer Blick. Ja, kein Zweifel. Das war der Mann, der mir auf Malta gegenübergetreten war. Den ich erst im Nachhinein als meinen Philip identifiziert hatte.

Frame für Frame ging ich zurück, bis ich zufrieden war. *Print* drückte. Im Nebenzimmer hörte ich die Maschine arbeiten. Ich stand auf. Holte den Ausdruck. Setzte mich wieder. Eine Zeit lang starrte ich die Aufnahme an. Dann zückte ich mein Handy. Schon nach dem ersten Klingeln ging Thorgen dran.

»Du rufst von deiner auf meiner Privatnummer an, Wolf.«

»Ich hasse die MAD-Dinger.«

Er lachte. »Kann ich gut verstehen. Müller ist ein Arsch.«

»Da sind wir einer Meinung.« Ich starrte auf den Monitor. »Ich sitz gerade vor dem Video. Er ist es. Philip.«

»Die russischen Kollegen haben mich gestern informiert. Ich habe Beziehungen spielen lassen. Sie sind sehr kooperativ.«

»Gibt es Aufnahmen, die ihn beim Betreten des Flughafens erwischt haben?«

»Nein. Wir wissen nicht einmal, ob und wann er eventuell gelandet sein könnte. Wir haben alle Passagierlisten überprüft. Kein Treffer. Entweder ist er unter falschem Namen eingereist oder hat dort jemanden getroffen.«

»Auf jeden Fall ist er zum Ausgang raus. In einem Taxi weg. Vielleicht bekomme ich etwas über die Gesellschaft raus. Ich lege los. Und melde mich. Wenn ich ihn habe, sogar auf dem Diensthandy.«

»Okay. Viel Glück, mein Freund!« Er legte auf.

Ich saß mit dem Mobiltelefon in der Hand nachdenklich da. Bis ich es wegsteckte. Aufstand. An die Tür klopfte. Anzug öffnete augenblicklich. Er hatte wohl direkt auf der anderen Seite gelauert.

»Das nehme ich mit.« Ich wedelte mit dem Foto.

Er nickte lächelnd.

»Können Sie mir das Foto auch aufs Handy schicken?«, fragte ich ihn.

»Selbstverständlich. Kann ich sonst noch etwas für Sie tun?«

»Die Taxis. Er ist in einen schwarzen Wagen gestiegen. Kennen Sie die Gesellschaft?«

»Schwarz, sagen Sie?« Er ging zu dem Computer hinüber, klickte darauf herum. Mit einem Zettel kam er zurück, gab ihn mir. »Hier ist die Nummer der Zentrale. Sagen Sie, Igor vom Flughafen habe Sie geschickt. Dann werden sie Ihnen weiterhelfen, wenn sie können.«

Ich steckte den Zettel mit einem Nicken ein. Gab ihm die Hand. Bedankte und verabschiedete mich, nicht ohne ihm meine Handynummer dazulassen.

Raus hier.

Philips Fährte war frisch.

Ich wollte keine Zeit mehr verlieren.

Die Jagd hatte begonnen.

19

»Zum *Intourist Kolomenskoe*«, wies ich den Taxi-Fahrer auf Russisch an.

Lehnte mich im Polster des betagten Doninwest zurück. Fand endlich die Ruhe, Anke anzurufen. Lauschte dem Freizeichen. Sah dabei aus dem Fenster, ohne irgendetwas wahrzunehmen. Die Welt rauschte vorbei. Ich war in Gedanken ganz bei ihr. Stellte mir vor, wie sie mit dem Handy in der Hand an die Glasfront meines Appartements trat. Auf Valletta blickte. Hallo, Wolf, hauchte. Vielleicht war auch schon der Junge bei ihr. Doch ich wurde enttäuscht. Sie meldete sich nicht.

Dann eben später, dachte ich.

Kurz überlegte ich, Sandro anzurufen. Verwarf den Gedanken aber wieder. Das hatte Zeit. Was hätte er mir auch schon sagen können? Ich dachte an das *Surfside* und verspürte Heimweh. John, dem ich den Laden überschrieben hatte, und Zamen, der dort kellnerte. Wie es ihnen wohl ging? Ich träumte mich auf die Terrasse, hatte das Meer im Ohr, spürte das Salz auf meinen Lippen. Gleich nach diesem Job würde ich Anke nachreisen. Ein paar Tage Urlaub würden uns guttun.

Ich spürte ein kurzes Vibrieren in meiner Hand. Anzug hatte Wort gehalten. Mir Philips Foto geschickt. Ich betrachtete es ausgiebig. Konnte mich immer noch nicht an sein neues Aussehen gewöhnen. Es waren massive Eingriffe in die Physiognomie. Kinn. Nase. Wangenknochen. Haaransatz. Es mussten mehrere Operationen nötig gewesen sein. Auch seine Stimme war anders gewesen. Tiefer. Die Ärzte hatten ganze Arbeit geleistet. Die totale Verwandlung.

Warum machte ein Mensch so etwas? Wen wollte er täuschen? Das war existentiell. Philip hatte sich von seinem alten Ich verabschiedet. Gehörte eine Menge Mut dazu. Oder Verzweiflung. Oder Angst. Angst, dass dich jemand findet. Angst, dass dich jemand erkennt. Wolltest du untertauchen? Ein neues Leben beginnen? Irgendwo im Ausland. Dich verstecken? Vor wem? Dem MAD? Müller und seinen Leuten? Oder das Gegenteil? Unerkannt an jemanden ran, der den echten Philip kannte. Warum hast du das getan, mein Junge? Was hast du vor? Abtauchen? Auftauchen?

In diesem Moment wurde ich wütend auf meinen toten Vater. Der seine Hände im Spiel gehabt hatte. Ich hatte den Operationssaal in seiner Höhle mit eigenen Augen gesehen. Die glänzenden Edelstahltische. Das medizinische Gerät. Hatte Philip es für ihn getan? Um in seine Fußstapfen zu treten? Als neuer Herrscher Maltas? Aber warum dann das Aussehen ändern? Das ergab keinen Sinn.

Ich dachte an das Foto, das mir der MAD-Mann Stahl gezeigt hatte. Philip, der alte Philip, neben meinem Vater, der im Rollstuhl saß, ein verfluchtes Päckchen dieses TNT auf dem Schoß. Aufgenommen aus großer Höhe. Irgendwo im Containerhafen von Valletta. Der Pate und sein Erbe. Es sah aus wie eine Übergabe. Oder war es ein Fake gewesen? Drei Fotos in einem. Frisch aus dem Photoshop? Um mich zur Mitarbeit zu motivieren. Wenn es so war, hatte es funktioniert. Denn ich hatte mich auf die Suche begeben. Tatsächlich meinen alten Vater gefunden, der in seiner Höhle saß wie eine Spinne im Netz. Leider hatte ich ihn wieder verloren und Mr. Romero nicht als Philip erkannt. Vielleicht hätte ich ihn erkennen müssen, es war schließlich Philip. Aber der Schock, meinem alten Herrn gegenüberzutreten, den ich tot geglaubt hatte, war doch zu groß. Diese Chance hatte ich vertan.

Ich drehte mich gedanklich im Kreis. Es gab zu viele Fragen. Zu viele lose Enden. Vielleicht. Vielleicht. Vielleicht. Aber eine entscheidende Frage hatte ich mir noch nicht gestellt:

Was machte Philip hier in Moskau?

20

Das Hotel lag im Süden Moskaus. Ganz in der Nähe der Moskwa. Es war ein riesiger, trostloser Klotz in Grau. Verkrüppelte Pflanzen in Kübeln davor. An Fahnenmasten wehten Flaggen verschiedener Nationen. Ein Page in blauer Uniform hielt mir die Tür auf. An der Rezeption checkte ich ein.

Die Zimmer erfüllten soeben den internationalen Standard. Ein kleines Bad, nicht schön, aber funktionell. Ein kotzgrüner Teppich. Möbel aus dem Gastrokatalog. Aber, wie gesagt, ich wollte hier keinen Urlaub machen. Ich duschte ausgiebig. Rasierte meinen Schädel. Ließ mir vom Roomservice eine Kleinigkeit aufs Zimmer bringen.

Eine Stunde später saß ich wieder im Taxi. Schlecht gelaunt. Denn erneut hatte ich kein Glück bei Anke. Gleich nach dem ersten Freizeichen war die Mailbox angesprungen. Ich hatte keine Nachricht hinterlassen. Hasste die Dinger. Wer zurückrufen wollte, würde es auch tun.

Meine drei Ziele lagen über die Innenstadt verstreut.

Zuerst steuerte ich das *Strelka* an. Eine In-Bar direkt am Fluss. Viel Holz. Viel Leder. Viel Samt. Dazu trichterförmige Lampenschirme in Gelb und Rot. Alles so ausgefallen zusammengestellt, dass es schon wieder cool war. Jedenfalls fand dieser Tempel Gefallen bei jungen, hippen Leuten. In Scharen fielen sie nach Feierabend ein. Feierten gern und oft hier, um dem Arbeitstag etwas entgegenzusetzen.

Jetzt am frühen Abend war tote Hose. Lediglich ein älterer Mann hielt sich an der Theke fest. Leere Bars hatten immer etwas Trostloses an sich. Zu viel Licht. Zu wenig Geräusche. Der Schein blätterte. Man sah Macken, die einem sonst nie aufgefallen wären, da man sonst mit den Menschen beschäftigt war, die den Tempel bevölkerten.

Der Barkeeper stand im hinteren Bereich. Ein großer, dürrer Kerl. Schwarze Hose. Weißes Hemd. An seinem linken Ohr baumelte ein Ring. Ideal ihn rauszureißen. Eine Krawatte. Ideal danach zu greifen, ihn runterzuziehen, direkt ins emporschnellende Knie. Ich lächelte über meine Gedanken. Aber so war ich. Immer auf der Hut. Immer einen Plan in der Tasche. Alle Möglichkeiten abchecken. Auch die Aus- und Eingänge hatte ich registriert. Aschenbecher als Hiebwaffen. Barhocker. Gläser. Schließlich wusste man ja nie, wann es ernst wurde. Mir hatte das jedenfalls schon so manches Mal den Arsch gerettet.

Er polierte Gläser. Gab sich betont gelangweilt.

»Bier, bitte«, bestellte ich.

Er nickte knapp. Füllte das Glas, welches er gerade gewienert hatte.

»Ist Marek da?«

Er reagierte nicht. Hob nicht einmal den Kopf. Zapfte eine schöne Krone. Dann stellte er das Bier vor mir ab. Ich wartete.

Nichts.

»Ich hab gefragt, ob Marek da ist?«

Jetzt sah er mich an. Tatsächlich Trotz in den Augen. Hatte ich was Falsches gesagt? Immerhin hatte ich höflich gefragt. »Wer will das wissen?«, kam zurück.

Ich antwortete nicht.

Er zuckte mit den Schultern. Griff nach seinem Tuch. Warf es sich über die Schulter. Dann ging er wieder einige Schritte zurück. Lehnte sich aufreizend langsam an die Wand. Griff nach einem weiteren Glas. Polierte wieder. Und ignorierte mich.

Arrogantes Arschloch.

Okay, er saß eindeutig am längeren Hebel. Trotzdem hatte ich solche Typen gefressen.

»Sag ihm, ein alter Freund ist da.«

Er reagierte nicht.

Hatte ich erwähnt, dass ich sowieso schon schlecht gelaunt war?!

Ich holte einen Hundert-Euro-Schein aus der Tasche. Legte ihn auf den Tresen. Sah ihn zögern. Seine Aufmerksamkeit war geweckt. Ging doch! Er leckte sich über die Lippen. Schielte auf den Schein. Dann warf er den Lappen auf die Ablage. Stellte das Glas ab. Kam die zwei Meter herüber.

Als er die Hand auf den Hunderter legte, griff ich zu. Verzichtete auf Ohrring und Krawatte. Das ging auch anders. Erwischte seinen Mittelfinger. Bog diesen nach hinten. Zog ihn in meine Richtung, bis er mit dem Kopf auf die Theke knallte. Die andere Hand verkrallte ich in seinem Haar. Ging mit dem Mund ganz nah an sein Ohr. »Okay, mein Lieber. Endlich habe ich deine ungeteilte

Aufmerksamkeit. Du hast zwei Möglichkeiten. Erstens: Du sagst mir jetzt, wo ich meinen Freund Marek finde. Dann kannst du vielleicht den Hunderter behalten. Oder zweitens: Du verhältst dich weiterhin wie ein arrogantes Arschloch. Dann wisch ich mit dir den Boden auf. Und glaub mir, dein Chef würde sich kaputt lachen. Oder gehört dein Verhalten zur Firmenphilosophie?«

Er winselte.

»Was? Ich kann dich nicht verstehen.«

Seine Füße versuchten, Halt auf dem glatten Boden zu finden. Vergebens. Er lag auf der Theke wie 300 Gramm frisches Reiterfleisch. Ich sah zu dem Gast hinüber. Der schaute schnell weg. Kein Held. Starrte in sein Bier. Gute Entscheidung.

»Marek ist nicht da.« Ich bog den Finger ein Stück weiter. »Er kommt immer erst um elf. Ahhhhh!«

»Geht doch.«

Ich ließ los. Stieß ihn mit der anderen Hand gegen den Kopf weg. Er taumelte rückwärts. Ruderte mit den Armen. Räumte dabei ein paar Gläser ab, die am Boden zerschellten. Dann hatte er sich an der Ablage gefangen. Seine Krawatte hing über der rechten Schulter, und er hielt seine Hand. Der Hunderter lag, wo er war. Der Barkeeper kochte vor Wut. Aber er wagte nicht, mich anzublicken. Sein Blick war auf den Schein geheftet.

Ich lachte. »Nee, ich hab ›vielleicht‹ gesagt.«

Ich trank mein Bier aus. Tauschte den Hunderter gegen einen Fünfer. »Du nimmst doch Euros?«

Ohne eine Antwort abzuwarten, rutschte ich vom Barhocker. An der Tür drehte ich mich noch mal nach ihm um. Hasserfüllt starrte er mir nach.

»Und vergiss nicht Marek zu sagen, er soll mich anrufen. Gib ihm das hier.« Ich schnippte ihm meine Karte entgegen.

»Sag ihm, der Wolf ist in der Stadt.«

21

Auch in der *Propaganda Bar* war nichts los.

Ich war auch hier einfach viel zu früh. In einer Nische nur drei ältere Frauen, die Cocktails schlürften und sich gegenseitig ihre gekauften Klamotten zeigten. Wahrscheinlich würde es erst gegen Mitternacht richtig voll werden. Dann wandelte sich das meist von Einheimischen besuchte Restaurant in einen der beliebtesten Clubs der Stadt.

Ich suchte mir einen kleinen Tisch im hinteren Bereich. Setzte mich dort aus Gewohnheit und weil ich es so gelernt hatte – besagte DNA – mit dem Rücken zur Wand. Links die breite Glasfront. Rechts die Bar. Dahinter der Durchgang zu den Toiletten. Direkter Blick auf den Ausgang. Alles unter Kontrolle. Niemand hinter mir. Der perfekte Platz.

Ich musste nicht lange warten. Eine junge Kellnerin kam zu mir an den Tisch. Hübsches, offenes Gesicht. Ehrliche, braune Augen. Dunkle Haare. Pferdeschwanz, der beim Gehen hin und her wippte. Sie trug ein schlichtes, cremefarbenes Kleid. Reichte mir die Getränkekarte. Fragte mich lächelnd nach meinen Wünschen.

Na also. Geht doch, dachte ich wieder besser gelaunt.

Ich musste keinen Blick in die Karte werfen. Meine Bestellung war so einfach wie international. »Ein Bier, bitte.«

»Kommt sofort«, flötete sie. Verschwand hinter der Theke.

Ich holte mein Handy hervor. Schrieb Anke eine SMS, sie möge sich doch bitte melden, ich liebe sie. Dass ich mir bereits Sorgen machte, ließ ich weg. Mich würde das auch nerven. In unserer jungen Beziehung suchte ich noch das richtige Maß. Auch waren wir das erste Mal ordentlich getrennt. Ordentlich, weil ihre Entführung auf Malta eine gezwungene Trennung gewesen war.

Die Kellnerin kam nach ein paar Minuten zurück. Stellte das Glas vor mich. »Bitte sehr, der Herr.«

»Vielen Dank. Sagen Sie, ist Ihr Chef Alexej da? Wir kennen uns von damals. Alte Freunde sozusagen.«

»Alexej?! Ich könnte ihn anrufen. Er müsste oben sein.«

Ich nickte.

»Wen darf ich ankündigen?« Sie pustete sich eine Strähne aus dem Gesicht.

»Sagen Sie ihm, der hässliche Deutsche sei da.«

Lachend verschwand sie wieder hinter der Theke. Ich sah sie nach dem Telefon greifen. Zweimal schaute sie zu mir herüber. Sprach dabei in den Hörer. Legte auf. Kam zurück.

»Sie müssen wirklich gute Freunde sein, er ist in ein paar Minuten unten.«

Lächelnd bedankte ich mich. Bedeutete ihr kurz zu warten. Nutzte die Gelegenheit. Griff in die Tasche. Holte das Foto hervor.

»Haben Sie diesen Mann hier schon einmal gesehen?«

Sie nahm mir die Aufnahme ab. Musterte sie ausgiebig. Ehrliches Interesse. Sie machte ein Schnute. Schüttelte dann langsam den Kopf. Sah mich an. Gab mir das Bild zurück.

»Hübscher Kerl. Ich glaube, an so einen würde ich mich erinnern. Tut mir leid. Aber da klingelt nichts. Ich hätte Ihnen gerne weitergeholfen.«

Das glaubte ich ihr direkt.

»Wolf! Alter Herumtreiber. Ich fass es nicht!«, kam es von den Toiletten her. Wahrscheinlich war dort auch die Treppe zu den oberen Etagen. Alexej musste nach dem Telefonat gleich aufgesprungen sein.

»In all meiner männlichen Pracht, Alexej.« Ich war aufgestanden. Ging dem kleinen, rundlichen Mann entgegen, der so schnell es seine kurzen Beine erlaubten, auf mich zuwackelte. Sein Gesicht hatte er hinter einem dunklen Vollbart versteckt. Das schulterlange Haar nach hinten gekämmt. Grau an den Schläfen. Er trug eine schwarze Anzughose. Darüber ein weißes Seidenhemd, das so weit aufgeknöpft war, dass ich all seine Goldketten auf der behaarten Brust bewundern konnte. Obwohl er mir nur bis zu den Schultern ging, umarmte er mich wie ein Bär. Hob mich an.

»Du hast zugenommen, Wolf.«

»Und du immer noch Mundgeruch.«

Schallend lachend ließ er mich fallen. Wandte sich an seine Bedienung, die lächelnd daneben gestanden hatte.

»Ljudmila, Wodka für mich und meinen alten Freund.« Dann sah er mich an. »Muss ich Angst haben oder was verschafft mir die Ehre? Halt warte! Erst ein Gläschen.«

Die Bedienung eilte zur Bar. Kam mit Gläsern und einer Flasche zurück. Stellte alles auf den Tisch. Wir setzten uns. Alexej schenkte ein. Dann zögerte er. Seine

Neugier schien Überhand zu gewinnen. Nervös leckte er sich über die Lippen. Sah mich an.

»Also Wolf, was willst du?« Schlagartig war seine Fröhlichkeit verschwunden. Ein Hauch von Misstrauen in seinem Blick.

Ich grinste. »Entspann dich, Alexej. Ich bin schon lange raus aus dem Spiel.«

Das gefiel ihm. »Darauf sollten wir trinken, mein Freund.« Er hob das Glas. Schob mir das andere zu. Ich griff danach. Prostete ihm zu. Wir stießen an. Kippten den Drink.

Kleiner Tipp von meiner Seite: Sollten Sie jemals etwas von einem Russen haben wollen, verweigern Sie ihm nicht den Wodka. Niemals. Und kommen Sie nie direkt auf den Punkt. Bleiben Sie gelassen und zurückhaltend. Bleiben Sie höflich und interessiert an seiner Person. Das gehört zum Spiel.

»Wie geht es Marija und den Kindern?«, fragte ich deshalb.

»Prächtig! Sie gibt wie immer mein ganzes Geld aus.« Er lachte. »Aber wie sage ich immer: Nur eine zufriedene Frau ist eine gute Frau.« Er lehnte sich zurück. Stolz stahl sich in seinen Blick. »Meine kleine Galina ist aus dem Haus, hat gut geheiratet und ist in der Erwartung ihres ersten Kindes.« Er schenkte nach. »Sie macht mir Freude, mein Freund.«

»Familie ist wichtig«, sagte ich. Dachte für einen Moment an Anke. An Philip. Daran, dass ich genau deswegen hier war.

Zu Ihrer Information: Ich würde Alexej nicht direkt als Freund bezeichnen. Obwohl wir das ein oder andere

Mal während meiner BKA-Zeit voneinander profitiert hatten. Er hatte mir Informationen geliefert. Ich ihn dafür bezahlt. Entweder mit Geld oder mit kleinen Gefälligkeiten, die ihn hier in Moskau ziemlich weit nach oben gebracht hatten. Eine Win-win-Situation. Aber wir waren uns auch sympathisch. Das half ungemein. Buddys, die richtige Beschreibung.

Die *Propaganda Bar* war nur eines seiner Standbeine. Er war ein cleverer Geschäftsmann, der sich immer am Rande der Legalität bewegt hatte. Man kannte ihn, und er kannte jeden. Alle schätzten ihn. Er war gut vernetzt, bis hinein in die hohen Kader. So manch ein Politiker sein Freund. Aber er blieb immer vorsichtig. Wusste um den schmalen Grat. Bewegte sich auf dem Parkett perfekt. Nicht umsonst war er so erfolgreich und hatte ein kleines Imperium aufgebaut. Für mich der ideale Mann in dieser Stadt.

»Fsdrógnim!« Was so viel hieß wie *Zucken wir zusammen*. »Auf unsere Familien!« Wieder stießen wir an. Der Wodka rann mir über die Finger. Tropfte auf die Tischplatte, wie es sich gehörte.

»Da wären wir auch schon beim Thema, Alexej.« Ich sah ihm in die Augen. »Du kannst dich noch an Philip erinnern?«

»Philip? Wie könnte ich deinen Sohn vergessen?! Nächtelang hast du von ihm erzählt.« Er breitete grinsend die Arme aus. »Wie lang ist das jetzt her? Zehn, fünfzehn Jahre? Er muss ein Mann geworden sein. Groß und stark. Wie geht es ihm?«

»Das will ich herausfinden. Er ist … äh, weggelaufen. Soll hier in Moskau sein. Eine Russin hat ihm den Kopf verdreht.«

»Oh, das hört sich übel an. Das ist gefährlich.« Er machte tatsächlich ein betrübtes Gesicht. »Aber wenn er hier in der Stadt ist, werden wir ihn finden. Dann kannst du ihm, wie sagt man bei euch im Westen, ihm die Löffel lang ziehen.«

Ich legte das Foto vor ihn. Sagte: »Danke, dass du mir helfen willst.«

Er musterte das Bild. »Ein prachtvoller Bursche. Kein Wunder, dass er den Frauen den Kopf verdreht. Kann ich das behalten? Ich schicke noch heute meine Jungs los. Du musst aber schon ein wenig Geduld haben. Gib mir ein paar Tage. Die Stadt ist groß.« Er hob die Flasche. »Und jetzt lass uns endlich trinken! Das hier ist ein Fest.«

Der Wodka floss klar und rein in unsere Gläser.

22

Wodka ist ein echt übles Zeug.

Im Gegensatz zu Tequila, der bei erhöhtem Genuss zu temporären Lähmungserscheinungen führt, lässt mich Wodka durch die Decke gehen. Echt. Und da mich Russland schon lange nicht mehr gesehen hatte, war ich das Teufelszeug auch nicht mehr gewohnt.

Total aufgekratzt kam ich weit nach Mitternacht in meinem Hotel an. Alexej hatte mich in ein Taxi gesetzt. Irgendwas gemurmelt von: »Wir sollten öfter zusammen zucken.« Dabei schien er nüchtern. Ich war eindeutig außer Form.

»Herr Wolf, da wurde ein Päckchen für Sie abgegeben«, rief mir der Nachtportier nach, als ich versuchte, die roten Punkte des Fahrstuhls zu fangen. Scheiße schnell, die Biester.

Also an die Rezeption. Konzentration. Contenance. Und ein: »Hat Q endlich geliefert?«

»Von einem … äh Herrn Q weiß ich nichts. Aber der Herr hat seinen Namen auch nicht genannt. Hier, bitte sehr.«

Er reichte mir das Päckchen. Ich nahm das mittlere. Bei Wodka ist es immer das mittlere. Anders bei Tequila. Da geht gar nichts mehr. Sie müssten sich das Ding aufs Zimmer bringen lassen. Glauben Sie mir.

Russen sind in der Regel freundliche Menschen. Und so half mir der nette Herr nicht nur in den Fahrstuhl, sondern auch aufs Zimmer.

Währenddessen erzählte ich ihm von Anke. Dass sie mich nicht zurückrief. Obwohl sie mich doch liebte. Und ich sie. Dass sie so komisch war, bevor wir uns am Flughafen voneinander verabschiedet hatten. Aber dass Frauen das Schönste auf der Welt seien. Also die eine besondere natürlich. Nicht alle. Denn das könnte kein Mann auf der Welt ertragen. Also so viel Schönheit. Ich erläuterte ihm auch meine Theorie mit dem Y-Chromosom. Und dass Philip nicht mehr Philip war, sondern Mr. Romero. Ich glaube, bei Babyface, dem *König* und meinen MAD-Freunden stieg er aus. Also nicht aus dem Fahrstuhl. Sondern aus der Unterhaltung, die ich mit mir führte.

Scheiß Wodka, ich ging wirklich ziemlich durch die Decke.

Im Zimmer schaffte ich es soeben bis zur Minibar. Auf der Suche nach Tequila. Denn ich brauchte ein geeignetes Gegenmittel.

Musste irgendwie runterkommen, wollte ich in dieser Nacht noch Schlaf finden.

23

Es war schon Mittag, als ich aus einem komatösen Schlaf erwachte.

Einen toten Vogel im Mund. Ein Dröhnen im Kopf. In Unterwäsche. Quer über dem Bett. Die Zimmerdecke sprang immerzu auf mich herab. Kreiste über mir wie ein Raubvogel, der nur darauf lauerte, auf mich herabzustoßen. Echt beängstigend. Ich wagte es trotzdem, setzte mich auf. Zum Glück erblickte ich nicht den Nachtportier oder sonst ein menschliches Wesen. Wenigstens dieses Klischee blieb mir erspart. Keine Leiche neben mir. Kein Blutbad. Ich war kein Mordverdächtiger mit Gedächtnislücken. Keine Spezialeinheit, die die Tür eintrat und mein Zimmer stürmte. Kein Polizist, der mich festnahm mit den Worten: Sie haben das Recht zu schweigen. Aber auch das hilft Ihnen nicht weiter.

Dennoch machte ich eine verstörende Beobachtung. Auf der Skala zur Verhaftung eine Fünf. In meiner Rechten lag schwer eine Glock 17.

Ich schloss die Augen. Versuchte es noch mal. Es half nichts, die Glock blieb eine Glock. Und sie war, wo sie war. Stöhnend stand ich auf, um sofort wieder nach hinten auf die Matratze zu sacken.

Gegen Abend erwachte ich erneut. Alles schien ein Traum gewesen zu sein. Die Zimmerdecke blieb, wo sie war. Keine Raubvögel. Keine Polizisten. Die Hände leer. Na also. Ich kuschelte mich in die Decke. Warf mich auf die andere Seite – mit der Kauleiste direkt auf etwas Hartes.

»Au.«

Scheiß Wodka.

Immerhin war ich jetzt wach.

Doch kein Traum, dachte ich. Betrachtete die Glock. Ein aufgerissenes Päckchen lag mitten im Zimmer. Ach ja, der Nachtportier hatte es mir gegeben. Daneben zwei kleine Fläschchen Tequila. Die Tür zur Minibar offen. Meine Klamotten auf dem Boden zerstreut. Im angrenzenden Bad brannte das Licht. Der Fernseher lief. Der Ton auf stumm geschaltet.

Die nächsten zehn Minuten verbrachte ich damit, Löcher in den Wänden zu suchen. Fehlanzeige. Die Bilder hingen, wo sie gewesen waren, auch der Sessel war unbeschädigt. Erleichtert schleppte ich mich unter die Dusche. Hier kehrten die Lebensgeister zurück. Und auch die Erinnerung. Ich war dem Nachtportier wohl ein fettes Trinkgeld schuldig.

Als ich mit dem Handtuch um die Hüften ins Zimmer trat, aus dem Fenster sah, mein verzerrtes Spiegelbild erblickte, traf mich ein Déjà-vu. Reflexartig sprang ich vom Fenster weg. Rollte hinter das Bett. Die Nase im Teppich, robbte ich hinter die Couch.

Jetzt glaubte ich endgültig, besser die Finger vom Wodka zu lassen.

Das Handy.

Wenn es Thorgen war, konnte er mich mal. Aber dann fielen mir Marek und Alexej ein. Ich stand auf. Schleppte mich zu meiner Hose. Fand das Telefon.

»Wolf«, meldete ich mich mit heiserer Stimme.

»Was fällt dir ein, meinen Barkeeper zu verprügeln!«

»Marek. Dir auch einen schönen Tag. Und verprügeln ist nicht ganz die richtige Beschreibung.« Mein Kopf pochte.

»Egal. Mensch Wolf. Was machst du in Moskau, alter Hund?«

»Na, mich über schlechtes Personal ärgern.«

»Hä?!«

»Ich muss dich sprechen.«

»Ich bin den ganzen Abend im *Strelka*. Aber erst ab elf. Wir sollten einen zusammen zucken, alter Freund.«

Scheiß Russland.

»Eine super Idee. Ich schieb mir was zwischen die Kiemen und komm nachher rüber.«

»Lass aber meine Barkeeper in Ruhe! Hörst du?!«

Ich blickte auf die Glock auf meinem Kopfkissen. Beschloss, sie im Hinblick auf das Gelage lieber im Zimmer zu lassen. Außerdem kramte ich nach einem Schein. Entschied mich für einen weiteren.

Denn die Beziehung zum Nachtportier musste noch eine Weile halten.

24

Marek saß wie ein Pascha in einer Traube leicht bekleideter Mädchen.

Der Laden war diesmal gerammelt voll. Bässe wummerten. Überall zappelten Menschen. Geschäftsleute. Touristen. Yuppies mischten sich mit Jeansträgern. Jeder schien willkommen. Hauptsache die Brieftasche saß locker. Der Schuppen lief wie Hölle.

Ich hatte ein mächtiges Steak gegessen, mit einer halben Flasche Olivenöl nachgespült – der richtige Untergrund fürs *zusammen zucken*. Mehr konnte ich nicht tun. Ich war gerüstet. Hoffte ich.

Anke hatte sich immer noch nicht gemeldet. Sie würde ihre Gründe haben, hatte ich gedacht und beschlossen, mich nicht mehr zu melden. Wenn sie Zeit für sich oder für was auch immer brauchte, ich würde sie ihr geben. Trotzdem ging sie mir nicht aus dem Kopf.

Ich kämpfte mich durch die Menge. Murmelte Entschuldigungen hierhin und dahin. Als ich mich Marek näherte, schoben sich zwei Schränke zwischen uns. Ihrer Körpersprache nach Ex-Militärs. Wahrscheinlich ehemalige Speznas-Kämpfer, die auf dem zivilen Sektor ihre Dienste anboten. Hier ein Vielfaches ihres ehemaligen Soldes verdienten. Perfekt ausgebildete

Kampfmaschinen mit jeder Faser ihres Körpers. Skrupellos und brutal. Kahl geschorene Schädel. Glatt rasiert. Tattoos, die sich aus dem Kragen über den Hals nach oben schlängelten. Stechender Blick. Krumme Nasen. Wahrscheinlich mehrfach im Gefecht gebrochen. Nur durch die Farbe ihrer teuren Anzüge zu unterscheiden. Und daran, dass dem einen ein Stück vom Ohr fehlte. Dafür hatte der andere einen Finger eingebüßt. Aber ich zweifelte daran, dass die Behinderungen sie weniger gefährlich machten. Im Gegenteil.

Ohr legte mir seine Pranke auf die Brust.

»Njet!«

Finger lauerte. Eine Hand unter dem Jackett.

Drei.

Sicherer Stand.

Zwei.

Innere Spannung.

Eins.

Letzte Konzentration.

»Oleg! Das ist ein Freund. Bist du doch, Wolf?!«

Gerade noch rechtzeitig. Ich hasste es, ungefragt berührt zu werden.

Marek trat zwischen seinen Leuten hindurch. Bürstenhaarschnitt. Scharf geschnittenes Gesicht. Pockennarbig. Trotzdem sah er gut aus. Ein Frauentyp, der eine latente Brutalität ausstrahlte. Schwarzer Anzug. Handgenähte Budapester. Rolex am Handgelenk. Der moderne Gangster von heute.

»Das ist Wolf. Er ist mein Gast.« Er sah mich an. Grinste schmal. »Du sollst doch meine Leute in Ruhe lassen. Ich kenne dich!«

Ich starrte Ohr noch immer in die Augen. Bis dieser wegsah. Und wieder seine Position einnahm.

»Entschuldige Marek, aber ich stehe nicht auf Menschen mit schlechten Manieren. Schon gar nicht im Dienstleistungssektor. Frag deinen Barkeeper.«

»Ja ja, gutes Personal ist rar. Aber sie machen nur ihren Job. Und das im Allgemeinen gut.«

Ich schaute mich um. Konnte meinen Freund, den Barkeeper aber nirgends entdecken. »Ich hoffe, er ist nicht nachtragend.«

»Igor?! Ich hab ihn gefeuert. Zufrieden?«

Ich glaubte ihm kein Wort. Im Gegensatz zu Alexej wandelte Marek meilenweit auf der falschen Seite der Legalität. Mädchen. Waffen. Stoff. Er konnte wirklich alles besorgen. Vom Panzer bis zum U-Boot. Jedenfalls war das damals so. Und Menschen in diesem Business ändern sich meinen Erfahrungen nach nicht. Er war gefährlich wie eine Klapperschlange. Ein Typ, der erst biss, dann Fragen stellte. Ein Typ, der erst siegte, dann kämpfte.

»Können wir uns irgendwo in Ruhe unterhalten?«, fragte ich ihn.

Er seufzte, als würde ihm das gar nicht in den Kram passen. Trotzdem sagte er: »Natürlich. In meinem Büro. Komm mit.« Die Schränke machten Anstalten, uns zu begleiten. Doch Marek gab ihnen ein Zeichen. Das passte denen gar nicht. Das sah ich ihnen an. Aber sie hörten auf ihren Boss. Zähneknirschend.

Wir schoben uns durch die Menge in den hinteren Teil des Clubs. Ein weiterer Schrank bewachte eine Tür mit der Aufschrift *Büro*. Er ließ uns wortlos passieren. Schloss die Tür hinter uns. Schlagartig wurde das Wummern der Bässe leiser. Ich sah zwei Stühle vor einem Schreibtisch voller Papiere. Rechts und links Aktenordner. Eine Luftbildaufnahme von Moskau hing über einem Sideboard. Ich wollte mich schon setzen, aber der Gangster steuerte die hintere Wand an. Fummelte eine Art Sender aus der Tasche. Drückte einen Knopf. Ein Teil der Vertäfelung glitt lautlos zur Seite. Chic. Ein langer Gang. Rechts und links diverse Türen, die er ignorierte. Gedämpftes Licht. Hinter uns schloss sich der Zugang. Jetzt war von der Musik gar nichts mehr zu hören. Wir gingen durch bis zum Ende. Erreichten eine weitere Tür.

Sein eigentliches Büro.

In der hinteren Ecke ein großer Tresor. Geschlossen. Rechts eine Couchgarnitur mit passenden Sesseln hinter einem niedrigen Glastisch. Die Mitte des Raumes dominierte ein mächtiger Schreibtisch. Auch hier zwei Stühle davor. Ein Ledersessel dahinter. PC. Telefon. Kalaschnikow. Und ich verwette meine Glock, dass in den Wänden Männer mit geladenen Maschinenpistolen standen. Ich kannte meine Pappenheimer.

»Setz dich, Wolf.« Er trat an einen Einbauschrank, der einen Kühlschrank verbarg. Holte Gläser und – natürlich – eine Flasche Wodka hervor.

Zusammen zucken.

Er nahm hinter dem Schreibtisch Platz. »Was führt dich zu mir, mein Freund?«

»Ein Auftrag.« Ihm musste ich eine Geschichte auftischen. Anders als bei Alexej. »Die Firma braucht deine Hilfe.«

»Die Firma …« Er spuckte die Worte förmlich heraus. »Arbeitest du immer noch für den Scheiß-Verein. Du scheinst nicht schlauer geworden zu sein. Hinter welchem armen Teufel seid ihr diesmal her?«

Aha. Die Preisverhandlungen hatten begonnen.

»Der übliche Kurs?«

»Nee, so läuft das nicht mehr.« Er beugte sich mit einem Haifischgrinsen nach vorne. Die Hand wie beiläufig auf dem Sturmfeuergewehr. »Die Firma existiert für mich nicht mehr. Das ist schon lange vorbei. Ich mache mit euch keine Geschäfte mehr.«

Na super!

Und ich hatte geglaubt, ich könnte nach all den Jahren da weitermachen, wo wir damals aufgehört hatten. Von wegen, ich kannte meine Pappenheimer. Sehr naiv, Herr Wolf. Und die Glock liegt im Hotelzimmer in deiner Reisetasche. Applaus, Applaus.

Ich war auf der Hut.

Er fragte: »Wie wichtig ist dir die Sache?«

Jetzt wurden also neue Konditionen ausgehandelt.

Ich holte mein Handy hervor. »Ich suche diesen Mann.« Hielt ihm das Display entgegen. Er beachtete es gar nicht.

»Ich frag dich noch mal, Wolf. Wie wichtig ist dir die Sache?«

»Es geht um Leben und Tod.«

»Das geht es immer.«

Da hatte er recht.

Was wollte er von mir? Bestimmt nicht mit mir über das Leben und den Tod philosophieren. Der Kerl war schon immer verrückt gewesen. Und skrupellos. Genau deshalb war er ein so guter Informant. Damals hätte er sogar seine eigene Großmutter verkauft, wenn es sich für ihn in irgendeiner Weise ausgezahlt hätte. Vielleicht sollte ich besser gehen, dachte ich, bevor das hier aus dem Ruder lief.

Ich schielte auf die Wände. Überlegte, wie viele Gewehrläufe wohl auf mich gerichtet waren. Dass er sich sehr sicher fühlte, bewies allein die Tatsache, dass er mich nicht einmal nach Waffen hatte durchsuchen lassen. Glückwunsch, Wolf, du bist in der Realität angekommen.

Er stand auf. Begann hinter seinem Tisch auf und ab zu laufen. »Vorschlag Wolf. Du stehst auf, nimmst deinen Firmenarsch und lässt dich hier nie wieder blicken. Oder ...«, er machte eine kurze Pause, »Du beweist, dass es dir wirklich ernst ist mit den Informationen, die ich dir besorgen soll. Nun?!«

Was bezweckte er damit?

Gut, ich hatte verstanden, dass es nicht mehr so weiterlief wie damals. Aber dann konnte es ihm doch egal sein. War das hier ein Machtspiel? Eine Demonstration seiner neuen Stärke? Ich brauchte ihn. Konnte mich nicht nur darauf verlassen, dass Alexej liefern würde. Das schien er zu merken. Genoss die Sache sichtlich. Die ganze Mission konnte davon abhängen, wie ich mich jetzt entschied.

Was ein Scheiß!

Ich dachte an Philip. An Anke. Und daran, dass ich diese Geschichte zum Abschluss bringen musste, wollte ich mir nicht ein Leben lang Vorwürfe machen, nicht alles versucht zu haben.

Ich rieb mir die Stirn. »Okay, Marek. Deine Regeln. Was soll ich tun?«

»Zeig mir das Foto noch mal.«

Er studierte es ausgiebig. Dann sah er mich an. »Es ist was Persönliches, hab ich recht?«

»Das musst du nicht wissen. Das ist meine Regel.«

Lachend setzte er sich wieder. Wurde schlagartig ernst. Ein Hai. Die Beute im Visier. Keine Chance zu entkommen. Ein Biss und ich war dahin. »Dafür, dass du nicht ehrlich zu mir warst, verschärfe ich die Regeln.«

»Du langweilst mich langsam. Was willst du? Wie soll es laufen?«

»So!«

Er hatte eine Schublade seines Schreibtisches geöffnet. Mit einem Mal einen Trommelrevolver in der Hand. Gedrungener Lauf. Klobiger Griff. Nicht das neuste Modell.

Scheiße, ich ahnte das Schlimmste.

»Das Lieblingsspiel meiner Vorfahren«, sagte er dumpf.

Er öffnete die Trommel. Kippte sie. Ließ die Patronen auf den Tisch klackern. Schloss die Schublade. Setzte sich wieder in den Ledersessel. Vornübergebeugt fuhr er mit den Fingern zwischen den Patronen herum. »Ene mene – diese hier. Und ene mene – eine weitere für deine Lügen.«

Er füllte genau zwei Kammern. Wählte gegenüberliegende Kammern. Klickte die Trommel zurück. Gab ihr mit der Handfläche Schwung, dass sie sich mehrmals drehte und schließlich zum Stillstand kam. Von außen war nicht zu sehen, welche der Kammern gefüllt waren und welche leer. Er spannte den Hahn. Das Klicken ließ mir einen Schauer über den Rücken laufen.

Vielleicht sollte ich doch besser gehen. Aber ich sah an seinem Blick, dass ich den Absprung verpasst hatte. Der Hai lauerte.

Die Rechnung war einfach. Die Chancen standen 6:2, heil aus der Sache herauszukommen. Ich hatte schon schlechtere Quoten gehabt. Und – hey – es ging um Philip.

Trotzdem.

Ein richtiges Scheiß-Gefühl.

Er packte den Revolver am kurzen Lauf. Schob ihn über den Tisch auf mich zu. Ein leises Waffenklappern aus der Wand. Augen, die alles im Blick hatten. Haiverseuchtes Gewässer.

»Showtime, Wolf.«

Ich betrachtete die restlichen sechs Patronen auf dem Tisch. Glänzende Dinger. Eindeutig echt. Kein Fake. Hohlspitzgeschosse. Das konnte eine ganz schöne Sauerei geben.

Marek sagte: »Dir fehlt die richtige Motivation, verstehe.«

Er griff nach der Kalaschnikow. Der Geruch von Waffenöl stieg mir in die Nase. Er lud durch. RITSCH. Richtete das Sturmfeuergewehr auf mich. »Ist es so recht, mein alter Freund?«

»Du erlaubst?«

Ich schenkte ihm Wodka nach. Nahm selbst einige lange Schlucke direkt aus der Flasche. Dann füllte ich meinen Mund. Setzte mir den Lauf unter das Kinn. Sollte ich jetzt das Pech haben, eine volle Kammer zu erwischen, ging ich jedenfalls auf Nummer sicher, nicht als sabbernder Waschlappen im Heim zu landen.

Kurz und schmerzlos.

Ich setzte mir die Waffe unters Kinn. Mein Zeigefinger suchte den Abzug. Fand den Druckpunkt. Kurz überlegte ich, die Waffe auf ihn zu richten. Aber ich wäre bereits tot, bevor der Lauf auch nur in die Nähe von ihm zeigen würde. Auch diesen Zeitpunkt hatte ich also verpasst. Mein Timing war echt scheiße. Ich war einfach aus der Übung.

Ich sah ihm direkt in die Augen.

Zeigte keinerlei Angst.

Er wollte dieses Spiel, sollte er es haben.

25

KLICK.

Ich schluckte runter. Begann wie ein Irrer zu lachen.

Was für ein herrliches Geräusch.

Der Revolver polterte auf den Tisch. Marek nahm ihn. Richtete ihn auf die Decke.

BÄÄÄÄMMMM.

Putz segelte auf uns herab.

»Wolf, du hast echt Eier. Und 'nen Arsch voll Glück.« Er stimmte in das Lachen ein.

Nur, dass ich das eigentlich gar nicht komisch fand.

Wodka.

Den Rest aus der Flasche.

Marek schob mir einen Zettel rüber. »Ich steh zu meinem Wort. Schick das Foto an diese Adresse. Ich kümmere mich. Und nun lass uns einen zusammen zucken.«

Als ich aus dem *Strelka* trat, ein paar mehr Drinks intus, war ich immer noch voller Adrenalin. Zusammen mit dem Wodka keine gute Kombi. Mein Puls raste. Ich schwitzte wie Sau. Aber ich grinste auch wie ein Blöder. Mein Leben war schon echt aufregend – und ja, ich liebte es. So war ich nun mal gestrickt.

Ziellos lief ich durch die Dunkelheit. Ich wusste nicht, wo zum Teufel ich überhaupt war. Nachtschwärmer kamen mir entgegen. Theaterbesucher. Clubgänger. Rumtreiber. Größeren Männergruppen ging ich aus dem Weg. Vermied es, in Rangeleien zu geraten oder Aufmerksamkeit zu erregen. Mindestens ein halbes Dutzend Mal wurde ich angeschnorrt. Ich passierte Kneipen, Clubs und Restaurants. Autos parkten die Straßen zu. Für Sehenswürdigkeiten hatte ich keinen Blick. Lief immer dahin, wo die meisten Menschen die Plätze bevölkerten. Kurz dachte ich daran, wieder mit Tequila gegenzusteuern, hatte aber die Schnauze voll von Alkohol. Ab und zu hielt ich an, beobachtete. Rauchte eine Zigarette. Ich nahm so viel Sauerstoff auf wie möglich. Dicke Limousinen mit verdunkelten Scheiben fuhren an mir vorbei, aber auch Klapperkisten, kurz vorm Zusammenbruch. Vor einer Karaoke-Bar standen die Menschen Schlange. Mehr oder weniger geübte Stimmen schmetterten Hits. Ich blieb, bis mir das Blut aus den Ohren lief. An einem Kiosk kaufte ich mir ein belegtes Brötchen, spülte mit Wasser nach. Vor den unzähligen Nachtclubs bedrängten mich leichte Mädchen. Die Türsteher lockten mit Freidrinks und *Ficki Ficki live auf Bühne.* Das war Moskau bei Nacht.

Es hatte zu regnen begonnen. Fahrzeuge schleppten einen Vorhang aus Wasser hinter sich her. Zogen schwarze Streifen über den Asphalt. Überall spiegelten sich Lichter in den Pfützen und Schaufensterscheiben. Ich klappte den Kragen meines Hemdes hoch. Schob die Hände in die Taschen. Langsam wurde es ungemütlich.

Dann spürte ich ihn.

Meine Nackenhaare stellten sich auf. Mein sechster Sinn hatte sich gemeldet. Ich wurde verfolgt. Konnte seinen Blick körperlich spüren. Er brannte regelrecht auf mir. Ich trat an ein Schaufenster, nutzte es als Spiegel. Nichts. Weiter die Straße entlang. Ich blieb stehen, kramte nach meinen Zigaretten. Dem Zippo. Zündete mir eine an. Tat so, als suchte ich eine windstille Stelle. Drehte mich dabei im Kreis. Niemand. Ich konzentrierte mich auf die Autos. Aber es war unmöglich, in sie hineinzusehen. Keine Chance, mögliche Insassen zu erkennen. Zu dunkel. Oder Laternen spiegelten sich in den Scheiben.

Ich überlegte. Die Verfolger abzuhängen, wäre ein Leichtes. Hundert Meter weiter leuchtete ein Schild der U-Bahn. Menschenmassen. Säulen. Mehrere Ausgänge. Überall Winkel und Treppen, wo sie mich verlieren konnten. Züge in verschiedene Richtungen. Warten, bis die Türen fast geschlossen waren, hineinspringen, wenn sich die Türen schlossen. Das Ganze ein paar Mal. Immer wieder umsteigen. Wer so oft Zielpersonen beschattet hatte wie ich, kannte alle Tricks. Nur im Team konnte man dranbleiben. Mit ganz viel Glück. Oder gigantischem Aufwand.

Aber warum sollte ich das tun? Ich wollte ja wissen, wer sich an meine Fersen geheftet hatte. Warum also nicht den Spieß umdrehen?!

Ich ging weiter, bis ich eine geeignete Gasse erblickte. Dunkel und schmal. Nur zwei Eingänge. Ich bog um die Ecke. Rannte los. Erreichte nach fünfzig Metern einen Müllcontainer, hinter dem ich in Deckung ging und in einem Hintereingang mit der Wand verschmolz. Ein Eisenrohr schaute aus der Tonne. Ich griff danach. Die perfekte Waffe.

Warten.

Das Rauschen des Verkehrs mäanderte zwischen den Wänden in Wellen auf mich zu. Keine Schritte. Ich riskierte zu beiden Seiten Blicke. Kein Schatten hob sich von den Eingängen zur Gasse ab. Ich wog die Eisenstange in der Hand.

Warten.

Und lauschen.

Fünf Minuten.

Zehn Minuten.

Es gab zwei Möglichkeiten. Nein, eigentlich drei. Entweder er und vielleicht ein Team fielen auf meinen Trick nicht herein und warteten ab. Oder sie hatten aufgegeben, weil sie mich kannten. Oder sie hatten mich verloren – was ich als unwahrscheinlich erachtete.

Es war einen Versuch wert gewesen.

Ich steckte das Rohr zurück in den Container. Ging den gleichen Weg zurück. Jetzt wollte ich sie nicht verlieren. Irgendwie musste ich es schaffen, sie bei Laune zu halten. Bis sie einen Fehler machten. Aber als ich auf die Straße trat, wusste ich, dass sie weg waren. Meine Nackenhaare rührten sich nicht. Niemand nahm von mir Notiz. Pärchen gingen an mir vorbei. Frauen. Männer. Einzelpersonen. Aber nichts klingelte.

Und jetzt?

Warten, bis ich sie wieder spürte. Vielleicht an meiner Herberge. Dass sie wussten, wo ich wohnte, war klar.

Schulterzuckend setzte ich meinen Weg fort.

Ich spürte mit einem Mal Müdigkeit in meinen Knochen. Sämtliches Adrenalin war aus meinem Körper verschwunden. An der nächsten Ecke winkte ich ein Taxi heran. Gab dem Fahrer die Adresse des Hotels. Als der Fahrer vor dem Eingang hielt, stieg ich aus. Rauchte noch eine auf dem Bürgersteig. Präsentierte mich im Schein der Laternen.

Aber auch jetzt blieb mein sechster Sinn stumm.

Wer auch immer mich verfolgt hatte, war verdammt gut. Kein Anfänger. Ein Profi. Blieb nur die Frage nach dem Warum. Aber der Fall entwickelte sich. Und Fortschritt war gut.

Im Zimmer zog ich die nassen Klamotten aus. Hängte alles in die Dusche. Morgen würde ich mir neue Anziehsachen kaufen müssen. Ich richtete mich darauf ein, länger in diesem Moloch zu bleiben. Legte mich nackt aufs Bett. Das Licht hatte ich gelöscht. Dennoch warf das Hotelschild seinen roten Schein ins Zimmer. Der Schatten einer Flagge floss in unregelmäßigen Formen über die Wand.

Ich zog die Reisetasche heran. Kramte darin herum, bis ich die Glock zu fassen bekam. Entriegelte das Magazin. Schnippte eine Patrone heraus. Stellte sie mir auf den Bauch.

Betrachtete sie.

Was hatte ich mir nur dabei gedacht? Ich könnte jetzt irgendwo in der Moskwa treiben. Mit dem Bauch nach oben und einem Schädel wie eine geplatzte Melone. Haifischfutter à la Marek. Ein weiteres unbekanntes Opfer der russischen Mafia. Nur noch einen Zettel am dicken Zeh wert. Immerhin wäre der Albtraum dann vorbei.

Scheiß drauf!

Ich hatte gewonnen.

Ich spürte den Wodka immer noch in mir herumschwappen. Aber meine Vorkehrungen griffen. Das mit dem Olivenöl war eine gute Idee gewesen. Das bisschen Dünnschiss am nächsten Tag würde sich aushalten lassen. Ich nahm die Patrone zwischen Daumen und Zeigefinger. Hielt sie vor mir.

Wann hatte ich angefangen, mich mit solchem Zeugs zu umgeben? Warum führte ich solch ein Leben? In meiner Kindheit musste etwas mächtig schiefgelaufen sein. Aber irgendwann sollte Schluss damit sein. Nur nicht jetzt. Diesen Auftrag noch, dann würde ich einen auf Familienvater machen. Mir einen normalen Job suchen. Vielleicht Eisverkäufer. Oder Hutmacher. Nicht, dass ich davon Ahnung hatte. Aber den ganzen Tag Anke und dem Jungen auf den Wecker zu gehen, konnte ich mir auch nicht vorstellen. Allein ihnen zuliebe schon nicht.

Anke.

Ich angelte nach meiner Hose. Überprüfte mein privates Handy. Keine Anrufe, keine SMS.

Ich spürte die Sehnsucht in mir schlummern wie einen schlafenden Hund. Entschied mich, ihn nicht zu wecken – aus Angst, er könnte mich anfallen. Sich festbeißen. Ganze Stücke aus mir herausreißen.

Dann fiel mir Anzug ein und sein Zettel. Auch den fand ich in meiner Hose. Die Nummer der Taxigesellschaft. Ich wählte, lauschte dem Freizeichen.

»991 – Ihr Taxiruf. Guten Abend.«

»Guten Abend. Mein Name ist Tom Wolf. Igor vom Flughafen sagte, Sie könnten mir weiterhelfen, meinen Sohn zu finden. Ich kann ihn nicht erreichen. Er ist Montagabend um 20.31 Uhr am Flughafen Domodedovo in einen Ihrer Wagen gestiegen.«

»Haben Sie die Nummer des Taxis?«

»Bedaure.«

»Den Zielort.«

»Leider nein.«

»Das ist reichlich wenig. Wissen Sie, wie viele Wagen wir am Domodedovo haben?!«

»Ich weiß, dass es viel verlangt ist. Aber es geht um Leben und Tod.«

»Okay. Ich werde versuchen, den Fahrer ausfindig zu machen. Auch weil Igor uns so viele Kunden bringt. Ein feiner Kerl. Aber geben Sie mir bis morgen Zeit. Kann ich Sie auf der Nummer erreichen, die angezeigt wird?«

»Können Sie. Vielen Dank für Ihre Mühen.«

Ich legte auf. Das war getan. Viele Hoffnungen hegte ich nicht, aber ich griff nach jedem Strohhalm. Wenn ich tatsächlich erfahren würde, wo ihn das Taxi abgesetzt hatte, wäre das mein nächstes Ziel.

Es war an der Zeit, eine erste Bilanz zu ziehen.

Die Fakten zu ordnen. Die losen Enden zu zählen. Eine gute Methode, nichts zu übersehen. Oder auch gezwungen werden, anders zu denken. Damit hatte ich gute Erfahrungen gemacht.

Also, was hatte ich?

Abgesehen von einer jungfräulichen Glock und dieser nicht abgefeuerten Patrone.

Philip, der mir diese beschissene Nachricht hinterlassen hatte. Antonio, der es sich für immer auf dem Dach bequem gemacht hatte. Einen Schutzengel, der Antonio erledigt hatte. Bevor der mich erledigen konnte. Philip? Gut möglich.

G, der mich aufgegabelt hatte.

Halt, davor der Typ in der Tiefgarage. Was spielte der für eine Rolle? Er hatte den Auftrag gehabt, mich zu töten. Hatten ihn die gleichen Leute geschickt, die auch Antonio auf mich angesetzt hatten? Wer waren diese Leute, verdammt?! Babyface hatte die Verantwortung von sich geschoben. Aber wer dann? Mischten noch andere mit? Eine andere Gruppe? Ich geriet in eine Sackgasse, das merkte ich.

Bleib bei den Fakten, die du kennst, Wolf.

Zurück zu G. War der nur Helfershelfer für Babyface? Beide waren beim MAD. So viel war klar. Müller schien der Boss zu sein. Jedenfalls spielte er die Rolle perfekt. Ein schmieriger Typ. Ich traute ihm keinen Meter über den Weg. Aalglatt. Ein Machtmensch. Nicht greifbar. Einer, der die Leute einbestellte, wie es ihm gefiel. Ich konnte ihn mir kaum außerhalb des Büros vorstellen. Er war kein Field-Agent. Eher ein Schreibtischhengst, der den Daumen nur zu heben oder senken brauchte. Einer, der mit dem Job verheiratet war. Der *König*, der mich rekrutiert hatte. Das gewohnte Team – wie in alten Zeiten. RAR. Rein, abgreifen, raus. Die Mission: Philip in Moskau aufspüren und zurückbringen. Für einen fairen Prozess. Sie wollten nur das verfluchte TNT. Das Team funktionierte. Es hatte mir die Glock geliefert. Hajo, der Waffenmeister. Trotzdem war es seltsam, dass sie alle wieder auftauchten. Babyface musste die Macht haben, sie aus ihren Jobs herauszureißen. Bei Thorgen war es vermutlich einfach gewesen. Wahrscheinlich hatte er sich als Rentner gelangweilt. Ich hätte mir nie vorstellen können, dass er je etwas anderes als seinen BKA-Job machen könnte. Tauben füttern? Zum Bingo gehen? Niemals. Eher patrouillierte er nachts durch die Straßen und sorgte für einen ruhigen Schlaf seiner Nachbarn. Das alles zeigte aber auch, wie gut der MAD mich kannte. Dass sie Zugang zu meiner geheimen Akte hatten. Das alte Team war die einzige Möglichkeit, mich zur Zusammenarbeit zu bewegen. Beängstigend.

Philips MAD-Akte. Geschwärzt bis zum Gehtnichtmehr. Einen Bullshit wert. Der Junge ein Terrorist? Niemals. Die Kindheitsbilder, die ich nicht kannte. Interviews mit Kollegen und Nachbarn. Ein gläsernes Leben – bis er die Reißleine gezogen hatte und untergetaucht war. Profile von Psychologen und anderen Quacksalbern. Querverweise auf Peter. Einen Haufen Vermutungen, was aus dem Jungen geworden war.

Weiter.

Philip auf dem Video vom Flughafen. In Farbe und gestochen scharf. Er hatte direkt in die Kamera geblickt. Zufall? Ein Mann auf der Flucht machte so was nicht. Zu groß das Risiko, erkannt zu werden. Auch mit Gesichts-OP. Die Computer heutzutage waren gut, die Gesichtserkennung perfektioniert. Also doch Absicht?! Aber wer tauchte unter, um sich dann der Welt zu präsentieren? Den Anfängerfehler traute ich Philip nicht zu. Immerhin hatte er es irgendwie geschafft, meinen tot geglaubten Vater auf Malta ausfindig zu machen. Vor der Leistung zog ich meinen Hut.

Dann meine alten Informanten. Alexej, der seine Leute losgeschickt hatte. Und Marek, der nach der Showeinlage das Gleiche getan hatte. Doch so einfach wie damals war es nicht mehr. Und ich war nicht mehr der alte Wolf. Dieses Moskau tickte heute anders.

Mein unbekannter Verfolger. Philip? Oder einer aus dem Zyankali-Lager? Babyface und seinen Apparat schloss ich aus. Nicht, weil ich ihm nicht zutraute, meine Arbeit zu kontrollieren. Sondern weil es unlogisch war. Er kannte mich. Musste damit rechnen, dass mir ein Verfolger auffiel. Ich könnte auf der Stelle abbrechen und seinen schönen Plan zunichtemachen. Nein, er brauchte einen funktionierenden Wolf. Keinen, der Verdacht schöpfte und durchdrehte.

Und jetzt?!

Ich hatte getan, was möglich war. Die Jäger waren ausgeschwärmt. Mehr konnte ich nicht tun. Jetzt hieß es warten. Und hoffen, dass sich Philip nicht schon aus Moskau abgesetzt hatte. Dann würde es kompliziert werden. Russland war verdammt groß. Dann brauchte ich eine andere Taktik. Aber das war Zukunftsmusik.

Also warten.

Warten und schlafen.

28

Es war Marek, der sich als Erster meiner beiden Kontakte meldete.

Zwei Tage hatte ich wie ein Idiot im Hotel gesessen. Das Handy angestarrt. Auf Nachricht von Anke oder meinen Informanten gewartet. Vergebens. Immerhin hatte sich wie versprochen die Taxigesellschaft gemeldet. Leider mit schlechten Nachrichten. Niemand konnte sich an einen einzelnen, männlichen Fahrgast erinnern. Trotz der genauen Uhrzeit und des Ortes. Ich war enttäuscht. Ein Rückschlag. Aber damit hatte ich insgeheim schon gerechnet.

Also weiter warten.

Ich hatte einen weiten Bogen um die Minibar gemacht. Nur Wasser getrunken, weil mir der Wodka aus den Ohren lief. Hatte mich sogar gesund ernährt und die Pommes beim Steak weggelassen. Stattdessen hatte ich mir immer nur Salat dazu bestellt. Außerdem zog ich zweimal am Tag im hoteleigenen Pool meine Bahnen. Trainierte im Kraftraum. Stemmte Gewichte. Ging eine Stunde aufs Laufband. Übte Kampftechniken. Ein Mix aus Wushu, Ju-Jutsu und Anti-Terror-Kampf. Anschließend duschte ich abwechselnd heiß und kalt.

An alle Männer da draußen: Ab fünfzig geht es rapide abwärts. Dem muss man etwas entgegensetzen.

»Hast du deinen Schlüpfer an, Wolf?«, fragte er am anderen Ende der Leitung.

Ich verdrehte die Augen.

»Logisch, Marek. Ich sitze hier auf heißen Kohlen. Bestimmt nicht mit nacktem Arsch. Also, was hast du?«

Ich hielt es kaum aus vor Spannung. Er rief nicht grundlos an. Nicht er.

»Dann nimm deinen verpackten Arsch und schlepp ihn aus dem Hotel. Ich hab dir 'nen Wagen geschickt.«

»Hast du ihn gefunden?«

Ein Seufzen.

»Komm her, dann reden wir.«

Zwecklos zu glauben, er würde am Telefon darüber reden.

Also sagte ich nur: »Bis gleich.«

Ich legte auf. Schnappte mir die Lederjacke, die ich in der Hotelboutique gekauft hatte. Die Handys. Die Glock. Letztere steckte ich mir in den Hosenbund. Zog das Hemd darüber.

Vor dem Hotel parkten diverse Limousinen und Taxis. Aber es war ganz klar, welchen Wagen er mir geschickt hatte. Ein archaisches Ungetüm der Marke Hummer H1. 27 Zoll Chrom-Felgen. Die ganze Karre mattschwarz foliert. Gepanzert. Eine echte Porno-Karre. Gangsterstyle. Die Scheiben tiefschwarz getönt, konnte man nicht hineinsehen. Aber das Fernlicht blinkte zweimal auf.

Ich wählte bewusst die hintere rechte Tür. Wollte den Fahrer im Blick und niemanden im Rücken haben. Alles Strategien, die Lebenserwartung radikal zu verlängern.

Marek hatte als Fahrer Finger geschickt. Nur ihn. Was mich beruhigte. Eins gegen eins – im Notfall. Durchaus machbar. Wortlos nickte er mir zu. Fuhr los. Ignorierte mich die Fahrt über.

Was hätten wir auch miteinander zu besprechen gehabt? Small Talk war in diesen Kreisen nun wirklich nicht üblich. Wäre auch ziemlich albern gewesen, sich mit dieser menschlichen Abrissbirne über das Wetter oder den neusten Mode-Trend zu unterhalten.

»Das ideale Wetter, einem so richtig die Fresse zu polieren.«

»Ach, finden Sie? Der Regen macht die Gelenke steif, und die Ledersohlen rutschen so auf dem nassen Asphalt.«

»Was Sie nicht sagen. Lässt Ihnen der Anzug denn genug Bewegungsfreiheit? So ein Uppercut braucht Raum.«

»Oh, er hat diesen neuen Boxing-Schnitt. Besteht zu fünf Prozent aus Elastan. Außerdem ist er anti-Blut-imprägniert.«

»Nee. Ein tolles Ding.«

So oder so ähnlich …

Trotzdem konnte ich nicht anders.

»Einmal zu viel dem Chef die Hand geschüttelt?«, fragte ich grinsend, sah auf seine vier Finger.

Ein Blick in den Spiegel.

»Wie? Ich verstehe nicht.«

»Schon gut. Blöder Witz.«

Ich lachte hohl. Lehnte mich in dem weichen Leder zurück. Ignorierte meinen Fahrer von nun an. Schaute in die Abenddämmerung. Die Schatten wurden länger. Das Licht schwand. Die meisten Autos hatten bereits ihre Lichter angeschaltet. Blendeten, wenn sie an den

Ampeln Vollgas gaben. Der Himmel zeigte sich in Purpur. Ich beobachtete den rückwärtigen Verkehr, obwohl sich die Nackenhaare nicht meldeten. Die Straßen waren voll. Finger aber quetschte sich in jede erdenkliche Lücke. Fuhr rücksichtslos und mit vollem Einsatz der Hupe. Logischerweise machten diesem Ungetüm die meisten Verkehrsteilnehmer freiwillig Platz. Hier fuhr jemand, mit dem man sich nicht anlegen wollte. Nichts anderes vermittelte die Karre. Potentiellen Verfolgern machte er es schwer, dranzubleiben. Und ich sah zu keinem Zeitpunkt ein verdächtiges Fahrzeug. Niemand anderes, der wild die Fahrspur wechselte. Selbst im Team mit mehreren Autos wäre es schwierig geworden, uns zu verfolgen. Der Verkehr war einfach zu dicht. Fast schon enttäuscht drehte ich mich um. Entspannte.

Zu meiner Überraschung fuhren wir nicht in Richtung Innenstadt. Sondern nahmen die Schnellstraße nach Norden. Raus aus der Metropole. Schäbige Wohnblöcke wichen ebenso schäbigen Industriebauten. Speditionen. Werkstätten. Möbelhäuser. Auch der Verkehr nahm allmählich ab. Beruhigend spürte ich die Glock im Hosenbund.

Schließlich verließen wir die Schnellstraße an der nächsten Ausfahrt. Fuhren an einem Lagerhaus vorbei, um kurz dahinter in eine schmale Straße abzubiegen. Nach dreihundert Metern erreichten wir den gut besuchten Parkplatz eines Nachtclubs. Nobelkarosse an Nobelkarosse. Finger fuhr bis zum Eingang. Hielt in einer reservierten Bucht. Weiterhin wortlos stiegen wir aus. Mit einer knappen Kopfbewegung bedeutete er mir, ihm zu folgen. Er schloss nicht ab, was so viel hieß wie: *Hier parkt der Boss der Bosse*. Und kein Dieb würde so blöd sein, ein solches unverschlossenes Auto zu klauen. Wenn, zog das einen mehrwöchigen Aufenthalt im Krankenhaus nach sich. Im besten Falle.

Das Etablissement war fensterlos und trug keinen Namen. Anscheinend war es so bekannt, dass bewusst darauf verzichtet worden war. Das sagte schon einiges über den Ruf dieses Tempels aus. Ein weißer Kasten mit Säulen vor dem Eingang. Großes Vordach. Ein roter Teppich war ausgelegt. Palmen in Kübeln rechts und links. Finger benutzte die Klingel. Kündigte uns über die Gegensprechanlage an. Der Summer ertönte. Wir traten durch das Portal. Er nickte zwei weiteren Schränken zu, die im Vorraum auf Stühlen rumlungerten und Backgammon spielten. Sie sahen nicht mal auf. Durch eine doppelflügelige Tür betraten wir ein zweifelhaftes Paradies.

Ich fand mich in einem typischen Saunaclub wieder.

Sex gegen Geld.

Hier flossen Schweiß, Champagner und diverse Körperflüssigkeiten – ich wollte nicht näher darüber nachdenken. Leise Musik dudelte aus den Lautsprechern. Ich sah Männer in Bademänteln, unter denen sich meist Tattoos hervorschlängelten. Aber auch Bodyguards, die versuchten mit dem Hintergrund zu verschmelzen und unsichtbar zu sein. Dabei ließen sie ihren Boss nicht aus den Augen, der sich köstlich amüsierte.

Dazwischen leicht bekleidete Mädchen mit gebrochenem Blick. Sex-Sklavinnen, die ihr Leben aufgegeben hatten und sich ihrem Schicksal beugten. Ukrainerinnen, Asiatinnen, aber auch Karibik-Schönheiten. Allesamt erste Wahl. Allesamt in dieser Hölle gestrandet.

Ich sah mehrere Bars. Und noch mehr Palmen. Saunen. Massageliegen. Zwei Schwimmbecken. Nischen und Räume, in denen man zu zweit oder zu dritt verschwinden konnte.

Alles eine Frage des Preises und der persönlichen Vorliebe.

Die ganze rechte Seite dominierte ein riesiges Aquarium, in dem sich unzählige bunte Fische tummelten. Das Wasser war kristallklar und schickte einen bläulichen Schimmer in den Raum. Der Club glänzte und glitzerte. Viel Marmor. Gold. Samt. Perlenvorhänge zu den Nebenzimmern. Kein Schmuddel-Club für Fernfahrer oder Monteure auf der Durchreise. Sondern eine perfekte Spielwiese für gestresste Manager und Geschäftsleute diesseits und jenseits der Legalität. Und vor allem Gangster. Stammgäste mit dicker Brieftasche und reichlich Schnee in der Nase.

In Straßenkleidung waren wir ziemlich fehl am Platze. Aber Finger störte das überhaupt nicht. Auch schien niemand Notiz von uns zu nehmen. Nicht einmal die Mädchen. Wahrscheinlich war dieses Prozedere gang und gäbe. Wenn der Chef hohen Besuch erwartete, dann offiziell durch die Eingangstür. Schließlich zeigte man so, was man zu bieten hatte. Eigentlich ein gutes Zeichen. Denn Hintertüren haftet ja bekanntlich immer etwas Zweifelhaftes an. Dorthin verzog man sich eher mit Zechprellern oder Randalieren. Nutze diesen Ausgang, um unerkannt zu gehen oder zu kommen.

Der hintere Teil des Clubs ging in den Privatbereich über. Ein Zugang mit der Aufschrift *Stop! Private Area* stellte dies in internationaler Sprache unmissverständlich dar. Wenn nicht, half einem bestimmt der Typ auf die Sprünge, der mit verschränkten Armen dort Posten bezogen hatte. Unaufgefordert öffnete er die Tür. Ließ uns passieren. Hier war der Boden mit einem dicken, roten Teppich ausgelegt, der unsere Schritte schluckte und den Eindruck vermittelte, in einem teuren Hotel unterwegs zu sein.

Lautlos schritten wir voran.

An einer mit braunem Leder gepolsterten Tür blieben wir stehen. Finger klopfte mit drei Knöcheln an den Rahmen. Trat ohne Aufforderung in den riesigen Raum dahinter. Ich folgte ihm.

Ohr stand an der rechten Wand. Starrte Löcher in die Luft. Tat so, als wäre es normal, dass Marek mit offener Hose in der Wohnlandschaft lümmelte. Sich nach allen Regeln der Kunst von einer splitternackten Schönheit einen blasen ließ.

»Wolf«, stöhnte er, als er mich sah. Was mir die Nackenhaare aufstellte. Aber ich sah nicht weg, denn Verlegenheit wäre ein Zeichen von Schwäche gewesen. Ich war hier wieder mal in der Höhle des Alphatiers. Augenkontakt die Voraussetzung, wollte man ernst genommen werden von den anderen Raubtieren.

»Jaaaaaa, jetzt. Jaaaaaaaaaa.«

Mareks Körper bäumte sich auf. Er warf den Kopf nach hinten. Krallte sich in die Polster. Während die Schönheit saugte und saugte. Ein letztes Zucken. Dann stand sie auf. Wischte sich kichernd den Mund ab. Nahm ihren Slip, der auf dem niedrigen Tisch lag. Verschwand auf Zehenspitzen tippelnd durch die Tür ins Nachbarzimmer.

Ende der Vorstellung.

Mit geschlossenen Augen saß Marek einen Augenblick da. Roter Kopf. Violette Eichel. Rang nach Luft. Bevor er völlig ungeniert seinen halb schlaffen Schwanz in die Hand nahm und verstaute. Dann sprang er auf. Strich sich über die stoppeligen Haare. Kam auf mich zu. Streckte mir seine Pranke entgegen.

»Du kommst schneller als gedacht, Wolf.«

Du aber auch, dachte ich.

»Willkommen in meinem bescheidenen Palast der Sünde«, schickte er hinterher und lachte.

Ich sah ihn an. »Echt jetzt?«

Angewidert starrte ich auf seine Hand.

Marek brach in schallendes Gelächter aus. Die Speznas-Schränke verzogen keine Miene.

Er zuckte grinsend mit den Schultern. Breitete dann die Arme aus.

»Bist du auf den Geschmack gekommen, Wolf? Tob dich aus. Du bist mein Gast heute Abend. Keine Limits. Etwas Koks?« Er zeigte auf den Tisch, wo mehrere Lines auf eine Nase warteten.

»Danke, aber dafür bin ich nicht hier.« Ich starrte ihm in die Augen. »Du hast meinen Mann gefunden?«

»Ihr Westler seid immer so ungeduldig. Und so unhöflich. Man fällt nicht einfach mit Fragen in das Haus eines Freundes.«

Ich atmete innerlich tief durch. Seine Attitüden gingen mir auf die Nerven. Aber ich musste mich bremsen, wollte ich Informationen von ihm haben. Er bestimmte weiterhin die Spielregeln. Und das wusste er nur zu gut.

Also sagte ich: »Entschuldigung, du hast natürlich recht. Lass uns zusammen zucken.«

Was auch sonst.

Auch wenn ich es schon nicht mehr hören konnte, und noch viel weniger tun wollte, gewöhnte ich mich doch langsam an den Alkoholmissbrauch.

Er schien besänftigt. »Na also. Schon besser. Nimm Platz.«

Ich starrte die Couch an. Hatte die saugende Schönheit vor Augen. Mareks Schwanz. Seinen verschwitzen Körper. Entschied mich dann für einen der Sessel. Ließ mich nieder. Die Ellenbogen auf den Lehnen. Die Hände locker im Schoß. Nahe an der Glock. Ich sah mich um.

Ohr und Finger standen an den beiden Türen, jeder an einer. Die Blicke starr geradeaus. Ich prägte mir ihre Positionen ein. Die Entfernung zu den Türen. Mögliche Möbelstücke, die als Deckung dienen konnten. Nach meinen letzten Erfahrungen musste ich auf der Hut sein. Auf alles vorbereitet. Die Glock drückte im Schritt. Aber ich hütete mich, nach ihr zu greifen.

Also blieb ich still sitzen. Sah Marek zu dem Schreibtisch an der Stirnseite gehen. Telefon. PC. Keine Kalaschnikow. Er drückte eine Gegensprechanlage. Bestellte Wodka und zwar den für die guten Freunde.

Moderne Gemälde zierten die Wände. Ein Richter. Ein Warhol. Ich hatte keinen Zweifel daran, dass sie echt waren. In einer Ecke waren Clubsessel so positioniert, dass sie auf eine riesige Leinwand zeigten. Niedrige Tische daneben, um Getränke darauf abzustellen. Stumm lief irgendein Porno. Zwei Männer penetrierten eine Frau. Wie originell.

Ein Billardtisch stand in der Mitte des Raumes. Roter Filz. Eine Hängelampe darüber. Eingeschaltet. Die Kugeln zu einem Dreieck aufgereiht. Zwei Queues. Deckenspots in bunten Farben sorgten für eine schummrige Stimmung. Auch hier bedeckte ein Aquarium fast die gesamte Fläche einer Wand. Hinter Panzerglas schwamm tatsächlich ein etwa drei Meter großer Bullenhai auf mich zu. Wusste ich's doch.

Zwei Minuten später standen zwei Flaschen in Eiskübeln auf dem Tisch. Und Gläser.

Marek saß mir jetzt gegenüber. Schenkte ein bis über den Rand.

»Za nas!« Was so viel hieß wie: *Auf uns*!

Wodka lief auf den Tisch, als wir anstießen. Die Gläser hinterließen Ränder.

»Weg die Scheiße«, sagte ich im Stillen.

Ich leerte das Glas bis auf den letzten Tropfen. Stellte es mit der Öffnung nach unten vor mich. Das Zeug brannte in Kehle und Speiseröhre. Wärmte den Magen.

Ich wagte nicht, das Thema auf Philip zu lenken. Ich hatte verstanden. Er bestimmte den Zeitpunkt. Und nur er. Ich fügte mich meinem Schicksal. Also fröhliches zusammen zucken. Er griff mein Glas. Drehte es in seiner Pranke. Schenkte nach.

»Wie sagt man bei euch im Westen?! Auf einem Bein kann man nicht stehen.«

»Nicht mal ansatzweise«, sagte ich.

Das dritte Glas ließ nicht lange auf sich warten.

»Moment«, sagte er. »Du musst ihn auf Eis probieren. Aus der Arktis. Ich lasse es dort schlagen und hierhin transportieren.

Klar, würde ich auch so machen. Die Antarktis war schließlich zu weit entfernt. Das konnte kein Mensch bezahlen.

Ich nickte. Warum nicht.

»Oleg. Bring uns eine Portion.«

Finger verschwand. Tauchte wenig später mit einem Sektkübel auf. Ein Eispickel thronte obenauf. Als hätte ich einen Pokal gewonnen, stellte er ihn vor mich auf den Tisch. Ich bediente mich. Klirrend kreiselten die Stücke in meinem Glas.

Marek goss die klare Flüssigkeit darüber. Schnalzte dabei mit der Zunge. Wieder kippten wir das Zeug in uns hinein. Und noch einen. Und noch einen. Hatte ich schon erwähnt: Scheiß Russland!

Dann merkte ich es.

Es ging schnell. Die Wände kamen näher. Der Raum schrumpfte. Ich sah zu den Schränken hinüber. Nahm nur verschwommene Konturen wahr. Als wären sie aus Quecksilber und veränderten stetig ihre Umrisse. Spezialeffekte. Als säße ich bei Terminator 2 in der ersten Reihe. Das Maul des Hais im Tank schien zu wachsen. Beängstigend nahe schwamm er an mich heran. Seine Rückenflosse teilte das Wasser.

Irgendetwas stimmte hier nicht. Stimmte mit mir nicht.

Ich sah Marek an. Wie Krater des Mondes traten seine Pockennarben hervor. Sein Gesicht wurde ganz spitz. Die weißen Zähne unter der riesigen Nase schienen nach mir zu schnappen.

»Geht es dir nicht gut, mein Freund.«

Seine Stimme ein fernes, dumpfes Echo. Als käme sie aus einer anderen Welt.

»Nein, nein«, log ich.

Ich schwitzte mit einem Mal wie ein Schwein. Wollte aufstehen. Aber meine Beine gehorchten mir nicht mehr. Der Sessel schien mich anzusaugen wie zuvor die Nutte Mareks Schwanz. Wodka-Glas und Flasche tanzten Tango vor mir.

Erkenntnis.

»Der Wodka?!«, lallte ich.

»Das Eis, mein Freund.«

Ich nickte schwerfällig. Na klar, das Eis. Das aus der Arktis. Marek hatte keines genommen.

Ein letzter Versuch. Ich versuchte aufzustehen. Sackte aber zurück. Sterne und Schlieren. Ich kämpfte. Vergebens. Plötzlich flackerte das Licht. Und ich verabschiedete mich aus dieser Welt.

Mein letzter Gedanke: So endest du nun, Wolf. In einem schmierigen Saunaclub irgendwo am Arsch der Welt. Umzingelt von Haien.

Na bravo!

Dann wurde es schwarz um mich herum. Marek verschwand. Fiel in sich zusammen. Löste sich auf. Ich krallte mich ans Leben.

Kämpfe, verdammt.

Ich riss die Augen auf. Bäumte mich auf. Sackte abermals zusammen.

Dunkelheit.

Absolut.

27

Licht.

Ein zarter Funken. Flüchtig und fremd. Aber warm. Zuflucht und Verheißung. Erlösung und Hoffnung. Trotzdem wollte ich nicht vorwärts. Aber es saugte mich an. Hypnotisch. Penetrant. Aber schwach. Alles schien schwer. Kein Gedanke möglich. Übelkeit. Schmerz. Ich taumelte durch Dunkelheit. Wollte weiterhin darin versinken. Nur Ruhe. Abtauchen. Mit ihr verschmelzen.

Und tat es.

Licht.

Immer greller. Immer wärmer. Aus einem Funken wurde ein Feuerball. Er raste auf mich zu. Hüllte mich schließlich ein. Ich schwebte. Fühlte mich frei. So leicht. So aufgehoben. Ein traumhafter Zustand. Nur flüchtig. Etwas zerrte an meinen Lidern. Ich arbeitete dagegen an. Wollte weiter schweben. Bis in alle Ewigkeit.

Cut.

Nein.

Nicht!

Widerwillig stöhnend öffnete ich die Augen.

Sah nichts außer Nebel. Ein matschiges Bild ohne Konturen. Farbkleckse. In sich verlaufend. Mein persönlicher van Gogh. Sternennacht. Der Traum ging weiter. Diese Welt war auch nicht schlecht.

Bis sich mein Körper meldete. Der Kopf schwer. Ein Ziehen in den Gliedmaßen. Keine Bewegung möglich. Meine Zunge klebte am Gaumen. Ich saß in einem Sessel. Das Kinn auf der Brust. Die Arme. Ich konnte sie nicht bewegen. Brauchte einen Augenblick, bis ich merkte, dass sie mit Panzertape an der Lehne fixiert waren. Hatte meine Hosen an. Jacke und Hemd aber hatten sie mir ausgezogen. Nackte Haut. Die Narbe über dem Hosenbund. So vertraut.

Sprechen.

Mein Versuch erstarb in einem unverständlichen Brabbeln. Nur langsam wurde mein Blick klarer. Vor mir ein Tisch. Darauf ein Messer. Die Klinge blutig. Die Glock. Das Magazin daneben. Eine einzelne Patrone. Meine beiden Handys. Die Akkus herausgenommen.

Also doch nicht der Himmel, dachte ich.

Wahrscheinlich die Hölle.

Dann fiel mir Marek ein. Sein Haifischgrinsen. Russisch Roulette im Hinterzimmer. KLICK. Die saugende Nutte. Die Schränke. Wie hatte ich sie genannt? Richtig, Finger und Ohr. Zauberhafte Burschen. Zum Draufschlagen. Immer rein in die Fresse. Der Wodka mit Eis. Entschuldigung, Arktiseis. *Zusammen zucken* bis der Arzt kommt. Oder den Letzten die Hunde beißen. Lost in Russia. Verschollen. Abgehakt. Einer weniger. Letzte Ausfahrt Tod.

Der Absturz ins Nichts.

Ganz sicher die Hölle.

Wahrscheinlich hatten sie mich in den Keller geschleppt, um … Ja, um was zu tun? Dem ein Ende zu setzen? Nur sollte ich vorher auspacken. Alles verraten?

Was eigentlich? Dass ich Anke liebte? Die ganze Welt sollte es hören.

Ja, hört ihr?

Anke, ich liebe dich!

Kamen sie jetzt, die russischen Folterknechte mit ihren Werkzeugen? Blitzende Skalpelle? Harter Griff um die Eier? Ein Tuch über dem Mund? Und dann gib ihm. Der Trommelrevolver. Diesmal gefüllt mit fünf Patronen? Der Spannung wegen. Spaß musste sein. Was sonst war die Würze des Lebens?!

»Wie schlecht geht es dir, Wolf?«

Eine Stimme aus einem anderen Universum. Ich hatte sie schon einmal gehört. Konnte sie aber nicht zuordnen. Das ging mir einfach zu schnell. Ich musste mich darauf konzentrieren, nicht zu kotzen. Wenn ich schon sterben musste, dann in Würde. Nicht besudelt mit der eigenen Kotze. Also schluckte ich alles herunter. Zwang mich, ruhig zu atmen. Konzentrierte mich auf die Patrone vor mir. Wie gerne würde ich sie Marek durch den Schädel jagen. BÄMMMM. Hirn spritzt an die Wand. Teile des Schädelknochens. Ich würde ihm seine Haifischzähne einzeln aus dem Kiefer schlagen. Als Kette um den Hals tragen.

Gebt mir nur eine Chance. Bitte.

Die Stimme wieder.

»Flunitrazepam. Übles Zeug. Auch K.-o.-Tropfen genannt. Sehr wirkungsvoll. Schon ein paar Tropfen genügen. Wir mussten auf Nummer sicher gehen.«

Klar mussten sie das.

Das Zeug hatte ich bei meinen Missionen nie benutzt. Zu umständlich. Zu unsicher. Zu unbequem. Tragen

Sie mal einen Achtzig-Kilo-Mann durch die feindlichen Linien. Aus einem Land heraus. Unter Beschuss. Die Meute im Nacken. Schon zehn Meter – und Sie gehen am Stock.

Aber sie hatten es bei mir benutzt. Was auf kurze Transportwege schließen ließ. Oder die Möglichkeit geeigneter Transportmittel.

Eine weitere Welle der Übelkeit brach über mir zusammen. Mir stockte der Atem. Schweiß tropfte mir von der Nasenspitze in den Schoß. Es sah aus, als hätte ich mich vollgepinkelt. Sehr erniedrigend das Ganze.

Aber mein kleinstes Problem.

Plötzlich war jemand hinter mir. Griff meine Stirn. Drückte mir den Kopf in den Nacken. Ein Glas an meinen Lippen. Wasser. Kühles, herrliches Nass. Halb trank ich. Halb lief es mir über das Kinn.

Die Stimme.

»Auf das Tape hätte ich wohl verzichten können. Du bist ziemlich fertig. Aber ich habe selbst keine Erfahrung mit den Dingern.«

Der Unbekannte ließ mich los.

Mein Kopf sackte wieder auf die Brust. Dann ging jemand im Nebel an mir vorbei. Setzte sich mir gegenüber auf einen Stuhl. Einige Meter entfernt. Wieder fixierte ich die Patrone, als könnte ich sie mittels Gedankenkraft anheben und abfeuern. Auf 360 Meter die Sekunde beschleunigen. Die dunkle Seite der Macht.

Die Stimme.

»Lass dir Zeit, ich brauche dich fit. Wir müssen endlich reden.«

Zunächst einmal musste ich nur pinkeln. Aber auch das schien nicht wichtig zu sein. Notfalls könnte ich es laufen lassen. Auch egal.

»Das mit dem Arm tut mir leid. Aber wie gesagt, ich musste auf Nummer sicher gehen. Der Sender war nicht aktiviert. Wir haben alle Zeit der Welt.«

Welcher Sender?

Das Denken bereitete immer noch einige Schwierigkeiten. Transferleistungen unmöglich. Wieder sah ich das blutige Messer vor mir auf dem Tisch. Daneben eine schmierige Kapsel. Kaum größer als ein Reiskorn.

Klar, dieser Sender.

Ich bemühte mich, den Kopf zu heben. Schaffte es geradeso. Doch mein Blick verlor sich nach einem Meter in dieser wabernden Wand. Dass dort hinten jemand saß, war klar. Nur konnte ich ihn nicht erkennen. Ein Mann. Der Stimme nach Marek, der Wichser? Einer seiner Folterknechte?

Die Stimme.

»Geduld, Wolf. Ich habe mir sagen lassen, Augen und Sprache brauchen am Längsten. Hab ein wenig Geduld.«

Was blieb mir übrig. Also warteten wir.

»Ma… Marek?!«

Na also, das schien schon mal wieder zu funktionieren.

»Nein. Er hat dich hier nur abgeliefert.«

»Wer?«

Mehr als einzelne Worte traute ich mir noch nicht zu. Aber wir kamen weiter. Rom wurde auch nicht an einem Tag erbaut.

»Das weißt du nicht?! Dabei hast du doch mich gesucht.«

Gesucht hab ich viele.

Philip?!

Ich riss die Augen weiter auf. Glotzte wie ein Depp. Blickte die Gestalt an. Bewegung. Langsam schälte sie sich aus der Wolke. Schwarze Haare. Nur das Gesicht blieb noch unscharf. Aber er konnte es sein.

Mr. Romero.

Der neue Philip.

»Philip«, nuschelte ich. Und ein: »Warum?«

»Weil die Zeit gekommen ist.« Er beugte sich nach vorne, und das Gesicht wurde klarer.

Ein Glücksgefühl durchströmte mich. Bis mir klar wurde, dass er mich gefesselt hatte.

»Das Tape ...«

»Reine Vorsichtsmaßnahme«, sagte er. »Wir sollten uns doch nicht gleich gegenseitig verletzen. Alles schön langsam.« Er zündete sich eine Zigarette an. »Können wir reden? Bist du so weit?«

Ob wir reden konnten?! Klar, darauf wartete ich seit fast einem Jahr.

Ich fragte: »Wie geht es dir?«

Er lachte.

»Mir? Du siehst ganz schön scheiße aus. Kann ich dir die Fesseln abnehmen?«

Ich nickte. Und er kam herüber. Benutzte das blutige Messer. Dann setzte er sich wieder an seinen Platz.

Ich rieb mir die Handgelenke. Griff nach dem Glas mit Wasser. Gierig trank ich. Eine Wohltat. Ich sah mich um. Er hatte mich in eine rustikale Hütte gebracht. Ich sah einen Ofen. Holzscheite. Die Wände aus Baumstämmen. Felle daran. Geschlossene Holzläden vor den Fenstern. Im hinteren Teil eine Küche. Töpfe und Pfannen hingen von der Decke. Warteten darauf, benutzt zu werden. Rechts eine Pritsche mit Kopfkissen. Die Decke zurückgeschlagen. Daneben ein Spiegel mit einer Waschschüssel darunter. Der Boden war aus Dielen und zum Teil abgewetzten Teppichen bedeckt. Mehrere Stiefel und eine Flinte standen an der Tür. Gasfunzeln brannten.

Eine Jagdhütte.

Doch nicht die Hölle.

Eher Familie.

Oder?

Philip.

»Ich hab dich gesucht«, sagte ich überflüssigerweise.

Ich sah ihn an. Falsche Nase. Falsches Kinn. Ich musste mich erst daran gewöhnen. Er stieß Rauch aus. Schnippte die Asche seiner Zigarette in eine Tasse.

Mein Arm schmerzte. Ich packte auf einen Verband. Dort, wo er mir den Sender herausgeschnitten hatte.

»Und ich hab dich gefunden«, sagte Philip. »Marek war so freundlich.«

Er deutete auf den Tisch.

»Aber wir mussten auf Nummer sicher gehen, dass du nicht überwacht wurdest.«

Er warf mir mein Hemd zu.

»Hier. Zieh dich erst mal wieder an. Sonst holst du dir noch den Tod.«

Sehr witzig.

»Danke. Woher wusstest du … ?«

»Ein Scanner. Das Ding war leicht zu finden. Die Handys wurden schon in Moskau ausgeschaltet. Die Akkus herausgenommen. Keine Peilung möglich. Auch sonst bist du clean. Keine weiteren versteckten GPS-Tracker.«

Ich nickte. Als wäre das logisch. Als hätte ich das auch so gemacht. Was ich wahrscheinlich wirklich hätte. Die Technik vorausgesetzt.

Ich deutete auf die Packung Zigaretten. Nicht meine Marke. Aber wer wollte jetzt schon wählerisch sein.

Er nickte. Schob sie samt Feuerzeug herüber. Mit zittrigen Fingern griff ich danach. Steckte mir eine zwischen die Lippen. Ich brauchte fünf Versuche, bis ich sie endlich angezündet hatte. Die Feinmotorik ließ mich noch im Stich. Mit der Glock würde ich nicht einmal einen Elefanten treffen. Ich nahm einen langen Zug. Musste husten, bis mir schwindelig wurde. Ringe tanzten vor meinen Augen.

Fragte: »Junge, wo warst du?«

»Ich schlage vor, ich fange ganz vorne an. Danach entscheidest du, wie es weitergeht. Ganz egal wie. Ich bin es satt, auf der Flucht zu sein und mich in russischen Wäldern zu verstecken. Obwohl es hier durchaus reizvoll ist.« Er sah sich in der Hütte um.

»Flucht? Wovor?«

»Ich habe für den MAD gearbeitet. Mit der Betonung auf *habe*.«

Schon wieder der MAD. Der klebte wie Pech an mir. Ein Ekzem. Krebs. Ich war sehr auf seine Geschichte gespannt.

»Mit zwanzig haben sie mich angeworben. Grundausbildung. Spezialisierung. Sie haben mich zu einem ihrer

Agenten ausgebildet. Ich habe viele Abteilungen durchlaufen. Spionage. Gegenspionage. Sprengstoff. Field-Agent. Bis ich schließlich bei Heinz Müller landete.«

Babyface.

Das Arschloch.

»Er gab mir einen ganz speziellen Auftrag. Deshalb hab ich beim Wachschutz *Heimat* im *DDR* angefangen.«

Der *Dritte Deutsche Rundfunk.*

»Eigentlich hatte ich zwei Aufgaben. Ich sollte TNT finden, dass die Stasi dort vor Jahrzehnten versteckt hatte. 40 Tonnen, hieß es. Also einiges. Es gab Hinweise, dass es sich irgendwo auf dem Gelände befand. Woher Müller das wusste, keine Ahnung. Und ich sollte meinen Vater ausfindig machen.«

Peter.

»Du hast ihn gefunden.«

»Ja.« Etwas zutiefst trauriges lag in seinem Blick. »Ich hatte es nicht glauben wollen. Die Nummer mit dem Stasi-TNT war ja noch irgendwie nachvollziehbar. Aber Schläfer?! Dass es tatsächlich Männer und Frauen geben sollte, die 25 Jahre in irgendwelchen Kellern saßen und darauf warteten, aktiviert zu werden?!«

Ich wusste genau, was er meinte.

Wäre ich nicht selbst auf Peter gestoßen, ich hätte es nicht glauben können. Ich hatte seinen Raum gesehen. Eine bessere Zelle. Küchenzeile. Dusche. Pritsche. Seine abstoßende Kleidung. Die Brille mit Draht zusammengehalten. Faulige Stümpfe, die einmal seine Zähne gewesen waren. Ein einziger Albtraum.

Ich fragte: »Du hast ihn also aufgestöbert. Vor oder nachdem ich auf ihn getroffen bin?«

Ich war stolz, ganze Sätze formulieren zu können. Auch das Denken funktionierte wieder. Die Übelkeit nur ein Echo. Ein weiterer Zug an der Zigarette. Es schmeckte tatsächlich wieder.

»Weit vorher. Wochenlang habe ich alles abgesucht. Sämtliche Gänge und Räume. Ich habe Türen aufgebrochen und Schlösser geknackt. Irgendwann stand er vor mir. Aus heiterem Himmel. Es war ein Schock.« Die Erinnerungen quälten ihn. »Er war ein Geist. Eine Hülle. Da war nichts mehr von meinem Vater. Er hat mich zunächst nicht einmal erkannt. Im Gegenteil: Er hat sich auf mich gestürzt, bis ich ihn mit seinem Namen angesprochen habe.«

»Er hat mir später also etwas vorgespielt?«

Philip nickte.

»Ich hatte ihn darum gebeten. Ich wusste, du würdest mich suchen. Ich wusste, dass er dich nicht einfach gehen lassen konnte. Er sprach immerzu von Schicksal, dass ich ihn gefunden hatte. Auch als ich ihm vom MAD und dem TNT erzählt hatte. ›Das TNT‹, hatte er gesagt, ›das verdammte TNT! Darauf warte ich seit all den Jahren. Und nun steht mein eigener Sohn vor mir.‹«

Er war kreidebleich geworden.

Ich nahm den Faden auf.

»Sie haben dich also gezielt auf ihn angesetzt. Du solltest ihn da rausholen. Mit seiner Hilfe wollten sie die Tonnen Sprengstoff finden.«

»Ja und nein. Ja, er kannte sich da unten aus. Ja, er war ihre beste Chance auf das TNT. Aber was das Rausholen betraf … Natürlich wollte ich ihn direkt mit nach oben nehmen. Aber er hat sich geweigert. Du hast ihn erlebt. Er konnte nicht mehr. Er war schon tot – irgendwie. Nicht einmal auf mich, seinen eigenen Sohn, wollte er hören. Also beschloss ich, ihm Zeit zu geben. Vielleicht schaffte ich es ja zu einem späteren Zeitpunkt.«

Mir kam ein Gedanke. Irgendjemand beim MAD musste sein Kontakt gewesen sein.

»Du hast mit Stahl zusammengearbeitet.«

»Er war mein Führungsoffizier. Wir waren perfekt getarnt. Unter ihm arbeitete ich bei der *Heimat*. Wir hatten alle Zeit der Welt und die besten Bedingungen da unten rumzuschnüffeln. Tag und Nacht.«

»Moment ... Ich ahne was. Du hast ihm nicht erzählt, dass du Peter gefunden hattest?«

»Nein, habe ich nicht. Damit musste ich erst mal selbst fertig werden. Und dann wurde es komisch. Peter war nie wieder ein Thema bei ihm. Ihm ging es nur um das TNT. Um nichts anderes mehr. Vielleicht hat er geglaubt, dass mein Vater längst tot sei. Was weiß ich.«

»Was haben sie dir im Vorfeld erzählt? Das ist wichtig.«

»Dass die Stasi mit dem Fall der DDR, beziehungsweise schon vorher, fast vierhundert Agenten vergraben hatte. Und zwar über beide Staatsgebiete. In unserer Bundesrepublik und aufseiten der DDR. Mehr als die Hälfte in Berlin. Dass sie nur darauf warteten, aktiviert zu werden. Und mit dem TNT Anschläge verüben sollten. Der Beginn eines Staatsstreiches.«

Mir wurde schwindelig. Fast vierhundert Schläfer.

»Aber sie dachten doch nicht im Ernst daran, dass diese versteckten Agenten noch da draußen sind?«

Er grinste schief.

»Na ja, nicht alle. Aber sie hatten irgendwie die Standorte von einigen von ihnen ausfindig machen können. Sechs von zehn fanden sie mehr oder weniger putzmunter in ihren Löchern. Die warteten immer noch geduldig auf das TNT. Hörten jeden Tag im Radio Zahlen ab. Das war ihr Auftrag. Bei einer bestimmten Kombination sollten sie aktiv werden. Bis heute werden diese Zahlen noch immer über Kurzwelle abgesetzt. Unsere Experten wussten Jahrzehnte nichts mit ihnen anzufangen. Ein Rätsel. Jetzt wissen wir es. Nur von wo sie gesendet werden, konnte bisher niemand herausfinden. Da begriff ich, dass es die Stasi immer noch gibt. Dass sie alles andere als tot ist. Im Gegenteil: Sie lauert da draußen auf den perfekten Zeitpunkt.«

»Du hast angefangen, deinen Auftrag zu hinterfragen. Habe ich recht?«

Er nickte.

»Ich merkte, dass sie mir etwas verheimlichten. Klar, musste ich nicht alles wissen. Ich war nur ein kleines Licht. Aber ich hatte ein komisches Gefühl.«

»Du hast Stahl nicht mehr getraut.«

»Keinen Meter mehr. Aber das war zunächst nicht wichtig. Ich hatte meinen Vater wiedergefunden. Schließlich ging es mir nur um ihn. Stell dir das mal vor! Tage und Nächte lang haben wir uns unterhalten. Mit Engelszungen hab ich auf ihn eingeredet. Ich hab ihm von seiner Frau erzählt, die er verlassen hatte. Dass sie bis heute nicht wieder geheiratet hatte. Dass sie jeden Abend am Fenster saß und hinaussah. In der Hoffnung, er würde wieder zurückkehren. Aber Peter war am Ende. Keine Hoffnung mehr.«

»Hat er dir auch erzählt, warum er für die Stasi gearbeitet hat?«

»Ja. Wie sie ihn gezwungen haben, nachdem er bei diesem Bonzen ins Haus eingestiegen war und erwischt wurde. Für immer im Knast zu verschwinden oder für sie zu arbeiten – das waren seine beiden Möglichkeiten. Wolf, er hat sich für uns geopfert. Für mich. Meine Mutter. Auch für dich.« Er blinzelte Tränen weg. »Also haben wir das TNT zusammen gesucht. Danach wollten wir entscheiden, wie es weitergeht mit dem ganzen Scheiß.«

»Und gefunden.«

»Ja, eingemauert. Alle Paletten in einem einzigen Raum. Wir haben beschlossen, sie woanders zu verstecken. Wir waren uns der Verantwortung bewusst. Brauchten Zeit. Ich wollte Stahl auf den Zahn fühlen. Und dieser erzählte mir von alten Plänen, auf die wir bald zurückgreifen könnten. Peter und ich hatten also auch noch Glück gehabt. Wir räumten das Lager leer. Bis auf zwei Paletten waren wir durch. Die mussten wir zurücklassen. Die Zeit drängte. Also haben wir den Raum wieder dicht gemacht. So wie er vorher war. So mit Dreck, Staub und allem. Ich glaube, wir haben gute Arbeit geleistet und keine Spuren hinterlassen. Mit meinem Vater zusammenzuarbeiten … ich kann dir gar nicht sagen, was für ein großartiges Gefühl das gewesen war.«

Ich wusste genau, was er meinte. Aber ich wollte weiter Fakten hören. Für Gefühle war später noch genug Platz.

»Wo habt ihr es versteckt?«

»Noch auf dem Gelände des *DDR*. Ich konnte natürlich keines der alten Gebäude benutzen, denn diese Pläne würden sie ja bekommen. Peter und ich haben die

Pakete Stück für Stück zum Sendebetriebsgebäude gebracht. Über den unterirdischen Tunnel. Wir haben Wagen dafür benutzt. Nächtelang gearbeitet. Das Kleeblatt wurde erst viel später erbaut. Es gibt da tausende Zwischendecken. Da liegt es nun.«

Na toll! Die Fernsehfuzzis saßen auf einer Bombe – im doppelten Sinne.

»Und dann bist du untergetaucht. Wie konntest du Peter da zurücklassen?«

»Was sollte ich denn tun?! Der Sturkopf wollte nicht. Ich wollte abtauchen. Nachdenken. Es dann noch einmal probieren, ihn zu überreden.«

»Scheiße, warum bist du nicht zu mir gekommen? Du warst doch wie ein Sohn für mich. Und Peter mein bester Freund.«

»Ich musste es meinem Vater versprechen. Er wollte dich nicht noch mal in Gefahr bringen. Es sollte endlich vorbei sein.«

»Woher wusstest du, dass ich dich suchen würde?«

»Wolf, ich kenne dich. Und ich kenne meine Mutter. Ihr würdet nichts unversucht lassen, mich zu finden. Und ihr würdet da beginnen, wo ich verschwunden war. Im *DDR*. Das war nun wirklich nicht schwer.«

»Aber deine Mutter hatte dir doch den Job besorgt … Und wieso hast du ihr nie erzählt, dass der MAD dich rekrutiert hatte?«

Er nahm einen letzten Zug. Versenkte die Zigarette in der Tasse. Ich hörte ein leises Zischen. Dann sah er mich wieder an. »Es war mir verboten worden.«

»Weil sie mit deiner Hilfe deinen Vater finden wollten. Verstehe. Und der Job bei der *Heimat*?«

»Da meine Mutter da arbeitete und ich einen auf arbeitslosen Studienabbrecher machte, gehörte es zu Müllers Plan.«

Ich hatte Babyface unterschätzt. »Dass dort im *DDR* aber Mitarbeiter verschwanden, wusstest du?«

»Das ging den MAD nichts an. Ich habe es nur am Rande erfahren. Im Gegenteil: Das kam ihnen ungelegen, denn dadurch war Unruhe im Sender. Das störte unsere heimliche Suche. Diese unglaubliche Serienmörder-Story habe ich erst hinterher in den Nachrichten verfolgt. Dem Typen bin ich da unten nie begegnet. Ich glaube, da hab ich Glück gehabt.«

Und was für welches.

Ein halbes Dutzend Opfer gingen auf das Konto des durchgeknallten Kochs, der sich nie beweisen konnte und deshalb zum Mörder wurde. Aus dem Fleisch der Mitarbeiter hatte er köstliche Mahlzeiten gemacht. Und serviert. Aber der Fall war aufgeklärt. Dank Peter und mir. Welche Ironie. Schläfer schnappt Serienmörder, könnte man sagen. Verrückt. Doch hier wurde die Stasi-Nummer verhandelt, also bohrte ich nach.

»Du hast mir immer noch nicht plausibel gemacht, warum du das TNT nicht gemeldet hast.«

»Nun, ich bin nicht dumm. Was, wenn ich nie für den richtigen MAD gearbeitet habe? Ich meine, ich habe schon für ihn gearbeitet. Aber was, wenn Müller gleichzeitig ein alter Stasi-Recke war – oder besser – ist?! Und ich nur Mittel zum Zweck.«

Schlauer Bursche, dachte ich nicht ohne Stolz. So weit hatte nicht einmal ich gedacht. Langsam wurde die Geschichte rund. Doch da waren noch so viele Fragezeichen.

»Du hast dich an meinen Vater gewandt. Aber der war tot. Die Geschichte kanntest du doch?!«

Er druckste.

»Na ja, es sollte eigentlich eine Überraschung für dich werden. Ich habe schon vorher meine Kontakte beim MAD genutzt, um herauszufinden, was aus ihm geworden ist. Wie er gestorben ist. Ich dachte, jeder hätte verdient, das über seinen Vater zu erfahren. Ich hatte es ja gerade selbst erlebt. Also hab ich nachgeforscht. Und wieder wurde ich überrascht. Anscheinend stirbt man nicht so schnell. Ich habe ihn also quicklebendig gefunden. Auf Malta. Als Herrscher der Insel. Der *L'imperatur*, wie sie ihn nannten. Und er war durchaus auf unserem Schirm. Es gab eine Akte.«

Diese Überraschung ist ihm wirklich gelungen. Noch eine Akte, in der mein Name auftauchte.

»Und du bist einfach zu ihm hingeflogen und hast gesagt, du seist quasi sein Enkelsohn und bräuchtest seine Hilfe?!«

Er lachte auf.

»Was Besseres hätte mir doch nicht passieren können. Er hat mich mit offenen Armen empfangen. Ich glaube, er hatte ein ziemlich schlechtes Gewissen, ein so schlechter Vater gewesen zu sein. Wahrscheinlich glaubte er an Schicksal, und dass es ihm noch eine Chance gegeben hatte, alte Fehler wiedergutzumachen. Er war ein alter Mann im Rollstuhl. Wirkte gar nicht wie ein skrupelloser Gangster – jedenfalls nicht auf mich. Er hat mir so viel von dir erzählt. Und, dass er genau wusste, wie dein Leben die ganze Zeit über aussah. Das hat er mit Tränen in den Augen erzählt. Ich habe ihm dann von meinem Problem erzählt. Er war sofort bereit, mir zu helfen. Mich zu verstecken.«

»Wo ist das Klo? Ich brauch mal eine Minute, das ist zu viel für mich.« Ich brauchte Zeit, darüber nachzudenken. Das zu verarbeiten. Die Happen waren einfach zu groß.

Er stand auf. Deutete auf die Tür.

»Da, vor der Tür. Such dir einen Baum aus, stehen ja genug von denen da draußen rum. Aber nicht zu nah an der Hütte, Urin lockt Bären an. Und nicht nur die gibt es hier in den Wäldern. Nimm die Glock mit.«

Ein Hoch auf das Landleben.

Ich versuchte, auf die Beine zu kommen. Stemmte mich mit den Armen ab. Wackelig zwar, aber es ging langsam wieder. Griff die Glock. Fummelte die Patrone ins Magazin. Schob es zurück in die Kammer. Siebzehn Bärentöter. Das reichte für ein ganzes Rudel. Ich klemmte mir die Waffe hinten in den Hosenbund.

Draußen dämmerte es bereits. Teile des Waldes waren finster. Ich ging hundert Meter die Büsche entlang. Suchte mir einen Strauch. Pinkelte.

Mir brummte der Schädel.

Und das waren nicht nur die Nachwehen der Chemie. Sondern vor allem Philips Erläuterungen.

Die Geschichte mit meinen Vater traf mich tiefer, als ich es zugeben wollte. Hatte ich mich so in ihm getäuscht? Nein! Er hatte mich im Stich gelassen. Sein eigen Fleisch und Blut. Ich war noch ein Kind gewesen, das einen Vater brauchte. Mehr als alles andere auf der Welt. Abgehauen war er. Weggelaufen. Ein Feigling. Ein Egoist. Damals in Polen, am Strand der Ostsee, hatte er mich verkaufen wollen. Nur hatte der Offizier im langen Ledermantel abgelehnt. Ich hätte auf Nimmerwiedersehen in seinen Fängen verschwinden können. Welcher Vater gibt sein eigenes Kind her?! Vielleicht würde ich ihm irgendwann verzeihen können. Nur jetzt nicht. Zu viel war geschehen.

Auch Philip wieder gegenüberzustehen, nahm mich mit. Zwar hatte ich mir in den letzten Tagen vorgestellt, wie es wohl sein würde, ihm in die Augen zu sehen. Seine Geschichte zu hören. Aber das hier übertraf alles. Mein Junge, mit dem ich Fußball gespielt hatte. Den ich zur Schule gefahren hatte. Den ich großgezogen hatte, als wäre er mein eigener Sohn. Jetzt saß ein Mann vor mir. Ein ausgebildeter Agent. Wir begegneten uns auf Augenhöhe. Zwei Krieger mit einer eigenen Geschichte. Wir würden noch so viel zu klären haben, wenn die Geschichte ausgestanden war.

Wenn.

Aber daran arbeitete ich.

Ich war aber auch voll von Glück und berauscht von unserer Zusammenkunft. Dachte an Anke und daran, ihr den Sohn zurückzubringen, den sie schon verloren geglaubt hatte. Was für ein Tag. Jetzt waren wir wieder zusammen. Philip und ich. Ein Team. Und ich würde ihn nicht enttäuschen. Ich war auf seiner Seite. Immer schon gewesen. Auch wenn manchmal Zweifel aufgekommen waren. Ich bin nie gefallen.

Das alles würden wir zusammen durchstehen.

Er war noch so jung. Hatte sein ganzes Leben noch vor sich. Hatte Frau und Kind. Und endlich konnte ich auch etwas für Peter tun. Der sein Leben im Kampf für uns verloren hatte, als er im *DDR* vom Dach gefallen war. Das war ich ihm und auch mir schuldig.

Aber zurück ins Hier und Jetzt. Zurück zum eigentlichen Fall.

War MAD-Müller wirklich ein Stasi-Mann?

Das würde vieles erklären. Eine Verschwörung gigantischen Ausmaßes. Die Stasi nicht tot. Sondern auf dem Weg in ein neues Leben. Auf dem Weg zum Staatsstreich. Jedenfalls in ihren Augen. Auf jeden Fall würde es unsere Bundesrepublik ins Mark treffen. Müller war der Schlüssel. Beziehungsweise seine Helfershelfer. Aber es gab eine Möglichkeit, das zu verifizieren. Licht ins Dunkel zu bringen. Ich wusste auch schon wie.

Ich musste schnellstens zurück zur Hütte.

28

Philip saß immer noch in dem Sessel, als ich wieder hereinkam, in die Küche ging, mir die Finger wusch.

»Bist du wieder fit, Wolf?«, fragte er.

Ich trocknete mir die Hände ab. Hängte das Handtuch zurück an den Haken. Streckte mich, um die letzte Bewegungsfreiheit wiederherzustellen. Hier und da zwickte es noch. Außerdem war ich noch ziemlich kurzatmig.

»Nicht mal ansatzweise. Aber es geht schon.«

Ich ging zu meinem Platz zurück. War froh, wieder sitzen zu können. Die Glock legte ich auf den Tisch zurück, sodass die Mündung zur Wand zeigte. Schlug die Beine übereinander. Rieb mir die Nasenwurzel.

Ob Philips Vermutungen stimmten, dass Müller bei der Stasi war, wollte ich jetzt herausfinden. Babyfaces Aussage nach hatten sie, also der MAD, Philip auf Malta aufgespürt. Wie war egal, aber sie hatten ihn gefunden und ihn dort wieder verloren. Und das auf einer so kleinen Insel. Also hatte Müller Stahl geschickt, damit ich ihm half. Aus dem gleichen Grund, warum sie mich auch nach Moskau geschickt hatten. Weil keiner Philip besser kannte als ich. Weil die Möglichkeit bestand, dass Philip mit mir Kontakt aufnahm. In ihren Augen war es kein Zufall, dass Philip die Insel gewählt hatte, auf der ich lebte. Wie gesagt, sie waren sehr geschickt. Dass auch mein Vater dort gelebt hatte, machte die Sache noch attraktiver. Sie wussten nicht, dass ich davon keine Ahnung hatte. Für sie war es eine Art Familientreffen. Also ran an mich. Und sie hatten Antonio aktiviert. Ihren Mann auf der Insel. Der getarnt als Priester seit Jahren dort seine Arbeit machte. Eine perfekte Tarnung für einen Söldner seines Kalibers. Die Figuren waren gestellt, und Müller schob sie von Berlin aus über das Brett. In seinen Augen war es nur eine Frage der Zeit, wann ihnen Philip ins Netz ging. Babyface war ein Spieler. Ein Stratege.

Das alles war eine klare MAD-Aktion. Auf den ersten Blick. Philips Hinweis, es sei aber eine Stasi-Taktik, war eine wilde Vermutung.

Aber eine Sache gab es, die sie überführte. Die Müller als alten Stasi-Recken entlarvte. Oder zumindest überzeugend in diese Ecke rückte. Die Karten neu mischte. Alles in einem anderen Licht darstellte.

Nur eine Kleinigkeit.

Nur eine einfache Frage.

»Wie hast du das Päckchen TNT nach Malta geschafft, Philip?«

Ich dachte an das Foto, das Stahl mir im *Café Cuba* nach unserem überraschenden Wiedersehen unter die Nase gehalten hatte. Sein angeblicher Beweis dafür, dass Philip ein Waffenhändler war und mit dem *L'imperatur* Geschäfte machte. Mein Vater im Rollstuhl im Containerhafen von Valletta. Ein Päckchen Sprengstoff auf dem Schoß. Philip stehend daneben. Erwischt bei der Übergabe des TNT. Aufgenommen von einer Drohne oder einem Satelliten. Aus einiger Entfernung. Grobkörnig, doch erkennbar, wer die beiden Personen sein könnten. Geschickt gemacht.

»Welches Päckchen?! Das liegt alles noch im *DDR*. Komplett. Bis auf das letzte Gramm. Oder glaubst du, das hatte ich im Handgepäck mitgeführt?!«

Natürlich nicht.

Also doch.

Photoshop.

Der Beweis.

Und ich hatte ihnen helfen sollen, ihren Verräter dingfest zu machen. Dass Philip das TNT gefunden hatte, davon mussten sie im Nachhinein ausgehen. Weil sie den *DDR* vergeblich auf den Kopf gestellt hatten. Die zwei gefundenen Paletten waren nur Futter für die Presse gewesen. Weil schon die Polizei vor Ort war. Weil das nicht mehr zu vertuschen war. Und sie waren auf den Serienkiller-Zug aufgesprungen. Plötzlich spielte ihnen der durchgeknallte Koch in die Karten. Was die öffentliche Wahrnehmung betraf. Der Koch war schuld an den Explosionen. Er hatte die verschwundenen Mitarbeiter umgebracht. Ein Irrer, der außerdem noch Sprengstoff in den Fingern gehabt hatte. Der Koch war schuld an allem. Schadensbegrenzung in ihren Augen. Aber auch ein Rückschlag für sie, denn sie hatten das TNT verloren. Das war aber für sie nicht das Ende. Im Gegenteil: Die Jagd auf Philip war eröffnet.

Ich erzählte ihm meine Theorie.

Er nickte. Griff nach der Packung Zigaretten. Zündete sich eine an. Früher hatte er nicht geraucht. Schob sie zu mir rüber. Auch ich nahm eine. Wir saßen in unserem eigenen Rauch. Hingen unseren Gedanken nach.

»Dann hast du ja deinen Beweis, Wolf. Und ja, sie jagen mich.«

Er stand auf. Ging hinüber zu dem Spiegel.

»Ich hab mich nicht umsonst so verunstaltet.«

Er zeigte auf sein Gesicht.

»Das bin doch nicht ich. Großvater …«, er sagte tatsächlich Großvater, »hat das möglich gemacht. Ich nehme an, du hast den Operationssaal gesehen?«

Ich nickte.

»Habe ich.«

Er kam zurück. Setzte sich wieder. Nahm einen Zug. Seine Hand zitterte. Er sah an die Decke. Dann zu mir.

»Müller hat mich auf Malta aufgespürt. Er muss von meinen Recherchen nach Großvater Wind bekommen haben. Ich hatte ja die Akte angefordert. Das wird alles dokumentiert. Nicht schwer, das herauszufinden.«

So musste es gewesen sein.

Denn Babyface hatte augenblicklich den nächsten Zug gemacht. Stahl geschickt. Mit dem manipulierten Foto. Eine feine Gesellschaft.

Eine Frage brannte mir auf den Nägeln. Obwohl ich die Antwort schon ahnte.

»Warum habt ihr euch nicht an mich gewandt? Ich bin schließlich Familie.«

»Aber du hattest mit dem MAD zu tun. Mit Stahl. Vielleicht auch mit Müller. Es war zu gefährlich, hab ich recht?! Was haben sie dir versprochen? Ich meine damals und jetzt. Dass du mich hier in Russland aufstöbern sollst?«

»Dass du einen fairen Prozess bekommst. Sie wollen nur das TNT.«

»Der letzte Teil stimmt. Aber der faire Prozess ist eine Farce. Sie wollen mich tot sehen. In ihren Augen bin ich ein Verräter. Ein Unsicherheitsfaktor. Der Super-GAU. Ich hätte jederzeit ihre ganze Operation und ihre wahre Identität in die Luft gehen lassen können.«

»Warum hast du es nicht? Was hat dich daran gehindert, zur Polizei zu gehen oder besser noch zu einem Journalisten.«

»Scheiße, Wolf! Sie sind der verschissene MAD und die Stasi zusammen. Welche Chance hätte ich gehabt? Und was ist mit meiner Mutter. Was mit Lisa und meinem Sohn?«

»Den du noch nie gesehen hast.«

Das war fies. Zugegeben.

»Ja, streu ruhig Salz in die Wunde.«

»Wer hat meinem Vater die Kehle durchgeschnitten?«

Ich musste die Frage einfach stellen.

»Ich weiß es nicht mit bestimmter Sicherheit. Aber dieser Fremdenlegionär, dieser Antonio, kam als Letzter dazu. Für die anderen Männer meines Großvaters würde ich die Hand ins Feuer legen. Die waren von Anfang an dabei.«

Antonio.

Wenn auch er für den MAD gearbeitet hatte, warum lag er jetzt tot auf meinem Dach?

»Du hast Antonio abgeknallt.«

»Ja, weil er dich im Visier hatte. Ich denke, sie machen jetzt auch Jagd auf dich. Ich musste dich beschützen. Auch wenn ich mich selbst dabei in größte Gefahr gebracht habe. Aber ich konnte in relativer Sicherheit reisen. Aber mehr dazu später. Also bin ich nach Berlin gereist. Du bist meine einzige Chance, aus dieser Sache rauszukommen.«

»Müller hat mich nach Moskau geschickt. Wie passt das zusammen?«

Er zuckte mit den Schultern.

»Weil sie gut sind. Und weil ich dafür gesorgt habe, dass ich wieder auf ihrem Radar auftauche. Hab auf dem Flughafen in die Kamera geschaut. Ganz einfach. Gesichtserkennung. Wen sie suchen, finden sie auch. Ich hatte gehofft, dass sie dich schicken würden. Hatte gehofft, dass das alles dazu beitragen würde, dass du mir glaubst. Hätten sie einen anderen geschickt, wäre ich über alle Berge gewesen.«

»Du hast mich in Moskau beschattet.«

»Ja, ich habe eine Möglichkeit gesucht, mit dir Kontakt aufzunehmen. Aber das war zu riskant. Als du in der Gasse verschwunden bist, wusste ich, dass ich es anders machen musste. Deshalb die Sache mit den K.-o.-Tropfen. Das hier ist mein Revier. Hier können wir in Ruhe reden.«

Soweit so gut. Aber mit Antonio waren wir noch nicht fertig.

»Aber wenn Antonio für sie arbeitete, warum sollte er mich ausschalten?«, fragte ich.

»Gute Frage. Sie konnten sich für oder gegen dich entscheiden. Deshalb hab ich auch auf dich aufgepasst. Vielleicht ein Problem innerer Kommunikation. Oder ein Alleingang Antonios. Was weiß ich?!«

Ich dachte darüber nach. Wenig überzeugend. Irgendetwas anderes war der Grund. Ich würde es schon noch herausfinden.

Fragte: »Und das mit der Karte?«

Es war schön, dich wiederzusehen, Wolf.

»Zu pathetisch?«

Er lachte auf. Auch diese Kippe wanderte in die Tasse. Meine hinterher.

Er richtete sich auf.

»Ich wollte dich einfach wissen lassen, dass ich lebe, und ich musste dich aus Berlin weglocken. Dort lebt unsere Familie. Hier in Russland wollte ich dich haben.«

Das hat ja auch geklappt.

»Woher wusstest du von Marek? Und warum hilft er ausgerechnet dir?«

»Später, Wolf. Dazu müssen wir von hier weg. Also, stehst du auf meiner Seite?«

Er deutete auf die Glock.

»Oder lieferst du mich an Müller aus?«

29

Eine komplett überflüssige Frage.

»Wie ist dein Plan, Philip?«

»Nun, wir sollten verschwinden. Endgültig.«

Klar. Das konnten wir. Ich hatte an dutzenden Stellen in der Welt Notfalltaschen. Genügend Kleingeld für einen Neuanfang. Pässe mit neuen Identitäten. Sozialversicherungsnummern. Geburtsurkunden. Führerscheinen. Alles sauber. Neue Leben für den Fall der Fälle.

Hatte ich schon mal erwähnt, wie paranoid ich war?!

Da Philip ungeschoren in Berlin und auch hier in Russland aufgetaucht war, vermutete ich, dass auch er unter falschem Namen reiste. Auch er schien seine Kontakte zu haben. Saubere Papiere. Das konnte also funktionieren. Panama. Kanada. Thailand. Oder wo auch immer. Wir würden uns schon einigen.

»An welches Land dachtest du?«, fragte ich.

»Deutschland. Berlin. Zurück in die Höhle des Löwen. Ich meine es ernst.«

Er war aufgestanden. Blickte auf mich herab.

Sagte: »Ich hab keine Lust, mich für den Rest des Lebens zu verstecken. Wir müssen denen das Handwerk legen. Ein für allemal. Das weißt du selber. Vertraust du mir?«

Wem, wenn nicht ihm.

Ich nickte.

Er sagte: »Ich nehme an, du sollst ihnen eine SMS schicken, wenn du mich gefunden hast. Und die aktivieren dann den Sender. Dann holen sie uns raus. Schicken ein Eingreifteam. Hab ich recht?! Guck nicht so, ich war Agent des MAD. Ich bin nicht blöd.«

Beileibe nicht.

»Na los, Wolf. Mach schon.«

Er deutete auf die Handys.

Ich zögerte.

»Was hast du vor, Philip?«

»Wie gesagt: endgültig abtauchen. Ich habe einen Plan. Einen wasserdichten. Jetzt kannst du mir beweisen, dass du mir auch traust. Ganz einfach.«

Also tat ich, was er wollte. Steckte die SIM-Karte ins Handy. Aktivierte es. Schrieb: *Ich habe ihn. Schickt die Kavallerie.*

»Wir haben geschätzte fünf Minuten, Wolf.«

Er war aufgestanden und zu seiner Pritsche hinübergegangen. Unter der Matratze zog er eine Kalaschnikow hervor, die er sich mit dem Gurt über den Rücken hängte. Dann griff er nach einem Feldstecher – ein Nachtsichtgerät, wie ich annahm. Auch das hängte er sich um. Traurig sah er sich in der Hütte um, als wollte er Abschied nehmen. Er kam zurück zum Tisch. Packte mit beiden Händen die Kante. Nahm ihn hoch. Stellte ihn an die Wand. Das Glas darauf fiel um. Rollte über die Platte in den Abgrund. Schlug auf dem Boden auf, ohne zu zerbrechen. Er griff den Teppich. Schlug ihn zurück.

»Voilà.«

Eine Luke kam zum Vorschein. Er öffnete sie.

»Los! Mir nach, wenn du leben willst.«

Er stieg in das Loch. Nahm eine Stablampe von einem Brett. Schaltete sie ein. Ich sah lehmigen, festgetrampelten Boden. Gute drei Meter unter uns.

Ich war aufgesprungen. Wollte ihm folgen.

Halt, die Glock.

Griff sie. Stand an der Luke. Sah seinen Schatten bereits unten. Stufen einer hölzernen Treppe hinab in die Tiefe. Machte die ersten Schritte.

Schlagartig wurde es einige Grad kälter. Er wartete, bis ich neben ihm stand. Ging dann voraus. Leuchtete einen mannshohen Gang aus.

Wir bewegten uns schnell. Überall Stützen und Streben. Hier und da hingen Wurzeln von der Decke. Steine als Stolperfallen. Der perfekte Notausgang. Der Gang stieg stetig an. Nach etwa zweihundert Metern erreichten wir eine Leiter. Zehn Meter ging es nach oben. Behände krabbelte Philip sie hinauf. Ich folgte augenblicklich, die Glock zwischen den Zähnen. Oben angekommen, schaltete er die Lampe aus. Ich konnte gerade noch erkennen, dass wir uns in einer Art Höhle befanden. Dann schluckte die Dunkelheit alles.

»Halt dich an meinem Gürtel fest«, sagte er.

Hintereinander gingen wir vorwärts. Ich spürte frische Luft. Mit einem Druck auf meine Schulter gab er mir zu verstehen, mich hinzukauern.

»Wir robben vor bis zu einem Steinwall«, flüsterte er.

Ich ging auf die Knie. Legte mich flach auf den Boden. Wieder folgte ich ihm. Hielt mich rechts, als er stoppte. Es war wirklich scheißfinster hier. Aber langsam konnte ich Konturen ausmachen. Vor mir lag der schmale Zugang zu dieser Höhle.

»Hier runter«. Er hatte ein Tarnnetz angehoben. Das Knistern einer Rettungsdecke.

Wieder hatte ich ein Déjà-vu. Denn das alles erinnerte mich deutlich an Antonios Scharfschützennest auf Malta. Als wir gemeinsam die Villa von *El Negro* beobachtet hatten. Die wir später gestürmt hatten. Mit zweifelhaftem Ergebnis.

Nebeneinander blieben wir liegen.

»Was soll das?«, fragte ich.

Ich starrte in die Finsternis vor mir. Der Himmel hob sich etwas von den Wäldern ab. Wir waren auf einer Anhöhe. Blickten ins Tal hinab. Nachttiere schrien um die Wette. Ein frischer Wind ging. Brachte die Gerüche von Humus und frischen Trieben mit. Über uns hatte der Himmel sein Zelt gespannt. Sterne blinkten. Kein Streulicht. Es war atemberaubend schön. Alles war friedlich.

Von der Kavallerie keine Spur. Aber irgendwo in der Nähe musste der Hubschrauber landen. Uns aufnehmen, hätte ich mich gegen Philip entschieden.

»Geduld. Sperr nur die Ohren auf.«

Ich hörte nichts.

Doch, da.

Ein Surren weit oben in der Luft.

Der Helikopter, dachte ich.

Es schwoll stetig an, als näherte sich ein Schwarm Hornissen. Viel zu hell für schlagende Rotorblätter. Das war etwas anderes. Er reichte mir das Nachtsichtgerät. Ich hielt es vor meine Augen, suchte den Himmel ab.

Nichts.

Dennoch war da dieses Summen. Die Frequenz blieb gleich. Für einen Atemzug kehrte Ruhe ein.

Dann.

Ein Fauchen.

Mein Blickfeld explodierte grün. Ich schloss kurz die Augen. Legte den Feldstecher vor mich.

Blitze in der Dunkelheit.

Feuerlanzen peitschten durch die Nacht.

Sie verwandelten die Welt vor uns in ein Inferno. Ein Feuerball stob zum Himmel. Fiel in sich zusammen. Ich spürte die Hitzewelle. Die Explosion war ohrenbetäubend. Ließ ein Klingeln zurück.

Zwei Hellfire-Raketen waren wütend in die Hütte eingeschlagen.

In diesem Moment starben wir.

Wir lösten uns auf.

Verdampften.

30

Wir sahen zu, wie die Reste der Blockhütte im Wald verbrannten.

Das Feuer warf seinen Schein dorthin, wo wir vor ein paar Minuten noch unser Wiedersehen gefeiert hatten. Jetzt war da nur noch ein Krater. Stummer Zeuge eines ungeheuerlichen Verrats. Unser Grab. Frisch ausgehoben. Teile des Erdbodens glühten. Rauch hing zwischen den Büschen und Bäumen. Brandgeruch in der Luft wie Galle. Stechend. Scharf.

Die Welt war still geworden. Die Nachttiere verstummt. Selbst der Wind schien den Atem anzuhalten. Kein Blatt bewegte sich. Nur hier und da knackte und zischte glühendes Holz. Kein Surren mehr in der Luft. Nur Sterne. Hell und blinkend. Es war fast schon erschreckend schön. Als betrachtete man ein Bild von Hieronymus Bosch. Schlagende Schatten. Das Feuer zauberte körperlose Wesen in die Wipfel der Bäume. Es war, als wäre der Wald in Bewegung und käme nur langsam wieder zur Ruhe. Doch nichts Lebendiges zeigte sich auf dem Schlachtfeld. Da war nichts außer Tod und Zerstörung. Trotzdem blieben wir noch eine halbe Stunde in unserem Unterschlupf. Sicher war sicher, sollten sie das Gelände noch mit Wärmebildkameras absuchen oder einen Spähtrupp abgesetzt haben.

Mir fiel die Rettungsdecke ein, darüber das Tarnnetz. Keine Wärmebildkamera der Welt würde unsere Körperwärme aufspüren können. Auch der Spähtrupp würde ins Leere laufen. Hier oben in der Höhle hatten wir das perfekte Versteck. Konnten mögliche Häscher abknallen wie Kaninchen. Wir waren unverwundbar und unsichtbar gleichermaßen.

Aber ich glaubte nicht, dass sie die Umgebung noch scannten oder absuchten. Sie gingen mit Sicherheit davon aus, uns erwischt zu haben. Schließlich hatte ich den GPS-Sender direkt unter der Haut getragen. Das perfekte Ziel. Markiert wie durch einen unsichtbaren Laser. Keine Chance zu entkommen. Die Raketen direkt in die Fresse. Finito. Sense. Aus.

Und das Signal war tot – wie wir.

Wahrscheinlich hatte der Drohnen-Pilot kurz nach der Explosion stolz Vollzug gemeldet. Seinen Joystick nach rechts bewegt. Das Fluggerät aus dem Zielgebiet gebracht. In sichere Höhen. Weit oben am Himmel. Sich umgedreht. Salutiert. Mission erfüllt.

Ich spürte eine ungeheure Wut in mir aufsteigen.

Presste die Zähne aufeinander. Babyface. *Der König*. Das Team. G. Die Helfershelfer. Allesamt Verräter. Allesamt Mörder. Allesamt ganz nach oben gespült oben auf meiner Liste der personae non gratae. Philip hatte recht gehabt. Sie hatten mich benutzt. Mich nach Strich und Faden belogen. Verarscht. Zwei auf einen Streich. Zwei, die zu viel wussten. Zwei, die einfach sterben mussten. Zwei, die aber nicht gestorben waren. Zwei, die nach Berlin kommen würden. Zwei, die jedem Einzelnen von ihnen in den Arsch treten würden – und das war nur die jugendfreie Version dessen, was ich mir ausmalte.

Man sagt, Rache sei ein schlechter Ratgeber. Ich sage, Bullshit. Irgendwann ist eine Grenze erreicht. Dann ist Rache süß.

Ein Mord an mir und meinem Ziehsohn war eine solche Grenze. Dann blieb nur: Wie du mir, so ich dir. Das mit der anderen Wange hinhalten fand ich schon immer daneben. Man hatte mich verraten. Mir das Leben genommen. Jetzt mussten sie auch mit den Konsequenzen leben. Philips Plan, in die Höhle des Löwen zurückzukehren, gefiel mir immer besser.

Er griff nach dem Nachtsichtgerät. Sondierte die Umgebung. Er ließ sich Zeit dabei. Ging sehr gründlich vor. Zog ein Gerät in Größe eines Handys hervor. Ich sah weiße Punkte, die einen mehr oder weniger runden Kreis bildeten. Er musste meinen fragenden Blick geahnt haben.

»Ich habe Lichtschranken in Schulterhöhe, damit kein Tier sie auslösen kann, in dreihundert Metern rund um die Hütte aufgestellt. Ein Frühwarnsystem, sollten sich Angreifer nähern. Alles okay. Wolf, wir sollten aufbrechen. Zieh dir das Aluding über den Kopf. Nur zur Sicherheit. Für die ersten Kilometer.«

Wie die Opfer eines Terroranschlags, die wir ja auch waren, machten wir uns auf den Weg. Er die Kalaschnikow und das Nachtsichtgerät. Ich hinter ihm mit der Glock. Wir gingen schweigend. Folgten einem schmalen Pfad hinunter ins Tal. Die Glut ließen wir rechts liegen. Betraten den stockfinsteren Wald. Dennoch schritt Philip sicher, wenn auch langsam, voran. Ab und zu blieb er stehen. Ich hörte das leise Summen des Nachtsichtgeräts. Dann ging er weiter.

Ab und an peitschte ein Ast mein Gesicht. Ich trat in Löcher, stolperte über Wurzeln und Steine. Aber ich ließ mir nichts anmerken. Ich hatte gelernt, mich sicher und lautlos im Gelände zu bewegen. Unzählige Nachteinsätze auch im Dschungel hinter mich gebracht. Wir kletterten über umgestürzte Bäume. Umgingen so manches Dickicht. Querten Rinnsale und Bäche. Meine Sinne waren angespannt. Aber ich spürte keine Verfolger.

Wir waren in dieser Wildnis alleine.

Wieder blieb Philip stehen. Holte einen Kompass heraus. Prüfte die fluoreszierende Nadel. Korrigierte die Richtung. Er deutete an, dass ich die Rettungsdecke loswerden konnte. Eine Wohltat. Denn ich hatte unter dem Ding geschwitzt wie in einer finnischen Sauna. Wir vergruben sie zur Sicherheit im Waldboden.

Und gingen weiter.

Nach einer halben Stunde erreichten wir eine Art Waldweg. Tiefe Furchen von schweren Maschinen. Trocken. Ausgefahren. Unregelmäßig. Aber es ging leichter voran. Ich schätzte den zurückgelegten Weg auf drei, vier Kilometer. Philip hatte nicht ein Mal seine Lampe benutzt. Immer wieder erhaschte ich einen Blick auf die blinkenden Sterne, wenn die Baumkronen zurückwichen und die belaubten Äste sie freigaben. Die Luft war herrlich und auch die restliche Wirkung der Tropfen endgültig aus meinen Gliedern verschwunden. Ich genoss es, endlich in Bewegung zu sein. Ich spürte wieder das Leben in mir. Fühlte mich stark und frisch.

»Stopp!«, flüsterte Philip.

Fast wäre ich auf ihn aufgelaufen.

»Runter!«

Ich ging sofort in die Knie. Sicherte instinktiv nach hinten ab. Ein Schritt nach rechts und ich drückte mich gegen den mächtigen Stamm einer Buche. Spürte, dass sich Philip in die Furche gelegt hatte, nach vorne starrte. Hörte wieder das leise Summen des Nachtsichtgerätes. Die Glock hielt ich vor mir. Druckpunkt. Bereit loszuballern, sollte sich irgendetwas regen. Ich hielt den Atem an. Lauschte in die Nacht hinein.

GURRRR.

Philip ahmte eine Taube nach.

GURRRR GURRRR, die Antwort aus der Finsternis hinter mir.

»Wir sind da, Wolf. Unser Taxi. Von nun an wird's bequemer.«

Philip ließ die Lampe zweimal kurz aufleuchten. Für einen Moment sah ich ein schwarzes Ungetüm mitten auf dem Weg stehen. Chrom blitzte auf. Das Katzenauge eines Rücklichts. Scheiben warfen den Schein zurück. Vor uns parkte ein Wagen. Und ich sah einen mächtigen Typ auf uns zukommen. Eine schwarze Gestalt. Ein dunkler Schatten.

Mareks Stimme: »Da sind meine Täubchen ja. Wie bestellt. Entspannten Fußweg gehabt für zwei Tote?«

Jetzt schaltete Philip die Stablampe ganz ein. Den Schein nach unten gerichtet. Aber es reichte, um den Gangsterboss mit Kalaschnikow in den Händen zu erkennen. Er war höchstpersönlich erschienen. Keine Speznas-Schränke weit und breit. Er trug auch hier seine Budapester. War in Anzughose und Hemd, was ich in dieser Wildnis befremdlich fand.

Die Männer umarmten sich. Klopften sich auf den Rücken. Ich hörte das Klirren der Waffen, die aneinander schlugen. War aufgestanden. Ging zu ihnen hinüber. Sie lösten sich voneinander. Marek wich einen Schritt zurück. Trat von einem Fuß auf den anderen, als wollte er Anlauf für einen Dreisprung nehmen. Grinste dabei wie ein Irrer. Sah an mir vorbei. Mit der Zunge leckte er sich über die Lippen.

Sagte: »Schön, dich wohlbehalten wiederzusehen, Wolf.«

Ich fragte ihn: »Ganz allein im tiefen Wald? Oder hocken deine Männer irgendwo in den Büschen? Nicht, dass noch ein Unfall geschieht, sollte ich einen Ast knacken hören.«

Ich hob die Glock.

Marek sah mich flüchtig an. »Ruhig Blut, Wolf. Das hier geht allein auf meine Kappe.«

Dann wurde er verlegen, murmelte: »Und nichts für ungut.«

Nichts für ungut also. Soso.

Seine Unsicherheit schrie mich an. Die K.-o.-Tropfen nahm ich ihm nicht übel, das war Philips Idee gewesen. Etwas anderes schon.

Mit der Glock in der Hand trat ich auf ihn zu. Baute mich in ganzer Größe vor ihm auf. Er wagte nicht nach dem Gewehr zu greifen. Ich ließ das Magazin in meine Hand gleiten. Zog den Schlitten zurück. Fing die Patrone.

»Äh, was soll das jetzt?«

Er klang nervös.

Ich leerte die Patronen aus dem Magazin in meine Hand. Dann nahm ich eine einzelne und steckte sie zurück. Nahm noch eine. Hielt sie ihm vor das Gesicht.

Sagte: »Und die ist für den Spaß.«

Ich steckte sie ins Magazin. Drehte mich kurz aus dem Schein der Lampe, um dann das Magazin in die Waffe zu führen. Drückte sie Marek in die Hand, der mich aus weit aufgerissenen Augen die ganze Zeit angestarrt hatte.

»Darf ich mal?«, fragte ich Philip.

»Bedien dich.«

Ich nahm ihm die Kalaschnikow ab. RATSCH. Lud durch. Richtete die Mündung auf den Gangsterboss.

Sagte: »Zwar nicht das bevorzugte Spiel meiner Vorfahren, aber wer will mitten im Wald schon kleinlich sein, oder?!«

»Das ist nicht dein Ernst«, sagte Marek. Hilfe suchend schielte er zu Philip hinüber. Doch der grinste nur schulterzuckend. Starrte demonstrativ nach oben in die Baumwipfel.

»Na los, du Held«, sagte ich.

Ich verlieh meinen Worten Ausdruck, indem ich ihm den Lauf des Gewehrs in den Magen stieß. Den Finger am Abzug. Er grunzte wie ein Schwein, das den Atem des Metzgers spürt. Ihm ging der Arsch auf Grundeis.

Gut so!

»Scheiße, Wolf. Das ist 'ne Automatik! 'Ne verdammte Glock!«

Seine Stimme erreichte ungeahnte Höhen.

»Durchladen!«

Zögerlich griff er den Schlitten. Zog ihn zurück und ließ ihn nach vorne schnellen.

»An den Kopf«, forderte ich ihn auf.

»Das funktioniert so nicht«, kreischte er.

Seine Augen huschten wild umher. Suchten nach einem Ausweg. Er sah meinen stahlharten Blick. Schluckte mehrmals. Auf seiner Stirn hatten sich Schweißtropfen gebildet. Sein rechtes Auge zuckte nervös. Kapitulierte. Langsam setzte er sich das Ding an die Schläfe.

»Drei …«

»Das ist 'ne verkackte Automatik!«, versuchte er es noch mal.

»Zwei …«

»Ich entschuldige mich. Willst du das hören?! Entschuldigung. Entschuldigung. Entschuldigung!«

Ich reagierte nicht.

»Eins!«

Stille.

Nichts geschah.

Natürlich nicht.

Ich senkte die Kalaschnikow.

Sagte: »Was?! Wo ist dein großes Maul jetzt? Wo ist er hin, der coole Gangster? Scheiß Gefühl, was?!«

Ich gab Philip das Gewehr zurück. Griff nach der Glock, die sich Marek immer noch an die Stirn gedrückt hielt. Öffnete meinen Mund. Steckte den Lauf hinein. Suchte den Druckpunkt. Sah dem Gangster in die Augen.

Drei.

Zwei.

Eins.

Mein Finger krümmte sich.

31

KLICK.

Was für eine Show. Philip brach in Gelächter aus. Ich nahm die Waffe aus dem Mund. Grinste. Zuckte mit den Schultern.

Überflüssigerweise sagte Marek: »Du hast das Magazin ausgetauscht.«

Ich trat nach vorne. Stieß ihm den Finger vor die Brust.

»Jetzt … Jetzt sind wir quitt, du Arsch.«

Ich ließ das leere Magazin herausgleiten. Ersetzte es durch ein volles. Lud durch. Die Waffe steckte ich nach vorne in den Hosenbund. Marek stand immer noch wie angewurzelt da. Also erhob ich meine Hand, dass er sich duckte. Aber ich umarmte ihn nur lachend. Nach und nach entspannte sich sein Körper. Seine Starre verwandelte sich in ein Beben.

Auch er stimmte in unsere Fröhlichkeit ein.

»Liebe Kinder, da das geklärt scheint«, sagte Philip, »können wir wohl langsam diesen gastlichen Ort verlassen. Mir tun die Füße weh. Ich will mich setzen.«

Er stapfte los.

Marek folgte ihm kopfschüttelnd. Ich markierte den Schluss. Zusammen stiegen wir in den Hummer. Philip auf der Beifahrerseite. Ich machte mich hinten breit.

Wir rumpelten noch fast eine Stunde über mehr oder weniger ordentliche Waldwege. Aber egal wie schlecht der Untergrund auch war, das Geländemonster zog uns da durch. Zwar verbrauchte er dabei bestimmt dreißig Liter Sprit, aber das war doch einem Gangster egal. Teilweise waren die Fahrspuren so zugewachsen, dass Büsche zu beiden Seiten am Auto entlangstreiften. Einen Baumstamm, der quer über dem Weg lag, drückte Marek mit der Power des Hummer einfach zur Seite. Wir mussten nicht einmal aussteigen und die Winde bemühen. Es schüttelte uns richtig durch. Aber die Stoßdämpfer fingen die Stöße mühelos ab. Das weiche Leder der Sitze und der Rückbank taten ein Übriges. Nach dem langen Marsch durch den Urwald eine wahre Wohltat.

Endlich erreichten wir festen Untergrund, und Marek gab Gas.

»Wo sind wir?«, fragte ich nach vorne.

Philip drehte sich zu mir um. Der rötliche Schein der Instrumentenbeleuchtung erhellte seine rechte Gesichtshälfte.

»Die Hütte stand etwa einhundert Kilometer östlich von Moskau. Mitten in den Wäldern. Ziemlich abgeschieden. Es war eine gute Hütte. Schade drum.«

»Woher wusstest du das mit der Drohne?«

»Nun ja, Drohne oder Hubschrauber. Irgendetwas würden sie schicken, das war klar. Es war auch eine Demonstration ihrer Macht. So was auf russischem Gebiet durchzuziehen, zeugt von guten Kontakten.«

Dass Babyface diese Kontakte hatte, hatte er bereits bewiesen. Wahrscheinlich spielte er offiziell seine MAD-Karte aus. So wie bei dem Überwachungsvideo vom Moskauer Flughafen. Bestimmt konnte er schalten und walten, wie er das wollte. Ich glaubte nicht, dass seine Stasi-Zugehörigkeit auffallen würde. Das war doch zu abgedreht. Völlig ausgeschlossen, das die Staatssicherheit noch irgendwie existierte. Geschweige denn kurz davor war, wieder aktiv zu werden.

Ich schaute aus dem Fenster in die Nacht hinaus. Wir fuhren durch eine Ortschaft. Hier und da brannten Lichter in den Fenstern. Vereinzelt standen Autos am Fahrbahnrand oder Fuhrwerke. Ansonsten war alles wie ausgestorben.

Der Hummer hörte sich an wie ein Panzer. Das Geräusch des großvolumigen Motors und der grobstolligen Reifen wurde von den Häuserwänden zurückgeworfen. Marek hielt sich an die Geschwindigkeitsbegrenzungen. Wir wollten nicht mehr auffallen, als es dieses Ungetüm sowieso schon tat. Ich wollte mir nicht ausmalen, wie wir den Polizisten unsere Bewaffnung erklären würden. Und das Letzte, was ich wollte, war, in einem russischen Knast zu landen. Das hätte böse enden können.

Ich sagte zu Philip: »Du hattest recht damit gehabt, dass sie dich töten wollen.«

»Und, dass sie dich opfern würden, Wolf. Der Mohr hat seine Schuldigkeit getan, der Mohr kann gehen. Denn der Mohr wusste zu viel. Jetzt, wo du mich gefunden hattest, warst du entbehrlich geworden. Das wollte ich dir beweisen.«

»Das ist dir eindrucksvoll gelungen.«

Ich dachte an die Hellfire-Raketen. Aber auch daran, dass ein roter Punkt meine Stirn geschmückt hatte. Was war ich? Eine lebende Zielscheibe?!

»Ich bin scheiße wütend«, sagte ich.

»Da sind wir schon zu zweit.«

»Wo fahren wir hin?«

»Überraschung. Aber du kannst dich vielleicht noch an ihn erinnern. Nur so viel: Er hält die Hand über uns.«

Ich vertraute Philip. Nicht erst seit den Raketeneinschlägen. Er schien einen Plan zu haben – und gute Freunde. Okay, Marek war nützlich und ein Hai – aber nicht an der Spitze der Nahrungskette. Da war ein noch viel größerer Raubfisch, und ich würde ihm bald gegenübertreten. Ich sollte ihn kennen. Hatte aber keine Ahnung, wer es war. Meine Bekannten in Russland konnte ich an zehn Fingern abzählen. Keiner kam infrage. Entspannt lehnte ich mich im Polster zurück. Ich würde mich überraschen lassen.

Ich war froh, den MAD los zu sein.

Babyface, das Arschloch. Jetzt war es persönlich geworden. Er hatte alle Verbindungen gekappt. Die Handys. Den GPS-Tracker. Philip und mich. Alles verdampft. Sie hatten reinen Tisch gemacht. Sich ihrer Mitwisser entledigt. Dabei hatten sie sogar die Möglichkeit geopfert zu erfahren, wo Philip das TNT versteckt hatte. Das konnte nur bedeuten, dass es ihnen wichtiger war, uns mundtot zu machen – oder sie wussten, wo Philip den Sprengstoff versteckt hatte. Was wiederum bedeutete, dass wir uns beeilen mussten, sollte das Zeug nicht in ihre Hände fallen und an die Schläfer verteilt werden. Dann waren sie ihrem Plan ein entscheidendes Stückchen näher gekommen.

Doch sie hatten einen Fehler gemacht.

Sie hatten Philip unterschätzt. Philip, den sie selbst zum Agenten gemacht hatten. Philip, den sie einen Terroristen genannt hatten. Philip, der ihnen ihr schönes TNT weggenommen hatte. Philip, der sterben musste, weil er zu viel wusste. Unser Vorteil war, dass wir tot waren. Sie würden nicht mehr nach uns suchen. Sie würden nicht mehr unsere Familien bedrohen. Sie würden nicht einmal mehr an uns denken. Wir mussten nur lange genug dafür sorgen, dass das auch so blieb.

Wir würden uns in Ruhe bereit machen können. Uns anschleichen wie die Panther. Sie einen nach dem anderen aufspüren. Und ausschalten. Wie bei den zehn kleinen Negerlein. Eine schöne Vorstellung.

Und das Beste war, sie hatten die Geister selbst gerufen.

Mit einem Mal spürte ich Müdigkeit. Aber ich kämpfte auch nicht dagegen an. Marek fuhr, Philip wollte mich mit dem Ziel überraschen. Keiner war hinter uns her. Warum also nicht die Gelegenheit nutzen. Wer konnte wissen, welch turbulente Zeiten noch vor uns lagen?! Schließlich mussten wir den MAD vom Stasi-Krebs befreien. Und uns rächen. Das machte ja sonst keiner. Ich freute mich schon auf das Gesicht von Babyface, wenn ich ihm gehörig in den Schreibtischarsch trat. Lächelnd legte ich den Kopf an die Scheibe.

Schloss die Augen.

Das sanfte Brummen tat ein Übriges.

32

»Wolf!«

Jemand rüttelte an meiner Schulter.

»Hey Mann, wach auf. Wir sind da.«

Ich war sofort hellwach. Richtete mich auf. Philip hatte mich geweckt, sich wieder nach vorne gedreht. Er starrte durch die Windschutzscheibe.

Wir rollten durch eine leere Tiefgarage. Keine Autos weit und breit. Still und verlassen lag sie da. Marek fuhr Schrittgeschwindigkeit. Die dicken Gummis quietschten auf dem Beton. Leise pfiff der Gangster im Takt vor sich hin. Die Scheinwerfer des Hummers schnitten Schneisen in diffuses Licht. Pfeiler warfen dunkle, huschende Schatten. Marek folgte den aufgemalten Pfeilen bis hin zu einem Aufzug.

Wir hielten an.

Stiegen aus.

Philip und der Gangsterboss die Kalaschnikows in der Hand.

Wie aus dem Nichts traten zwei Frauen an uns heran, Glocks auf uns gerichtet. Sie trugen Militärhosen. Schwere, schwarze Springerstiefel. Perfekt für den Nahkampf. Tanktops in Blau und Beige. An Ketten baumelten Erkennungsmarken vor ihren Brüsten. Ihre Mienen verrieten, dass mit ihnen nicht gut Kirschen essen war. Kämpferinnen. Militärisch ausgebildet. Sie wussten genau, was sie taten, arbeiteten seit Längerem im Team zusammen. Sie verstanden sich blind. Kämpferin 1 trug ihr blondes Haar zu einem Pferdeschwanz zusammengefasst. Kämpferin 2 hatte asiatische Züge und einen kahl geschorenen Schädel. Eine halbmondförmige Narbe leuchtete auf ihrer rechten Wange. Hart traten die Muskeln ihrer nackten Arme hervor. Beide strahlten Sex pur aus. Lara Croft wäre vor Neid erblasst. Ich schwöre.

»Willkommen zurück in Moskau, die Herren. Bitte legt sämtliche Waffen in den Kofferraum.«

Ich versteifte mich automatisch. Hasste es, in die Mündung einer Schusswaffe zu starren. Das schwarze Loch schwebte direkt vor meinen Augen. Aber die Situation war nicht bedrohlich. Die beiden Frauen machten nur ihren Job. Sie sicherten sich gegenseitig. Darauf bedacht, nicht in die Schusslinie der anderen zu kommen. Sie hielten uns alle drei in Schach.

Marek drückte die Fernentriegelung des Kofferraums. Lautlos schwebte die Klappe nach oben. Er legte sein Gewehr auf die Filzablage. Auch seine Tokarev wanderte in den Geländewagen. Dann war Philip an der Reihe. Danach sah er mich an.

»Die Glock, Wolf.«

Ich trennte mich nur ungern von ihr. Musste aber mitspielen. Vorsichtig zog ich sie an zwei Fingern unter dem Hemd hervor. Wollte unter keinen Umständen eine missverständliche Bewegung machen. Mit der Waffe am ausgestreckten Arm vor mir ging ich an den Kofferraum. Legte sie zu den anderen. Pferdeschwanz gab ihre Glock an Narbe weiter. Eine Absicherung. Denn so verhinderte sie, mit Waffe in unsere Reichweite zu kommen. Wie gesagt, perfekt ausgebildet. Mit einem Metalldetektor trat sie an uns heran. Fuhr über unsere Kleidung. Tastete uns ab. Zufrieden trat der Pferdeschwanz zurück.

»Alles okay. Sie sind sauber.«

Narbe steckte die Glock zurück in ihren Hosenbund. Übergab die andere Waffe ihrer Kollegin, die sie in ihrem Beinhalfter verschwinden ließ. Dann ging sie auf Philip zu, den sie freundschaftlich umarmte. Man kannte sich also.

»Gut, dich wohlbehalten wiederzusehen, Alter. Bisschen blass um die Nase. Anstrengende Nacht gehabt?«

Philip lachte. »Eine richtig heiße Nacht. Lambada mit meinen Stasi-Freunden. Ein Feuerwerk der guten Laune. Aber für einen Toten bin ich quicklebendig, Lea.« Er deutete auf uns. »Wo sind meine Manieren. Das ist Wolf. Marek kennst du ja bereits. Wolf, die Hübsche mit der Narbe ist Lea. Ihre Partnerin heißt Nathalia. Sag brav Hallo.«

Brav. »Hallo.«

Lea nickte mir zu. »Der berühmte Wolf. Du bist kleiner, als ich mir vorgestellt habe. Aber schnuckelig.«

Sie gefiel mir.

Sie hatte eine tiefe, raue Stimme. Grüne Augen. Sommersprossen. Und war sündhaft jung. Vielleicht Mitte zwanzig. Ob ihre Eltern wussten, wie sie ihr Geld verdiente? Ich stellte sie mir in einem netten Kostüm bei Familienfeiern vor. Das brave Mädchen. Hinreißend.

»Wir werden noch genug Zeit haben, uns kennenzulernen, Süßer. Jetzt sollten wir den General nicht warten lassen. Mir nach.«

Wir folgten ihr zum Lift. Und ich konnte ihr wohlgeformtes Hinterteil betrachten.

Sie drückte den grünen Knopf. Die Türen öffneten sich augenblicklich. Zu fünft kaperten wir den silbernen Kasten. Sie drückte den obersten Knopf. Strich sich über den Schädel. Die Kabine schloss sich. Setzte sich in Bewegung.

»Wie lief es?«, fragte sie Philip.

»Wonach sieht es denn aus? Ich konnte Wolf auf jeden Fall überzeugen. Und wie vorausgesagt: Sie ließen es sich nicht nehmen, uns aus dem Weg zu räumen. Wie angenommen mit ganz viel Tamtam. Die hundert Euro, bitte.«

Er streckte die flache Hand aus. Starrte ihr in die hübschen Augen. Ihr Mund verzog sich zu einem Strich.

»Also doch eine Drohne?! Kein Hubschrauber? Kein Eingreifteam?«

Er sah mich an. Ich grinste nickend. Sah zu Marek hinüber, der nur mit den Schultern zuckte. Stumm *Pech gehabt* formulierte. Was hier lief, war klar. Da hatte wohl jemand eine Wette verloren.

Lea fischte einen Schein aus dem Dekolleté, der prompt seinen Besitzer wechselte. Man schien sich nicht nur zu kennen, man war voll und ganz bei der Sache.

Ich starrte nach oben auf die Anzeige. Stockwerk um Stockwerk sprangen die Zahlen ineinander. Ein kurzes Verzögern. Ein Ruck. Dann standen wir.

PLING.

Und waren da.

Die Türen öffneten sich, und wir betraten einen riesigen Raum. Er erstreckte sich über eine Breite von gut dreißig und bestimmt einhundert Metern in die Länge. Licht gab es nur am anderen Ende. Dort sah ich zur Linken eine Sitzgruppe. Sechs Sessel, gruppiert um einen niedrigen Tisch. Dahinter ein mächtiger Schreibtisch vor unzähligen, flimmernden Bildschirmen. Ein dicker, beigefarbener Teppich bedeckte das gesamte Areal. Durch die breite Glasfront erhaschte ich einen Blick auf die Moskwa. Dahinter erstrahlte der Kreml in seiner ganzen Pracht in der Dunkelheit. Still und friedlich lag er da. Auf der Uferstraße waren nur vereinzelt Fahrzeuge unterwegs. Ich ließ es mir nicht nehmen, näher heranzutreten. Die Scheiben bestanden aus zehn Zentimeter starkem Panzerglas. Weit unter mir schirmte ein hoher Zaun das Gebäude ab. Wachen mit Hunden zogen ihre Bahnen. Kameras auf jedem dritten Pfosten. Scheinwerfer, die das Gelände davor bis ins kleinste Detail ausleuchteten. Mit Sicherheit waren wir in Sicherheit.

Sehr beeindruckend.

Diese Immobilie hier war nur den oberen Tausend vorbehalten. Die Lage 1 a. Wer hier residierte, hatte es geschafft. Jetzt war ich auf den General gespannt. Bestimmt würde ich nicht enttäuscht werden.

Nathalia blieb am Aufzug stehen. Sie stellte sich mit verschränkten Armen an die Wand. Lea führte uns zu der Wohnlandschaft. Deutete an, wir mögen uns doch bitte setzen. Dann stellte sie sich wie eine Statue ans Fenster.

Wir sprachen kein Wort.

Warteten auf den General.

Bewegung links.

Es wurde spannend.

Eine versteckte Tür in der Wand hatte sich geöffnet. Alle standen wir reflexartig auf.

Zuerst zeigte sich ein silberner Stock. Den Knauf in Form eines Totenkopfes hielt eine faltige Hand. Ein mächtiger Siegelring am Mittelfinger. Es folgte ein großer, dürrer Mann. Maßgeschneiderter Anzug. Schwarz. Das Hemd. Schwarz. Graues Brusthaar. Eine auffällige Geiernase. Kurze, weiße Haare. Stechender Blick aus blauen Augen. Buschige Brauen. Falten wie tiefe Gräben zerteilten sein Gesicht in unzählige Hälften. Ich schätzte ihn auf mindestens achtzig Jahre. Trotzdem wirkte er vital und schnittig. Ein Mann, der sein Leben lang Befehle gegeben hatte. Den Stock brauchte er nicht wirklich. Wahrscheinlich gab er damit den Takt an. Er hatte eine Akte dabei, die er auf den niedrigen Tisch warf.

Der General.

Fast hätte ich strammgestanden.

Er schloss die Tür hinter sich. Ging lautlos über den Teppich direkt auf Philip zu. Seine Stimme knarzte wie eine alte Tür. Aber sie klang forsch und beeindruckend. Ich stellte mir vor, wie er Kommandos rief und jeder seine Beine in die Hand nahm.

»Mein Junge, du kommst früher als erwartet.«

»Nun ja. Die Zeit drängt, wie du weißt.«

»Aber dir geht es gut. Das ist die Hauptsache.«

Sie umarmten sich lange. Dann gab der General Marek die Hand. Drückte sie nur kurz. Nickte dabei. Wandte sich dann mir zu.

»Wolf! Es ist so lange her. Ich hätte dich fast nicht mehr erkannt. Aber du trägst die Züge deines Vaters.«

Ich stand auf dem Schlauch. Wer war der Mann, der mich anscheinend kannte und duzte, als hätten wir schon zusammen im Schützengraben gelegen?

Er legte mir seine ringfreie Hand auf die Schulter. Drückte sie. Dabei starrte er mir in die Augen, einen verschmitzten Zug im Gesicht.

»Setzen wir uns doch«, sagte er.

Er ging zu einem freien Sessel hinüber. Ließ sich mit dem Rücken zum Fenster nieder. Das schusssichere Glas gab ihm die Sicherheit, sich frei und sorglos bewegen zu können. Er schlug die Beine übereinander. Das Licht der Deckenlampe spiegelte sich in blank geputzten Schuhen. Erst dann wagten auch wir unsere Plätze einzunehmen. Er starrte mich nieder.

»Darf ich den Herren etwas zu trinken anbieten?«

Bloß keinen Wodka, dachte ich und nickte automatisch. Dafür war es viel zu früh. Oder gerade richtig, so mitten in der Nacht. Ich schielte auf meine Uhr. Zehn nach vier. Na gut, ein Drink ging immer.

Lea verschwand augenblicklich durch die Tür. Kam mit Gläsern und zwei Flaschen Wasser zurück.

Na, Gott sei Dank.

Der General wandte sich an Philip, während er uns höchstpersönlich einschenkte. Ich platzte vor Neugier. Plötzlich ging es mir nicht schnell genug.

»Erzähl, mein Junge.«

»Wir sind tot. Zwei Hellfire-Raketen direkt in unsere Ärsche. Ich schulde dir eine neue Hütte.«

»Geschenkt. Ich wollte eh modernisieren.« Er machte eine wegwischende Handbewegung. »Er ist auf unserer Seite?«

Jetzt redete er über mich, als wäre ich gar nicht da. Ich musste mich in Geduld üben.

»Er hatte einen GPS-Tracker unter der Haut. Die Handys haben wir bereits in Moskau außer Gefecht gesetzt. Marek hat ihn wie besprochen abgeliefert.«

»Habt ihr einiges klären können?«

He, ich sitze direkt neben euch!

»Was uns betrifft, ja. Ich hab ihn überzeugt. Müller hat ihn überzeugt. Ich glaube aber, er weiß immer noch nicht, wer du bist.« Philip grinste. »Für unsere Pläne und alles Weitere bist schließlich du zuständig.«

Wieder starrte der General mich nieder.

Endlich.

»Dann zu dir, Wolf. Du erinnerst dich wirklich nicht?!«

Ich wand mich. Was sollte ich sagen? Hatte keine Ahnung, woher wir uns kannten. Und ich hatte auch ganz hinten in meinen Erinnerungen gekramt. Bis zurück in meine Kindheit. Nichts. Also traf ich eine logische Entscheidung. Warum lange herumlamentieren?!

»Ich gebe auf. Keine Ahnung.«

Er musste meinen Vater kennen, so viel war klar. Aber da mein Erzeuger mich vor Urzeiten im Stich gelassen hatte und wir uns vor seinem tatsächlichen Tod nicht lange austauschen konnten, waren mir seine Bekannten und Freunde fremd. Vielleicht bei einem meiner unzähligen Einsätze? Ich ging die Missionen durch. Europa. Südamerika. Asien. Nichts klingelte.

»Du warst noch ein Kind«, sagte er. »Vielleicht sechs Jahre alt. Die Ostsee. Der Strand. Damals. Mitten in der Nacht.«

Also doch so weit zurück.

Und plötzlich sah ich es in bunten Bildern vor mir.

Ich war meinem Vater über die Dünen gefolgt. Durch den knöcheltiefen Sand. Ein beschwerlicher Marsch. Immer in seine Spuren tretend. Mühsam, da er ein erwachsener Mann war, mit entsprechender Schrittlänge. Über Kilometer hinweg. Das einzige Mal, dass mein alter Herr mich irgendwohin mitgenommen hatte. Es war tatsächlich mitten in der Nacht gewesen. Nur der Mond hatte am Himmel gestanden. Vorbeiziehende Wolken hatten ihn immer wieder verdeckt. Wellen waren schäumend ans Ufer der Ostsee geschlagen. Motorengeräusch von offener See her. Das Boot, das auf den Strand geschossen war. Zwei Soldaten an Bord. Bewaffnet mit Sturmgewehren. Und ein riesiger Kerl in einem schwarzen Ledermantel. Er war in den Sand gesprungen, auf uns zugekommen. Der Streit zwischen ihm und meinem Vater. In einer Sprache, die ich nicht verstanden hatte. Harte Worte. Kehlige Laute. Russisch. Die Auseinandersetzung. Mein Vater, der nach einem Schlag zu Boden gegangen war. Der Riese, der ihn nicht weiter beachtet hatte. Stattdessen sich zu mir heruntergebeugt hatte, gesagt hatte: »Dein Vater wollte dich gerade eben verkaufen.« Dann war er auch schon wieder verschwunden wie ein böser Geist. Seine Männer hatten das Boot wieder ins Wasser geschoben. Er war an Bord gesprungen. Motorengeräusch, das langsam verklungen war. Mein Vater, der wortlos über den Strand davongestapft war. Zurückgelassen hatte er einen Jungen mit Tränen in den Augen. Mein alter Herr, der nie mehr ein Wort über diesen Vorfall verloren hatte. Monate später hatte er mich und meine Mutter verlassen.

Für immer.

»Ich sehe es dir an«, sagte der General und lächelte. »Du erinnerst dich. Ja, ich war der Typ in dem langen Ledermantel.«

Meine Kehle war wie zugeschnürt. Ein lang geschlossenes, dunkles Kapitel meines Lebens ins Hier und Jetzt zurückgekehrt. Mein Mund eine Wüste. Meine Zunge klebte am Gaumen. Ich trank gierig einen Schluck. Wollte Zeit gewinnen, das alles zu verarbeiten. Aber gleichzeitig gierte ich auch nach mehr. Antworten. Ich wollte, gottverdammt, Antworten. Also ließ ich ihn reden.

»Dein Vater wollte dich tatsächlich verkaufen in jener Nacht am Strand. An den KGB. Aber ich muss ihm zugute halten, dass er nur dein Bestes wollte, mein Junge. Er war verzweifelt. Das waren andere Zeiten damals in der DDR. Er hat auch für uns gearbeitet. Er hatte Angst, dich an die Stasi zu verlieren. ›Dann lieber der KGB‹, hatte er gesagt.«

Auch er trank einen Schluck von seinem Wasser.

»Wir standen bis zum Schluss in Verbindung. Er war ein Freund. Mein ältester Freund. Wir hatten nie den Kontakt zueinander verloren. Ich wusste von seinen … äh … Geschäften auf Malta. Und er hat mich auch direkt kontaktiert, als Philip auftauchte. Er brauchte zum zweiten Mal in seinem Leben meine Hilfe. Und diesmal wollte ich ihn nicht wieder im Stich lassen. Und ich war ihm einen Gefallen schuldig. Eine alte Sache, die hier keine Rolle spielt. Ich hab ihm den Operationssaal eingerichtet. Mit allen erdenklichen Geräten für plastische Chirurgie. Die besten Ärzte besorgt. Ärzte, die schweigen konnten. Alles sollte im Stillen geschehen. Wir hatten den Plan, Philip aus dieser ekeligen Geschichte rauszuhauen. Bis dein Vater heimtückisch ermordet wurde. Ich habe es nicht vorausgesehen. Dem Vorwurf werde ich mich dem Rest meines Lebens stellen müssen. Jetzt ist das alles persönlich geworden. Sozusagen eine Familienangelegenheit. Du kommst mit?«

Ich nickte benommen.

Er sprach weiter. »Ich war damals Offizier beim KGB. Jetzt im Ruhestand. Aber glaub mir, wenn ich sage, ich habe die Zügel noch in der Hand. Philip hat mir von seinem Fund erzählt. Auch von seinem Vater Peter. Dass er ihn da unten in seinem Loch gefunden hatte. Und auch von dem TNT. Als ich hörte, dass alte Stasi-Recken dahintersteckten, war es für mich klar, dass dieser Spuk ein Ende finden muss. Die Zeiten sind vorbei. Wir spielen jetzt einen anderen Kalten Krieg. Und ich spreche nicht nur für mich«, er deutete auf das Fenster hinter sich, »wenn ich sage, wir haben jetzt andere Interessen.«

Er stieß seinen Stock auf den Boden.

»Müller ist übrigens ein alter Bekannter. Mischte ganz oben mit, wenn es zu DDR-Zeiten darum ging, Leute zu denunzieren. Ein veritables Arschloch erster Güte. Hunderte hat er hinter Gittern verrotten lassen. Ganze Familien ausgelöscht. Aber er war nicht allein. Ich könnte dir zwei Dutzend hohe Kader aufzählen, die immer noch hohe Positionen in der BRD bekleiden. Politiker. Wirtschaftsbosse. Finanzheinis. Doch keiner ist mehr aktiv. Aber es gab eine ganz bestimmte Operation, die anscheinend bis heute Gültigkeit hat, so wie es aussieht. Ihr Name: *Gemini*. Schon mal gehört?«

Ich schüttelte den Kopf.

»Ein sogenannter Notfallplan. Schläfer, die sie überall auf dem neuen Staatsgebiet vergraben haben. Die mittels des TNT aus dem Untergrund krabbeln und Anschläge verüben sollten, wenn die DDR einmal fallen sollte. Als ob das außer Leid und Schmerz was bringen würde. Aber das war nun mal der Plan. Ich hatte ihn schon fast vergessen, aber Philips Geschichte ergibt durchaus einen Sinn. Ja, mehr noch, es ist offensichtlich. Plötzlich ist der Tag gekommen. Der Kreis schließt sich mit Philips Entdeckungen, den Tonnen von TNT und den Schläfern.«

»Warum wollten Sie mich damals nicht?« Diese Frage brannte in mir wie das ewige Feuer der Erde. Ich hatte Schwierigkeiten, mich auf den Rest zu konzentrieren. Scheiß auf Müller und das verfluchte TNT. Hier ging es auch um mich.

»Was soll das *Sie*, Junge. Du gehört jetzt zur Familie.«

Klasse, ich war in einem schlechten Mafia-Film. Und vor mir saß der Pate, der mich rekrutierte, mit ihm auf die Matratzen zu gehen.

Ich versuchte es noch mal. »Warum nicht?«

»Du warst sechs. Ein Kind. Ich weiß, dem KGB traute man einiges zu. Auch zu Recht. Aber einem Freund wie deinem Vater konnte ich das nicht antun. Ich hätte ihm niemals seinen Sohn weggenommen und zu einem meiner Agenten ausgebildet. Die Anlagen hattest du. Er hatte dich bereits getestet. Aber ich konnte nicht. Nach der Backpfeife hatte er es auch verstanden. Trotzdem oder gerade deshalb hatte er lange Jahre nicht mehr mit mir geredet. Er hat dich und deine Mutter damals verlassen, um euch zu schützen. Als er vor ein paar Monaten mit Philip ankam, konnte ich alles wiedergutmachen und ihm etwas zurückgeben. Ich wünschte nur, er könnte das noch erleben.«

Ich hörte immer mehr Geschichten, die meinen Vater anders darstellten, als ich ihn in Erinnerung hatte. Wie Peter war auch er verschwunden, um seine Familie zu schützen. Trotzdem konnte ich noch keinen Frieden schließen. Zu viel war geschehen. Zu viel Porzellan zerschlagen worden. Ein Leben verpfuscht. Mindestens eines. Aber ich beschloss, ihm posthum eine Chance zu geben. Vielleicht hatte er wenigstens das verdient.

Ich sagte: »Ich fasse mal zusammen: Du willst uns helfen, Müller hochgehen zu lassen?! Weil du meinem Vater was schuldig bist und der ganze Stasi-Scheiß von gestern ist. Weil Philip und auch ich quasi zu deiner Familie gehören.«

»Mit allem, was ich zu bieten habe. Und das ist einiges, kann ich dir sagen.«

»Wie stellst du dir das vor? Dass ihr beide längst einen Plan ausgeheckt habt, hab ich gecheckt. Sonst wäre ich nicht hier.«

»Ha! Endlich kommen wir zu den spaßigen Angelegenheiten.«

Er hatte sich bei seinen letzten Worten nach vorne gebeugt. Grinste wie das Raubtier Marek, wenn er sein Opfer im Visier hatte. Bereit seine Zähne ins Fleisch zu schlagen. Die Beute zu verschlingen. Mit Haut und Haaren.

Mir lief ein Schauer über den Rücken.

Aber ich war goldrichtig hier.

33

Der General war aufgestanden, ans Fenster getreten.

Mit dem Rücken zu uns sagte er: »Müller hat mir den Krieg erklärt, ohne es zu ahnen. Er hat deinen Vater umbringen lassen, Wolf. Dich und Philip in die Luft gejagt. Schon ein Grund hätte gereicht, mich zum Feind werden zu lassen. Ich sage euch, was wir machen. Philip und du, ihr werdet nach Berlin zurückkehren und das Rattennest ausheben. Ich will Müllers Kopf. Und ich denke nicht an tot oder lebendig. Ich will wirklich nur den Kopf.«

Damit konnte ich leben, denn er hatte mich schließlich ja auch ermorden lassen.

Der General sprach weiter: »Ihr werdet die Operation *Gemini* stoppen. Dazu müsst ihr auch das TNT sicherstellen. Müller ist nicht alleine. Noch ganz andere Männer ziehen im Hintergrund die Fäden. Aber ohne den Sprengstoff löst sich ihr schöner Plan in Luft auf. Dann ist hoffentlich ein für alle Mal Ruhe. Wir bringen euch in einem Safe-House unter. Das wird eure Operationsbasis. Und ihr beide werdet nicht alleine gehen. Nathalia und Lea werden euch begleiten. Als meine Verbindungsoffiziere. Sie sind perfekt ausgebildet. Meine besten Agentinnen. Sprengstoffspezialistinnen. Verhörspezialistinnen. Sie können mit jeder erdenklichen Waffe umgehen. Mit den Händen töten, wenn es sein muss. Nathalia ist zudem eine ausgezeichnete Fahrerin. Ihr werdet mit falschen echten Papieren ausgestattet und als Paare über verschiedene Länder einreisen. Da ihr tot seid, werden sie euch nicht auf dem Schirm haben. Ihr werdet sie einen nach dem anderen aufspüren und ausschalten. Nathalia wird deine Partnerin werden, Wolf. Philip reist mit Lea. Ich besorge euch in Berlin alles, was ihr brauchen werdet. Auch wenn ihr mit einem U-Boot durch die Spree tauchen oder aus einem Helikopter abspringen müsst. Ich will den Kopf dieses Schweins.«

Philip hatte nicht zu viel versprochen. Alleine wäre es schwierig geworden. Jetzt aber öffneten sich ganz neue Horizonte. Wir wären das perfekte Eingreifteam. Allesamt ausgebildete Kämpfer. Russischer Geheimdienst, MAD und BKA in einem. Ausgerüstet mit allen erdenklichen Hilfsmitteln. Wenn das mal kein anständiges Pfund war, im Kampf gegen Müller und seine Stasi-Recken.

Ich sagte: »Nehmen wir mal an, wir sind erfolgreich. Was passiert mit dem TNT?«

»Nun, das wird mein Bonus sein. Meine Partner wären außerordentlich erfreut. Ein Nebenprodukt. Aber für euch wird die leidige Geschichte ein Ende finden. Ihr werdet euer Leben wiederhaben.«

Ich dachte an Philip, der seine Lisa und seinen Sohn wieder in die Arme würde schließen können. Und auch für mich und Anke gäbe es eine Zukunft. Wir würden endlich Kenu aus Malta zu uns holen können. Ein kleines Häuschen kaufen. Der Wolf würde tatsächlich sesshaft werden. Ich könnte irgendwo einen Job annehmen. Ein bürgerliches Leben führen. Alles zu schön, um wahr zu sein. Doch konnte ich dem General trauen? Einem Mann, dem ich heute zum zweiten Mal in meinem Leben begegnet war? Wem, wenn nicht ihm. Philip tat es bereits. Er hatte ihn und meinen Vater zusammen erlebt. Sie waren enge Freunde gewesen. Krieger einer längst vergessenen Zeit. Aber ein Krieg, der noch nicht vorbei war. Noch lange nicht. Wir könnten dazu beitragen, dass Hunderte Menschen gerettet würden. Neben den Schläfern, die für etwas kämpften, das es gar nicht mehr gab, auch die Opfer, die durch das TNT ihr Leben lassen würden.

Wahrscheinlich wurde es Zeit, alles auf eine Karte zu setzen. Ich hörte in mich hinein. Nichts klingelte. Keine Lampen gingen an. Gehörte ich tatsächlich zur Familie? Würde sich tatsächlich alles zum Guten wenden? Mir war klar, dass das hier eine einzigartige Chance war.

Der General hatte mich überzeugt.

Also sagte ich: »Ich bin dabei. Wann geht es los?«

Der General hatte sich zu uns umgedreht. »Eure Maschinen gehen in sechs Stunden. Ich brauche noch Fotos von dir für den Pass. Und ihr solltet eine Runde schlafen. Euch ausruhen vor eurem Kampf.«

Er seufzte unerklärlich schwer.

Hob seinen Stock am unteren Ende, klopfte mit dem Totenkopf auf die Akte, die er mitgebracht hatte.

Plötzlich hatte sich die Atmosphäre im Raum verändert. Die positiven Stimmungen waren verebbt. An ihre Stelle eine Last getreten. Schwer. Bedrohlich. Drückend. Als habe jemand die Zeit angehalten. Ich wagte kaum zu atmen. Spürte Unheil auf mich zukommen. Als raste ein Zug in voller Geschwindigkeit auf mich zu. Wahnsinn wie schnell so etwas ging. Paralysiert starrte ich den dünnen Ordner an, der da auf dem Tisch lag. Die Wurzel des Übels. Er zog mich magisch an.

»Wolf, da ist nur eine Sache, die dir nicht gefallen wird. Aber es ist eine Tatsache. Ich frage dich das nicht gern. Aber es führt kein Weg daran vorbei. Wie stehst du zu Philips Mutter?«

Was sollte das jetzt?

Ich versteifte mich. Hier lief etwas total verkehrt. Was hatte Anke mit der Geschichte zu tun? Sie war doch auf Malta. Kümmerte sich um unseren Sohn. Sortierte die Papiere für die Adoption. Sprach mit den Behörden. Ebnete den Weg für unsere kleine Familie. Schon bald würde ich die beiden am Flughafen in die Arme schließen. Dann hatten wir es endlich geschafft.

»Anke? Wir sind ein Paar. Wir lieben uns.«

Davon war ich immer noch überzeugt, obwohl unser Abschied doch recht seltsam war. Ihre Abneigung. Ihr Schweigen. Für mich ein Buch mit sieben Siegeln. Aber ich konnte ihre Liebe spüren. Jetzt. Genau in diesem Augenblick. Liebe. Grenzenlose Liebe. Und plötzlich wurde mir klar, dass ich sie während unserer Mission nicht würde kontaktieren können. Wir waren tot. Und mussten es auch bleiben. Es würde sie in Lebensgefahr bringen, sollte ich Kontakt mit ihr aufnehmen. Ich konnte nur hoffen, dass sie immer noch Zeit für sich brauchte und nicht versuchen würde, mich anzurufen. Meinem Herz versetzte es einen Stich. Aber es ging nicht anders.

Was also hatte Anke mit der Mission zu tun? Der General hatte explizit sie erwähnt.

Was stimmte hier nicht?

Schweiß brach mir aus. Ich sah zu Philip hinüber. Er schluckte schwer. Seine Hände griffen ineinander. Weiß traten die Knöchel hervor. Er saß zusammengesunken in seinem Sessel.

Hatte er etwa Tränen in den Augen? War ihr etwas passiert? Hatte Müller sie sich geschnappt? Wusste Philip die ganze Zeit über mehr? Hatte er es nicht gewagt, es mir zu sagen? Jetzt, wo wir uns endlich wiedergefunden hatten? Jetzt, wo wir ein Bündnis geschmiedet hatten?

Plötzlich spürte ich Panik in mir aufsteigen. Nicht schon wieder. Eine zweite Entführung würde sie nicht durchstehen. Sie war noch immer labil. Sie brauchte ihre Medikamente. Die Antidepressiva. Ohne sie würde sich ihr Leben in eine Hölle verwandeln.

Mit dem Stock schob mir der General die Akte herüber.

Was enthielt sie? Fotos von meiner gefesselten Frau? Gefangen gehalten in irgendeinem Keller. Geknebelt und gefoltert. Weit aufgerissene Augen. Angst, die sich in ihren Blick fraß. Hoffnungslosigkeit. Panik.

Meine Hände zitterten, als ich nach dem Hefter griff.

Die Stimme des Generals. »Stopp. Du musst mir versprechen, nicht auszurasten. Was du gleich sehen wirst, übertrifft deine schlimmsten Befürchtungen.«

Was zum Teufel war schlimmer als eine Entführung? War sie tot? Hatten sie sie ermordet? Abgeschlachtet wie ein Stück Vieh?

Der General musste meine Gedanken gelesen haben. »Sie ist nicht tot, Wolf. Jedenfalls nicht, dass ich es zu diesem Zeitpunkt wüsste. Aber es ist auch so schon schlimm genug.«

Es half nichts. Ich konnte nicht einfach dasitzen und die Augen verschließen. Ich musste mich dem stellen. Es ging um Anke. Der einzige Mensch neben Philip, der mir wirklich etwas bedeutete. Anke, die mich aus meiner Depression geholt hatte. Anke, die mir eine Idee von einer besseren Zukunft gezeigt hatte.

Ich atmete tief durch.

Schloss kurz die Augen.

Schlug die Akte auf.

34

Keine Fotos.

Keine Anke in einem dunklen Kellerloch. Keine Zeitung mit dem heutigen Datum in den Händen. Keine vor Panik aufgerissenen Augen. Keine Leiche auf dem Asphalt oder in irgendeinem Kofferraum. Kein Blut. Kein Tod. Nichts.

Keine Fotos.

Na ja, nicht ganz. Ich sah ein Passbild von Anke. Schwarz-Weiß. Sie musste keine zwanzig Jahre alt gewesen sein, als diese Aufnahme von ihr gemacht worden war. Aber es war eindeutig sie. Schließlich kannten wir uns schon aus Teenager-Zeiten. Damals in der DDR. Peter und sie waren schon ein Paar gewesen. Ich ihr bester Freund. Wir lebten zusammen in einer WG in Berlin. In einer lausigen Zwei-Zimmer-Wohnung in Kaulsdorf. Ganz am Rande der Großstadt. Das Bad auf dem Gang. Im Winter schleppten wir mehrmals täglich Kohlen aus dem Keller. Peter schon beim Militär. Unteroffizier in der NVA. Anke hatte für eine Behörde in der Verwaltung gesessen. Sachbearbeiterin für irgendetwas. Ich weiß es nicht mehr. An Philip war noch nicht zu denken gewesen. Aus einer Zeit vor dem Fall der Mauer. Bevor die DDR den Bach runterging. Und sich Menschenströme über die Bundesrepublik ergossen.

Fast hätte ich aufgeatmet.

Was also konnte so schlimm sein?!

Warum legte mir der General diese Akte vor?

Also las ich beklommen den Text unter dem Foto. Sog die Luft ein. Konnte nicht glauben, was dort stand. Wollte nicht glauben, was ich vor mir hatte. Das war unvorstellbar. Nicht meine Anke. Nicht das lebenslustige Mädchen, das sie einst gewesen war. Nicht die Frau, die sie geworden war. Eine gute Ehefrau und liebende Mutter, die das Verschwinden ihres Mannes und später ihres Sohnes verkraften musste. Nicht die Frau, die jetzt an meiner Seite lebte. Den Umständen entsprechend glücklich, wie ich gedacht hatte. Alles nur eine Lüge? Eine beschissene, große Lüge? Ein ganzes Leben wurde hier in den Dreck gezogen. Einfach negiert, als hätte es all die Jahre so nicht gegeben.

Ich hielt ihre Stasi-Akte in den Händen.

Aber sie war kein Opfer.

Sie war Täterin.

IM Kassandra.

Angesetzt auf Peter. Ihren eigenen Mann. *Bis dass der Tod euch scheidet,* hatte sie ihm vor dem Altar einst geschworen. *In guten wie in schlechten Zeiten*. In guten Zeiten! Aber nichts an den Zeiten sollte jemals gut gewesen sein?!

Ihre Begegnung war kein Zufall gewesen. Er war ihr zugeteilt worden. Sie hatte dafür gesorgt, dass er sich in sie verliebt hatte. Dass sie ein Paar geworden waren. Geheiratet hatten. Später eine Familie gründet hatten.

Mir schwanden die Sinne.

Die Operation *Gemini* tauchte auf.

Die Stasi hatte Peter als Schläfer auserkoren. Und Anke hatte ihn überwacht. Auf Schritt und Tritt. Peter hatte nichts geahnt. Aber sie wollten Informationen aus erster Hand. Anke hatte dafür sorgen sollen, dass er nicht vom rechten Weg abkam. Mit Erfolg. Bis zu seinem gewaltsamen Tod hatte er nichts gemerkt.

Und auch ich nicht.

War das nur Vergangenheit? Oder steckte sie bis zum Hals in Müllers heutigen Plänen? War sie immer noch ein Teil der Stasi? Immer noch eine Figur in diesem perversen Spiel? Welche Rolle spielte ich? War ihre Liebe zu mir echt gewesen? Oder hatten sie sie jetzt auch auf mich angesetzt? Einen Sinn hätte das ergeben. Sie hätte mich steuern können. Sie zu dem TNT führen können. Eine riesige Chance für Müller.

Und Philip? Hatte er es gewusst?

Ich blickte zu ihm hinüber. Er saß immer noch in sich zusammengesunken an seinem Platz. Schüttelte mit grimmiger Miene den Kopf. Sah mich fast flehentlich an.

Nein, er hatte keine Ahnung gehabt. Der Schock saß bei ihm genauso tief wie bei mir.

Ich schlug die Akte zu.

Anke, wer bist du?

35

Shit.
Shit.
Shit.

Ich lag angezogen im Nebenraum auf meiner Pritsche. Jeder von uns hatte ein Zimmer für die restliche Nacht bekommen. Mit Dusche und allen Annehmlichkeiten. Kühlschrank. Fernseher. Küchenzeile. Sogar eine Kaffeemaschine stand auf der Anrichte. Aber ich kam mir wie eingesperrt vor. Als säße ich in einem Kerker tief unter der Erde. Als gäbe es kein *da draußen*. Als wäre ich das einzige menschliche Wesen auf diesem gottverdammten Planeten. Ich war starr vor Einsamkeit und Angst. Fühlte mich von allen verlassen. Da war er wieder, der einsame Wolf. Der, der mir so vertraut war. Der, den eigentlich nichts erschüttern konnte. Doch meine Dämonen suchten mich heim. An Schlaf war nicht zu denken. Ich starrte Löcher in die Decke über mir.

Anke.

Bei der Stasi.

Eine Täterin.

Fast ihr ganzes Leben lang. Rekrutiert im zarten Teenageralter. Eine Honigfalle. Eine sogenannte Julia. Eigentlich eine beliebte Methode des KGB. Hochrangige Bundeswehroffiziere waren hineingetappt. Hatten Geheimnisse ausgeplaudert. Sich um Kopf und Kragen geredet. Die vermeintliche Geliebte hatte sich später als russische Agentin entpuppt. Und man war am Arsch gewesen. Ein Geheimnisverräter. Ein Staatsverräter. Die Karriere im Arsch. Das Leben zerstört. Selbst Politiker waren über die Julias gestolpert. Hatten sich Honig ums Maul schmieren lassen. Bis es zu spät war. Es kein Zurück mehr gab. Eine perfide Art, um an Informationen zu kommen.

Anke eine Julia.

Wie wird man mit solch einer Nachricht fertig?

Ich sage es Ihnen: Gar nicht.

In mir herrschte eine dunkle Leere. Ich war gar nicht fähig zu einem Gefühl. Ich sollte wütend sein oder verzweifelt. Aber da war nichts. Ich stand unter Schock. Mein Blut pochte in den Ohren. Die Hände eiskalt. Wahrscheinlich kam die Wut später. Wahrscheinlich überrollte sie mich irgendwann. Dann, wenn ich sie am wenigsten gebrauchen konnte.

Jetzt aber brütete ich nur stumpf vor mich hin.

IM Kassandra.

Ankes Leben eine einzige Lüge.

Sie hatte uns alle hinters Licht geführt. Ihren eigenen Mann, Peter. Ihren Sohn, Philip. Mich. Ihre Freunde. Wir waren verarscht worden. Waren betrogen worden. Wie hatte sie nur damit leben können? War alles nur vorgespielt? Wie konnte man einen Sohn unter solchen

Bedingungen gebären? Wie ihn großziehen? Wie Beziehungen eingehen? Wie mir das Blaue vom Himmel versprechen? Litt sie deshalb unter Depressionen? Nahm sie deshalb mehrmals täglich diese Pillen? Immer rein damit. Alles betäuben?

Verzweifelt versuchte ich, es mir schönzureden. Bestimmt hatte sie Peter geliebt. Bestimmt liebte sie ihren Sohn. Bestimmt liebte sie mich.

War sie deshalb bei unserem Abschied so komisch gewesen? Hatte sie mich deshalb ignoriert, weil die Vergangenheit sie wieder eingeholt hatte? Warum hatte sie nicht mit mir geredet? War ich ihr so wenig wert?

Belüg dich nicht selbst, Wolf!! Sie war eine scheiß Agentin der Stasi. Eiskalt. Berechnend. Gewissenlos. Ein Mosaikstein im Gemälde der Operation *Gemini*. Sie war eine von Müllers Helfern. Vielleicht sogar eine enge Vertraute.

Aber unsere Pläne ... Die Familie, die wir gründen wollten. Das mit der Adoption von Kenu war doch ihre Idee gewesen. Ich wäre auch ohne ihn bei ihr geblieben. Wer nahm sich eines Kindes an, wenn er eigentlich ein Doppelleben führte? Konnte ein Mensch so kalt sein? Ein Kind mit in die Sache hineinziehen? Hatte ich mich so in ihr getäuscht? Nein, das konnte nicht sein.

Also gab es doch Hoffnung, dass sie sich geändert hatte.

Ich griff nach jedem Strohhalm. Merkte, dass ich nach dem Guten in Anke suchte. Aber da war nichts. Oder?

Anke, wer zum Teufel bist du?

Es klopfte an der Tür.

Ich setzte mich auf. Wollte niemanden sehen. Mit meinem Schmerz allein sein. Trotzdem rief ich: »Herein!«

Philip.

Er steckte seinen Kopf durch den Spalt. Sagte nichts. Wartete darauf, dass ich ihn hereinwinkte. Ich setzte mich auf.

»Na komm schon, Philip. Wir müssen reden.«

Er nickte. Trat herein. Zog sich einen Stuhl heran. Setzte sich. Lange starrten wir einfach vor uns hin.

Dann fragte ich: »Seit wann weißt du es?«

»Ein paar Tage erst. Mein Vater ein Schläfer und meine Mutter eine Julia. Ich brauch 'nen Psychiater.«

Ich lachte bitter. »Mach einen Termin für mich mit.«

»Ich weiß nicht mehr, was ich glauben soll. Sie ist doch meine Mutter. Sie hat mich großgezogen.«

»Ich glaube, sie war auch so eine Art Schläferin. Mit der Operation *Gemini* wurde sie aktiviert.«

»Glaubst du, sie wollte das noch? Ich meine, dreißig Jahre sind eine lange Zeit. Vielleicht hat sie sich geändert?!«

Auch er griff nach allem.

»Ich muss dir was sagen, Philip. Deine Mutter ist verschwunden. Ich habe sie in den Flieger nach Malta gesetzt und schon tagelang nichts mehr von ihr gehört.«

»Ich freue mich übrigens, dass ihr ein Paar geworden seid. Das war lang überfällig. Aber ich werde dich nicht Papa nennen, Dad.« Er lachte auf.

Dann merkte er, wie unpassend die Bemerkung war und schwieg.

Ich sagte: »Etwa zur gleichen Zeit, als du auf dem Dach Antonio erschossen hast, muss etwas passiert sein. Danach war sie nicht mehr ansprechbar. Sie hat mich ignoriert. Kurz vorher hatten wir noch von unserer Zukunft gesprochen, dass wir den afrikanischen Jungen adoptieren wollten … Vielleicht haben sie sie da kontaktiert. Das würde Sinn ergeben.«

»Das heißt, wir haben sie verloren?«

Ich wischte mir mit der Hand über das Gesicht. Fühlte mich mit einem Mal müde. »Ach Scheiße! Was weiß ich denn, was in ihrem kranken Gehirn vor sich geht?!«

Philip war zusammengezuckt. »Ist mir egal, was sie gemacht hat. Ich glaube an sie. Ich will an sie glauben.«

Ich sah ihn an.

Er hatte recht. Es war immer noch Anke, über der wir den Stab brachen. Aber wir mussten auch den Tatsachen ins Auge blicken. Anke stand auf der anderen Seite. Sie war eine Stasi-Tussi. Punkt.

Er fragte: »Kommst du jetzt noch mit nach Berlin? Ich könnte verstehen, wenn du in den Sack haust.«

»Kennst du mich wirklich so schlecht? Ein Grund mehr zurückzukehren. Wir reißen Müller den Kopf ab und holen deine Mutter da raus. Dann sehen wir weiter.«

Er atmete hörbar auf. »So machen wir es. Danke.«

»Eine Frage noch.«

Er sah mich abwartend an.

»Weiß der General, wo du das TNT versteckt hast?«

»Er hat danach gefragt, ja.«

»Und?«

»Das TNT ist mein Faustpfand. Nicht, dass ich ihm nicht trauen würde. Im Gegenteil. Aber es ist unser beider Geheimnis. Wir wollen doch, dass alle motiviert bleiben.«

Wieder war ich tief beeindruckt. Er überraschte mich einmal mehr.

»Er hat nicht nachgefragt?«

»Nein. Wir vertrauen uns gegenseitig.«

Jedenfalls schien es so. Die Konstellation gefiel mir. Jeder hatte ein Ziel. Zusammen könnten wir es packen.

Er war aufgestanden, auf dem Weg zur Tür. Drehte sich noch einmal um. »Nathalia fragt, wann sie Fotos von dir machen kann? Für die Papiere.«

»Sag ihr, ich komme gleich. Und, Philip?!«

»Ja?«

»Ich bin froh, dass wir uns wiedergefunden haben.«

Mit einem Lächeln auf den Lippen verließ er mein Zimmer.

36

»Bevor ich nach Berlin gehe, muss ich etwas überprüfen.«

Ich war in den großen Konferenzraum getreten. Der General stand am Fenster, wandte mir den Rücken zu, betrachtete den Kreml, der jetzt im ersten Sonnenlicht glänzte. Die Kuppeln der Zwiebeltürme funkelten, schickten ihr rotes Licht zu uns herüber. Auf der Straße vor der großen Mauer verdichtete sich der Verkehr.

Moskau erwachte.

Der alte Mann drehte sich zu mir um, stützte sich auf seinen Stock. Der Totenkopf grinste mich an. Der General wirkte frisch. Ich fragte mich, ob er überhaupt geschlafen hatte. Wahrscheinlich tat er das nie. Wahrscheinlich war er Tag und Nacht mit Regieren beschäftigt. Eine Weile stand er einfach nur da. Starrte auf seine blank geputzten Budapester. Dann hob er den Kopf. Sah mich aus klaren Augen an.

»Das habe ich mir schon gedacht, Wolf.«

»Und das gefällt dir nicht.«

»Zeitverschwendung, wenn du mich fragst.«

Er fixierte mich und automatisch straffte ich mich. Er ging zu einem der Sessel hinüber. Setzte sich. Schlug die Beine übereinander. Wartete bis auch ich Platz genommen hatte. Er dachte nach. Ich wagte nicht, ihn dabei zu unterbrechen.

Dann sagte er: »Anke ist nicht auf Malta.«

Er hob den Kopf. Blickte mir direkt in die Seele. Woher er wusste, dass Anke nach Valletta wollte, war mir ein Rätsel. Aber er war der General. Wahrscheinlich wusste er auch, welche Farbe meine Unterhose hatte. Also fragte ich nicht nach.

Er hob den Stock. Klopfte zweimal auf den Tisch. Lea kam mit zwei Tassen Kaffee herein. Stellte eine vor mir ab. Die andere reichte sie dem alten Mann. Dann verschwand sie wieder.

»Ich war so frei. Schwarz. Ohne Zucker. So wie du ihn magst.«

Jetzt war ich endgültig überzeugt. Er kannte mich in- und auswendig. Auf der einen Seite erschreckend, denn ich stellte mir vor, wie er in seiner Kanzel in meiner Akte blätterte. Ihm seine Agenten die neusten Infos ins Ohr flüsterten. Um dann wieder zu verschwinden, um auch nichts zu verpassen. Auf der anderen Seite sparte es Zeit. Denn dann wusste er auch, dass er mich von meinem Vorhaben, nach Malta zu reisen, nicht abbringen konnte.

Ich sagte: »Ich fahre hin. Deinen Segen brauche ich nicht.«

Sein schmaler Mund verzog sich zu einem Lächeln.

»Ruhig Blut. Ich habe schon Flüge für dich und Nathalia gebucht, Wolf. Du wärest nicht bei der Sache, würde ich dir das verbieten. Und das wäre tödlich.«

Dir das verbieten. Gut, er war der General und auch irgendwie der Boss. Aber ich ließ mir nichts verbieten.

Schon gar nicht, wenn es um Anke ging. Die Zeiten waren lange vorbei, dass ich irgendwelchen Anweisungen folgte. Seit ich beim BKA gekündigt hatte, war ich mein eigener Herr. Dass er schon Tickets hatte, war der letzte Beweis, wie sehr er sich mit mir beschäftigt hatte.

Du gehörst jetzt zur Familie.

Er sprach weiter: »Ihr beide fliegt auf die Insel. Tu, was du tun musst. Ich gebe dir einen Tag. Länger wirst du auch nicht brauchen, um zu merken, dass sie nie dort angekommen ist.«

Das Schlimme war, ich wusste, dass er recht hatte. Aber ich wollte Sandro treffen, meinen Freund und seines Zeichens Kommissar bei der maltesischen Polizei. Außerdem wollte ich mich nach Kenu erkundigen. Mit dem Sozialarbeiter sprechen. Zudem freute ich mich auf das *Surfside* und John und Zamen. Gut, ich hätte auch anrufen können, aber das war nicht das Gleiche.

Ich nahm einen Schluck Kaffee. Der beste, den ich seit Langem getrunken hatte. Der General umgab sich nur mit dem Feinsten.

Gut, die Sache war geklärt. Das war einfacher gewesen, als ich im Vorhinein geglaubt hatte. Ich spürte Vertrauen. Eine gute Basis für das, was kommen würde.

»Du hast Anke abgeschrieben. Habe ich recht?«, fragte ich ihn.

»Ich habe meine Informationen. Sie saß nie in irgendeinem Flieger nach Malta. Auf keiner Passagierliste taucht sie auf. Sie hat dir etwas vorgemacht. Ein Wagen mit zwei Typen drin hat sie in Tegel abgeholt. Die Aufnahmen kann ich dir sogar zeigen. Wir haben das Kennzeichen. Und auch die beiden Insassen identifiziert. Markus Schöning und Andreas Gaal. Sie gehören zu Müllers Jungs. Aber wir haben sie verloren.«

Er verzog keine Miene. Sollte er darüber verärgert sein, so zeigte er es nicht. Es waren für ihn nur nüchterne Fakten. Sein tägliches Geschäft. Ich dachte an den Audi aus der Tiefgarage. Auch das Kennzeichen wusste ich. Da würden wir ansetzen, das war klar. Aber das hatte Zeit, bis ich in Berlin war. Jetzt war Malta wichtiger. Nicht nur wegen Anke.

»Danke für dein Vertrauen, General.«

Er machte eine wegwischende Handbewegung.

»Ich brauche dich in Höchstform. Das Ganze wird kein Spaziergang. Müller ist nicht leicht zu finden. Aber ihr macht das schon. Nathalia ist über alles informiert. Und bevor du fragst … Ja, es ist ein Risiko, mit Dritten Kontakt aufzunehmen, jetzt wo ihr offiziell tot seid. Aber nur ein kleines. Und ja, es gefällt mir nicht. Aber ich habe Sandro überprüft. Auch deine Geschäftsführer John und Zamen. Keinerlei Kontakte zu Müller. Also, in Gottes Namen, schaff deinen Hintern auf die Insel.«

Die Unterredung war beendet. Er stand auf. Verließ ohne ein weiteres Wort den Raum.

Ich blieb sitzen. Gab mich meinen trübseligen Gedanken hin.

Er hatte meine Frage nicht beantwortet, ob er Anke abgeschrieben hatte. Aber das war mir egal. Ich glaubte noch an sie. Stasi hin, Stasi her. Sie war auch Familie. Und Familie gab man nicht auf. Ich dachte an Philip. Daran, was er durchmachen musste. Er hatte Vater und Mutter verloren. Aber er war nicht mehr der kleine Junge, den ich noch in Erinnerung hatte. Er war ein Mann geworden. Und er war nicht passiv. Er kämpfte. Das nötigte mir großen Respekt ab. Und ich freute mich auf unsere Mission. Endlich würden wir wieder Seite an Seite stehen. Und Aufräumen mit dem ganzen Scheiß. Mit einem Mal fühlte ich mich zuversichtlich. Was auch immer geschehen würde, wir waren wieder ein Team. Und wir hatten ein klares Ziel.

Der Wolf war bereit.

Plötzlich stand Nathalia neben mir. Ich hatte sie nicht gehört.

»Darf ich?«, fragte sie.

»Bitte, setz dich.«

Ich betrachtete sie genauer. Eine Schönheit. Hohe Wangenknochen. Tief gebräunte Haut. Graugrüne Augen. Sie hatte sich umgezogen. Trug Jeans und Bluse. Die Waffe hatte sie abgelegt. Die Kette mit den Erkennungsmarken hingegen lag immer noch in ihrem Dekolleté. Mit dieser Frau sollte ich also zusammenarbeiten. Ihr mein Leben anvertrauen. Es fühlte sich gut an. Geradezu fantastisch.

Sie sagte: »Unser Flug geht in drei Stunden.« Dann zögerte sie kurz. Schickte ein »Wir werden Anke dort nicht finden« hinterher.

»Ich weiß. Aber ich muss mich persönlich überzeugen.«

Sie nickte, als wäre das klar. Als würde sie mich verstehen. Als würde sie auch nicht anders handeln, wäre sie an meiner Stelle.

»Dann ist es so«, sagte sie. »Wir treffen Lea und Philip im Safe-House in Berlin. Sie bereiten alles vor.«

»Warum macht ihr das?«

»Warum machen wir was?«

»Für diese Sache kämpfen.«

»Das ist unser Job. Er ist der General. Er macht die Ansagen. Und wir kämpfen für das Gute.«

Davon war sie überzeugt.

»FSB?«, fragte ich.

Sie schüttelte den Kopf. »Mossad. Da habe ich meine Ausbildung erhalten. Jetzt bin ich hier. Er zahlt außerdem gut.«

Da war ich mir sicher. Und auch, dass ich mich mit ihr nicht anlegen würde. Wahrscheinlich würde sie mir Arme und Beine verknoten, bevor sie mich in die Spree warf. Ich grinste.

»Deine Partnerin?«

»FSB. Die beste Agentin, die ich je getroffen habe.«

Mossad, FSB, MAD, BKA, der General im Hintergrund – was sollte da schon schiefgehen?!

Wir schwiegen eine Weile.

»Du redest nicht viel.«

Sie zuckte mit den Schultern. Sie gefiel mir immer besser.

Eine Zeit lang saßen wir beide einfach nur da. Lernten uns kennen. Horchten in uns hinein. Immerhin waren wir jetzt Partner. Mussten uns aufeinander verlassen können. Und spürten es. Die Chemie stimmte.

»Genug geplaudert. Los, Wolf. Pack deinen Kram. Ich warte in der Tiefgarage auf dich.«

37

Wir traten hinaus in die sengende Mittelmeersonne.

Ich setzte die Sonnenbrille auf. Den Flug hatte ich genutzt, um ein paar Stunden Schlaf nachzuholen. Ich reckte meine müden Knochen. Sah mich nach einem Taxi um. Zusammen rutschten wir auf die Rückbank.

»Zum *Surfside* in Sliema«, wies ich den Fahrer an.

Am Flughafen hatte ich mich unsicher gefühlt. Die Mitreisenden beobachtet, nach Kameras geschielt. Aber mit jeder Minute schüttelte ich das Unbehagen ab. Bewegte mich zusehends sicherer und normaler. Nathalia hatte nur gegrinst. Sie kannte diese Art von Paranoia.

Jetzt starrte ich aus dem Fenster. Sah mein Malta daran vorbeiziehen. Beigefarbene Gebäude. Viele baufällig. Baugerippe. Bars. Geschäfte. Alles sah etwas schäbig aus. Aber ich genoss den Charme dieser Insel. Malta liebte man oder hasste man. Dazwischen gab es nichts. Ich liebte es.

Die Klimaanlage lief auch Hochtouren. Trotzdem schwitzte ich. Wir quälten uns durch den Feierabendverkehr. Ein ewiges Halten und Anfahren.

Gute vierzig Minuten später waren wir da.

Das *Surfside* hatte sich nicht verändert. Draußen standen immer noch die Tafeln mit den Speisen, die Touristen anlocken sollten. Die Terrasse war gut gefüllt. Der Verkehr rauschte wie immer dicht gedrängt daran vorbei.

Wir fanden einen freien Tisch direkt an der Brüstung zum Meer. Dass hier noch vor wenigen Wochen der Teufel los gewesen war, nur noch eine blasse Erinnerung. Badegäste lagen auf den sandfarbenen Felsen des Strandes. Genossen die Sonne. Lasen. Knutschten. Auf dem Meer dümpelte ein Boot der Marine.

Kurz dachte ich an den Flüchtlingsstrom. Die überfüllten Boote, die ihren Weg über das Mittelmeer suchten. Ich dachte an Rabina, die sich das Leben genommen hatte, weil sie die Einsamkeit nicht mehr ertragen konnte. Und weil sie die Beine breitmachen musste für ihre Freier. Als Illegale war sie ganz weit unten angesiedelt. Das hatte sie nicht mehr ausgehalten. Und ihre Konsequenzen gezogen. Ich verurteilte sie dafür nicht. Im Gegenteil. Ich hatte ihre Stärke und Kraft bewundert. Dieses Schicksal. Wahrscheinlich hätte ich schon viel früher aufgegeben.

»Wolf! Ich glaub es nicht!«

John kam mit geweiteten Armen auf mich zu. Zog mich vom Stuhl. Umarmte mich, als wollte er mich erdrücken. »John. Du kannst mich wieder loslassen. Ich brauche Luft«, lachte ich.

»Ich wusste, dass du es nicht lassen kannst. Willkommen in deiner Bar.«

»In *deiner* Bar. Schön dich zu sehen, mein Freund.«

Aber er hörte mir schon gar nicht mehr zu. Sein Interesse galt ganz Nathalia, die ebenfalls aufgestanden war.

»Wer ist denn diese Schönheit?«

Er nahm ihre Hand, deutete einen Handkuss an.

»Nathalia«, sagte sie lächelnd.

»John«, hauchte er. Wandte sich mir zu. »Dich kann man aber auch nicht aus den Augen lassen, alter Schwerenöter.« Er zwinkerte mir zu.

Ich sagte: »Meine … äh, neue Geschäftspartnerin.«

Er lachte. »Deine Geschäfte möchte ich mal haben. Setzt euch. Spezialität des Hauses?«

Für mich hieß das Steak und Bier.

Ich sah Nathalia an.

»Nur einen Salat. Kein Fleisch bitte. Und ein Wasser.«

»Kommt sofort. Ihr seid Gäste des Hauses. Ich hole Zamen. Er wird sich ein Loch in den Bauch freuen. Er hantiert in der Küche.«

Abermals gab es ein großes Hallo.

Endlich fragte ich ihn: »Hast du Anke gesehen? War sie hier?«

»Bedaure. Sollte sie? Wo ist sie?«

In Berlin, dachte ich bitter.

»Ich hatte gehofft, sie hätte mal reingeschaut. Sie ist auf der Insel, um sich um Kenu zu kümmern. Ich kann sie nicht erreichen.«

Er verdrehte die Augen. »Wolf, Frauen und Kinder, da sind wir Männer abgemeldet.«

»Wie wahr.«

Er entschuldigte sich, um nach unserem Essen zu sehen.

Nathalia sagte nichts. Aber ich sah ihr an, was sie dachte.

Glaubst du es jetzt, Wolf?

»Erst, wenn ich mit Sandro gesprochen habe.«

Sie lächelte.

Wir genossen die Zeit im *Surfside*. Verabschiedeten uns schließlich. Fuhren mit dem Taxi in unser Hotel. In der Lobby sagte ich zu Nathalia: »Das heute Abend muss ich alleine machen.«

»Du findest mich auf dem Zimmer.«

Zwei Stunden später saß ich bei Sandro im Wohnzimmer auf der Couch. Ich hatte sein Schloss geknackt. Und wartete. Lustlos zappte ich durch die Kanäle. Richtete mich auf eine längere Wartezeit ein. Aus seinem Kühlschrank hatte ich mir ein Bier geholt. Ich konnte nur hoffen, dass er heute überhaupt auftauchte. Aber so ein Beamtendasein hatte seine Vorzüge. Irgendwann war Feierabend. Überstunden zu teuer. Ich war also guter Hoffnung.

Ich wurde nicht enttäuscht. Hörte seinen Schlüssel im Schloss.

»Scheiße, Wolf, du hast mich zu Tode erschreckt.«

Er stand wie angewurzelt in der Tür.

»Dachte, ich bring mal etwas Schwung in dein langweiliges Leben.«

»Du säufst mir mein Bier weg, du Drecksack. Schön, dich zu sehen.«

Er umarmte mich.

Für jemanden, der Körperkontakt hasste, war ich heute ziemlich lose unterwegs. Aber ich hatte echte Freunde getroffen. Und manchmal muss man einfach über seinen Schatten springen.

»Was machen die blauen Flecken?«

Ich grinste. »Die trage ich mit Stolz.«

»So kenn ich dich. Wo ist Anke?«

»Das wäre meine Frage gewesen.«

Er legte den Kopf schief. »Du weißt nicht, wo deine eigene Frau ist?«

Wir gingen zurück ins Wohnzimmer. Setzten uns.

Ich hatte beschlossen, ihm die ganze Wahrheit zu sagen. Auch weil ich ihn brauchte. Er war ein wichtiges Puzzleteil in meinen Gedankenspielen. Dafür musste ich ihm reinen Wein einschenken. Ich erzählte ihm die ganze Geschichte bis hin zur Stasi und dem General.

»Kann man dich denn nicht einmal aus den Augen lassen?!«

»Ist das euer neuer Insel-Spruch?«

»Was?!«

»Nicht wichtig. Kannst du Urlaub nehmen? Ich brauche dich.«

»Wie kann ich dazu schon Nein sagen. Was soll ich tun?«

»Rückendeckung. Ich miete dich in einem Hotel in Berlin ein.«

»Da wollte ich schon immer mal hin.«

»Ich statte dich aus. Scharfschützengewehr. Glock. Das volle Programm. Warte auf meinen Anruf. Ich brauche einen Freund im Hintergrund. Unsichtbar. Einen, der mir den Hintern absichert.«

»Ich bin dein Mann. Das wird lustig.«

»Das wird knallhart werden.«

»Sag ich doch, das wird lustig. Jetzt bin ich mal dran, Chaos anzurichten. Oder soll ich dich noch mal an die Fischerboote erinnern?!«

Die ich versenkt hatte, nachdem der Flüchtige, den ich damals verfolgt hatte, mit seinem Jeep direkt von der

Promenade in sie hineingerast war. Die alte Geschichte. Damals hatten wir uns auch kennengelernt.

Ich lachte. »Das wirst du mir wohl nie verzeihen. Danke, mein Freund.«

»De nada. Wofür sind Freunde sonst da.«

»Dann lass uns jetzt zusammen zucken, Sandro.«

»Was?!«

»Egal. Hol einfach Bier aus dem Kühlschrank.«

Familie konnte man sich nicht aussuchen.

Freunde schon.

38

An den Gepäckbändern passierte es.

Wir waren soeben aus Valletta gekommen. Planmäßig in Tegel gelandet. Am Vormittag hatte ich mich noch mit dem Sozialarbeiter getroffen, der mir berichtete, dass es Kenu in seiner Pflegefamilie gut gehe. Auch, dass der leidige Papierkram in Bearbeitung sei. Und er damit rechne, bereits in der nächsten Woche den Vorgang über die Bühne zu bringen. Auf meine Frage, ob er etwas von Anke gehört habe, hatte er nur mit den Schultern gezuckt. Alles in allem war es ein sehr gutes Treffen gewesen. Nur darüber freuen konnte ich mich nicht. Alles war mit Ankes Stasi-Zugehörigkeit in Frage gestellt.

Jetzt gingen Nathalia und ich mit unserem Handgepäck Richtung Ausgang.

Ich sah ihn sofort.

»Fuck!«

Ich trat hinter eine Reisegruppe in Deckung. Nathalia war verwirrt. Folgte mir aber.

»Was ist denn!«

Ich zeigte auf den Mann, der seitlich zu uns am Gepäckband stand und wartete.

»Der Gorilla«, sagte ich.

»Wer?«

Ich sah mich um, wollte ihnen nicht in die Arme laufen. Vielleicht stolperte auch G hier herum. Oder sogar Müller. Ich konnte sie nirgends entdecken.

»Wer, Wolf?«

Haha, Werwolf!

»Der große Typ da mit dem weißen Hemd. Jeans. Slipper. Blondes Haar. Jetzt kratzt er sich im Nacken. Einer von Müllers Leuten. Sein Gorilla. Er war mit in diesem Büro, als sie mich rekrutierten und mir ihr Märchen auftischten.«

»Er hat uns nicht gesehen, entspann dich.«

Trotzdem pumpte das Adrenalin durch meine Adern.

»Er war in unserer Maschine, Nathalia.«

Die Anzeige am Kofferband wies Valletta als Herkunft aus. Im Flieger war er mir nicht aufgefallen. Vielleicht hatte er ganz vorne gesessen. Wir im hinteren Teil. Jetzt wusste ich, warum es dem General nicht gefallen hatte, dass ich in der Weltgeschichte rumreiste. Schließlich hatte Müller das TNT oder Teile davon auf Malta vermutet. Was aber auch hieß, er hatte es noch nicht – wenn wir Glück hatten. Gorillas Aufenthalt auf der Insel ließ jedenfalls darauf schließen. Und wenn das zutraf, sollte sich ein Team von uns am Flughafen positionieren. Besser noch, die Passagierliste im Auge behalten. Denn vielleicht liefen sie uns so in die Arme.

Es juckte mir in den Fingern rüberzugehen und ihn aufs Kreuz zu legen. Stattdessen verzogen wir uns hinter eine Säule. Ich zog es vor ganz verdeckt zu sein. Nathalia, die keiner kannte, ließ ihn nicht aus den Augen.

»Scheiße«, entfuhr es mir.

»Wenn er uns bemerkt hätte, säßen wir jetzt mit Kapuze über dem Kopf in irgendeinem Lieferwagen.«

Sie hatte recht. Müller hätte ein Empfangskomitee geschickt. Handschellen und ab. Wir wären ahnungslos in die Falle gelaufen.

»Sein Gepäck. Er hat seinen Koffer. Ich folge ihm«, sagte sie zu mir. »Wir treffen uns im Safe-House. Dacheroedenstraße 54. Melde dich vorher an. Unser Wagen steht im P1 auf 1213. Nimm ihn. Und verpiss dich aus der Öffentlichkeit.«

»Lass ihn leben!«

»Spielverderber.«

»Wir müssen ihn verhören.«

»Ich bin keine Anfängerin.«

Sie drückte mir einen Schlüssel in die Hand. War verschwunden, noch bevor ich weitere Einwände erheben konnte. Aber das war unsere Chance. Wir waren an einem der Typen dran. Und dass sie ein Geist sein würde, daran hatte ich keine Zweifel. Der Mossad war kein Kindergartenverein.

Kurz kam mir der Gedanke, ihr zu folgen, aber sie hatte recht. Weg hier. Und zwar schleunigst.

Ich holte meine Sonnenbrille aus der Tasche. Setzte sie auf. 00Wolf.

Na toll, Wolf. Wer soll darauf reinfallen.

Aber sie gab mir ein Stück Sicherheit.

Nachdem ich mich noch mal in der Halle umgesehen hatte und überzeugt war, dass die Luft rein war, ging ich zügig Richtung Ausgang. Wählte grün, *Nichts zu verzollen*. Sondierte, bevor ich in die Ankunftshalle trat, die Lage. Dutzende Menschen warteten auf ihre Lieben.

Großmütter. Enkel. Freunde. Chauffeure hielten Schilder in die Höhe. Reiseleiter suchten nach ihren Schäfchen. Ich betrachtete jedes Gesicht. Nichts klingelte. Keine weiteren Überraschungen. Und glauben Sie mir, ich hätte ein Team erkannt, wenn ich es sah.

Ich mischte mich unter eine Reisegruppe. Suchte Deckung in der Herde. Ließ mich treiben. Trat in das nächste Ladengeschäft. Ein Herrenausstatter. Erstand Basecap und Schal.

Wieder ein Stückchen Sicherheit.

Ohne weitere Vorfälle erreichte ich 1213. Den Parkschein hatte ich gelöst. War überrascht, einen Lieferwagen der Schreinerei *Lichtenberg* vorzufinden.

War ich richtig?

Der Schlüssel jedenfalls passte. Ich rutschte auf den Fahrersitz. Starte den Motor. Wartete bis das Navi seinen Dienst tat. Gab die Adresse ein. Keine fünf Kilometer. 12 Minuten Fahrt. Ich griff nach dem verschlüsselten Handy, dass mir der General noch zugesteckt hatte. Wählte Philips Nummer.

»Wolf! Seid ihr gelandet?«

»Ja. Aber Planänderung. Wir wären fast einem von Müllers Männern in die Arme gelaufen. Nathalia folgt ihm. Sie kommt nach. Bin in zehn Minuten bei euch.«

»Tipp 5583 in das Zahlenfeld. Fahr mit dem Auto in die Schleuse. Nutz den Irisscanner und lass dich überraschen.«

»Klingt ja unheimlich spannend, Q.«

Er lachte. »Wir haben übrigens auch eine Spur. Das erzähle ich, wenn ihr beide hier seid.«

Er legte auf.

Ich legte den Rückwärtsgang ein. Setzte zurück.
Endlich wieder in Berlin.
Mein Revier.
Es ging los.

39 Das Safe-House. Ich hatte eine verranzte Bude erwartet – und mich getäuscht. Von außen war Nummer 54 eine riesige Halle. Ein quadratischer Klotz. Verkleidet mit blauen, geriffelten Blechen. Keine Fenster. Ein Schild ließ wissen: *Möbel Lichtenberg, Lager 1.* Das Gelände war großzügig eingezäunt. Ich entdeckte an allen Ecken Kameras und Scheinwerfer. Aber alles sehr dezent, so wie bei den umgebenden Objekten auch. Mehrere Müllcontainer standen nebeneinander, aus denen Verpackungsreste und Holzpaletten quollen. Drei Lkw und vier Pkw mit Berliner Kennzeichen parkten davor. Es gab einen Empfangsbereich, in dem ein Mann seinen Dienst tat. Ich sah seinen Umriss hinter Computermonitoren. Auf der Glastür stand *Willkommen* und *Lieferanten bitte hier anmelden.*

Ich hatte das offene Haupttor passiert, war weiter zu dem Rolltor gefahren. Eine rote Ampel gebot *Stopp.* Ich hielt an der Säule. Das Zahlenfeld. Ich tippte.

5583.

Das Tor öffnete sich. Das Licht sprang auf Grün.

Reinfahren.

Der Irisscanner.

Abwärts.

Ein großer Fahrstuhl, der zwei Fahrzeugen Platz bot, brachte mich zwei Stockwerke in die Tiefe. Ein Ruck. Und ich war da. Das Tor öffnete sich. Ich stand in einer riesigen Garage. Drei weitere Vans wie meiner standen in Reih und Glied. Daneben vier Motorräder. Rennmaschinen vom Typ Kawasaki Z1000SX. 142 PS. Sechsganggetriebe. Power ohne Ende. Mehr brauchte man nicht in dem Dschungel da draußen. Nagelneu und bereit. Alle hatten sie eine andere Farbe. Rot. Grün. Blau. Orange. Alle gleich ausgestattet. Schwarze Helme lagen auf den Sitzbänken. Auch Nierenschützer und Handschuhe.

Sehr eindrucksvoll.

Ich stellte den Van ab. Stieg aus. Sah mich um.

Die Garage ging in einen riesigen Raum über. Philip kam mir entgegen. Wir klatschten uns ab.

»Ich zeig dir erst mal alles, Wolf.«

Wir gingen zur rechten Wand hinüber. Die Waffenkammer. Nah an den Fahrzeugen, um bei einem Einsatz schnell ausgerüstet zu sein. Aufgereiht hingen hier zehn Granatwerfer vom Typ GP-30. Russischer Herkunft. Sehr leicht. Daneben zehn Sturmgewehre. G36. Standardausrüstung der Bundeswehr. Zuletzt in Verruf geraten, weil der Lauf angeblich zu heiß wurde. Aber es war eine gute Waffe. Bestückt mit Laservisiereinheit auch für den Nachteinsatz geeignet. Daneben zehn Glock 17. Allesamt mit Schalldämpfern versehen. Ich entdeckte des Weiteren fünf Scharfschützengewehre. Amerikanische Fabrikate. Typ M40A3. Die Präzisionswaffe des US Marine Corps im Kaliber 7,62 mm. Der Geruch von Waffenöl stieg mir in die Nase.

Unter den Waffen standen auf einem Brett aufgereiht unzählige Magazine. Gefüllt bis zum Rand. Daneben Munitionspackungen ohne Ende. Vollmantel. Hohlspitz. Für jede Gelegenheit das passende Projektil. Je nachdem, welchen Schaden man anrichten wollte. Die entsprechenden Kaliber. Eine Batterie Handgranaten wie Eier in ihrem Karton. Etwas weiter links vier Tische, zusammengestellt. Darauf stapelten sich jeweils Massen von C4. Dazu Zünder. Ferngläser. Gasmasken. Taschenlampen. Nachtsichtgeräte. Funkkommunikation. Tauchermesser. Schusssichere Westen. Schnitthemmende Handschuhe. Schussbrillen. Seile mit Karabiner. Sturmmasken. Schwarze Kleidung. T-Shirts. Jacken. Hosen. Einsatzstiefel mit spezieller Gummisohle. Sanitäts-Notfall-Packs. Mehre Kameras und Lichtschranken als Sets in einem Regal. Alles kannte ich aus meiner Zeit beim BKA.

Ich trat näher heran. Sah, dass jedes Set mit unseren Namen beschriftet war. Nichts wurde hier dem Zufall überlassen. Keiner würde Zeit verlieren, die richtige Größe heraussuchen zu müssen. Unter jedem Tisch stand eine olivgrüne Nylontasche, die nur darauf wartete, für den Einsatz gepackt zu werden.

»Hübsch«, sagte ich.

Wir gingen weiter an der Wand entlang bis hin zu vier Türen. Philip öffnete die erste.

»Das ist dein Reich. Ich bin dein direkter Nachbar. Bett. Schrank. Tisch. Stuhl. Dusche mit WC im Raum dahinter. Jedes Zimmer verfügt über eine Videowand, die rund um die Uhr jeden Winkel von außen zeigt. Außerdem ist alles innerhalb des Zaunes radarüberwacht.

Bei kleinsten Anomalien gibt es Alarm. Das ganze zweite Untergeschoss ist abgeschirmt. Mehrere Meter Stahlbeton. Auch die Decke. Die Handys werden über einen Router von außen versorgt, sodass wir sie auch hier unten nutzen können. Das erste Untergeschoss enthält tatsächlich ein Möbellager, auch die Halle oben steht voll. Nach außen also eine ganz normale Firma.«

»Und der Empfang oben?«

»Tarnung. Da sitzt Hawaii. Er gehört zu uns. Wimmelt Besucher ab. Lieferanten, die nach Firmen suchen und so. Überall Akten und Lieferscheine. Drucker. Fax. Telefon. Alles was ein normales Büro ausmacht.«

»Die Pkw draußen?«

»Gehören zur Show. Schließlich müssen ja Menschen hier arbeiten. Abends verschwinden sie.«

»Das Dach?«

»Abgesichert. Komplett. Hier kommt keiner so leicht rein.«

Na klar, ein Safe-House im doppelten Sinne.

Ich war zutiefst beeindruckt. Das hier hatte alles Hand und Fuß. Nichts wurde dem Zufall überlassen. Der General wurde mir zunehmend unheimlicher.

Lea trat aus der dritten Tür.

»Willkommen in unserer bescheidenen Kommandozentrale, Wolf. Nathalia wird auch gleich hier sein. Sie hat eben angerufen.«

»Hallo Lea.«

Philip zog mich weiter zu der imposanten Monitorwand an der Stirnseite. Auf Stehpulten davor standen mehrere Tastaturen und Laufwerke. Die Mitte dominierte ein riesiger Flat. Daneben flimmerten die Bilder

der Überwachungskameras. Aber auch CNN und N24. Ein Tisch war ein einziger großer Touchscreen. Aber dunkel.

»Dazu später, Wolf.«

Wir gingen hinüber zu einer Küchenzeile. Durch die Glasscheiben zweier riesiger Kühlschränke sah ich eine Armee alkoholischer und nicht-alkoholischer Getränke. Bier. Wein. Hochprozentiges. Cola. Fanta. Wasser. Auf der Anrichte eine Mikrowelle. Daneben eine Küchenmaschine. Die Kochinsel.

Mitten im Raum eine ausladende Wohnlandschaft. Helles Leder. Kissen. Decken. Ein Couchtisch aus braunem Kunststoff wie ein Kubus davor. Alles auf einem blutroten, dicken Teppich. Der Rest war polierter Betonboden. Ein TV in der Größe einer liegenden Tür. Ein Billardtisch. Die Kugeln zu einem Dreieck aufgebaut. Zwei Queues. Flipper. *Terminator – Rebellion der Maschinen.* Ein Klassiker. Dartscheibe mit Pfeilen. Whiteboard. Ein Boxsack hing an einer Kette von der Decke. Matten für das Nahkampftraining. Eine Hantelbank. Gewichte in einem Turm dahinter. Eine Beinpresse. Klimmzugstange.

»Ich dachte, wir sind zum Arbeiten hier?!«

Philip zuckte mit den Schultern. »Das wird für unbestimmte Zeit unsere Zentrale sein. Ein bisschen Training und Entspannung können da nicht schaden.«

Ich hörte den Fahrstuhl.

Das Rolltor.

Dann betrat Nathalia den Raum. Sie kam direkt zu uns herüber. Auch Lea beehrte uns mit ihrer hübschen Anwesenheit.

»Der Gorilla hat sich mit zwei Männern getroffen. Einer davon war tatsächlich Müller. Der andere unbekannt. Sie gingen direkt in einen abgesperrten Bereich. Da habe ich sie verloren.«

40

Zu viert standen wir an dem Tisch mit dem Touchscreen.

»Heinz Müller«, sagte Lea.

Ich starrte in die alterslose Visage von Babyface. Es war, als säße er in dem Büro direkt vor mir. Ich hatte seine hohe Stimme im Ohr.

»Er ist wie ein Geist innerhalb des MAD. Wir wissen, dass er ein hohes Tier sein muss. Aber in keinem Organigramm taucht er auf. Wir wissen nicht einmal seinen richtigen Namen. Er taucht nicht in den Papieren auf. Trotzdem geht er da ein und aus. Eigentlich wissen wir gar nichts über ihn. Nicht einmal, wo er wohnt. Ob er überhaupt wohnt. Außerhalb des Gebäudes ist er nie auf unserem Schirm gelandet. Wie gesagt, ein Geist.«

»Nicht ungewöhnlich«, sagte ich. »Mich gab es beim BKA auch nicht. Jede Organisation hat mindestens eine solche Abteilung. Die fliegen unter dem Radar. Haben alle möglichen Befugnisse. Unbegrenztes Budget. Bestes Beispiel ist der Drohnenangriff auf uns. Er ist für die Drecksarbeit zuständig. Hauptsache sie ist gemacht. Wie ist egal. Auch abseits aller rechtsstaatlichen Mittel. Unfälle, die keine sind. Zielpersonen, die einfach im Nichts verschwinden. Das ganze Programm.«

Lea verkleinerte das Foto und setzte es ganz nach oben.

»Okay«, sagte sie. »Er steht an der Spitze. Da sind wir uns einig, oder?«

Ich wiegte den Kopf. »Möglich. Trotzdem glaube ich, dass es da noch jemanden gibt. Einen, der die Fäden in der Hand hält. Das Mastermind. Setz ihn an die zweite Stelle. Wir dürfen uns nicht so einschränken. Müssen auf Überraschungen gefasst sein.«

Lea tippte auf dem Schirm herum. Ein Avatar ploppte auf. Im Kopf ein Fragezeichen. Sie zog ihn ganz nach oben.

»Zufrieden?!«

Ich nickte.

Lea fuhr fort. »Okay, weiter im Text. Der Nächste ist G.«

Auch sein Bild erschien.

»Müllers rechte Hand. Sein Field-Agent. Läuft hinter ihm her wie ein Hund. Auch seinen wahren Namen wissen wir nicht. Wie Müller haben wir auch sein Foto durch sämtliche uns zugänglichen Datenbanken geschickt. Nichts. Die Gesichtserkennung war negativ. Auch er scheint nirgendwo zu wohnen.«

Sie waren gut. Verdammt gut.

Sie platzierte ihn unter Müller.

»Haben wir überhaupt was?«, fragte ich.

»Geduld, Wolf. Wir sind erst am Anfang. Aber wir sollten weiter systematisch vorgehen.«

Sie tippte erneut auf dem Touchscreen herum. Foto um Foto erschien. Ich zählte vierundzwanzig Personen. Neunzehn Männer. Fünf Frauen. Eine davon war Anke. Lea vergrößerte sie.

»Das wird jetzt wehtun, ihr beiden. Anke Komarek. 48 Jahre. Ihr kennt die Akte. Wohnhaft in der Heerstraße 17, Berlin. Ihr Haus ist verwaist. Übrigens ist sie die einzige Person mit einer Adresse. Sie ist nachweislich bei der Stasi. IM Kassandra. Eine Julia. Angesetzt auf Philips Vater. Und wir nehmen auch an, auf dich, Wolf. Wie sehr und wie tief sie immer noch darin verstrickt ist, wissen wir nicht. Aber wir sollten vom Schlimmsten ausgehen.«

Ich starrte in ihr Gesicht. Philip und ich hatten unser Urteil gefällt. Emotionen mussten wir beiseitelassen. Dafür war später Zeit. Jetzt stand sie auf der anderen Seite. Lamentieren brachte uns nicht weiter. Wir mussten konzentriert bleiben. Durften uns keine Fehler erlauben, sollte diese Mission überhaupt Aussicht auf Erfolg haben. Wir hatten höchst gefährliche Gegner vor uns. Keine Amateure. Sondern eine Organisation in einer Organisation, die über Leichen ging.

Nathalia sagte: »Wir haben zwei Trümpfe. Erstens, sie wissen nicht, dass wir überhaupt existieren. Sie halten euch für tot. Lea und mich kennen sie gar nicht. Wir können aus dem Nichts zuschlagen. Wir müssen nur versuchen, so lange wie möglich unsichtbar zu bleiben. Zweitens, wir haben das TNT.« Sie sah Philip an. »Falls der feine Herr uns irgendwann einweiht.« Sie starrte wieder auf Anke. »Darauf sind sie aus. Ich schlage vor, wir nehmen uns einen nach dem anderen vor, bis wir Müller haben und dem Ganzen ein Ende setzen. Das TNT kann uns zudem als Lockmittel dienen. Aber das wäre ein großes Risiko und würde vermutlich Leben kosten. Das letzte Mittel. Wäre aber ein Plan. Irgendwelche Einwände?«

Nicht im Geringsten, dachte ich. Die Ratte mit Speck locken. Früher oder später würden wir das TNT einsetzen müssen, davon war ich überzeugt. Jetzt konzentrierten wir uns erst einmal auf unsere Gegner. Auf jeden Einzelnen von ihnen.

»Der da«, sagte ich. »Der Gorilla.«

»Veit Kremer. Ehemals Unteroffizier bei der Bundeswehr. Waffengattung Jäger. Stabskompanie 5. Panzerdivision. Damals stationiert in Diez bei Limburg. Mehrere Auslandseinsätze. Kosovo. Afghanistan. Nahkampf- und Einzelkämpferausbildung. Später Personenschützer. Da tauchte er auch hier in Berlin auf. Vor vier Jahren von der Bildfläche verschwunden. Seitdem gibt es keine Informationen mehr über ihn. Einer von Müllers Soldaten. Seine Leibgarde.«

Lea zog zwei andere Fotos groß.

»Markus Schöning und Andreas Gaal. Die beiden haben Anke vom Flughafen Tegel abgeholt. Sie gehören ebenfalls zu Müllers Fußvolk. Sind bei der Polizei rausgeflogen, nachdem sie dabei erwischt worden sind, Schmiergelder angenommen zu haben. Sie haben Schutzgelder von Gastronomen der Stadt erpresst. Ganz mieses Pack. Auch sie haben keinen offiziellen Wohnsitz. Wir müssen also versuchen, sie aufzuspüren und Stück für Stück abzuarbeiten.«

Mir kam ein Gedanke.

»Wir brauchen sie lebend. Wir müssen sie ausquetschen.«

Philip nickte. »Oben haben wir ein Dutzend hübscher, schalldichter Zellen. Und unsere Nathalia hier hat auch schon was vorbereitet. Wenn wir sie haben, werden sie auch reden.«

Ich sah Nathalia an, die nahezu unschuldig dreinblickte. Ja, der Mossad, da ist noch kein Auge trocken geblieben. Ich sah sie schon mit einer Zange jeden Fingernagel einzeln abziehen. Mann, war ich froh, auf der richtigen Seite zu stehen.

Das Ganze ging noch zwei Stunden so weiter. Foto um Foto knöpften wir uns vor. Die Namen schwirrten nur so in meinem Kopf herum. Schon bald hatte ich den Überblick verloren. Aber Lea war gut vorbereitet. Zu jedem unserer Gegner überreichte sie uns eine dünne Akte mit den Worten: »Eure Hausaufgabe. Prägt euch in den nächsten Stunden alles gut ein. Gesichter. Namen. Legenden. Dann ist jeder auf dem Stand der Dinge. Wir setzen uns in vier Stunden wieder zusammen. Dann verteilen wir die Aufträge. Noch Fragen?«

»Zwei«, sagte ich. »Frage Nummer 1 ist eigentlich gar keine. Eher eine Feststellung. Einer fehlt.«

Alle sahen mich an.

»Thomas Thorgen, mit doppelt *th*. *Der König*. Mein ehemaliger Chef beim BKA. Er hat mich in Müllers Büro überzeugt, nach Moskau zu reisen, um Philip zu suchen. Er gehört aber nicht direkt zu ihnen. Glaubt für den MAD zu arbeiten. Aber ich sollte ihn an dieser Stelle erwähnen. Er ist Mitte sechzig, trägt sein graues Haar fingerlang nach oben. Als hätte er eine Krone auf. Vielleicht kommen wir leichter an ihn heran. Er kann uns bei Müller helfen.«

Alle dachten nach.

»Gut, das übernimmst du mit Nathalia. Könnte was bringen«, sagte Lea. »Und die andere Frage?«

»Wie viele sind wir eigentlich?«, fragte ich.

»Als operatives Team sind wir auf uns gestellt. Hawaii oben, das Mädchen für alles. Er unterstützt uns. In Moskau sitzen eine Handvoll Analysten. Sie füttern uns mit den neusten Infos. Ich informiere den General täglich über unsere Fortschritte.«

Damit war die Unterredung beendet.

Ich zog mich in mein Zimmer zurück.

Begann mit dem Studium der Akten.

41 Ich prägte mir alles ein.

Gesichter. Namen. Daten. Hintergründe, soweit vorhanden. Das wiederholte ich insgesamt vier Mal. Auch schrieb ich mir immer wieder die Namen auf. So konnte ich sie mir besser behalten. Zu jedem Namen auch die besonderen Merkmale der Gesichter. Vollbart. Narben. Große Nase. Schmaler Mund. Etwa das. Später mischte ich die Akten und überprüfte mein Wissen. Ich deckte die Portraits ab. Rief mir anhand des Namens das Gesicht ins Gedächtnis. Das Gleiche machte ich umgekehrt.

Endlich war ich zufrieden.

Ich sah auf die Luminox. Mir blieb noch gut eine Stunde. Ich duschte. Und zog frische Klamotten an. Jeans. T-Shirt. Stiefel. Die mit der harten Sohle. Legte mich aufs Bett. Verschränkte die Arme hinter dem Kopf. Starrte an die Decke. Dachte nach.

Der General.

Unser Boss. Geldgeber. Strippenzieher. Ich gehörte jetzt zu seiner Familie. Er war ein Machtmensch. Hatte seine Finger in Politik und Wirtschaft. Ehemals hoher Offizier beim KGB. Perfekt vernetzt. Das war es aber auch schon, was ich über ihn wusste. Gut, er war ein alter Freund meines Vaters. Hatte etwas gutzumachen. Lebte in seinen Erinnerungen, aber auch im Hier und Jetzt. Er setzte Vertrauen in mich. Und ich musste zugeben, ich auch in ihn. Es fühlte sich gut und richtig an, für ihn zu arbeiten. Trotzdem war er ein Buch mit sieben Siegeln. Gut, er wollte das TNT. Aber was noch? Wer war er wirklich? Wer steckte hinter der Maske des Gentleman, als der er sich gab? Vielleicht wusste Philip mehr. Wenn ich schon zu der Familie des Generals gehörte, wollte ich auch mehr über ihn wissen.

Das Team.

Lea. Nathalia. Philip. Hawaii. Allesamt gut ausgebildete Agenten. Philip, der ein Mann geworden war. Der Bitteres erlebt hatte. Der einige schwierige Entscheidungen getroffen hatte. Den Müller benutzt hatte, als er ihn für den MAD rekrutiert hatte. Nur um ihn letztendlich nach dem TNT und seinem Vater suchen zu lassen. Müller, der geglaubt hatte, in ihm den perfekten Soldaten für seine Sache heranzuziehen. Nicht zuletzt, weil schon Anke auf seiner Gehaltsliste stand. Doppelte Bindung nannte man das. Doch der Plan war nicht aufgegangen. Philip hatte das Heft des Handelns in die Hand genommen. Sein Vater Peter der Auslöser. Dessen gewaltsamer Tod. Zusammen hatten sie das TNT gefunden und in Sicherheit gebracht. Dann hatte sich Philip nach Malta abgesetzt und hatte sich meinem Vater angeschlossen, der den General informiert hatte. Philip hatte sich den Operationen unterzogen. Einen anderen Mann aus sich gemacht. Aber er hatte nicht mit Müllers langem Arm gerechnet. Der hatte meinen Vater exekutieren lassen. Die Flucht ging weiter und endete letztendlich in Moskau. Im Schoß des Generals.

Lea und Nathalia. Ehemals FSB und Mossad. Kriegerinnen. Söldnerinnen. Sie standen auf der Gehaltsliste des Generals. Waren loyal bis in den Tod – wie ich sie einschätzte. Eiskalte Persönlichkeiten, die nichts anderes in ihrem Leben kennengelernt hatten als den Kampf. Bessere Partner für diese Mission konnte ich mir nicht wünschen. Sie waren analytisch und fokussiert. Maschinen, die sich nicht aufhalten ließen.

Hawaii. Anscheinend die gute Seele. Ihn würde ich bestimmt bald kennenlernen. Das Aushängeschild der Firma *Lichtenberg*. Das Frühwarnsystem. Unser Schutzschild. Die erste Barriere.

Die Stasi.

Jene tot geglaubte Organisation, die unter dem Deckmantel des MAD ihre Neugeburt vorbereitete. Ein absurder Gedanke. Aber mit dem Fall der Mauer war ihre Ideologie nicht gestorben. Im Gegenteil, sie lebte weiter im Untergrund. Weiter in den Männern, die jetzt hohe Jobs in Wirtschaft, Politik und Gesellschaft bekleideten. Eine tickende Zeitbombe. Wer konnte schon wissen, wie viele von denen da draußen schlummerten?! Schläfer, die nur darauf warteten, aktiv zu werden. Müller war das beste Beispiel. Leiter derjenigen Abteilung beim MAD, die es offiziell gar nicht gab. Ausgestattet mit größter Macht und unerschöpflichen Mitteln. Ich war mir sicher, dass Müller nur ein Kopf einer vielköpfigen Schlange war. Schlug man einen ab, wuchsen direkt zwei neue nach. Eine Hydra. Sicherlich war die Stasi perfekt organisiert. Mit einem Mann an der Spitze, der nicht Müller war. Das Mastermind. Der Puppenspieler, der seine Figuren laufen ließ. Sie steuerte.

Sie handeln ließ. Wahrscheinlich verfügten sie über ein ungeheures Vermögen, das sich zusammensetzte aus Geld, Wissen und Macht. Eine ganze Schattenarmee wartete auf ihren Einsatz.

Operation *Gemini*.

Der Beginn ihrer Rückkehr. Schläfer aus dem Untergrund, die mittels des TNT Anschläge auf Demokratie und Freiheit verüben sollten. Zeitgleich an hunderten verschiedener Orte der Republik. Angriffe auf öffentliche Gebäude und Institutionen. Menschenleben nur Kollateralschäden. Bewusst in Kauf genommen. Ein Paukenschlag, der Angst und Schrecken verbreiten sollte. Der Beginn einer Offensive. Aber das würde nicht mehr mein Kampf sein. Mir ging es nur um Philip und Anke. Ihr beider Leben stand im Vordergrund. Wir mussten uns der Stasi stellen, wegzulaufen war keine Option. Sie würde uns jagen – bis sie uns gestellt hätte. Angriff war also die beste Verteidigung. Und ich wollte und musste herausfinden, wie es um Anke wirklich stand. Kein Mensch war mir jeweils näher gekommen. Ich liebte sie.

Die Mission.

Ein Himmelfahrtskommando. Eine Handvoll Kämpfer gegen … ja, wie viele eigentlich?! Die zwei, drei Dutzend Agenten, deren Akten auf meinem Tisch lagen? Bestimmt nicht. Aber ausschlaggebend war es, der Hydra wenigstens einen entscheidenden Kopf abzuschlagen. Müller. Das würde für Philip und mich – und Anke – schon reichen. Das Team war perfekt ausgerüstet. Wir verfügten über Waffen, Kommunikation und Wissen. Analysten im Hintergrund. Der General, der die Fäden in der Hand hielt. Eigentlich wie damals, als ich zusammen mit Thorgen meinen Job beim BKA machte. RAR. Alles nur eine Nummer größer. Und gefährlicher. Viel gefährlicher. Wie damals hatten wir allerdings den Vorteil, aus dem Nichts zuschlagen zu können. Die Zielpersonen im Visier. Wir konnten sie umstreifen wie Jäger die Beute. Und zuschlagen. Bei Tag und bei Nacht. Mit dem einen Unterschied: Kein Gericht würde auf sie warten. Kein langwieriges Verfahren. Keine Anwälte. Wir waren Richter und Henker in einem. Wir waren Jäger um des Tötens Willen. Eine neue Rolle für mich. Aber keine, die mich abschreckte. Sie hatten Peter auf dem Gewissen und meinen Vater. Sie bedrohten Anke und Philip. Sie bedrohten meine Familie. Die einzigen Personen auf dieser Welt, die mir wirklich etwas bedeuteten. Mauro und Sandro einmal ausgenommen. Sie bedrohten nicht zuletzt mich. Es war etwas zutiefst Persönliches.

Berlin.

Mein Revier. Meine Stadt. Mein Grund und Boden. Hier war ich der Herr im Haus. Hier kannte ich mich aus wie in meiner Westentasche. Hier tummelte sich das Böse dieser Welt. Mädchenhändler. Osteuropäische Banden. Triaden. Waffenhändler. Eine Stadt voller Krebsgeschwüre. Aber auch das Schöne. Sie war die Heimat für Menschen wie du und ich. Mekka für Kultur und Künste. Ich liebte mein Berlin. Die Stadt mit den vielen Gesichtern. Nun würde sie zur Bühne werden. Und wir zogen aus, um sie zu reinigen. Soweit uns das möglich war.

Ein Ruf ertönte. Philip. Es wurde Zeit, die Rüstung anzuziehen und die Waffen zu packen.

Von nun an begann eine neue Zeitrechnung.

42

Ich setzte mich zu den anderen in die Wohnlandschaft.

Lea und Nathalia lagen auf der riesigen Couch. Philip saß in einem der beiden Sessel. Sie waren in eine Unterhaltung vertieft. Lachten. Meine Stimmung war mies. Nicht wegen Anke. Die Sache war vorerst geklärt. Aber Thorgen spukte mir im Kopf herum. Er hatte mich benutzt. Er hatte mich verraten. Wahrscheinlich unwissentlich. Aber das spielte für mich keine Rolle. Er hätte mit mir im Vorfeld unter vier Augen sprechen können. Wir waren Freunde! Auch nach all der Zeit. Jedenfalls in meiner Definition einer Freundschaft. Vielleicht würden wir ja schon bald die Möglichkeit haben.

Lea sagte: »Wir haben eben über den *König* gesprochen. Holt ihn her. An ihn scheint am Leichtesten heranzukommen. Nathalia wird ihn befragen.«

»Nein.«

»Nein?!«

Ich antwortete ruhig, aber bestimmt. »Nein. Thorgen ist meine Angelegenheit. Ich sollte der Erste sein.«

»Nathalia weiß, was sie tut.«

»Aber ich habe einen Draht zu ihm. Danach kann sie meinetwegen mit ihm machen, was sie will.«

Lea dachte nach. »Einverstanden. Dann steht euer Auftrag fest. Du und Nathalia holt ihn also her. Du weißt, egal wie kooperativ er sein wird, wir können ihn nicht gehen lassen. Er wird in die Zelle müssen.«

Das war mir klar. Ich nickte.

Lea sprach weiter: »Womit wir auch schon bei der Zusammensetzung der Teams wären. Der General hat es schon angedeutet, du wirst mit Nathalia arbeiten, ich mit Philip. Wir wollen nicht, dass ihr abgelenkt seid, wenn ihr Wiedersehen feiert oder euch in Selbstmitleid ergießt, weil es um Anke geht. Außerdem kennen sie euch. Ihr könnt euch nicht so frei bewegen wie Nathalia und ich. Einer von uns muss also immer die Drecksarbeit machen.«

Sie war sehr direkt. Sie legte den Finger in die Wunde. Aber das mochte ich an ihr. Das war nur professionell. Also hatte ich auch hier keine Einwände. Ich betrachtete den Reigen unserer Feinde auf dem Flat. Ließ den Blick über die Gesichter wandern. Entdeckte Thorgens Visage. Sie hatten sich also ein Foto besorgt. Jeder wusste jetzt, mit wem er es zu tun bekommen würde. Gut, das verschaffte Klarheit. Nicht auszudenken, wenn wir den Falschen erwischen sollten.

Ich sagte: »So soll es sein. Ich habe euch das Kennzeichen des Audis aus dem Parkhaus des Flughafens aufgeschrieben.«

Ich schob Lea einen Zettel hinüber.

Sie nickte. »Ich reiche es gleich an Moskau weiter. Ich warte sowieso auf Nachricht. Schließlich haben wir ein weiteres Kennzeichen. Von dem Wagen, mit dem Anke in Tegel abgeholt worden ist. Sie prüfen das gerade.

Mein Vorschlag: Bis dahin observieren Philip und ich den Flughafen. Müller hatte da zu tun. Vielleicht haben wir Glück, und er läuft uns noch mal über den Weg. Besser, als hier rumzusitzen.«

Ich nickte. »Dann lasst uns die Hühner satteln. Sorry, Mädels.« Ich grinste. Meine miese Stimmung war endgültig verschwunden, Tatendrang an ihre Stelle getreten.

Zusammen gingen wir zu den Vans.

Sah mich nach den Frauen um. Nathalia stand mit Schlüsseln in der Hand ein paar Meter entfernt.

»Fertig?«, fragte sie.

»Fertig«, bestätigte ich.

»Gut, dann lass uns endlich loslegen. Jeder nimmt einen Lieferwagen. Hinten ist Platz für die Maschinen. So bleiben wir unabhängig.«

Sie öffnete die Hintertür. Auf der Ladefläche sah ich professionelle Befestigungen für zwei Bikes.

»Ihr habt die Wahl. Irgendeine Lieblingsfarbe?«

Ich trat an die orangefarbene Kawa. Holte sie vom Hauptständer. Hatte meine Entscheidung getroffen: »Um die anderen könnt ihr euch prügeln.«

Philip wählte die grüne. Lea die blaue. Blieb die rote für Nathalia. Wir tauschten Helme und Handschuhe. Schoben jeweils zwei Bikes über herausziehbare Rampen in die beiden Lieferwagen. Sicherten sie. Dann traten wir an die Waffenwand.

»Die Glock wird reichen«, sagte ich.

Ich schob sie mir vorne in den Hosenbund. Zudem steckte ich mir zwei Ersatzmagazine in die Tasche. Auch die anderen nahmen jeder eine Glock. Die beiden

Frauen griffen zudem noch nach einem G36. Leichte Bewaffnung für den Tag.

»Nur zur Sicherheit«, murmelte Nathalia.

»Wir bleiben in Kontakt«, rief uns Philip zu.

Wir stiegen ins Fahrerhaus. Wie selbstverständlich lenkten die beiden Frauen die Vans. Setzten zurück. Wendeten. Wir fuhren nebeneinander in den Aufzug. Oben auf der Straße trennten wir uns. Wir fuhren nach links.

»Ich zeig dir den Weg«, sagte ich zu Nathalia.

Sie nickte nur. Wir fuhren Richtung Zentrum. Thorgens Einfamilienhaus würde unser erstes Ziel sein. Ich vermutete, dass er dort noch immer wohnte. Ansonsten wurde es komplizierter. Wir brauchten über eine Stunde, um nach Kaulsdorf zu gelangen, ganz im Osten von Berlin.

»Hier rein, das ist die Straße.« Ich hatte mich nach vorn gebeugt. Suchte nach der richtigen Adresse. Wir fuhren unter Kastanien entlang, die zu beiden Seiten die schmale Straße säumten. Der Van holperte über Kopfsteinpflaster. Keine Menschenseele war zu sehen. Wahrscheinlich waren noch alle auf der Arbeit.

»Stopp! Das übernächste Haus ist es.«

Nathalia hielt am Bordstein.

»Wie gehen wir vor, Wolf?«

»Wie wär's mit einfach klingeln?«

»Du bleibst auf jeden Fall erst mal im Wagen. Vielleicht hat er Besuch. Wir können es nicht riskieren aufzufliegen. Das wäre dumm. Aber klingeln ist keine schlechte Idee.«

Ich blickte in die Runde. Kein auffälliger Wagen parkte unter den Bäumen. Auch in der Einfahrt zu Thorgens

Haus stand kein Fahrzeug. Wenn er da war, hatte er in der Garage geparkt. Ich betrachtete den weißen Bungalow. Das Gras war frisch gemäht. Ein Fußweg führte zur Haustür. Rechts und links standen Buchsbäumchen neben dem Eingang. Alles machte einen gepflegten Eindruck, so wie ich es in Erinnerung hatte. Hinter den beiden Fenstern zur Straße hin war alles ruhig.

»Gut, dann bleib ich hier stehen und schaue nach. Gib mir Deckung.«

Sie prüfte ihre Glock, die sie dann hinten in ihre Jeans schob, die Bluse darüber. Ich lehnte mich zurück. Öffnete das Fenster. Legte meine Waffe in den Schoß.

»Bin bereit«, sagte ich.

Sie öffnete die Tür. Und sprang aus dem Wagen. Ging über den Bürgersteig auf das Haus zu. Betrat den Fußweg zur Haustür. Prüfte das Klingelschild. Ihr Daumen ging hoch. Ich grunzte zufrieden. Er wohnte also noch da.

Sie klingelte.

Wartete.

Klingelte noch mal.

Dabei lag ihre rechte Hand auf dem Rücken. In der Nähe der Glock.

Nichts rührte sich.

Ich sah sie ans rechte Fenster treten und hineinsehen. Dann kam sie zurück.

»Scheint keiner zu Hause zu sein«, sagte sie.

Der Klassiker bei jeder Operation. Warten. Ich weiß nicht, wie viele Stunden in meinem Zielfahnderleben ich damit schon zugebracht hatte. Die meiste Zeit bestand aus Herumsitzen und Beobachten. Der Zugriff hingegen dauerte meist nur wenige Augenblicke.

»Immerhin sind wir richtig. Er scheint immer noch dort zu wohnen.«

Nathalia hatte die Tür geschlossen. Richtete ihren Pferdeschwanz. Nebeneinander saßen wir da.

»Du willst nicht zufällig reden?«, fragte ich.

Sie schüttelte den Kopf. Ich grinste.

Das würde eine angenehme Zeit werden.

43

Wir traten die Tür ein.

Die Tür flog aus den Angeln. Hinein in die schummrige Dunkelheit dahinter. Wir bewegten uns im Team. Sicherten uns gegenseitig ab. Von irgendwoher ertönte laute Musik. Rufe mischten sich darunter. Ich konnte sie aber nicht verstehen. Es klang wie das hysterische Geschrei einer Frau. Ich sah über meine Glock. Gab Nathalia ein Zeichen. Sie huschte gebückt an mir vorbei. Das G36 an die Schulter gedrückt. Der Lauf zuckte hierhin und dahin. Sie ging an mir vorbei. Ich folgte ihr. Öffnete die Tür zu meiner Linken. Sah um die Ecke. Das winzige Gästeklo. Leer. Nathalia kam aus der Küche.

»Gesichert!«

Ich nickte. Weiter ins Wohnzimmer. Ein großer Raum. Aber leer. Ich stutzte. Blickte auf die Terrasse. Hier war gar nichts gepflegt. Die Möbel stapelten sich dort. Faulten vor sich hin. Dahinter Gestrüpp. Ein Dornenbusch. Singvögel waren darauf aufgespießt. Aber seltsamerweise sangen und zwitscherten sie noch. Ihre kleinen Schnäbel öffneten sich. Schlossen sich. Zwischendurch sah ich ihre kleine Zunge vibrieren. Der Fernseher, ein riesiger Flat, lag in dem Dickicht und lief. Bilder bewegten sich stroboskopartig. Ich sah Bomben fallen. Feuerbälle. Brennende Häuser. Menschen rannten um ihr Leben. Ein General salutierte. Aus seinem Gehstock zog er eine blitzende Klinge. Enthauptete einen kauernden Mann. Der Kopf rollte davon wie ein Fußball.

Was zum Teufel war hier los?!

»Gesichert«, sagte ich.

Die Treppe zum Obergeschoss. Die Musik wurde immer lauter. Der Mistkerl musste da oben sein. Wir bewegten uns jetzt lautlos. Ich hörte wieder diese Schreie. Wildes Gekreische. Hintereinander nahmen wir Stufe für Stufe. Nathalia sicherte den Treppenabsatz. Weiter rauf. Ich erreichte einen langen Flur. Er endete an einer weißen Tür. Die einzige in diesem Korridor. Seltsamerweise. Was war das nur für ein Haus? Unsere Schritte schluckte ein dicker Teppich. Braune Flecken überall. Die Wände verschmiert. Rot. Mir stockte der Atem.

»Blut«, flüsterte ich. »Frisch. Und warm.«

Der Boden gab schmatzende Geräusche von sich, als ich weiter voranschritt. Mit jedem Meter wurden Musik und Geschrei lauter. Die Tür zog mich magisch an. An der Klinke ein blutiger Handabdruck. Jemand hatte *Hölle* auf das Türblatt geschmiert. Darunter *Willkommen.*

Ich stoppte. Die Schreie hatten aufgehört. Ich vernahm ein undeutliches *Herein, herein.* Melodischer Singsang. Eine Stimme, die ich kannte. Weich. Weiblich. Schweiß lief mir in die Augen. Ich drehte mich um. War allein. Von Nathalia keine Spur.

Fuck!

Wo war sie, verdammt?!

Dann eben ohne.

Ich drückte mich an die Wand. Fühlte Nässe am Rücken. Hinterließ schmierige Streifen, als ich weiterging.

Ich spürte das Adrenalin durch meine Adern jagen. Die Klinke zum Greifen nahe. Immer noch diese Musik. Bässe wummerten. Eine verstörende Melodie. Verzerrt, als hinderte eine Hand das Weiterspielen einer Platte.

Druckpunkt.

Ich zwang mich, ruhiger zu atmen.

Und stieß das Tor zur Hölle auf.

Willkommen.

Der *König* lag in einem kreisrunden Bett. Nackt. Den Kopf erhoben, seine Krone schien verrutscht zu sein. Seine Augen waren schwarze Kiesel. Die Haut fast durchsichtig. Ich sah seine Adern überdeutlich. Sah Blut pumpen, als würde ein V8-Motorblock in ihm wüten. Er stieß ein diabolisches Gurgeln aus. Speichel spritzte aus seinem aufgerissenen Mund hervor. Klebte an seinem Kinn. Die Wände standen in Flammen. Blau und Orange leckten Feuerzungen umher. Krallten sich an Schrank und Nachtschränke. Mit der Hand schützte ich meine Augen. Spürte die Hitze, die meine Haare an den Armen zu versengen drohte. Meine Glock wanderte hektisch hin und her.

Der *König* war nicht allein. Eine splitternackte Frau saß auf ihm. Ritt ihn mit aller Gewalt. Ich sah seinen riesigen Schwanz bis zu den Eiern immer wieder in ihr verschwinden. Blut strömte aus ihrer Scheide. Mit jedem Stoß ein Schwall mehr. Die Frau warf ihre Arme empor. In jeder Hand eine klobige Uzi. Ihr braunes, strähniges, mit Blut durchsetztes Haar hüpfte auf und ab. Ihr durchgestreckter Rücken schien eine einzige Wunde zu sein. War aufgekratzt bis auf die Knochen. Haut hing in Streifen herab. In der Ritze ihrer Arschbacken klebte eine verkrustete Masse. Ihr Geschrei setzte wieder ein. Sollte der König mich gesehen haben, so gab er keine Reaktion von sich. Das Gekreische erreichte seinen Höhepunkt. Ein Tier, das schreit. Die Arme der Reiterin streckten sich noch ein Stück höher. Sie feuerte eine Salve in die Decke. Auch dort stand alles in Flammen. Dann senkte sie die rechte Waffe. Ein weiterer Feuerstoß zerschmetterte das Gesicht des *Königs*. Knochensplitter und Gehirnmasse spritzten auf das Kopfkissen und die Wand dahinter. Sein Kopf nur mehr eine blutige Masse. Es roch nach Kupfer und Kordit.

»Anke«, stieß ich heiser hervor.

Ihr Geschrei ging in ein Lachen über. Schrill. Unheimlich. Dann stoppte sie plötzlich in ihren Bewegungen. Nahm die Arme herunter. Drehte den Kopf zu mir. Um hundertachtzig Grad. Als hätte sie kein Rückgrat. Eine verzerrte Fratze. Alle Schönheit darin verschwunden. Lippenstift hatte ihre gebleckten Zähne verschmiert. Rotz floss aus ihrer Nase. Strähnen hingen wie Lametta vor ihrem Gesicht. Der Wahnsinn starrte mich an.

»Wolf«, sagte sie. »Auf dich habe ich gewartet, Geliebter. Und mir ein bisschen die Zeit vertrieben.«

Meine Waffenhand sackte herab. Ich stützte mich an den Türrahmen. Den Blick in ihre Augen gerichtet. Kälte. Irrsinn. Mordlust. Sie hob die Beine. Drehte sich auf dem Phallus zu mir herum, als wäre es das Einfachste der Welt. Ihre Füße zeigten jetzt zu mir. Der Schwanz rutschte aus ihr heraus. Blut und Sperma tropften aus ihrer Fotze. Sie kicherte wie ein kleines Kind.

»Endlich, endlich bist du da. Der Fick war furchtbar scheiße.«

Ich stand bewegungslos in der Tür. Arme und Beine gehorchten mir nicht mehr. Ich fühlte mich wie mit flüssigem Blei gefüllt. Spürte selbst die Hitze der Flammen nicht mehr.

Ihre Augen blitzten auf.

Dann richtete sie beide Uzis auf mich.

Und zog durch.

Ich wurde nach hinten in den Gang geworfen. Schlug hart auf. Verlor die Glock. Hörte sie in den Flur poltern. Spürte keinen Schmerz. Sah aber die Eingeweide aus meinem Bauch quillen. Verzweifelt versuchte ich sie zurückzustopfen. Aber sie glitschten mir durch die Finger wie frischer Fisch.

Und über alles legte sich Ankes wirres Gelächter.

44

»Da ist er, Wolf. Er fährt gerade in die Einfahrt. He, Wolf!«

Erschrocken fuhr ich aus meinem Albtraum hoch.

Mann, ich musste wirklich zum Psychiater.

»Bin auf der Höhe«, stammelte ich.

Ich sah einen schwarzen 7er BMW hinüber zur Doppelgarage rollen. Vor dem linken Tor stoppte er. Der *König* stieg aus. Schwarzer Anzug. Weißes Hemd. Braune Halbschuhe. Eine Aktentasche in der Hand. Er verriegelte seinen Wagen. Ging zur Haustür. Schloss auf. Verschwand im Inneren.

Wir warteten fünf Minuten.

Meiner Meinung nach der beste Zeitpunkt, Leute zu überraschen. Du kommst nach Hause, denkst über Sachen nach, die du erledigen willst. Du bist abgelenkt. Wenn es klingelt, denkst du nicht darüber nach, wer es denn sein könnte. Du öffnest arglos die Tür.

»Ich gehe rein«, sagte Nathalia. »Ich geb dir ein Zeichen. Dann fährst du den Lieferwagen vor. Direkt vor die Tür. In drei Minuten sind wir verschwunden.«

Sie öffnete die Fahrertür. Stand Augenblicke später vor dem Portal. Klingelte. Thorgen öffnete. Nathalia trat vor. Stieß ihm mit den Knöcheln der rechten Hand gegen den Kehlkopf. Kurz und trocken. Thorgen taumelte nach hinten. Seine Hand rutschte vom Türblatt ab. Nathalia setzte nach. Beide verschwanden aus meinem Blickfeld. Sekunden später steckte sie den Kopf durch den Spalt.

Das Zeichen.

Ich rutschte hinter das Lenkrad. Und fuhr den Van rückwärts neben den BMW. Stieg aus. Ging zum Eingang hinüber. Die Tür war nur angelehnt. Dahinter meine Partnerin. Ich schloss die Tür hinter mir. Thorgen lag im Flur. Auf dem Bauch. Die Hände auf dem Rücken mit Kabelbindern gesichert. Verschnürt wie ein Päckchen, das auf Auslieferung wartete. Nathalia hatte in ihr Handy gesprochen. Klappte es gerade zu.

Sie sagte: »Lea und Philip bleiben noch am Flughafen. Bis jetzt ist keiner aufgetaucht. Aber das konnten wir wohl so schnell auch nicht erwarten. Moskau hat sich gemeldet. Wir haben Neuigkeiten wegen der Kennzeichen.«

Ich sah auf Thorgen.

»Ist er okay?«

»Ich weiß, wohin ich schlagen muss. In ein paar Stunden ist er wieder der Alte.«

Ich nickte. »Ins Safe-House mit ihm.«

Scheinbar mühelos stellte sie ihn auf die Beine. Legte ihm sein Jackett um die Schultern, das er ausgezogen haben musste, als er reingekommen war.

»Jetzt hilf mir mal. Wir legen ihn hinten zu den Bikes.«

Wir nahmen ihn zwischen uns. Stützten ihn unter den Schultern. Sein Kopf rutschte auf meine Schulter. Ich roch sein Aftershave und einen Hauch von Zwiebeln, den sein Mund verströmte. Er atmete gleichmäßig. Seine Schuhe schleiften mit der Spitze über die Fliesen.

Plötzlich klingelte es an der Haustür.

45

Wir sahen uns an.

»Nach nebenan«, flüsterte ich.

Wir setzten den *König* in der Küche auf einen Stuhl. Noch ein Zepter und er würde regieren können. Ich ging zurück zur Haustür. Spürte Nathalia direkt hinter mir. Sah durch den Spion. Ein Mann im Anzug stand dort. Leicht untersetzt. Schwarze Haare. Links und rechts ein goldener Ring im Ohr. Im Hintergrund stand der schwarze Audi aus dem Parkhaus am Straßenrand. Der Mann drehte sich gerade um, sah zu den Fahrzeugen vor der Garage hinüber.

Mist, der Lieferwagen.

»Thorgen wird abgeholt. Müllers Fahrer. Roger Menzer.«

Ich sah seine Akte vor mir. Früher hatte er Politiker durch die Gegend gefahren. Ehemaliger Rallyepilot. Später Privatermittler, bis er sich mit den Falschen eingelassen hatte und abgetaucht war. Dann hatte er bei Babyface angeheuert.

Stirnrunzelnd drehte er sich wieder um. Sah nach rechts. Streckte die Hand erneut aus. Wieder ertönte die Klingel.

Nathalia stupste mich an. »Ab in die Küche. Lass mich das machen.«

Ich ließ die Tür einen Spalt offen. Hatte die Glock gezogen. Drückte mich an die Wand. Gab ihr Deckung.

»Ja ja, ich komm ja schon«, hörte ich meine Partnerin.

Sie öffnete die Tür.

»Ja, bitte?«

»Äh … Herr Thorgen erwartet mich. Ich soll ihn abholen.«

»Oh, er ist nur schnell rüber zu den Nachbarn. Wir bauen seinen neuen Kleiderschrank auf. Kommen Sie doch herein.«

Schritte.

Ein Schlag.

Ein schwerer Körper krachte in den Flur.

Die Haustür, die sich schloss. Nathalia, die den Kopf zur Küche hereinstreckte. Mit einer Pistole wedelte. Menzers Waffe.

»Zwei auf einen Streich, Wolf. Heute muss unser Glückstag sein.«

Sie lachte. Wahrscheinlich freute sie sich schon auf die Befragung und dachte an ihre Lieblingszange. Ich steckte die Glock weg. Trat zu ihr hinaus in den Gang. Menzer lag auf dem Gesicht. Auch ihm fixierte Nathalia mit Kabelbindern die Arme auf dem Rücken. Dann holte sie einen Scanner aus der Tasche.

»Zur Sicherheit«, sagte sie. Fuhr seinen Körper ab. Arme. Beine. Rumpf. Hals. »Sauber, wie der *König*. Schade. Hätte gern mein Messer benutzt.«

Ich verdrehte die Augen. Dachte an Philip. Daran, dass er auch mich auf Sender untersucht hatte. Mit Erfolg. Er hatte schnippeln dürfen.

»Thorgen zuerst. Er ist wichtiger«, sagte ich.

Nathalia zuckte mit den Schultern. Zusammen schleppten wir ihn zur Tür. Ich sah wieder durch den Spion. Man konnte nie wissen. Die Luft war rein.

Wir verstauten ihn im Van. Ich sicherte ihn mit weiteren Kabelbindern an der Wand. Drückte ihm einen Knebel in den Mund. Ich konnte nur hoffen, er hatte keine Probleme mit seiner Nasenscheidewand. Ebenso verfuhren wir mit Menzer. Wir gingen noch einmal zurück ins Haus.

»Wir sollten die Bude durchsuchen«, sagte ich.

»Und ich denke, wir sollten verschwinden. Für das Haus ist später noch Zeit. Wir haben seine Schlüssel. Und das Wichtigste: sein Handy.«

»Und das können sie nicht orten?«

»Dafür habe ich das hier.«

Sie zog ein zigarettenschachtelgroßes Gerät aus ihrer Tasche. Legte die erbeuteten Handys und das Teil auf die Anrichte in der Küche. Und wischte auf den Displays herum.

»Das Ding knackt die Entsperrcodes und liefert ein Signal, als wären die Dinger noch hier. Los jetzt.«

Ich war beeindruckt. Dankte dem Herrgott und dem FSB für das Stückchen wunderbare Technik.

»Du bist der Boss.«

Ich war stolz auf mein Teamplay. Also ab ins Safe-House.

Eine Stunde später saßen Thorgen und Menzer in ihren Zellen. Wir hatten es uns in der Wohnlandschaft gemütlich gemacht. Ich hatte mir ein Bier aus dem Kühlschrank geholt. Nathalia hatte abgewunken. Stattdessen Wasser gewählt. Ich starrte auf die beschlagene Flasche. Malte Streifen über das Etikett, als ich den Fahrstuhl hörte.

Das Rolltor.

Hawaii kam herein. Nickte Nathalia zu. Kam auf mich zu.

Er hatte seine langen, braunen Haare zu einem Zopf geflochten. An den Schläfen setzte erstes Grau an. Sein Gesicht war farblos. Ohne besondere Merkmale. Lippen, dünn wie Striche. Schmale Nase. Bartschatten. Das Auffälligste war sein knallbuntes Hawaiihemd, das er lässig über seiner Jeans trug. Sein Markenzeichen. Deshalb also hieß er wie die Insel. Seine Füße steckten in ausgetretenen, weißen Chucks. Ein lockerer, sympathischer Typ. Aber bestimmt auch so tödlich wie eine Klapperschlange.

»Wolf, nehme ich an.«

Wir begrüßten uns.

»Hier.« Nathalia warf Hawaii die beiden erbeuteten Handys zu. »Ich brauche die Anruflisten. Müllers Nummer müsste auch darunter sein. Und zwar schnell.«

»Ich kümmere mich direkt darum.«

Er verschwand wieder.

Ich wollte direkt wieder zu Thorgen. Wollte das Schwein zur Rede stellen. Endlich wissen, warum er mich verraten hatte. Nathalia hielt mich zurück.

»Gib ihnen noch etwas Zeit.« Sie sah auf ihr Handgelenk. »Sie schlafen noch genau zwei Stunden, vierunddreißig Minuten.«

Beim Mossad tickten die Uhren anders.

Also setzte ich mich wieder. Nahm einen Schluck von meinem Bier. Nathalia zog ihre Stiefel aus. Stellte sie an die Matte. Legte die Glock daneben. Sie begann mit Schattenboxen. Sturzübungen. Kämpfte mit einem unsichtbaren Gegner. Fasziniert sah ich ihr zu. Ihre Muskeln traten deutlich unter der Haut hervor. Dabei schien sie gar nicht zu atmen. Von Aus-der-Puste-kommen konnte keine Rede sein. Sie sprang – AUA – in den Spagat. Sah mich an.

»Lust auf ein wenig Bewegung, Wolf? Zeig mal, was du so draufhast.«

Eine Herausforderung.

Warum nicht.

Auch ich entledigte mich der Schuhe und der Glock. Rollte mit dem Kopf, um meine Nackenmuskulatur geschmeidig zu machen. Aus einem Regal warf ich ihr Handschuhe zu. Steckte meine Finger durch die Öffnungen. Die Knöchel waren jetzt geschützt. Sollte sich doch keiner daran verletzen.

Ich hatte schon öfter mit Frauen trainiert. Aber noch niemals mit einer Mossad-Kämpferin. Lauernd standen wir uns gegenüber.

»Komm schon, Süßer. Ladys first.«

Sie wollte es so haben. Ich stieß vor. Täuschte eine Gerade an. Zog einen Schwinger hoch. Und fand mich auf dem Hosenboden wieder. Ein *De Ashi Barai* hatte mich von den Beinen geholt. Ein Fußfeger. Dann war sie auch schon über mir. Stoppte den Schlag kurz vor meinem Kopf. Ihr ausgestreckter Zeige- und Mittelfinger schwebte Zentimeter vor meinen Augen.

Sie half mir hoch.

»Zu langsam, Wolf. Und leg deine Hemmungen ab. Ich bin nicht aus Zucker.«

Wahrlich nicht.

Nächster Versuch. Diesmal nahm ich die Sache ernster. Wich einem Roundhouse-Kick aus, der meinem Kopf galt. Blockte ihren gedrehten Faustschlag. Trat nah an sie heran. Packte sie mit der rechten Hand an der Kehle. Hob sie an. Warf sie auf den Rücken. Setzte einen Armhebel an. Wobei ich ihren Kopf in die Beinschere nahm. Und überstreckte ihre Schulter. Sie klopfte ab.

»Na, geht doch, Süßer.«

Wir gingen jeweils über Zwei-Minuten-Runden. Mit dem Vorteil auf ihrer Seite. Sie war ungeheuer geschmeidig und schnell. Ich hatte Mühe, nicht unterzugehen. Blockte. Konterte. Schlug Finten. Genoss den Schweiß auf meiner Haut. Verkaufte mich so teuer wie möglich.

»Nicht schlecht für einen alten Mann.«

Wir hatten eine Trinkpause eingelegt. Mehrere Runden hinter uns.

Sie sagte: »Manchmal vernachlässigst du deine Deckung. Verlagere dein Gewicht noch mehr auf das hintere Bein. So hast du einen festeren Stand. Deine Angriffe sind gut. Unberechenbar. Für einen BKAler nicht schlecht.«

Es war ein gutes Training. Ich saugte alles auf. Lernte schnell dazu. Sie war eine wahre Kampfmaschine. Im richtigen Leben wollte ich mich mit ihr nicht anlegen.

Dann geschah es.

Das Rolltor.

Ich war abgelenkt. Rannte direkt in ihre kurze Gerade. Die Deckung auf Halbmast, hatte ich keine Chance, den Schlag zu parieren. Geschweige denn auszuweichen. Ich sah es buchstäblich kommen. Sie traf mich direkt über dem linken Auge. Die Braue platzte auf. Ihr Schwinger ans Kinn, als Kombination geschlagen, sorgte für das Unvermeidliche. Ich ging k.-o. … und fand mich auf der Matte wieder. Sterne tanzten vor meinen Augen. Dann beugte sich Philip über mich wie der Mann im Mond.

Na, bravo.

Er bekam sich gar nicht mehr ein vor Lachen.

»Kaum ist man weg, lässt du dich von einem Mädchen aufs Kreuz legen. Alter Schwerenöter.«

Er hielt mir seine Hand hin. Ich griff zu. Er zog mich hoch.

»Sorry, Wolf«, sagte Nathalia. »Was hab ich dir über deine Deckung gesagt?«

»Ich war abgelenkt«, versuchte ich es.

»Keine Ausreden. Im Ernstfall tödlich.«

Das wusste ich selber und ärgerte mich. Aber ich bedankte mich bei ihr für die Einheit.

Lea trat zu uns. »Ihr duscht erst mal. Ihr stinkt wie ein Haufen Hinterwäldler. Kaum auszuhalten. In zwanzig Minuten am Touchscreen.«

Aye aye, Sir Madame.

Ich ging auf mein Zimmer. Machte mich frisch. Das Auge tapte ich. Schmierte eine Salbe darauf. Trug die Wunde mit Stolz. Denn es hätte schlimmer enden können mit der Mossad-Tussi. Gut gelaunt stieß ich zu den anderen.

Nathalia begann mit dem Rapport. Wischte Thorgens Visage auf den riesigen Flat-Screen. »Wolfs Freund hier sitzt oben in der Zelle. Und noch einer ist uns ins Netz gegangen. Er hier. Roger Menzer. Müllers Fahrer. Er wollte den *König* abholen. Ein Glücksfall. Beide werden wir gleich befragen. Außerdem haben wir ihre Handys. Hawaii sitzt schon dran. Sonst keine besonderen Vorkommnisse. Keiner hat uns gesehen. Außerdem haben wir die Schlüssel zu Thorgens Haus. Bei Gelegenheit sollten wir nachsehen. Alles in allem eine runde Sache.«

Sie sah Lea an, die nickte.

»Bei uns komplette Fehlanzeige. Zeitverschwendung. Kein bekanntes Gesicht. Aber das war wohl auch nicht groß zu erwarten. Den Flughafen sollten wir uns schenken. Zumal ich Neuigkeiten aus Moskau hab. Der Audi und der Mercedes sind beide auf eine Firma zugelassen. *Insure Ltd.* Sitz hier in Berlin. Philip und ich nehmen uns die vor. Die Analysten schicken alles, was sie darüber herausfinden können.«

»Sie werden ihre Männer vermissen«, sagte ich.

»Das war uns klar. Aber sie wissen nicht, aus welcher Richtung der Angriff kommt. Mit euch rechnen sie schon mal gar nicht. Wir sind also immer noch im Vorteil. Und wir sollten auch dafür sorgen, dass das so bleibt. Klar, sie werden in Alarmbereitschaft sein. Denen wird der Stift gehen. Langsam kommt Bewegung in die Sache.«

Ich ging zum Kühlschrank hinüber. Kam mit einem Wasser zurück.

»Okay, dann warten wir mal ab, was uns unsere Gäste zu berichten haben.« Ich sah auf die Luminox. »Wir treffen uns um 19 Uhr hier wieder. Mit Neuigkeiten, da bin ich mir sicher.«

48

Eine Stunde später betrat ich die Zelle.

Der *König* saß noch immer zusammengesunken auf dem Stuhl hinter dem Metalltisch, so wie wir ihn verlassen hatten. Das Kinn auf der Brust. Arme und Beine in Ketten. Jeweils mit einem eingelassenen Ring im Betonboden beziehungsweise der Tischplatte verbunden. Der Raum war fensterlos. Eine nackte Glühbirne an der Decke sorgte für fahles Licht. Der Boden aus poliertem Beton spiegelte. Schaumstoffmatten, die normalerweise in Tonstudios benutzt wurden, an den Wänden. Die zentimeterdicke, isolierte Tür schloss dank Gummilippen schalldicht. Es war still wie in einer Kathedrale. Das Fehlen jeglichen Rauschens machte diesen Raum unwirklich. In der hinteren Ecke stand ein Bett. Auch darüber war ein Ring für die Ketten angebracht. Ein Waschbecken an der Wand. Eine Toilette aus Edelstahl daneben. Mehr nicht.

Ich schloss die Tür. Steckte den Schlüssel in die Tasche. Die Glock hatte ich nicht dabei. Waffen waren hier verboten. Eine Sicherheitsmaßnahme. Ich zog den zweiten Stuhl an den Tisch heran.

Wartete.

Hatte Nathalia recht, würde Thorgen in vier Minuten aufwachen.

Tatsächlich, der Mossad ließ mich nicht im Stich. Der *König* rührte sich. Er stieß ein leises Stöhnen aus. Die Ketten rasselten, als er versuchte, die Hände zum Kopf zu führen. Aber er wurde in der Bewegung gebremst. Er hob das Kinn. Seine Lider flatterten.

»Willkommen in der Hölle, Thomas.«

Er öffnete die Augen. Blinzelte.

»Wolf?! Was zum Teufel ist geschehen?«, krächzte er. Kein Wunder nach Nathalias Schlag auf seinen Kehlkopf. Sein ganzer Hals war rot.

Dann schien er sich zu erinnern. Gehetzt sah er sich im Raum um.

»Wo bin ich?«

Ich ignorierte die Frage.

»Wunderst du dich gar nicht, mich zu sehen?!«

»Doch, natürlich. Du bist tot.«

»Augenscheinlich nicht.«

»Wasser … «

»Später. Erst unterhalten wir uns, mein Freund.«

Das *Freund* spuckte ich eher aus.

Er räusperte sich.

»Es ist nicht, wie es scheint«, sagte er.

»Das ist es nie.«

Ich rückte ein Stück näher an ihn heran. Jetzt konnte ich ihm in die Augen sehen. Er war aschfahl, aber sonst bei bester Gesundheit. Wieder rasselten die Ketten, als er sich aufrichtete. Er zerrte an ihnen. Gab es aber bald auf.

»Warum hast du mich verraten?«, fragte ich.

»Ich … «

»Überlege dir jetzt genau, was du sagst. Warum?!«

»Ich bin so froh, dich zu sehen. Müller sagte mir, du seist tot. Erschossen von Philip. Ihr hättet euch quasi duelliert. Keiner hätte es überlebt. Ich nehme an, er sitzt nebenan. Also Philip, meine ich.«

»Du hast meine Frage nicht beantwortet.«

»Ich ... Ist ja auch egal. Ich hatte keine andere Wahl. Er hat meine Tochter.«

»Louisa?«

»Sie ist in seinen Händen. Er hat sie entführt. Mich erpresst. Niemals hätte ich mich sonst auf einen Deal mit ihm eingelassen.«

»Nette Geschichte.«

»Es ist die Wahrheit. Scheiße, Wolf, mir juckt der Skalp. Nimm mir die verdammten Dinger ab.«

Ich schüttelte den Kopf. Für einen Moment stahl sich Hass in seinen Blick, der aber sogleich von Resignation abgelöst wurde.

»Scheiße, Wolf. Das Schwein lässt sie umbringen. Eines Tages hat er mich kontaktiert. Sabbelte was von MAD und Staatssicherheit. Er sei einem Terroristen auf der Spur, und nur ich könne ihm helfen. Dich sollte ich zur Mitarbeit überreden, weil es um deinen Ziehsohn ging. Ich habe abgelehnt. Ehrlich. Dann hat er mir Geld angeboten. Zwanzigtausend Euro. Das machte mich misstrauisch. Ich habe nachgebohrt. Erkundigungen eingeholt. Meine alten Kontakte beim BKA angezapft. Gefallen eingefordert. Es war nicht leicht. Aber es gibt tatsächlich einen Heinz Müller beim MAD.«

Natürlich gab es den, dachte ich.

»Weiter!«

»Noch am gleichen Tag standen zwei Männer in meinem Wohnzimmer. Gaben mir höflich aber bestimmt zu verstehen, dass es besser für mich sei mitzukommen. Sie haben mich in sein Büro geschleppt. Das gleiche Zimmer, wo wir uns getroffen haben. Auch ich musste auf dem Weg dahin eine Kapuze tragen. Er stellte die Frage noch mal. Erneut lehnte ich ab. Irgendetwas stank da. Dann legte er mir die Fotos vor.«

Er rang um Fassung. Ich beobachtete ihn genau.

»Fotos?«

Er schluckte.

»Ja. Louisa. In den Händen die Zeitung des Tages. Er hatte mich. Ein Wort zu wem auch immer und er würde sie töten lassen, hatte er gesagt. Was blieb mir übrig. Ich musste das Spiel mitmachen. Außerdem versicherte er mir, es sei im Auftrag der Bundesrepublik Deutschland. Eine MAD-Aktion. Es gehe um Leben und Tod. Philip sei ein gefährlicher Terrorist und ihnen jedes Mittel recht. Verdammt, sie haben meine Tochter!«

»Du hast mich an den Falschen verraten.«

»Ich hatte keine andere Wahl. Verdammt!«

Seine Stimme hatte einen schrillen Ton.

»Doch! Du hättest zu mir kommen können. Zusammen hätten wir sie da rausgeholt. Wie in alten Zeiten. Und Müller den Arsch aufgerissen. Du hast dich für die falsche Seite entschieden.«

Er antwortete nicht. War zusammengesackt. Starrte auf die Tischplatte. Seine Hände flatterten.

»Du musst mir helfen, Wolf. Sie ist doch das Einzige, was ich noch habe. Ich bin ein alter Mann.«

»Einen Scheiß muss ich.«

Sollte seine Geschichte wahr sein, konnte ich ihn noch irgendwie verstehen. Aber wie tief steckte er drinnen?

»Was ist mit den Schläfern?«

»Was für Schläfer? Wovon redest du?«

»Operation *Gemini*. Na, klingelt es?«

»Ich weiß von keiner Operation mit irgendeinem beschissenen Namen. Es geht hier um Louisa. Um nichts anderes. Mein Gott, wenn ich nicht auftauche, ist sie tot!«

Er hatte die letzten Worte geschrien. Wollte sich auf mich stürzen, bis ihn die Ketten zurück auf den Stuhl warfen. Er war in Schweiß gebadet. Hatte rote, weit aufgerissene Augen. Sein Atem ging unregelmäßig.

»Wolf, ich bitte dich im Namen unserer Freundschaft: Hilf mir. Bitte!«

»Unsere Freundschaft?! Jetzt kommst du mir damit? Was war dir denn unsere Freundschaft wert, als du mich an Müller verkauft hast?«

Er schwieg. Seine Schultern begannen zu beben. Ich war durch mit ihm. Mir war eine Idee gekommen. Aber die musste im Team besprochen werden.

Ich ließ meinen alten Freund in der Zelle zurück.

Hörte ihn fluchen. Er betitelte mich mit Schimpfworten, als er das Klackern des Schlüssels hörte. Dann versuchte er es noch einmal mit Flehen. Ich ignorierte ihn. Schloss die Tür. Schlagartig war Ruhe.

Den gequälten Vater nahm ich ihm ab.

47

»Wie lief's mit Thorgen?«, fragte Philip.

Er und Lea reinigten ihre Waffen. Hatten sie zerlegt auf Zeitungspapier vor sich auf dem Couchtisch.

»Nathalia?«, fragte ich stattdessen.

Lea sah mich an.

»Noch oben bei Menzer.«

Ich setzte mich in einen der Sessel.

»Thorgen wusste nichts von der Stasi. Er glaubt, für den MAD zu arbeiten.«

Ich wiederholte Wort für Wort unsere kleine Unterhaltung.

»Du glaubst ihm?«

Philip lehnte sich ins Polster zurück. Sah mich an.

»Seine Geschichte jedenfalls ist glaubhaft. Er ist ein gebrochener Mann. Er hat Angst um seine Tochter.«

»Eine nette Geschichte«, sagte Lea.

»Seine Angst ist echt. Du hättest ihn erleben sollen.«

»Vielleicht willst du ihm ja glauben, weil er dein Freund war. Schon mal daran gedacht?«

Vielleicht.

Ich sagte: »Er könnte uns zu Müller führen.«

»Vielleicht.«

Lea ging mir auf die Nerven. Aber sie hatte recht. Ziemlich viele *vielleichts*. Trotzdem wollte ich so schnell nicht aufgeben.

»Was hätten wir zu verlieren?«

»Nun, sie könnten ihn schon vermisst haben. Vielleicht denken sie, er sei ausgestiegen. Vielleicht ist seine Tochter schon tot.«

Ich schüttelte den Kopf.

»Das würde er nie wagen, und das wissen sie. Sie haben ihn in der Hand.«

»Gehen wir mal davon aus, wir lassen ihn laufen. Warum sollten sie ihn nicht aus dem Weg räumen. Jetzt, wo sie ihn nicht mehr brauchen. Vielleicht sollte ihn Menzer zu seiner eigenen Exekution abholen.«

Kein abwegiger Gedanke. Retteten wir sein Leben, wenn wir ihn hier festhielten? Auf der anderen Seite wäre es eine echte Chance gewesen. Was, wenn sie ihn noch gar nicht vermisst hatten? Wenn er Müller anrief und sich dumm stellte?

Lea spielte weiter den Advocatus Diaboli: »Er hat dich gesehen. Er könnte dich verraten. Dann wäre unser schöner Vorteil flöten. Er könnte sein Wissen einsetzen, um seine Tochter freizubekommen. Das ist alles zu riskant.«

Ich gab nicht auf. »War Hawaii schon wieder hier?«

»Nein«, antworte Philip.

»Ruf ihn her. Wir brauchen ihn.«

48

»Ich wollte sowieso gerade zu euch. Menzers Handy hat vier Mal geklingelt.«

»Und Thorgens?«, fragte ich ihn.

Hawaii schüttelte den Kopf.

»Sehr gut. Dann vermissen sie ihn also noch nicht. Wir hätten die Chance, den *König* zurückzuschicken.«

»Wir wissen nicht, ob sie bereits einen zweiten Mann zu seinem Haus geschickt haben«, argumentierte Lea.

Nein, das wussten wir nicht. Aber unsere Aussichten waren gestiegen. Jetzt mussten wir nur schnell sein. Keine Zeit mehr verschwenden.

»Aber wir müssen uns gleich entscheiden, wenn wir das durchziehen wollen. Die Uhr tickt.«

Lea sagte: »Gut, dann leite Menzers Handy jetzt auf den Router am Flughafen um. Sollen sie ihn doch dort suchen. Das verschafft uns Zeit. Thorgens Telefon brauchen wir hier.«

»Sagt mal, könnt ihr das Signal an jeden Ort umleiten?«

»Wenn wir da einen Router installieren, ja. Warum?«

»Nun, das könnten wir doch ausnutzen.«

Philip stand auf. Kam auf mich zu. »Du willst ihnen eine Falle stellen?«

Ich zuckte mit den Schultern. »Es wäre eine Möglichkeit. Wir legen einen Köder aus. Schauen, wer anbeißt.«

»Es muss aber ein schmackhafter Köder sein. Schön fett.«

Lea sagte: »Gar keine schlechte Idee. Ich arbeite was aus.«

Ich sah alle an. Wandte mich an Hawaii.

»Die Anruferlisten?«

»Ja.«

Er wedelte mit Papieren.

»Immer nur eine Nummer. Prepaid-Handy. Nicht zurückzuverfolgen. Und es ist ausgeschaltet. Zurzeit jedenfalls.«

Das konnte Müller sein.

»Bleib dran«, sagte ich. »Wir brauchen den Standort, sollte er sich wieder melden.«

Er nickte. Und verschwand.

»Zurück zu Thorgen. Also, was machen wir jetzt? Die Zeit drängt. Es kann auf jede Minute ankommen.«

Lea ölte ihre Glock ein. Baute sie zusammen. Steckte das Magazin in den Schacht. Lud durch. Zielte auf einen imaginären Punkt am Ende des Raumes.

Sie sagte: »Vorbehaltlich dessen, was Nathalia zu berichten hat, wäre es vielleicht einen Versuch wert. Wir müssen abwägen: Nehmen wir den *König* weiter in die Mangel, oder probieren wir unser Glück und er führt uns zu Müller? Vielleicht verschenken wir wertvolle Informationen. Vielleicht setzen wir denen aber auch eine Laus in den Pelz. Wolf vertraut ihm. Und du, Philip?«

»Ich vertraue Wolf. Wenn er es für eine gute Idee hält, sollten wir es wagen. Es wäre eine Riesengelegenheit. Im schlimmsten Fall schicken wir Thorgen in den Tod. Er weiß aber nicht, wo unser Safe-House ist. Könnte Müller nur berichten, dass wir ihn im Visier haben. Aber da Menzer verschwunden ist und bleibt, weiß er eh schon, dass was im Busch ist. Wir geben einen Vorteil auf, um ihn vielleicht an Land zu ziehen. Klingt überschaubar.«

Wir hörten den Fahrstuhl.

Das Rolltor.

Nathalia kaum auf uns zu. Entspannt und frisch wie der Morgentau. Als wäre so ein Verhör eine Art Wellnessprogramm für sie. Sie pfiff sogar vor sich hin. Ein Gemüt wie ein Fleischerhund.

»Menzer hat geredet. Natürlich.«

Klar, was sonst.

»Musste nur ein bisschen nachhelfen. Er hat Müller, seinen Gorilla und G des Öfteren gefahren. Dienstfahrten. Zum Flughafen. Stadtfahrten zu Treffen in irgendwelchen Restaurants mit irgendwelchen Typen. Aber er hat nie einen von ihnen nach Hause gefahren oder von dort abgeholt. Das sei ein Tabu gewesen. Eine Sicherheitsmaßnahme. Jeder wusste nur so viel, wie er wissen musste. Müller ist sehr geschickt. Auch im Auto haben sie kaum gesprochen.«

Sie setzte sich zu uns in die Wohnlandschaft.

Sprach weiter: »Zumindest eine Adresse könnte interessant für uns sein. Der Bürokomplex, in den sie Wolf verfrachtet haben. Den sollten wir uns mal vornehmen, Süßer. Ich glaube zwar nicht, dass wir Müller dort finden, dafür ist er zu schlau. Er würde Menzer nicht wissen lassen, wo sein Büro ist. Nicht, nach all den Sicherheitsvorkehrungen. Aber vielleicht bringt es uns ja doch weiter. Der Junge da oben bleibt unser Gast. Und ich gehe noch mal eine zweite Runde mit ihm. Falls ihm noch was entfallen ist bei dem ganzen Stress.« Sie lachte. »Wie war's mit dem *König*, Wolf?«

Ich brachte sie bei Thorgen auf den neusten Stand. Erzählte ihr auch von den beiden Ideen. Den König zurückzuschicken und Müller mittels einer ortbaren Handynummer in die Fall zu locken. Sie stand auf. Ging nachdenklich auf und ab. Dabei tippte sie sich mit dem linken Zeigefinger an den Mund. Ihre Stirn lag in Falten. Sie sah richtig hinreißend aus. Fast war ich neidisch auf Menzer, der eine sehr intime Zeit mit ihr verbracht hat. Aber nur fast.

»Zur ersten Idee. Thorgen. Vorschlag: Ihr gebt mir fünf Minuten mit ihm. Ich will mir auch ein Bild machen. Nichts gegen dich, Wolf. Aber die Sache ist zu wichtig, um übers Knie gebrochen zu werden.«

Ich hatte nichts dagegen. Im Gegenteil. Sollte das Ganze schiefgehen, hatte nicht ich allein den Schwarzen Peter. So war es eine Team-Entscheidung, die von allen getroffen wurde. Und Nathalia war unbestritten die Verhörspezialistin. Sie konnte Angst von gespielter Angst unterscheiden. Reue von Panik. Lügen von Wahrheiten. Eine geschulte Psychologin, die die Wahrheit besser erkannte als jeder andere von uns. Wollten wir erfolgreich sein, so mussten wir unsere Begabungen gezielt einsetzen. Ging es um Sprengstoff, war Philip unser Spezialist. Ging es um Überwachung und Verfolgung, so war Lea unsere Frau. Ging es um das Aufspüren flüchtiger Personen, so war ich der Beste von uns allen. Wir mussten voneinander profitieren und uns Vertrauen schenken, dann erst waren wir ein Team.

Ich nickte.

»Zur zweiten Idee, Wolf. Der Köder. Menzer scheidet aus. Für den würde Müller keinen Finger krümmen. Ein kleiner Fisch. Ebenso Thorgen. Entbehrlich. Wir brauchen was Handfestes. Was Unwiderstehliches. Irgendeine Idee?«

»Das TNT.«

Nathalia schüttelte den Kopf. »Wir brauchen eine Person. Jemanden, der Müller wichtig ist. Jemanden, der ihn im Idealfall in eine Falle lockt.«

»G. Seine rechte Hand. Das würde ihn nervös machen. Wir brauchen ihn lebend. Lassen ihn anrufen. Möglichkeit zwei, falls er nicht mitspielt oder tot wäre, sein Handy.«

Lea nickte. »Gut, schicken wir Thorgen zurück. Schnappen wir uns G. Wir haben viel zu tun. Lasst uns loslegen!«

49

Zehn Minuten später war die Entscheidung gefallen.

Nathalia hatte den gleichen Eindruck von Thorgen gehabt wie ich. Seine Angst war nicht gespielt. Da wollten wir ansetzen und ihn zum Doppelagenten machen. Auch wenn es ein zweifaches Risiko darstellte. Aber das wollten wir in Kauf nehmen. Ich kannte Thorgen. Er würde auf sich aufzupassen wissen. Er hatte eine reelle Chance. Er war einsatzerprobt. Über Jahre hinweg. Ein Profi. Einen Zivilisten hätte ich niemals zurückgeschickt. Das wäre unkalkulierbar gewesen.

Ich nahm sein Privathandy vom Tisch und ein sauberes aus dem Regal. Speicherte in ihm meine Nummer ein. Steckte mir eine Kapuze in die Tasche. Dann fuhr ich in den ersten Stock.

Betrat die Zelle.

Der König saß mit geschlossenen Augen da. Schreckte auf, als ich ihm die Kapuze an die Brust warf.

»Wolf!«

Er musste husten.

Ich blieb an der Tür stehen.

»Bist du auch gekommen, um mich mit der Zange zu bearbeiten?«

Er hob die linke Hand. Er hatte Quetschspuren am kleinen Finger. Das letzte Glied war blau angelaufen. Der Nagel blutig. Nathalia. Natürlich. Sie hatte ihre eigenen, ganz speziellen Methoden. Das kleine Mossad-Einmaleins. Und sie war noch in der Aufwärmphase.

»Seh ich so aus, Thomas?«

»Wer war die Hexe?«

»Die Glücksbotin. Jedenfalls haben wir beschlossen, dich laufen zu lassen.«

»Du hilfst mir also doch?«

Erleichterung war in seinem Gesicht zu sehen. Und Dankbarkeit.

»Du hilfst uns. Wir lassen dich irgendwo in der Stadt raus. Nimm ein Taxi nach Hause.«

Ich warf ihm Menzers Autoschlüssel auf den Tisch. Das Geräusch wurde von den Schaumstoffwänden geschluckt.

»Lass den schwarzen Audi verschwinden, der vor deinem Haus parkt. Fahr ihn drei Straßen weiter. Warte darauf, dass Müller dich kontaktiert. Ich geb dir ein sauberes Handy. Meine Nummer ist auf der 1. Kontaktiere mich aber nur in dringenden Fällen.«

»Und Louisa?!«

»Finde heraus, wo sie sie gefangen halten. Dann hole ich sie zurück. Im Gegenzug lieferst du uns Müller.«

»Das wird nicht einfach sein.«

»Du bist doch ein schlauer Junge. Lass dir was einfallen. Das ist die einzige Chance, die du bekommst. Und das weißt du auch.«

Er sah mich an.

Sagte überflüssigerweise: »Du bist auf einem Rachefeldzug.«

»Ich habe meine Gründe. Dass er mich töten ließ, ist nur der Auslöser. Also, bist du dabei?«

Er schwieg.

Ich sagte: »Die Alternative ist diese Zelle. Aber dann seh ich schwarz für Louisa.«

»Schon gut. Ich mach's natürlich.«

Er hob die Hände.

»Mach mich endlich los.«

Ich ging mit dem Schlüssel zu ihm hinüber. Begann mit den Fußfesseln. Dann die Hände, die ich ihm mit Kabelbindern hinterm Rücken verschnürte.

»Eine Frage, Wolf. Warum vertraust du mir auf einmal?«

»Das tue ich nicht. Aber du bist eine gute Chance. Und du bist ein Vater. Für deine Tochter würdest du alles tun.«

Ich sah den Schmerz in seinen Augen. Und mit einem Mal wurde ihm klar, welche Risiken er einging.

»Was, wenn sie mich schon vermisst haben?! Die bringen mich um. Müller ist ein Psychopath. Ein Dreckschwein.«

»Ich habe nicht gesagt, dass es einfach werden würde. Aber wie gesagt, deine einzige Chance, Louisa lebend wiederzusehen.«

»Danke, Wolf. Du bist ein Freund.«

»Nein, bin ich nicht. Das hier ist ein reines Geschäft. Wenn die Sache vorbei ist, gehen wir getrennte Wege. Na los, aufstehen.«

Mühsam richtete er sich auf. Ich musste ihn abstützen, weil sein Kreislauf für einen Moment in die Knie ging. Dann hatte er sich wieder gefangen. Die Handys steckte ich ihm in die Innentasche seines Jacketts. Dazu seine Brieftasche, die auf dem Tisch gelegen hatte. Dann hob ich die Kapuze vom Boden auf. Streifte sie ihm über den Kopf.

»Pass auf meine Frisur auf!«

Ich lachte.

Zusammen gingen wir aus der Zelle zum Aufzug. Fuhren ins untere Stockwerk. Nathalia stand am Van. Die Hintertür geöffnet.

»Stufe«, sagte ich zu Thorgen. »Und pass auf die Krone auf.«

»Sehr lustig, Herr Wolf.«

Umständlich stieg er in den Lieferwagen.

»Setzen!«

Mit den Füßen stieß er ans Bike. Dann hatte er eine geeignete Position gefunden. Ich fixierte ihn. Schloss die Tür. Nathalia wartete bereits hinterm Lenkrad auf mich. Ich nickte ihr zu. Sie ließ den Motor an. Und wendete.

Oben wandten wir uns wieder nach links. Fuhren nach Mitte. Immer schön langsam. Nur nicht auffallen. Hielten uns peinlich genau an die Geschwindigkeitsbegrenzungen. Blinkten bei jedem Spurwechsel. Wir fuhren absichtlich kreuz und quer durch die Stadt. Thorgen sollte nicht die Möglichkeit haben, sich den Weg zu merken. Eine reine Vorsichtsmaßnahme. Schließlich suchten wir uns eine geeignete Gasse. Rückwarts stieß Nathalia in sie hinein. Hielt.

Ich sagte: »Du wartest da vorne um die Ecke. Ich setz unseren Gast ab.«

Ich stieg aus. Holte Thorgen von der Ladefläche. Klopfte an die Tür. Der Van gab Gas. Ich sah sie blinken. Dann war sie verschwunden. Ich mit dem *König* allein. Ich zog ihm die Kapuze vom Kopf. Zeigte in die gegenüberliegende Richtung.

»Am Ende der Straße findest du ein Taxi.«

Ich befreite ihn von den Handfesseln. Er sah sich um. Rieb sich die Gelenke. Richtete seine Krone. Wollte mich umarmen. Ich stieß ihn weg.

»Rein geschäftlich, Thomas.«

»Wenn du das sagst.« Er zögerte. »Aber danke.«

»Wenn du nach Hause kommst, schaltest du das Ding auf deiner Anrichte in der Küche aus. Es ist nicht zu übersehen. Lass es verschwinden. Versteck es meinetwegen im Eisfach.«

»Warum?«

»Mach es einfach. Es hat eure Handys geklont. Hat denen vorgegaukelt, du wärst die ganze Zeit zu Hause gewesen. Jetzt bist du ja wieder offiziell.«

Er nickte. Streckte seine rechte Hand aus. Ich ignorierte sie.

»Verschwinde endlich.«

Er drehte sich um. Schritt langsam durch die Gasse davon.

Ich ging zum anderen Ende. Als ich mich noch mal umdrehte, war er verschwunden. Die Gasse leer. Er nur noch eine Erinnerung.

Nathalia parkte zwanzig Meter die Straße runter. Ich ging zu dem Van. Stieg ein. Wortlos fuhr sie los.

Zurück zum Safe-House.

50

An nächsten Morgen frühstückten wir zusammen.

Vom *König* hatten wir nichts mehr gehört. Das konnte alles bedeuten. Entweder war er längst tot. Und schwamm kopfüber in der Spree. Ohne Brieftasche. Zahnlos. Die Fingerkuppen verkrüppelt. Eine weitere unbekannte Leiche, wie sie fast täglich in Berlin auftauchte. Oder unser Plan ging auf und er war in Müllers Zirkel. Vielleicht saß er auch nur einfach in seiner Wohnung und wartete, dass irgendetwas geschah. Die Zeit würde es zeigen. Mein Handy jedenfalls hatte ich Tag und Nacht bei mir. Ich achtete immer darauf, dass es geladen war. Hatte es auf größtmögliche Lautstärke gestellt.

Ich löffelte mein Müsli.

Fragte: »Unabhängig von Thorgen, wie geht's weiter?«

Lea sah von ihrem Vollkornbrot auf. Sie kaute zu Ende.

»Der Plan steht. Du und Nathalia, ihr schaut euch dieses ominöse Büro an. Was steht auf dem Schild, wer hat es angemietet, so was. Philip und ich fahren zu *Insure Ltd.*. Vielleicht kriegen wir da was raus. Hawaii sitzt neben Menzers Handy. Vielleicht ruft Müller wieder an. Außerdem habe ich die Analysten speziell auf G angesetzt. Wir müssen irgendwie an ihn rankommen.«

Ich nickte. Aber mir lag etwas auf der Seele. Ich musste wissen, für wen ich jetzt arbeitete. Musste mir ein Bild machen, wem ich mich verkauft hatte. Nichts war schlimmer, als dumm zu sterben. Klar, in erster Linie tat ich es für mich und Philip. Aber auch ein anderer profitierte von dem Deal. Ein sehr mächtiger Mann, der seine eigenen Ziele verfolgte. Er wollte das TNT. Ich musste sicher gehen, dass es in die richtigen Hände kam. Und nicht wieder zum Bumerang wurde.

»Was könnt ihr mir über den General sagen?«

»Warum fragst du?«

»Nun ja, jetzt wo ich zu seiner Familie gehöre, muss ich doch wissen, ob ich ein Einzelkind bin.«

»Bist du«, sagte Philip. »Na ja, neben mir. Er ist verheiratet mit einer bezaubernden Frau. Eigene Kinder waren ihnen nicht vergönnt. Ich glaube, es lag an ihr. Medizinische Gründe. Er hat sein ganzes Leben dann dem KGB gewidmet. War 'ne Größe im Kalten Krieg. Enger vertrauter von Jelzin. Später aber auch von Gorbatschow. Steht jetzt Putin nahe. Hat es immer geschickt gewusst, seine Loyalität zu streuen. Altes Geld. Ein Oligarch in vierter Generation.«

»Was war mit Honecker?«

»Was soll mit ihm gewesen sein. Die beiden kannten und schätzten sich. Aber das war eine andere Zeit. Seine Bemerkung von einem anderen Kalten Krieg solltest du ernst nehmen. Für Väterchen Russland würde er allerdings alles tun. Aber auch für seine alten Freunde wie deinen Vater. Deshalb hilft er uns.«

»Er will das TNT.«

»Wer nicht, Wolf?! Dann lieber die Russen als die Stasi. Dem General geht es da ums Geschäft. Deutschland war und ist einer seiner wichtigsten Partner. Die Operation *Gemini* ihm ein Graus. Schlecht für seine Geschäfte.«

Ich nickte. Trotzdem blieb der General ein Buch mit sieben Siegeln für mich. Das TNT in den falschen Händen konnte viel Unheil anrichten. Aber wir waren den Deal eingegangen, der ja auch kein schlechter war. Wir mussten Müller stoppen, damit die Geschichte ein Ende fand. Philip sein Leben wieder hatte. Und Anke endlich ihre Kassandra abschütteln konnte. Das jedenfalls war meine Wunschvorstellung. Dafür kämpfte ich. Sollten wir nebenbei noch Menschenleben retten, dann bitteschön. Ich dachte dabei an die Hunderte Schläfer und die unschuldigen Opfer, sollte Operation *Gemini* wirklich gelingen.

Das Frühstück war beendet. Ich stellte Müslischale und Löffel in den Geschirrspüler. Ging zur Waffenkammer hinüber, zog den Nylonrucksack hervor. Griff nach einer Uzi und fünf Ersatzmagazinen. Die Glock hatte ich immer am Mann. Nathalia trat zu mir an den Tisch.

»Lust auf ein bisschen Spaß?«

Keine Frage.

»Wir nehmen die Bikes«, sagte sie.

Die beste Idee des Tages.

»Nimm das Com-Set, Wolf. Dann können wir uns auch während der Fahrt unterhalten und wenn wir getrennt vorgehen müssen.«

Wir holten die Kawas aus dem Van. Meine orangefarbene Schönheit. Geduckt stand sie da. Ich zog die

Lederjacke an. Nierenschützer. Helm. Schussbrille. Handschuhe. Schwang mich in den Sattel. Schlüssel. Zündung. Startknopf. WRUUUUUMMM. Die Maschine heulte auf. Schnurrte danach wie eine Raubkatze. Ein wohliger Schauer überkam mich. Der Tacho zeigte fünf Kilometer an. Das Baby war tatsächlich nagelneu. Ich konnte nicht anders, spielte am Gashahn.

»Gut jetzt. Ruhig, Brauner.«

Nathalia im Ohr.

»Gleich kannst du dem Ding Feuer geben.«

Wir schossen im Parallelflug durch den dichten Verkehr. Stießen in Lücken. Bremsten. Beschleunigten brachial. Der Umgang mit der Maschine war spielerisch. Sie passte wie angegossen. Ich dachte an meine Vmax, mit der ich mein Malta unsicher gemacht hatte. Die beiden Bikes waren grundverschieden und doch gleich. Ich genoss jede Sekunde. Für einen Moment rückten die Probleme in den Hintergrund. Ich fühlte mich frei wie ein Vogel.

Wir erreichten Friedrichshain.

Ich hatte eine ungefähre Ahnung, wo die Straße war. Dennoch musste ich sie erst suchen. Ich verschätzte mich an einer Kreuzung. Fuhr weiter, bis ich mich wieder auskannte. Und richtig, kurz darauf standen wir vor einem riesigen Bürokomplex aus Stahl und Glas, hier hatte mich Müller damals empfangen und mich rekrutiert. Unten ein Fitnesscenter, das mit Gewichtsreduzierung innerhalb von zwei Wochen warb. Zwei Restaurants. Ein Italiener. Ein Chinese. Am südlichen Ende eine Apotheke. Darüber verschiedene Firmen. Ein Reisebüro. Anwälte. Arztpraxen. Versicherungen. Kein Name auf dem Schild sagte uns etwas.

»Und jetzt, Wolf?«

»Die Tiefgarage.«

Ich wollte es auf die gute alte Pfadfindertour machen. Wir stellten die Maschinen in der Nähe des einzigen Fahrstuhls ab. Helme und Handschuhe ließen wir bei den Bikes. Die Rucksäcke auf dem Rücken.

»Woher willst du wissen, wohin wir müssen, Wolf? Du hattest eine Kapuze auf.«

»Lass mich mal machen. Alter Indianertrick.«

»Na dann, Häuptling Matschauge. Führ uns durch die Prärie.«

»Wirklich, sehr witzig.«

Ich konzentrierte mich. Und schloss die Augen.

Okay, wie war das, nachdem sich mich aus dem Parkhaus am Flughafen abgeholt hatten? Sie waren mit dem Audi direkt an den Fahrstuhl herangefahren. Ich war ausgestiegen, die Kapuze über dem Kopf. Sie forderten die Kabine an. PLING. Das vertraute Geräusch. Rein. Welches Stockwerk? Ich hatte zehn Sekunden gezählt. Etwa die dritte Etage. Ich drückte den Knopf. Sah dem Sekundenzeiger meiner Luminox zu. Ein Ruck. Die Türen gingen auf. Treffer. Genau zehn Sekunden. Ich schloss erneut die Augen. Wie weiter? Wir waren ausgestiegen. Der Boden. Richtig, Beton. Vorwärts. Dreiundsechzig Schritte. Zwei Gänge. Drei Gänge. Rechts rum. Links rum. Dann standen wir vor einer geschlossenen Tür. Milchglas. *Gerit Security,* eingeätzt in die Scheibe. *Ihr Partner mit Sicherheit* darunter. Rechts an der Wand eine Klingel. Kamera. Ein Zahlenfeld.

Alles war ruhig. Kein Mensch uns begegnet.

»Wenn mich meine Pfadfindernase nicht täuscht, sind wir hier richtig.«

»Wolf, du überraschst mich einmal mehr. Und nun?«

»Bleiben wir doch bei unserer Strategie und klingeln. Hat ja bei Thorgen auch geklappt.«

»Okay. Ich mach das. Halt dich zurück. Wir wollen ja nicht erkannt werden.«

Sie deutete auf die Kamera hinter sich. Hatte sich bereits bei unserer Ankunft umsichtig davor gestellt, damit ich nicht im Bild war. Clever.

Also trat ich hinter die Ecke zurück. Schob meinen Kopf vor. Nickte ihr zu. Meine Hand schwebte an der Glock. Zur Sicherheit.

Nathalia klingelte.

Wartete.

Nichts.

Klingelte erneut.

»Keiner da«, sagte sie.

»Kannst du Schlösser knacken?«

»Und die Kamera?«

»Scheiß drauf. Wir müssen rein.«

Sie hockte sich hin. Betrachtete die Anlage.

»Ein Kinderspiel.«

Sie holte Werkzeug aus der Tasche. Ich erkannte einen Schneemann. Ein Gerät, das aussah wie eine Acht. Und auch einen Hook, einen Stahlstift mit Haken dran. Dann kniete sie mit ihrem Körper davor. Ich hörte ein Klackern. Schließlich ein Klicken.

»Offen, Wolf. Ich gehe rein. Gib mir Deckung.«

Ich wollte Einwände erheben, vorsichtig zu sein. Blickte nach oben in den Rahmen. Sah den Draht. Den Ruck.

»Nicht ... »

Ein Stück des Metalls löste sich. Sprang in den Raum dahinter.

Zu spät ...

KRAWUMMMM.

Die Druckwelle einer gewaltigen Explosion schleuderte mich nach hinten in den Gang. Glassplitter trafen mein Gesicht. Ein Feuerball stob an der Decke über mich hinweg. Fiel in sich zusammen. Rauch. Dick. Schwer. Undurchdringlich. Schlagartig war ich taub. Wälzte mich auf den Bauch. Kroch um die Ecke. Auf allen vieren. Ich hustete. Blut tropfte von meinem Gesicht auf den Boden. Lief mir ins Auge. Aber ich war okay. Sah man von den Scherben ab, die in Stirn und Wangen steckten. Die Brille hatte mich vor Schlimmerem bewahrt. Ich setzte sie ab. Warf sie auf den Beton. Wischte mir über die Augen, bis ich wieder sehen konnte. Zog die größeren Splitter heraus. Schleuderte sie weg. Fiel mit dem Rücken an die Wand. Atmete schwer.

»Nathalia!«

Ich rappelte mich auf. Die Glock schussbereit in der Rechten. Sah in den Gang. Nichts als Rauch. Rauch. Rauch. Stolperte vorwärts. Immer an der Wand entlang. Erreichte die Kamera. Den völlig zerstörten Türrahmen. Mit dem Handrücken schrappte ich über eine Metallspitze. Drinnen loderten Flammen. Ich spürte die Hitze. Es stank fürchterlich. Immer wieder musste ich husten. Nur langsam kam mein Gehör zurück. Aber ich vernahm das Knirschen der Scherben, auf denen ich ging.

Ein Schatten.

Nathalia lag zu meiner Linken. Sie versuchte, auf die Beine zu kommen. Brach zusammen. Dann war ich bei ihr. Packte sie unter den Armen. Zog sie aus der Gefahrenzone. Rum um die Ecke. Legte sie ab. Rechnete mit dem Schlimmsten. Schwer atmend beugte ich mich über sie. Blut. Ruß. Eine Platzwunde auf der Stirn. Ihre Schussbrille hatte sie verloren. Ihre Lider flatterten. Wie durch ein Wunder war sie von den Glassplittern verschont geblieben. Wahrscheinlich, weil sie die Tür bereits weit geöffnet hatte. Ich sah eine Brandwunde auf ihrer rechten Gesichtshälfte. Ihren Pferdeschwanz hatte sie eingebüßt. Das restliche Haar hing ihr wirr ins Gesicht. Ich strich es zurück. Die Lederjacke jedoch hatte sie vor schlimmeren Verletzungen bewahrt.

Sie öffnete die Augen.

»Wie geht's dir, Wolf?«

»Mir?!«

Ich musste grinsen. Half ihr hoch.

»Wir müssen weg, Nathalia. Gleich ist hier die Hölle los.«

Ich stützte sie auf dem Weg durch den Gang, bis sie sich losriss.

»Lass mich, ich bin kein Kind.«

Wir erreichten den Aufzug. Fuhren nach unten. Eine Sirene. Stimmen. Geschrei. Dann waren wir bei unseren Maschinen. Nathalia riss ihr Medi-Pack auf. Legte eine Kompresse auf ihre Wange. Eine weitere auf ihre Platzwunde. Machte sie mit Klebestreifen fest. Sie stöhnte, als sie sich den Helm über den Kopf zog. Wir starteten die Bikes. Fuhren Richtung Ausfahrt. Oben auf der Straße liefen Menschen zusammen. Männer.

Frauen. Kinder. Hinüber zum südlichen Rand des Gebäudes. Die Explosion hatte die Fensterfront auf zwanzig Meter im dritten Stock aufgerissen. Flammen schlugen aus den Öffnungen. Eine Scheibe platzte. Die Autos darunter waren mit Schutt bedeckt. Ich sah einen Verletzten. Blutüberströmt hockte er auf der Straße. Passanten kümmerten sich. In der Ferne Signalhörner.

Keiner beachtete uns.

Wir gaben Gas. Fuhren die Straße hinunter. Bogen ab. Und waren verschwunden.

51

»Du hast Glück gehabt, Nathalia.«

»Mein zweiter Vorname.«

Hawaii hatte sich über sie gebeugt. Nähte die Platzwunde auf ihrer Stirn mit sieben Stichen. Trat zurück. War mit dem Ergebnis zufrieden. Die Brandwunde betupfte er, bevor er eine Salbe auftrug.

»Wie fühlst du dich, Süße?«

»Wie ein Grillhähnchen.«

Hawaii lachte.

»Die Narbe wird dich nur interessanter machen. Und ich steh jetzt schon auf dich.«

Ich saß im Sessel gegenüber. Wischte mir mit einem feuchten Handtuch das Blut aus dem Gesicht. Zog zwei weitere Splitter heraus. Lea und Philip waren noch nicht zurück. Irgendjemand hatte Musik angemacht. Die *Beastie Boys* schmetterten ihr *Sabotage* durch den Raum. Wie passend.

I can't stand it, I know you planned it.

»So, fertig. Um deine Haare musst du dich allerdings selbst kümmern.« Er wandte sich mir zu. »Wie sieht's bei dir aus?«

»Ich hab Lupus.«

»Hä?!«

»Nur Schnittwunden. Das Glas ist raus. Eine Lappalie.«

Er zeigte auf mein weißes T-Shirt. Ich hatte gedacht, es wäre nur Blut aus dem Gesicht. Aber auch hier steckte eine Scherbe.

I got this fucking thorn in my side.

Ja, und ein angeknackstes Ego.

Hawaii kam mit Jod zu mir herüber. Zog den Splitter aus meiner Haut. Säuberte sämtliche Wunden. Auch den Schnitt auf meinem Handrücken. Ich verzog keine Miene. Er klebte Pflaster auf die Stellen. Nathalia hatte sich aufgesetzt. Sie fluchte über ihre Haare. Tastete mit ihren Händen den Kopf ab. Ihre Augen versprühten eine Mischung aus Zorn und Verzweiflung. Dann stand sie auf. Verschwand in ihrem Zimmer.

I'm tellin' y'all it's sabotage.

»Danke«, sagte ich.

»Kein Problem. Bin ausgebildeter Sanitäter. Ich nehme an, das werden nicht die letzten Wunden sein, die ich bei euch zu sehen bekomme. Ist mein Job.«

Die gute Seele.

Nathalia kam zurück. Die Haare fingerlang gestutzt. Es verlieh ihr etwas Wildes. Unzähmbares. Eine Augenweide. Uns müssen die Münder aufgestanden haben, denn sie motzte uns an.

»Was?!«

»Willst du mich heiraten«, stammelte Hawaii.

Jetzt musste sie lachen.

»Doofkopp. Verschwinde!«

Hawaii murmelte so was wie »Undankbarkeit ist der Welten Lohn«. Er packte seinen Kram zusammen. Immer noch schimpfend. Dann war er verschwunden.

'Cause what you see, you might not get.

Ich lachte. Und es tat gut. Nathalia stimmte ein. Ich hielt mir den Bauch, bis ich die Wunde spürte.

I'm trying to tell you now it's sabotage.

»Große Scheiße«, sagte ich.

»Riesengroße Bullenscheiße.«

Ich stand auf. Holte zwei Bier aus dem Kühlschrank. Reichte eines weiter. Wir stießen an.

»Prost, auf uns zwei Helden.«

»Ypa.«

Wir tranken.

Ich sagte: »Müller macht keine Gefangenen. Er stellt Fallen. Räumt hinter sich auf. Er weiß jetzt sicher, dass jemand hinter ihm her ist. Menzers Verschwinden hin oder her. Er will seine Operation mit aller Macht schützen. Das macht ihn noch gefährlicher. Aber auch angreifbarer.«

»Glaubst du, die Kamera war aktiv. Dann weiß er jetzt, wie ich aussehe.«

»Damit müssen wir rechnen.«

»Dann wird er bald wissen, mit wem er es zu tun hat. Ich bin nicht sauber, was die Datenbanken betrifft. Meine Mossad-Zeit jedenfalls ist aktenkundig. Und darauf wird er beim MAD Zugriff haben. Er wird meine komplette Akte aus dieser Zeit aus dem System ziehen können. Mit dem General aber wird er mich nicht in Verbindung bringen können. Immerhin etwas.«

»Vielleicht ist es aber auch gut so. Das setzt ihn unter Druck. Der Mossad wird ihm Angst machen. Er wird sich fragen, warum ausgerechnet diese Jungs auf der Bildfläche erscheinen. Und warum gerade jetzt. Vielleicht macht er Fehler, weil er in Zeitnot kommt. Je mehr ich darüber nachdenke, umso besser gefällt mir der Gedanke.«

Sie fuhr sich durch ihre neue Frisur.

»Steht dir.«

»Fang du nicht auch noch an.«

Ich lachte.

»Spaß beiseite«, sagte sie. »Den ersten Fehler haben trotzdem wir gemacht. Wir hätten tot sein können.«

»Hätte hätte Fahrradkette. Es ging ja glimpflich aus. Bin nur froh, dass es deinen Schwanz erwischt hat und nicht meinen.«

Ich grinste.

»Männer!!«

Sie verdrehte die Augen. Grinste aber auch.

Mein Handy klingelte.

Das Handy. Meine Standleitung zu Thorgen. Mein Herz schlug schneller. Jetzt kam es drauf an. Hatte ich den *König* in der Leitung oder Müller. Bei Letzterem war Thorgen tot und wir könnten unseren schönen Plan vergessen. Ich gab Nathalia ein Zeichen, ruhig zu sein. Ging dran.

»Ja?«

»Thomas hier.«

Ich atmete durch.

»Du lebst.«

Er flüsterte. »Gerade noch so. Ich bin drin. Aber Müller, beziehungsweise seine Männer, lassen mich kaum aus den Augen. Das Handy aber konnte ich vor ihnen verbergen. Mein privates haben sie kassiert.«

»Wo bist du?«

»Keine Ahnung. Irgendwo in der Stadt. Eine leerstehende Lagerhalle. Ein riesiger Raum. Sieht aus wie eine alte Werkstatt. Metallverarbeitung oder so. Hier hat er Quartier bezogen. Kommt und geht, wie er will. G und den Gorilla immer an seiner Seite. Zwei Typen haben mich gestern zu Hause abgeholt. Kapuze. Und ab. Mann, ich werde noch allergisch auf die Dinger. Eben muss was passiert sein. Sie sind alle ausgerückt. Nur zwei seiner Laufburschen sind hier geblieben.«

Die Bombe.

Wahrscheinlich drückte sich Müller in Friedrichshain herum. Kurz überlegte ich, ob das eine Chance wäre, aber es war zu gefährlich. Da würde es von seinen Männern nur so wimmeln. Von den Zivilisten ganz abgesehen, die wir in Gefahr bringen würden. Es gab bessere Spots.

Ich fragte: »Wie hast du es geschafft, noch am Leben zu sein.«

»Ich hatte befürchtet, dass du fragst. Es gab nur eine Möglichkeit. Ich habe gesagt, du hättest mich kontaktiert.«

»Du hast *was*?!«

»Überleg doch mal. Du warst die einzige Chance. Solange du noch atmest, verspricht er sich von mir Hilfe, dich zu finden.«

Ich atmete hörbar aus.

»Was hast du ihm erzählt?«

»Dass du mich angerufen hast und mich zur Sau gemacht hast. Dass du wissen wolltest, wo du ihn finden könntest. Dass ich das nicht konnte, wusste er, weil ich ja nie etwas Relevantes gesehen habe. Ich habe ihm gesagt, dass ich dir gesagt habe, dass ich dir helfen werde, weil du meine Tochter zurückbringen könntest. Er hat es mir abgekauft. Ist ja auch irgendwie die Wahrheit. Erst war er wütend. Wahrscheinlich geschockt, dich doch nicht erwischt zu haben in Moskau. Aber dann hat er gegrinst und gesagt: ›Gut gemacht‹.«

Der *König* war schlau. Dennoch wurde mir schwummerig.

»Ich habe ihm deine Nummer gegeben, Wolf. Deine Privatnummer. Ich hoffe nicht, er kann dich orten?!«

Ich sah Nathalia an. Sie saß jetzt neben mir, hatte mitgehört. Den Kopf fast an meinem. Sie verneinte stumm. Dann fiel mir ein, dass mein Handy in der Blockhütte verkohlt war und ich atmete durch. Ich würde mir eine neue alte SIM-Karte besorgen müssen. Wer konnte wissen, wer mich alles erreichen wollte. Ich ertappte mich dabei, wie ich an Anke dachte. Aber das war ausgeschlossen. Also schüttelte ich den Gedanken ab. Aber es war eine Möglichkeit, direkt mit Müller zu reden. Wahrscheinlich konnte er es nicht lassen, mit mir Kontakt aufnehmen zu wollen. Warum auch immer.

»Bist du noch dran, Wolf?«

»Ja.«

»Sobald ich relevante Neuigkeiten habe, meld ich mich wieder.« Stille. »Ich muss Schluss machen, da kommt jemand.«

KLICK.

Die Leitung war tot.

Ich sah Nathalia an.

»Das war abgefahren, Wolf. Aber jetzt haben wir den perfekten Doppelagenten. Es war schlau von ihm, die halbe Wahrheit zu erzählen. Ich hab ihn unterschätzt.«

Ich rieb mir die Hände an den Jeans.

Sagte: »Müller weiß jetzt, dass ich nicht allein arbeite. Er wird dich mit mir in Verbindung bringen.«

Ich musste die Neuigkeiten erst mal verdauen. Dann fiel mir was ein.

»Hawaii. Vielleicht hat er Thorgen orten können.«

Nathalia rief ihn sofort runter.

Er schüttelte den Kopf. »Keine Chance. Sie haben das Signal zigmal umgeleitet. Ich glaube nicht, dass er in Bombay ist. Oder?!«

Ich sagte: »Nein, bestimmt nicht. Aber du musst was für mich tun. Ich brauche eine SIM-Karte auf meine alte Nummer. Aber sie darf nicht zu orten sein. Schaffst du das?«

»Kleinigkeit. Das wird am Gerät liegen. Ich hab da schon was im Sinn. Gib mir ein paar Stunden. Was hast du vor?«

»Die Dame vom Amt spielen. Müller wird anrufen. So eitel ist er. Er ist viel zu neugierig zu hören, was mit Philip und dem TNT ist. Er kann davon ausgehen, dass ich es jetzt habe. Er wird versuchen, einen Deal rauszuschlagen. Anke, Thorgen und Louisa im Gegenzug für den Sprengstoff.«

Nathalia sah mich mit großen Augen an.

»Glaubst du wirklich?«

»Ja. Natürlich wird er uns nicht gehen lassen wollen. Er wird keinen Mitwisser am Leben lassen. Aber er will das TNT mit aller Macht. Und wir werden nicht kampflos erscheinen. Und noch was Gutes hat die Sache. Ich werde ihm die Hölle heiß machen. Er wird Schiss haben, allein scheißen zu gehen. Er wird merken, dass er mit seinem MAD-Scheiß am Ende ist. Dass er alles riskieren muss, sollte sein Traum von der Stasi nicht platzen wie ein Ei in der Mikrowelle. Wir haben ihn am Wickel.«

Dann kam mir ein Gedanke.

»Was, wenn ich als Köder herhalte?«

»Du meinst, wir sollten ihn dein Handy doch orten lassen können?«

»Genau.«

»Glaubst du wirklich, er ist so dumm?«

»Eine Option, sollten wir G nicht in die Hände kriegen.«

»Ein schwache.«

»Aber einen Versuch wert.«

Die Bombe. Thorgen. G. Mein Handy. Die Sache lief an. Bewegung. Ich war froh darüber. Endlich waren die Fronten geklärt. Endlich Licht am anderen Ende des Tunnels. Wir konnten Druck machen.

Endlich begann der Kampf.

Endlich.

52

Die Sache mit G war ein Schuss in den Ofen. Zunächst waren Philip und Lea zurückgekommen. Weniger beeindruckt von unserem Feindkontakt, als ich zunächst dachte. Profis halt. Wir präsentierten unsere Wunden, ernteten aber nur wenig Mitleid. Unsere Geschichte hatte einen höheren Stellenwert. Philip hatte Vermutungen über die Art des Sprengstoffs.

»C4.«

Ich nickte. »An mehreren Stellen des Komplexes. Die Ladung in der Nähe der Tür hätte böse sein können für uns.«

»Nathalia hat Glück gehabt.«

»Ich bin verstümmelt worden«, sagte sie von der Couch her.

Ich grinste. »Kastriert. Sie hat ihren Schwanz verloren.«

»Steht ihr gut«, entgegnete Philip.

»Ich kann es nicht mehr hören!« Nathalia warf die Hände in die Höhe. »Wir sind verdammt noch mal nicht auf der Fashion Week.«

»Oh! Die Dame ist nervös«, sagte ich in Anspielung auf Loriot.

Philip lachte. »Lass doch mal einer das Kind nach vorne.«

Lea kam vom Touchpad zurück. Sie hatte unsere Unterhaltung wortlos mit angehört. »Moskau hat alles über G geschickt, was sie herausfinden konnten. Sein richtiger Name ist Georg Gregowitsch, 52 Jahre alt, geboren in Rostock. Einzelkind. Vater und Mutter früh verstorben. Normale Schullaufbahn. Danach sechs Jahre in der NVA. Offizierslaufbahn. Keine besonderen Einträge. Entlassung. Dann eine Lücke im Lebenslauf. Taucht erst wieder auf, als er beim MAD anheuert.«

Ich rieb mir das Kinn. »Eine Lücke? Wie wär's mit Stasi?«

»Würde passen«, sagte Nathalia.

Lea setzte sich zu ihrer Freundin. »Dafür spricht auch, dass er nirgendwo gemeldet war und ist. Keine Wohnsitze. Unser Kontakt beim Einwohnermeldeamt zuckt die Schultern. Ein Geist, wie Müller.«

Philip ging auf und ab. »Also Sackgasse. Den können wir vergessen. Wie kann man einfach so verschwinden?«

Ich lehnte mich im Sessel zurück. »Während meiner Zeit beim BKA hatte ich auch keinen offiziellen Wohnsitz. Aber zig Identitäten, dass ich Probleme hatte, wer zum Teufel ich eigentlich gerade war. So eine Mission konnte Jahre dauern. Infiltrier mal einen Gangster-Clan. Das braucht seine Zeit, um das Vertrauen der Bosse zu erlangen, und viele persönliche Opfer. Dein normales Leben ist tot. Du verschwindest komplett von der Bildfläche. Du bist ein Schatten-Krieger.«

Jeder von uns wusste, wovon ich sprach. Jeder hatte in dieser Hinsicht Erfahrungen gesammelt. Mehr oder weniger.

»Wir können davon ausgehen, dass nicht einmal die Ehefrau weiß, was ihr lieber Mann genau macht. Wahrscheinlich denkt sie, ihr Liebster habe irgendeinen Bürojob beim Amt. Dabei spielt er tagsüber Krieg und abends den liebenden Familienvater. Ich wette, Müller ist verheiratet, hat zwei Kinder und ein hübsches Einfamilienhaus mit Vorgarten und Gartenzwergen. Zwei Autos, zweimal im Jahr nach Gran Canaria. Die perfekte Legende. Ein Saubermann. Und der MAD macht dicht, hält die Akten sauber. Da können eure Analysten noch so viel graben, sie kommen nicht weiter.«

Lea nickte. »Es ist zum Mäusemelken.«

Ich war überrascht, wie gut sie die deutsche Sprache beherrschte. An richtigen Redewendungen erkannte man ihr Talent.

Eine Weile saßen wir stumm da. Zur Untätigkeit verdammt, weil aus Moskau keine Hinweise kamen. Unsere Hausaufgaben hatten wir gemacht. Beide Adressen waren Sackgassen gewesen, wenn auch mit unterschiedlichem Ausgang. Jetzt hieß es warten, bis Hawaii meine SIM-Karte geklont hatte oder Thorgen sich meldete.

Geduld war noch nie meine Stärke gewesen. Ich stand auf, sagte: »Ruft mich an, wenn sich was tut.«

»Wo willst du hin?«, fragte Philip.

»Alte Freunde besuchen.«

Nathalia sah mich an. »Keine gute Idee, Wolf. Du solltest nicht da draußen rumlaufen und dein Gesicht in die Kameras halten.«

Ich zuckte mit den Schultern. »Keine Angst, ich weiß, was ich tue. Ich bitte euch auch nicht um Erlaubnis.«

»Na, wenn du meinst.«

Ja, ich meinte.

Ich ging zu dem Waffenlager hinüber. Zog auf dem Weg dorthin die Lederjacke an. Griff den Nylonrucksack. Trat an die Wand mit den Waffen. Nahm ein Scharfschützengewehr. Und zerlegte es in seine Bestandteile. Verstaute es. Dazu Magazine und Munition. Ein Granatwerfer. Eine weitere Glock. Dann trat ich an den Tisch. Nahm mehrere Blöcke C4. Ein Nachtsichtgerät. Ich packte konzentriert. Schloss den Reißverschluss. Warf mir die Tasche über den Rücken. Schnappte mir Helm und Handschuhe.

Die Kawa sprang sofort an.

Ich fuhr Richtung Avus.

In einem Hotel nahe der Rennstrecke stellte ich die Maschine ab. Nahm den Helm vom Kopf. Hängte ihn an den Lenker. Mit dem Rucksack betrat ich das Gebäude. Hielt mich rechts, steuerte die Rezeption an. Die Frau hinter der Theke sah mich erwartungsvoll aber freundlich an.

»Zu Herrn Sandro Bilem. Er müsste gestern angereist sein«, sagte ich.

»Einen Moment bitte.«

Sie tippte auf der Tastatur ihres Computers herum. Legte die Stirn in Falten. Fand dann, was sie suchte. Sie lächelte.

»Zimmer 433. Wen darf ich melden?«

»Wolf.«

»Der Aufzug ist dort drüben, Herr Wolf.«

Sie zeigte nach links. Ich bedankte mich. Im Weggehen hörte ich sie nach dem Hörer greifen.

Im vierten Stock klopfte ich an der Tür zu 433. Sandro öffnete augenblicklich. Er trug wie fast immer einen sandfarbenen Anzug. Trotz der Hitze, die da draußen herrschte. Die Lederschuhe waren blank poliert. Seine weißen Zähne blitzen in seinem braun gebrannten Gesicht. Wir umarmten uns. Er drehte sich um. Führte mich zu einer Sitzgruppe am Fenster. Sein Koffer stand offen auf der Ablage neben dem Schrank. Der Fernseher lief stumm. Er hatte eine Flasche Wasser und zwei Gläser auf den Tisch gestellt.

Ich hielt ihm den Rucksack hin. »Dein Spielzeug.«

Er nahm ihn mir ab. Warf einen Blick hinein. Pfiff. »Sehr hübsch. Erstklassige Ware. Wann geht's los? Stopp, überflüssige Frage.« Er deutete auf meine Pflaster. »Du hast schon neue Freundschaften geschlossen, wie ich sehe. Tut's weh?«

Ich setzte mich. Schenkte uns ein. Nahm einen Schluck. Winkte ab. »Kleiner Zwischenfall. Aber kommen wir lieber zu dir. Wenn ich dich brauche, ruf ich dich an. Sei bereit. Es könnte Tag und Nacht losgehen. Lass dein Handy an.« Ich schlug die Beine übereinander. Entspannte. Die Atmosphäre im Raum war friedlich. Über uns drehte ein Ventilator seine Runden. Sonst war nichts zu hören. »Wie gefällt dir Berlin?«

»Von dem, was ich gesehen habe, gut. Vielleicht lässt du mir die Zeit, die Gegend zu erkunden.«

»Was sagt dein Chef?«

»Der konnte gar nicht glauben, dass ich Urlaub nehmen wollte. Hat mir gleich zwei Wochen genehmigt.« Er lachte. »Er glaubt, es könne nur eine Frau dahinterstecken.«

»Da liegt er gar nicht so falsch.« Ich dachte für einen Moment an Anke. Hatte ihr Lachen vor Augen. Aber auch ihren verschlossenen Gesichtsausdruck.

»Hat sie sich gemeldet?«

»Nein. Im Gegenteil.«

»So schlimm?«

Schlimmer.

Ich brachte ihn auf den neusten Stand. Das Safe-House. Das Team. Ich beschrieb die Frauen, das würde er wissen müssen. Unsere Jagd auf Müller. Die Spuren. Die Adressen. Der Zwischenfall mit der Bombe. Menzer, der unser Gast war. Thorgen, den wir zurückgeschickt hatten. Anke, die immer noch verschwunden war.

Sandro hatte am Fenster gestanden, mir während der Ausführungen den Rücken zugedreht. Jetzt setzte er sich mir gegenüber. Seine Hände legte er auf die Lehnen des Sessels.

»Das tut mir leid, Wolf.«

Ich machte eine wegwischende Handbewegung. »Da ist das letzte Wort noch nicht gesprochen.«

»Weiber.«

»Nichts für Feiglinge.«

»Aber auch rein gar nichts.«

Ich sah ihn an.

Auch er war Junggeselle. Seit Jahren schon. Lebte für seinen Job. Schnappte die bösen Buben auf seiner Insel. Machte die Welt ein wenig sicherer. Trotzdem hatte er nicht verhindern können, dass seine große Liebe mit einem Waffenhändler nach Brasilien durchgebrannt war. Das prägte ihn. Ich war froh, einen solchen Freund zu haben. Verlässlich. Besonnen. Ruhig. Ein Pfunds-Kerl. Humorvoll. Loyal. Auf ihn konnte ich mich blind verlassen. Frauen kamen und gingen. Er blieb. Und er war intelligent genug, nicht zu fragen, wo ich meinen Unterschlupf hatte, wo das Safe-House war.

Stattdessen sagte er: »Wenn alles vorbei ist, machen wir zusammen Urlaub. Einfach mal abhängen.«

Wo machte ein Malteser Urlaub? Fuhr er in die Sonne? Vielleicht in die Berge? Ich würde ihm die Wahl lassen, würde mich überraschen lassen. Die Aussicht war verlockend. Und versprach eine Menge Spaß.

»Gute Idee. Ich zahl die Drinks.«

»Und ich sorg dafür, dass du nach Hause findest. Das letzte Mal hat mir gereicht.« Er spielte auf meine Tequila-Lähmung an und den Ärger, den er mit den toten Flüchtlingen gehabt hatte, die ich in diesem Zustand am Strand unterhalb des *Surfside* gefunden hatte.

»Einverstanden.« Ich lachte. Wurde dann ernst. »Also, ich rufe dich an.«

»Bin einsatzbereit. Tag und Nacht.«

Ich verabschiedete mich von ihm mit einem guten Gefühl. Auch wenn ich den anderen traute, konnte eine Rückversicherung nicht schaden. Sandro war ein weiterer Trumpf im Spiel. Wollte ich am Leben bleiben, würde ich alle Karten ausspielen müssen. Immer ein Ass im Ärmel, das war wichtig.

Ich ließ ihn in seinem Hotelzimmer zurück.

Mit der Kawa steuerte ich mein zweites Ziel an.

Der Friedhof lag im Süden der Stadt. War parkähnlich angelegt. Umgeben von Mietskasernen. Ein gewachsener Stadtteil. Ein ruhiger Ort. Ein besonderer Ort. Ich liebte Friedhöfe. Kam zur Ruhe, wenn ich über die kiesbestreuten Wege ging. Hier konnte ich abschalten. Kraft tanken. Die Seele baumeln lassen. Ab und zu blieb ich stehen und las die Inschriften auf den Grabsteinen. Dachte an die vielen Familien da draußen, die ihre Lieben verloren hatten. Dachte über die Vergänglichkeit nach. Das Leben an sich. Wie schön es sein musste, jemanden zu haben, der sich um das Grab kümmerte, wenn man selbst schon längst nicht mehr war. Davon war ich weit entfernt. Vor ein paar Tagen noch hatte das anders ausgesehen. Jetzt konnte ich mir nicht mehr vorstellen, dass mich Anke hier besuchen würde. Völlig ausgeschlossen. Vielleicht verirrten sich Freunde hierher. Mauro. Sandro. Philip. Bis der Weg irgendwann zu weit wurde. Die Zeit fehlte. Das Leben wichtiger wurde. Sie mich vergaßen. Efeu über meine Gebeine wucherte. Der einsame Wolf. Alles hatte seine Schattenseiten.

Eine alte Frau mühte sich mit einer vollen Gießkanne ab. Schlug mit dem Knie immer wieder an den Rand. Wasser schwappte über. Benetzte ihre Hose. Ich bot ihr spontan meine Hilfe an.

»Sehr freundlich von Ihnen. Besuchen Sie Ihre Eltern? Mein Mann ist jetzt seit fünf Jahren tot. Gott hab ihn selig.«

»Einen Freund«, antwortete ich.

»Das ist traurig. Freunde sollten immer an unserer Seite sein.«

Ja, das sollten sie.

Schweigend liefen wir zur Grabstätte ihres Mannes. Sie erblühte in voller Pracht. Der Marmor der Umrandung glänzte in der Sonne. Insekten suchten die Blüten.

Ich stellte die Gießkanne ab. Sie bedankte sich, sagte: »Den Toten geht es gut hier. Passen Sie trotzdem gut auf Ihre anderen Freunde auf.«

Das hatte ich vor.

Peters Grab lag am hinteren Ende eines Stichweges. Aus der Entfernung und unter Bäumen verborgen beobachtete ich die Umgebung. Die alte Frau ging jetzt Richtung Ausgang davon. Elstern hüpften über den Weg. Ich erblickte keine weitere Menschenseele. Langsam ging ich los. Querfeldein. Umkurvte Gräber und Mausoleen. Näherte mich der Grabstätte von der linken Seite her.

Ein Kreuz.

Noch das Provisorium. Anke hatte noch keinen Stein aufstellen lassen. *Peter Komarek. Ehemann. Vater. Freund.* Weder Geburts- noch Todesdatum. Jesus, an Holz genagelt. Die Erde war frisch geharkt. Die Blumen gegossen. Wasser stand noch in den Vertiefungen. Als wäre es erst ein paar Minuten her, dass hier jemand die Gießkanne benutzt hatte. Wieder blickte ich mich um. Der Wind raschelte leise in den Blättern der Bäume. Von Ferne hörte ich den Verkehr der Großstadt. Warm brannte die Sonne auf meiner Haut. Kurz überlegte ich, die Lederjacke auszuziehen. Aber ich wollte nicht lange bleiben. Ein Kurzbesuch. Ich war allein mit meinem Freund.

Ich schloss die Augen.

Was sollte ich ihm sagen? Dass seine Ehe eine Lüge war? Dass er in eine Honigfalle getappt war? Nicht nur er, sondern auch ich? Dass ich seinen Tod rächen wollte? Vielleicht, dass ich Philip gefunden hatte? Dass ich seinem Sohn helfen wollte, gegen die Stasi zu kämpfen? Dass es noch nicht vorbei war?

Ich zog meine Glock.

Richtete sie an meiner linken Seite vorbei nach hinten. Verborgen durch die Lederjacke. Jetzt war ich froh, sie nicht ausgezogen zu haben. Korrigierte die Richtung des Laufs um einige Grad nach oben. Löste die Sicherung lautlos. Den Finger an den Abzug. Druckpunkt. Die Sinne gespannt. Ich konzentrierte mich auf das kleinste Geräusch.

Ich war nicht mehr allein.

Mein siebter Sinn hatte sich gemeldet. Drei Meter hinter mir musste jemand stehen. Ich spürte seine Aura. *Bad Vibrations.* Ich ging meine Möglichkeiten durch. Schießen, nach links abtauchen hinter den breiten Grabstein der Familie Sybille und Ernst Metternich. Aus der Schusslinie kommen. Reagieren können.

Ich war bereit.

Er hatte einen Fehler begangen. Sich in den Wind gestellt. Ich roch sein süßes Rasierwasser. Hörte das leise Klicken einer Waffe. Der Sicherungshebel. Ich feuerte direkt. Sprang. Rollte ab. Kam hinter der Deckung hoch. Sah den Schatten auf der Wiese. Taumelnd. Feuerte zwei weitere Male schnell hintereinander auf die Brust. Der Unbekannte wurde nach hinten geschleudert. Die Arme hochgerissen, landete er in den Büschen. Dann rührte er sich nicht mehr. Sein Kopf war weggeknickt. Seine Waffe war ins Gras gefallen.

Mit vorgestreckter Glock suchte ich die Umgebung ab. Sah nichts außer Gräbern, Bäumen, Büschen. Der Schalldämpfer hatte die Schüsse geschluckt. Selbst die

Elstern auf dem Weg zankten noch um eine tote Maus. Hinter den Mauern hupte ein Fahrzeug. Das Dröhnen eines Verkehrsflugzeugs von irgendwoher. Ein Nachmittag wie jeder andere auch.

Fast.

Langsam beruhigte sich mein Puls. Es war falsch gewesen, hier aufzutauchen. Aber nicht mehr zu ändern.

Immer noch wachsam verließ ich meine Deckung. Die Glock auf den Unbekannten gerichtet. Doch das war unnötig. Alle drei Schüsse hatten ihn im Oberkörper getroffen. Sein Jackett war blutbesudelt. Sein Mund stand offen. Mit weit aufgerissenen Augen starrte er in den Himmel. Michael Ohm. Einer von Müllers Leuten. Ich hatte seine Akte studiert. Ihn würden wir streichen können.

Ich fluchte über meinen Leichtsinn. Ging zurück zu seiner Waffe. Nahm sie. Warf sie in die Büsche. Dann griff ich Ohm unter den Achseln. Und schleppte ihn zwanzig Meter weiter auf eine Bank. Setzte ihn ab. Untersuchte seine Taschen. Keine Brieftasche. Keine Schlüssel. Kein Handy. Wahrscheinlich lag alles ganz in der Nähe. Unsinnig danach zu suchen. Ich musste weg hier.

Drehte mich um.

Und verschwand.

53

Im Safe-House ging ich direkt rüber an das Touch-Pad.

Ich wischte darauf herum, bis ich Ohm gefunden hatte. Schob sein Foto auf den Flat. »Den können wir streichen.«

Alle sahen mich an.

»Was ist passiert?«, fragte Nathalia.

»Er lief mir über den Weg.«

»*Wo* zur Hölle warst du?«

»Einen alten Freund besuchen.«

Lea schüttelte den Kopf.

»Du warst auf dem Friedhof.« Philip kam zu mir herüber. »Bei meinem Vater.«

Ich nickte. »Scheiß Idee, ich weiß. Aber ich musste einfach dorthin. Wollte den Kopf freikriegen.«

»Du bist ein Idiot, Wolf.« Nathalia fuchtelte mit den Händen. »Was ist das hier? Ein Kindergarten? Du setzt alles aufs Spiel für einen beschissenen Besuch auf dem Friedhof?! Ich fass es nicht!«

»Dir müsste doch klar gewesen sein, dass sie an neuralgischen Punkten ihre Männer postiert haben. Falls die Gefühlsduselei über dich kommt. Müller kennt deine Schwächen.« Leas Stimme war eisig. Ihre Worte schnitten durch den Raum wie eine scharfe Klinge.

Philip hatte sich zu ihnen umgedreht. »Lasst ihn in Ruhe. Ihr wisst nicht, wie das ist.«

»Ihn in Ruhe lassen?!«

Ich sagte: »Sie haben recht, Philip. Es war dumm.«

»Hast du wenigstens sein Handy?«, fragte Lea.

»Fehlanzeige. Er hatte es wohl vorher abgelegt. War clean. Und er war allein.«

»Na, herzlichen Glückwunsch. Das Glück ist mit den Dummen.«

Ich hatte es verdient, so behandelt zu werden. Schuldbewusst setzte ich mich in einen der Sessel. Meinen Besuch bei Sandro verschwieg ich ihnen. Sie würden mir den Kopf abreißen. Noch so eine Leichtsinnigkeit, die sie nicht verstehen würden. Sie kannten ihn nicht. Würden ihm niemals vertrauen. Ein weiterer Unsicherheitsfaktor, würden sie sagen. Sandro war ganz allein mein Ding.

Auch Philip nahm wieder Platz. Trübsinnig hingen wir unseren Gedanken nach. Wieder war etwas schiefgelaufen. Schlimmer noch, es wäre vermeidbar gewesen.

Tolle Nummer, Wolf.

Mein Handy klingelte.

Ich brauchte einen Moment, bis ich begriff, dass es der *König* war. Alle starrten mich an. Ich fummelte es aus der Tasche. Ging dran.

»Ich bin's, Wolf. Nur kurz. Ich habe vielleicht was gefunden, das uns weiterhilft.«

Ich war sofort auf Temperatur. Stellte auf Lautsprecher. Alle scharten sich um mich. »Schieß los!«

»Hier stehen ein halbes Dutzend Maschinen. Zum Rohrebiegen, Metallschneiden und so. Ich habe eine

Plakette an ihnen gefunden. Der Hersteller ist eine Herbert Kuhn AG, Solingen. Vielleicht ein Hinweis.«

Vielleicht?! Wie viele Metall verarbeitende Betriebe in Berlin gab es, die Herbert beliefert hatte? Das könnte was bringen.

Ich bedankte mich. Trennte die Verbindung.

Sofort war helle Aufregung. Lea schnappte sich ihr Handy. Sprach auf Russisch mit Moskau. Sie bedankte sich. Legte auf.

»Gleich wissen wir mehr.«

54

»Nur drei Firmen sind von Herbert Kuhn mit Maschinen und Werkzeugen beliefert worden. Fräsen. Rohrbiegemaschinen, in der Art. Alles schon ein paar Tage her. Das war in den Achtzigern.«

Wir standen an dem Tisch mit dem Touch-Pad. Lea berichtete, was ihr die Analysten zugetragen hatten.

»Metall Fischer in Wedding. Die Firma existiert aber noch. Die können wir ausschließen. Bleiben zwei, auf die wir uns konzentrieren müssen. Die ehemalige Ruhr-Krupp-GmbH und Schneider Metalle. Beide seit Jahrzehnten dicht. Ruhr-Krupp in Neukölln, Schneider in Moabit. Und jetzt wird es interessant.«

Sie wischte auf dem Tisch herum.

»Satellitenaufnahmen, keine zehn Minuten alt. Bei Ruhr-Krupp ist tote Hose. Anders bei Schneider. Hier …« Sie zeigte auf das Foto. »Zwei Personen im Innenhof und ein schwarzer Pkw, der gerade aufs Gelände fährt. Darauf haben wir uns konzentriert. Das Wärmebild zeigt neun Personen im Inneren.«

»Unser Ziel.« Ich nickte.

Philip fragte: »Wie gehen wir vor?«

Nathalia schaltete sich ein. »Wir warten die Dunkelheit ab. Philip, du beziehst Stellung auf dem Nachbargebäude. Wir brauchen einen Späher und Scharfschützen. Lea, Wolf und ich gehen rein.«

Ich legte die Stirn in Falten. »Sie werden alles abgesichert haben. Kameras. Normal und Wärmebild. Wachen. Ich glaube zwar nicht, dass sie mit Überraschungen rechnen, aber sie werden wachsam sein.«

Nathalia nickte. »Der Schwachpunkt ist das Haupttor. Die Schranke hier ist zu vernachlässigen. Das Portal wird schwieriger.«

»Ein Frontalangriff. Schnell und hart.«

»Genau. Wir opfern einen unserer Lieferwagen. Stopfen ihn voll mit C4. Durchbrechen die Schranke. Der Fahrer springt raus. Steuert den Van vorher Richtung Tor. KRAWUMMM. Dann stoßen wir mit den Bikes in die Halle hinein. Einer rechts, der andere links. Der Fahrer kommt durch die Mitte. Wir schießen auf alles, was sich bewegt. Das sollte sie überraschen.«

»Wir sollten warten, bis der schwarze Pkw aufs Gelände fährt. Das könnte Müller sein«, sagte Philip.

Ich tippte auf die sichtbaren Personen im Inneren. »Achtet auf Thorgen. Mit etwas Glück erwischen wir alle.«

Lea fasste zusammen. »Also gut, wir sondieren bei Tageslicht das Gelände. Machen uns mit den Gegebenheiten vertraut. Wir brauchen Fluchtrouten und einen Sammelpunkt. Ich schlage das Safe-House vor. In der Dämmerung beziehen wir Posten. Philip, du übernimmst die Wachen draußen. Alles muss gleichzeitig ablaufen. Wer fährt den Van?«

Ich hob die Hand. »Ich bin schon immer gern aus fahrenden Autos gesprungen.«

»Gut. Dann nehmen Nathalia und ich die Bikes. Ich fahre in den linken Teil der Halle. Du, Nathalia, in den rechten.«

Es war alles gesagt. Genug zu tun.

Wir arbeiteten konzentriert und schnell. Philip und ich präparierten den Lieferwagen. Wir stopften die Motorhaube mit C4 voll. Philip verkabelte alles. Platzierte zwei Kontaktzünder direkt oberhalb der Stoßstange. Dann trat er zurück. Zufrieden betrachtete er sein Werk. Wir konnten nur hoffen, keinen Unfall zu haben. Das würde ein hübsches Feuerwerk geben.

»Das reicht, um ein schönes Loch in die Wand zu reißen.«

Danach gingen wir rüber zu den Frauen, die unsere Bewaffnung vorbereiteten. Sie prüften ein letztes Mal die Sturmgewehre und die Granatwerfer. Packten zudem die Nachtsichtgeräte und C4 in ihre Rucksäcke. Schließlich lagen vier Taschen vor uns. Bereit für den Einsatz.

Lea sah uns an. »Okay, das wär's. Bleibt das Erkunden der Gegend und des Geländes. Wolf und Nathalia, ihr nehmt den Lieferwagen. Sucht uns Fluchtrouten. Philip und ich nehmen die Bikes, konzentrieren uns auf die Lagerhalle. Du, Philip, suchst dir einen Zugang zum Dach des Nachbargebäudes. Beziehst dort schon jetzt Stellung. Vor Ort bleiben wir über das Com-Set in Verbindung. Zudem haben wir die Handys. Noch Fragen?«

Wir schwiegen. Jeder hatte seinen Auftrag. Alles war logisch und gut durchdacht.

Mit zufriedenen Mienen stiefelten wir zu unseren Fahrzeugen.

55

Nathalia und ich fuhren geschlagene zwei Stunden die Gegend um die Lagerhalle herum ab.

Ich trug sämtliche Fluchtmöglichkeiten in einen Stadtplan ein. Entschied mich dann aber für vier echte Routen. Quasi in jede Himmelsrichtung eine. Später würden wir die uns einprägen müssen. Alle Wege führten zurück ins Safe-House.

Philip meldete sich über das Handy. Er hatte einen Zugang gefunden und lag auf dem Dach des Nachbarhauses. Er konnte bestätigen, dass es die richtige Adresse war. Hatte zwei Gesichter aus den Akten wiedererkannt. Einer stand an der Schranke, ein weiterer von Müllers Leuten löste ihn jede Stunde ab.

Es kribbelte, wie vor jedem Einsatz.

Ich erreichte Lea über das Com-Set. Sie berichtete, was wir vermutet hatten. Alles war kameraüberwacht und abgeschirmt. Sie hatte es nicht mehr als einmal gewagt, an dem Komplex vorbeizufahren. Doch das genügte, um sich einen ersten Eindruck zu verschaffen.

Wir trafen uns im Safe-House wieder. Machten uns bereit. Zogen die schweren Kampfstiefel an und die schwarze Einsatzkluft. Die schusssicheren Westen. Stopften uns die Taschen mit Munition voll. Die Glock steckte ich vorne in die Jacke, in eine dafür vorgesehene Öffnung. So würde ich sie schnell und lautlos ziehen können. Ein Stiefelmesser in den Schaft. Die Sturmhauben bereit. Alle legten wir Knie- und Ellenbogenschoner an. Alle würden wir irgendwie Bekanntschaft mit dem Betonboden machen. Ich als Stuntman sowieso. In Kampfmontur saßen wir schließlich in der Wohnlandschaft und warteten.

Ich hörte das Ticken der Wanduhr. Zehn nach acht. In gut zwei Stunden würde es dunkel sein. Uns blieben sechzig Minuten, um unsere Positionen einen Block vor der Halle zu beziehen.

Hoffentlich hatten wir Glück und die schwarze Limousine zeigte sich noch an diesem Abend. Ansonsten konnte es eine lange Nacht werden. Notfalls würden wir das Ganze um vierundzwanzig Stunden verschieben.

»Warum hast du Philip aufs Dach gelegt, Lea?« Ich sah sie an.

»Wir brauchen einen Späher.«

»Klar. Aber warum ausgerechnet ihn? Wir hätten den Job ebenso erledigen können.«

»Zwei Gründe. Zum einen wissen sie nicht, dass er noch lebt. Und das soll so lange wie möglich so bleiben. Zum anderen ist er der Einzige, der weiß, wo das TNT ist. Wir können es uns nicht leisten, ihn zu verlieren.«

Die Soldatin sprach aus ihr. Verluste. Siege. Strategien. Alles wurde nüchtern und sachlich betrachtet. Auch ich wusste, wo er den Sprengstoff versteckt hatte. Immerhin grob. Aber das verschwieg ich. Jeder sollte nur so viel wissen wie nötig. Jedenfalls zu diesem Zeitpunkt.

Nach endlosen Minuten fuhren wir los. Ich den präparierten Van. Schön vorsichtig, immer Abstand zu anderen Fahrzeugen haltend. Hinter mir hörte ich die Kawas. Ohne Zwischenfälle kamen wir an. Hintereinander stellten wir die Fahrzeuge ab. Die Frauen kamen zu mir in die Kabine. Wir meldeten Philip, auf Position zu sein. Wieder war Warten angesagt. Lea und Nathalia unterhielten sich auf Russisch. Sprachen über ehemalige Missionen, die sie zusammen durchgeführt hatten. Ich schwieg. Jeder ging anders mit der Anspannung um.

Draußen schwand das Tageslicht. An den Autos wurden die Scheinwerfer eingeschaltet. Die Laternen gingen an. Vereinzelt waren Personen unterwegs. Aber keiner, der uns beachtete. Lediglich einige Motorrad-Fans blieben einen kurzen Moment an den Kawas stehen. Sie machten Fotos mit ihren Handys. Zogen dann aber weiter.

Ich machte das Radio an. Zappte durch die Sender. Fand nichts nach meinem Geschmack. Schaltete es wieder aus. Ich dachte an Anke, auch sie könnte sich in der Lagerhalle aufhalten. Ich konnte nur hoffen, dass sie nicht zur Waffe griff, wenn es so war. Ich wusste, die Frauen würden nicht zögern, auch sie zu erschießen. Für sie war Anke einfach nur ein weiterer Gegner. Stasi war Stasi. Ein Scheißgefühl. Mein Magen zog sich zusammen. Meine Handflächen wurden feucht.

»Hört mal …«, sagte ich. »Was Anke angeht … Sie könnte da drin sein.«

Nathalia nickte. »Dann wollen wir mal hoffen, dass sie richtig reagiert.«

Ja, das hoffte ich auch.

»Du kommst doch klar damit, Wolf?«

Nicht die Bohne.

Trotzdem bejahte ich. Griff mit den Händen das Lenkrad. Die Knöchel traten weiß hervor. Meine Kiefermuskeln mahlten.

»Wir müssen uns auf dich blind verlassen können, Wolf.«

»Ich bin Profi. Keine Angst.«

An den Blicken sah ich, dass ich sie nicht überzeugt hatte.

Aber das war mir egal. Ich würde Ausschau halten nach Anke. Noch hatte ich sie nicht aufgegeben.

Inzwischen war es dunkel geworden. Die Scheibe hatte ich runtergedreht. Warme Nachtluft strömte herein. Ich schwitzte in der Montur. Aber es ließ sich aushalten. Ich holte eine Wasserflasche aus der Ablage in der Tür. Bot zuerst den Frauen an. Zuletzt trank ich. Ich sah auf die Uhr. Kurz vor elf.

Dann.

Philip meldete sich über das Com-Set.

»Die schwarze Limousine passiert gerade die Schranke. Es geht los!«

Sofort verließen die Frauen den Van. Stürmten zu ihren Maschinen. Ich griff nach vorne. Bekam die Sturmhaube zu fassen. Setzte sie auf. Zog die schnitthemmenden Handschuhe an. Aus dem Fußraum holte ich meine Einsatztasche. Legte sie auf den mittleren Sitz. Startete den Motor. Sah in den rechten Seitenspiegel. Lea zeigte mir den Daumen nach oben.

»Philip, ich zähl runter, sobald ich die Schranke sehe. Der Mann da ist dann deiner.«

»Roger.«

Ich blinkte. Gab Gas. Bog an der nächsten Kreuzung nach links ab. Hatte die Schranke gute zweihundert Meter vor mir. Die Frauen waren direkt hinter mir. Noch fuhr ich normal. Die Tasche hatte ich jetzt auf dem Schoß. Wollte sie bei dem Sprung aus dem Auto an mich pressen.

Noch einhundert Meter.

Noch fünfzig.

»Fünf. Vier. Drei. Zwei. Eins!«

Ich gab Vollgas. Die Bikes blieben zurück. Der Kopf des Wachmannes ruckte herum. Er griff nach seiner Waffe.

»Jetzt!«, schrie ich.

Ich sah den Kopf des Mannes zerplatzen. Fast gleichzeitig krachte die Schranke auf meine Windschutzscheibe. Und gab nach. Der Motor des Vans heulte kurz auf, als ich über eine künstliche Bodenwelle sprang. Durch die Risse der Scheibe sah ich das Tor vor mir. Immer noch Vollgas. Die rechte Hand am Türöffner. Ich zog am Hebel. Warf mein Gewicht gegen die Türverkleidung. Umklammerte die Tasche. Und war draußen. Mit einer Hand schützte ich meinen Kopf. Der Aufprall war hart. Ich schlug auf. Rollte mehrmals um die Längsachse über den rauen Asphalt. Rutschte schließlich auf dem Rücken bis einen Meter an die Wand heran. Der Van schoss auf das Tor zu. Und explodierte. Heiß strich ein Feuerball über mich hinweg. Die Glock lag plötzlich in meiner Hand. Nathalia und Lea schossen mit kreischenden Bikes an mir vorbei. Und verschwanden im Inneren der Lagerhalle. Ich war schon wieder auf den

Beinen. Hatte die Tasche geöffnet, tauschte die Glock gegen das Gewehr. Mit fünf Schritten war ich an der Ecke des zerstörten Tores. Ich hörte wildes Geschrei und Schüsse.

Jetzt ging es erst richtig los.

58

Ich blickte um die Ecke.

Ein Mann kam panisch auf mich zugelaufen. Eine Waffe in seiner Hand. Ich streckte ihn mit einem kurzen Feuerstoß nieder. Links lag Leas Maschine. Sie selbst kauerte hinter einer Fräse. Deckte die Empore mit Salven ein. Die Reste vom Van hatten sich in das Heck der Limousine gebohrt. Flammen schlugen hoch. Schüsse von rechts. Nathalia, die hinter ihrer Kawa lag. Auf etwas oder jemanden schoss, den ich von hier aus nicht sehen konnte. Ein Mann versuchte, hinter sie zu kommen. Ich deckte ihn mit Schüssen ein. Erwischte ihn. Sah, wie er nach hinten gegen die Wand geworfen wurde. Daran tot hinunterrutschte. Nathalia zuckte zusammen. Sah zu mir herüber. Dann schoss sie konzentriert weiter.

Plötzlich ein Ruck. Eine Hand hatte mein Sturmgewehr am Lauf gegriffen. Es glitt mir aus den Fingern. Halb stolperte ich in den Raum, halb sank ich. Ich verlängerte den Fall in eine Rolle. Gleichzeitig zog ich die Glock. Noch in der Bewegung feuerte ich blind auf die Gestalt im Schatten. Mündungsfeuer. Ich spürte einen harten Schlag auf der Brust. Rutschte rückwärts. Dabei schoss ich wild in die Dunkelheit. Ein Mann schrie auf. Kippte vornüber vor meine Füße.

Auf allen vieren krabbelte ich hinter den Van. Wechselte das Magazin. Lud durch. Dann erst setzte der Schmerz ein. Ein Ziehen. Ich befühlte meine Rippen. Die Weste hatte mich geschützt. Trotzdem würde ein amtlicher Bluterguss zurückbleiben. Ein weiterer Schrei. Ein Mann fiel von der Empore. Landete krachend auf dem Dach der Limousine. Seine Kleidung fing Feuer, er verbrannte. Die Luft war geschwängert vom Rauch und dem Geruch von verbranntem Fleisch. Zwei Deckenlampen gaben spärliches Feuerlicht. Überall sirrten Querschläger durch die Luft. Über mir zerplatzte die Heckscheibe des Vans. Scherben rieselten auf mich herab. Ich schüttelte sie ab.

Lea hatte sich vorgearbeitet. Sie tauchte neben mir auf. Drückte ihren Rücken ans Blech.

Sie grinste animalisch. »Läuft doch ganz gut.«

Ich verdrehte die Augen.

Sie deutete hinter sich. »Noch zwei Männer auf der Empore. Von deiner Anke oder Thorgen keine Spur. Von Müller mal ganz abgesehen. Lenk das Feuer auf dich.«

»Lenk es doch selber auf dich.«

Sie zuckte mit den Schultern. Wechselte das Magazin. Schrie: »Los!« Verschwand nach links. Ich hörte ihr Sturmgewehr bellen. Rollte mich rechts am Van vorbei. Nahm die beiden Männer auf der Empore unter Feuer. Der erste brach zusammen. Der zweite verschwand nach links. Lief genau in eine Kugel von Lea. Ich robbte zurück hinter den Lieferwagen. Schnappte nach Luft und hielt mir die Rippen.

»Empore frei«, hörte ich Leas Stimme über das Com-Set.

Weitere Feuerstöße von Nathalia. Dann ihre Stimme: »Halle gesichert.«

Eine unheimliche Stille setzte ein. Nur das Knistern des Feuers war zu hören. Meine Ohren klingelten. Ich nahm die verschwitzte Sturmmaske ab. Richtete mich auf. Nathalia kam auf mich zu. Der Lauf ihrer Waffe wanderte hin und her.

»Eine saubere Sache.« Auch Lea kam um den Van herum. Auch sie ohne Maske. Sie sah aus wie der frische Morgentau. Beneidenswert. »Kein Müller. Kein Thorgen. Keine Anke.«

Ich nickte grimmig. »Scheiße! Lasst uns alles absuchen und dann raus hier.«

Zusammen gingen wir durch die Lagerhalle. Sahen in jeden Winkel und in jede Nische. Dabei deckten wir uns gegenseitig. Mit dem Mann an der Schranke kam ich auf acht Leichen. Wirklich eine saubere Sache. Vor zwei verschlossenen Metalltüren blieben wir stehen. Nathalia sicherte nach hinten. Lea besah sich das Schloss. »Keine Chance. Und auftreten ist auch nicht.«

Ich klopfte mir der flachen Hand gegen den Stahl. »Jemand da drin?«

»Wolf?«

Thorgens schwache Stimme von innen.

»Thomas! Bist du allein?«

»Sie haben mich hier eingesperrt.«

»Geh in die linke vordere Ecke und mach dich klein.«

»Was hast du vor?«

»Was wohl. Die Tür öffnen.«

Lea reichte mir einen Block C4 aus ihrem Rucksack. Ich drückte die Masse auf das Schloss. Steckte einen

Zünder hinein. Hinter einer Maschine gingen wir in Deckung.

»Achtung!«, rief ich.

Drückte auf den Sender.

KAWUMMM.

Die Tür flog aus den Angeln. Hinein in das Innere des Raumes. Der König taumelte uns hustend entgegen.

»Bist du okay?«

Ich lehnte ihn an die Wand. Seine Krone war wieder mal verrutscht. Er trug immer noch den gleichen Anzug wie bei unserer ersten Begegnung. Er hustete. Wischte sich durch das Gesicht. Rot geäderte Augen, als hätte er geweint.

»Alles klar. Scheiße, ihr habt es geschafft.«

»Dein Hinweis war Gold wert.«

»Noch eine Tür.« Lea strich über den Stahl. Rief ihrerseits: »Jemand zu Hause?«

Keine Antwort.

C4.

Auch diese Tür gab nach. Sofort nahm Lea den Raum ein. Eilte mit dem Sturmgewehr im Anschlag nach links. Ich gab ihr mit der Glock Deckung. Kurze Zeit später: »Gesichert!«

Thorgen und ich folgten ihr.

Ihr Waffenlager. Und ihre Kommandozentrale.

Monitore zeigten das Gelände von außen. Tastaturen. Computer. Alle ausgeschaltet. Vier Stühle. Einer davon umgekippt. Leere Chipstüten. Pizzakartons. Das Papier von Schokoriegeln. Colaflaschen. Unsere Gesichter als Fotos an der Wand. Steckbriefe. Fein säuberlich ausgearbeitet. Sie hatten also auch schon Lea auf dem Radar.

Woher auch immer. Zwei Feldbetten. Leer. Aufgeschlagene Decken. Zerknautschte Kopfkissen. Ein Rucksack. Ebenfalls leer. Tische voller Waffen und Munition. Glocks. Mehrere G36. Nachtsichtgeräte. Keine weitere Tür. Die Ratten hatten das sinkende Schiff verlassen. Nathalia versuchte, die Computer zum Leben zu erwecken, aber es tat sich nichts. Mit dem Lauf ihres Gewehres fegte sie den Müll vom Tisch.

»Was ein Schweinestall.«

Ich bemerkte das rote Licht einer Kamera. Direkt in der Ecke unter der Decke. Zwei Schüsse aus der Glock und sie zersprang in ihre Einzelteile.

»Sie wissen Bescheid«, zischte Thorgen.

Ich nickte. Wir sollten weg hier. Wahrscheinlich war ein weiterer Trupp längst unterwegs.

»Raus!«

Von draußen hörte ich Motorengeräusch. Nathalia, die den Kopf hereinstreckte. »Die Herrschaften, das Taxi ist da.«

Philip war mit seinem Lieferwagen rückwärts in die Halle gefahren. »Na los! Kommt schon, weg hier!«

Zu viert stiegen wir auf die Ladefläche. Ich schloss die Tür. Lea klopfte an die Wand. »Ab geht's.«

Philip fuhr raus auf die Straße.

Ich war nach vorne gekommen, sah über seine Schulter. Und sah eine schwarze Limousine im Powerslide um die Ecke rutschen. Ein Mann ragte ab Brusthöhe aus dem offenen Schiebedach. Eine Panzerfaust im Anschlag. Philip reagierte mit einem Schlenker nach rechts. Thorgen und die Frauen krachten gegen die Seitenwand. Ich hatte mich an den Sitz klammern können. Das Geschoss stob zischend am linken Seitenfenster vorbei. Verfehlte uns knapp. Ich hörte und spürte die Explosion, als das Geschoss in einen parkenden Pkw einschlug. Dann rauschten wir auch schon an den Gangstern vorbei. Gekonnt hatte Philip den schlingernden Van stabilisiert. Ich stieg über die Körper meiner Freunde nach hinten. Zertrümmerte die Heckscheibe mit dem Griff der Glock. Die schwarze Limousine hatte gewendet. War jetzt fünfzig Meter hinter uns. Ich schoss mein Magazin leer. Zielte auf den Fahrer. Konnte aber froh sein, wenn ich den Wagen traf. Ich wurde nach rechts geschleudert, als Philip unsere nördliche Fluchtroute nahm. Eine breite Straße. Trotzdem kaum Ampeln. Zu nachtschlafender Zeit alles frei. Er trat aufs Gas. Der Motor brüllte auf. Er schaltete hoch. Ein Mann beugte sich aus dem Seitenfenster der Limousine. Ein Gewehr im Anschlag. Er gab Salven ab. Ich hörte eines unserer Rücklichter splittern. Dumpf schlug eine Kugel durch das Blech. Wie durch ein Wunder blieben wir alle unverletzt.

»Den Granatwerfer«, schrie ich.

Und drehte mich um. Suchte den Boden nach einem unserer Rucksäcke ab. Bekam einen zu fassen. Riss ihn auf. Hatte die GP-30 gefunden. Lud durch. RATSCH. Wieder durchschlug eine Kugel das Blech. Der Van geriet ins Schlingern. Fing sich dann aber wieder. Ich versuchte, einen sicheren Stand zu finden. Legte an. Schulterstütze ans Schlüsselbein. Legte mich dabei auf den Scheibenrahmen. Zielte. Der Wagen war näher gekommen. Trotzdem ging mein erster Schuss zu hoch. Die Granate explodierte irgendwo weiter hinten auf der

Straße. Erneutes Durchladen. Zweiter Versuch. Diesmal landete ich einen Volltreffer. Die schwarze Limousine explodierte. Scherte scharf nach links aus. Rammte parkende Wagen. Und überschlug sich schließlich. Trümmerteile rutschten brennend über die Straße.

Dann nahm Philip die nächste Querstraße und alles verschwand aus meinem Blickfeld.

»Yippie ya yeah, Schweinebacke!«

Was sonst.

57

Das Adrenalin pumpte immer noch durch meine Adern.

Trotzdem fühlte ich mich leer. Wie nach fast jedem Kampf. Obwohl wir keine Verluste zu verzeichnen hatten, überwog die Enttäuschung. Kein Müller. Keine Anke. Nicht mal G. Immerhin lebte Thorgen noch, der ziemlich apathisch von der Ladefläche kletterte. Wahrscheinlich war er in Gedanken bei seiner Tochter Louisa. Ihn aber zurückzulassen, war keine Option gewesen. Er hätte den nächsten Morgen nicht überlebt. Er schlich zur Wohnlandschaft. Setzte sich in einen der Sessel. Vergrub das Gesicht in den Händen. Aber jetzt war nicht die Zeit des Trostes. Wir mussten das Geschehene aufarbeiten.

Die Frauen warteten bereits vor der Monitorwand. Philip und ich kamen dazu.

Nathalia hatte ihr Handy gezückt. Zusammen mit Lea ging sie die Fotos der Leichen durch, die sie gemacht hatte. Acht Männer konnten wir streichen. Alle waren uns bekannt. Plus die zwei in der Limousine, die wir nicht identifizieren konnten. Ein Achtungserfolg. Mehr nicht. Es waren nur Soldaten gestorben. Die Offiziere stolzierten noch frei herum. Wir waren nicht wirklich weitergekommen.

Das sah Lea ähnlich: »Alles in allem haben wir nichts erreicht. Aber wir haben eine Duftmarke gesetzt. Daran werden sie erst mal zu knabbern haben.«

Das bezweifelte ich nicht. Unsere Verluste waren überschaubar: Zwei Vans, zwei Kawas. Nichts, was der General nicht umgehend zu ersetzen imstande war. Wahrscheinlich telefonierte Hawaii schon mit Moskau und die Dinger standen am nächsten Tag schon wieder in der Garage.

»Ihr wart gut«, sagte ich.

»Zum Warmwerden«, entgegnete Nathalia. »Was machen deine Rippen, Wolf?«

Ich zog die Handschuhe aus. Den Ellenbogenschoner. Die Kampfjacke. Die Weste, die mir das Leben gerettet hatte. Hob das T-Shirt. Ein faustgroßer Bluterguss leuchtete mir entgegen. Ich betastete vorsichtig die Stelle.

»Wenn ich lache, tut's weh. Aber nix gebrochen.«

»Was machen wir mit Thorgen?« Philip hatte leise gesprochen.

Ich sah zum *König* hinüber. »Er ist einer von uns.«

Lea schüttelte den Kopf. »Ganz so weit sind wir noch nicht. Eher eine Art Gast. Einer bleibt immer bei ihm. Er darf nicht in die Nähe der Waffen kommen. Nachts schließen wir ihn weg.«

Hugh, die weiße Squaw hatte gesprochen.

»Ich rede mit ihm.«

Er sah auf, als ich zu ihm kam.

»Wolf.«

Er sah müde aus. Die Augen in dunklen Höhlen. Er wusste nicht wohin mit seinen Händen. Sein Anzug war verdreckt und an einer Tasche eingerissen. Außerdem roch er streng.

»Wolf, was ist mit Louisa?!«

Ich setzte mich auf die Couch. Zog die Kampfstiefel aus. Die Knieschoner. Stellte alles fein säuberlich auf den Teppich. Meine Art, Zeit zu schinden. Trotzdem würde ich antworten müssen.

»Ich weiß es nicht.«

Das war gelogen. Sie würden sie töten. Ihr die Kehle durchschneiden. Ihr eine Kugel in den Kopf jagen. Irgendwas. Sie war nutzlos geworden. Entbehrlich. Und wir konnten es nicht verhindern. Was sollte ich dem alten Mann sagen? Die Wahrheit? Ganz ungeschminkt. Bestimmt nicht. Ich sah ihn lange an, sagte dann: »Wir werden einen Weg finden. Schließlich wollen sie das TNT.« Es klang nicht sehr überzeugend.

Er grunzte. Sagte: »Danke, dass ihr es versucht habt. Du bist ein wahrer Freund.«

»Hör zu, du kannst hier bleiben. Im Safe-House bist du in Sicherheit. Aber es gibt Regeln für dich. Es wird immer einer bei dir sein. Nachts schließen wir dich in der Zelle ein. Du darfst dich nur hier im Wohnraum aufhalten und in der Küche. Bedien dich, wenn du was brauchst.«

»Damit kann ich leben«, sagte er leise, als wäre er gar nicht anwesend. »Was habt ihr jetzt vor?«

»Duschen. Du fängst an. Der Raum da ist meiner. Bedien dich bei meinen Klamotten.«

Er schloss einen Moment die Augen. Nickte dann. Schwerfällig stand er auf. Er zitterte. Wirkte fahrig. Stand einen Moment verloren herum. Dann straffte er sich und verschwand.

Ich hörte den Fahrstuhl.

Hawaii.

Er trug sein Sanitätsköfferchen wie eine Trophäe vor sich her.

»Und?! Wer will, wer hat noch nicht?«

Wir winkten ab. Enttäuscht blieb er stehen. Wahrscheinlich hätte er gerne an Frau Nathalia rumgedoktert. Aber das Leben war ja bekanntlich kein Wunschkonzert.

Er kam auf mich zu. »Hier Wolf, deine SIM-Karte. Geklont und nicht zu orten. Richtig so?«

Ich nickte. Und holte mir ein frisches Handy aus dem Regal. Legte die Karte ein. Startete es. Wartete. Nichts. Keine Mailbox meldete sich. Kein Anruf von Anke, den ich mir so sehr herbeigesehnt hatte. Auch keine SMS mit *Hey Wolf, ich gehöre an Deine Seite. Für immer. Scheiß auf Müller. Scheiß auf die Stasi. Ich warte zu Hause auf Dich. Ich liebe Dich.*

Wie gesagt, nichts dergleichen.

Auch kein Müller. Dabei hatte ich damit gerechnet, dass er mich kontaktieren würde. Aber es war ja noch nicht aller Tage Abend. Und nach der Aktion in der Lagerhalle, würde er jetzt auch einen Grund haben. Zehn Gründe. Elf, wenn ich Ohm mit einbezog. Zwölf mit dem *König*. Und es war die einzige Möglichkeit, Louisa am Leben zu erhalten. Jeder wollte jetzt etwas vom anderen. Das gab mir ein kleines Stück Hoffnung. Mehr aber auch nicht.

Philip kam zu mir. »Nichts von Anke?«

Ich schüttelte den Kopf.

»Was ist mit deiner Idee, dich als Köder zu präsentieren?«

»Ich hab's mir überlegt. Wird nicht funktionieren. Nach der Nummer eben schreit das regelrecht nach einer Falle. Müller wird uns nicht für so dumm halten, ein ortbares Handy mit uns herumzutragen. Im besten Fall schickt er nur seine Männer. Außer weiteren Leichen würde es nichts bringen.«

»Also stehen wir am Anfang?!«

»Nicht ganz. Wir haben Thorgen wieder. Und wir haben Müller wütend gemacht. Vielleicht macht er Fehler. Ich hoffe, er ruft mich an.«

»Würde zu seinem Profil passen. Er ist Narzisst.«

Auch die Frauen waren in ihre Zimmer verschwunden. Ein leiser Duft nach Frühling schwebte in den Raum. Ich hörte Wasser rauschen. Eine gute Idee. Dann fiel mir aber Thorgen ein, der meine Dusche blockierte. Also konnte nur Philip sich frisch machen gehen.

Allein blieb ich zurück.

Ich legte Zeitungspapier auf den Wohnzimmertisch. Holte Öl und Lappen. Und begann die Waffen zu reinigen. Ein meditativer Akt. Nach jedem Gefecht das gleiche Ritual. Schritt für Schritt ging ich die Stürmung der Halle durch. Die Vorbereitungen. Das Warten. Das Startsignal. Der Wachposten an der Schranke, dem Philip das Hirn weggepustet hatte. Der Sprung aus dem fahrenden Van. Die Explosion. Lea und Nathalia auf ihren Maschinen. Der Mann, der auf mich zugelaufen war. Die Waffe, die mir entrissen wurde. Das wilde Gefecht, das wir gewonnen hatten. Thorgen, den wir befreit hatten. Die schwarze Limousine. Alles hatte geklappt wie am Schnürchen. Es war fast zu einfach gewesen.

Zu einfach.

War es das, was mich störte? Konnte ich mich wirklich darüber beschweren? Es war eine gute, kaltblütige Aktion gewesen. Perfekt geplant. Perfekt durchgeführt. Das nötige Glück auf unserer Seite.

Zu einfach.

Wie ein Echo hallte es in mir nach. Aber ich konnte es nicht greifen. Also konzentrierte ich mich auf das Wesentliche. Das TNT. Es wurde Zeit, mit dem Pfund zu wuchern. Unsere einzige Chance, Müller vor die Mündung zu bekommen. Sollten wir ihm ein Paket in den MAD schicken, als Anreiz für einen Handel? Was würde geschehen? Ein Treffen unter irgendeiner Brücke? Ein Lkw gefüllt mit Sprengstoff im Tausch gegen Louisa und vielleicht Anke? Jeder hatte, was er wollte. Happy End. Ritt in den Sonnenuntergang. Von wegen. Unschuldige würden sterben. Zahlreiche Anschläge verübt. Keine Option. Das traf auch nicht den Kern der Sache. Ich wollte Babyface. Ich wollte seinen Kopf und wäre es das Letzte, was ich tun würde im Leben.

Die Frauen kehrten zurück. Auch Thorgen und Philip. Alle frisch gewaschen und gepudert wie glückliche Säuglinge. Selbst der *König* hatte wieder Farbe im Gesicht. Er trug meine Klamotten. Ich wollte mich gerade verabschieden, als mein privates Handy klingelte. Wieder starrten mich alle an. Langsam ging es mir auf die Nerven. Ich ging dran. Stellte direkt auf Lautsprecher. Wer war es? Anke oder …

»Ja?!«

»Mein lieber Freund.«

Müller.

Tatsächlich.

Seine dünne, hohe Stimme.

»Überrascht, dass ich anrufe?«

»Eigentlich nicht.«

Er lachte. »Jetzt sind wir quitt. Dein und Philips Leben gegen meine neun ... nein, ich berichtige, elf Männer. Wir wollen Menzer und Ohm doch nicht vergessen.«

»Aber deswegen rufen Sie doch nicht an, Müller?!«

Wieder dieses dünne Lachen. »Sagen wir mal so, ich habe einen Fehler gemacht und den einsamen Wolf unterschätzt. Wie lästig. Wie dumm von mir. Was ist eigentlich mit Philip? Lebt der Gute noch? Sitzt er neben dir?«

»Sie wissen genau, dass ich ihn erledigt habe. Ich musste ihn erschießen. Sie haben mich dazu gezwungen. Deshalb werde ich Sie jagen. Tag und Nacht. Sie werden sich jedes Mal umdrehen müssen, wenn Sie ihre Burg verlassen.«

Kaufte er mir das ab?

»Wenn du das sagst. Alles nur Soldaten. Bauernopfer. Unwichtige Figuren in einem viel größeren Spiel. Und jetzt geht es um dich und mich. Jeder hat etwas, das der andere will.«

»Ich weiß nicht, wo das verkackte TNT ist.«

»Das wäre aber sehr bedauerlich.«

»Was wollen Sie, Müller.«

»Das TNT. Im Gegenzug bekommst du deine Anke zurück.«

»Was ist mit Louisa.«

Das Lachen. »Sitzt der alte Schwachkopf etwa auch neben dir? Ich wusste, dass er nichts taugen würde. Ja, und Louisa. Armes Ding. Schreit dauernd nach ihrem Papi.«

Thorgen drehte durch. Stürzte sich auf mich. Entriss mir das Handy. »Ich mach dich kalt, Müller!«

Dann war Nathalia bei ihm. Ein kurzer Schlag in den Solar Plexus. Der *König* taumelte nach hinten. Und fiel in den Sessel. Schnappte panisch nach Luft. Unfähig auch nur ein weiteres Wort mehr herauszubekommen. Sie reichte mir das Handy zurück.

»Bin wieder dran.«

»Treffer. Versenkt, würde ich sagen. Also überleg es dir. Mein Angebot steht.«

»Ich will einen Beweis, dass es den Frauen gut geht.«

»Und ich will 'ne verkackte Insel in der Karibik. Ich ruf wieder an.«

Die Leitung war tot.

58

»Er spielt mit uns, Wolf«, sagte Lea.

Ja. Nein. Ja. Er hatte einen Grund gehabt, uns anzurufen. Er wollte den Deal. Aber da war noch etwas. Schwer zu beschreiben. Kennen Sie das, wenn Ihnen etwas durch den Kopf geht, das Sie nicht benennen können? Eine Idee. Eine Ahnung. Ein Fragment. Irgendwas, das raus muss. Müller war seltsam passiv gewesen. Emotionslos. Gut, er war Soldat. Aber es fühlte sich an, als wollte er mit dem Anruf noch ganz etwas anderes bezwecken. Nur was? Er hatte nicht gedroht. Eher war er in Plauderlaune gewesen. Irgendwas entging uns hier.

Was, verdammt!

»Er hat sich klar ausgedrückt«. Nathalia sah uns an. »Wir könnten ihm eine Falle stellen.«

»Er ist ein Schwein! Er wird die Frauen umbringen, sobald er auch nur in die Nähe des TNT kommt. Ist es hier?«, fragte Thorgen.

»An einem sicheren Ort«, sagte Philip nur.

»Meinst du nicht, es sei an der Zeit, uns langsam zu verraten, wo es ist?« Lea spielte mit einem Messer herum. Stellte es mit der Spitze auf den Tisch. Ließ es um die eigene Achse kreisen.

Philip schüttelte den Kopf. »Nein.«

»Nein?! Was glaubst du, wie wir sonst an Müller herankommen? Ohne Aussicht auf das Zeug, wird er seinen Kopf nicht aus dem Loch strecken. Wir haben alles versucht.«

»Ich meine, was bringt es euch? Nur mal angenommen, ihr fallt Müllers Leuten in die Hände. Was wäre das Geheimnis dann noch wert?«

»Ich dachte, wir wären ein Team. Scheiße, jeder von uns hält für den Scheiß seinen Hintern hin. Es wäre nur gerecht, zu wissen, wofür man stirbt.« Lea war angefressen.

»Nein. Zu großes Risiko.«

»Philip hat recht«, schaltete ich mich ein. »Wir sollten nichts überstürzen. Nicht heute Abend. Nicht mehr in dieser Nacht. Jeder sollte sich Gedanken machen. Morgen früh halten wir Kriegsrat.«

»Wenn der feine Herr meint.« Lea drosch das Messer in die Tischplatte. Der Schaft zitterte. »Ich geh ins Bett. Mir reicht's.«

»Ich schließe mich an«, sagte Nathalia. »Der *König* ist dein Freund, Wolf. Schließ du ihn weg.«

Ich sah den Frauen nach. Konnte ihren Unmut verstehen. An ihrer Stelle hätte ich wahrscheinlich auch so reagiert. Sie kämpften und sie setzten ihr Leben aufs Spiel. Und wir hatten Geheimnisse. Verheimlichten ihnen wichtige Fakten. Keine gute Grundlage für bedingungslose Teamarbeit. Gut, sie handelten im Auftrag des Generals und ein Teil ihrer Aufgabe war es, das TNT sicherzustellen. Nichts anderes. Aber der General hatte den Deal akzeptiert, weil Philip und ich zur Familie gehörten. Also mussten sie damit leben. Ob es ihnen nun passte oder nicht.

Ich stand auf. »Es wird Zeit, Thomas.«

Er schraubte sich aus dem Sessel. »Eine schöne Gemeinschaft seid ihr.«

Jetzt fing der auch noch an. Ich hatte keine Lust zu diskutieren. Philip starrte düster auf seine Hände. Er machte sich bereits jetzt Gedanken.

»Hier entlang, Thomas. Nimm dir noch eine Flasche Wasser mit.«

»Als könnte ich schlafen. Louisa ...« Seine Schultern begannen zu beben.

Mit einem Mal war ich furchtbar müde. Packte ihn am Arm. Schob ihn zum Fahrstuhl. Schweigend fuhren wir eine Etage höher. Ich stieß die Tür zu seiner Zelle auf. Er ging zu der Pritsche. Setzte sich. Dann zog er seine Schuhe aus.

»Wolf, ich habe es begriffen. Das TNT ist die einzige Chance, die beiden Frauen lebend wiederzusehen.« Es klang jämmerlich.

»Gute Nacht, Thomas.«

»Wolf ...«

Ich schloss die Tür, wollte nichts mehr hören. Den Schlüssel drehte ich zweimal im Schloss. Steckte ihn in die Tasche. Augenblicklich war Stille. Ich genoss die Ruhe. Lehnte mich für einen Moment an die Wand. Schloss die Augen. Atmete tief durch. Nur noch ins Bett. Sonst nichts. Dann ging ich zurück zu Philip.

Er saß immer noch in der Wohnlandschaft, die Füße neben das Messer auf den Tisch gelegt. Auch an ihm war der lange Tag nicht spurlos vorübergegangen.

»Danke, Wolf.«

»Wofür?«

»Dass du mich eben vor den Frauen verteidigt hast.«

»Es hätte nichts gebracht, ihnen den Standort des TNTs zu verraten. Schon gar nicht vor Thorgen.«

Er nickte. »Aber es wird wirklich langsam Zeit.«

»Du willst dich auf einen Handel einlassen?«

»Zum Schein. Wir packen Kartons und davor nur eine echte Palette. Wenn wir die Frauen haben, zünden wir das Zeug. KAWUMM, und es löst sich in Luft auf.«

»Müller ist nicht dumm. Er wird alles genau prüfen? Zu riskant. Keine Chance.«

»Was dann, Wolf? Warten, bis sie uns Anke in kleinen Stücken schicken?«

Bei dem Gedanken wurde mir übel. Ich wischte mir über das Gesicht. »Ich weiß es nicht. Ich muss nachdenken. Morgen sehen wir weiter.«

»Eins noch. Wenigstens du solltest wissen, wo das TNT genau ist. Sollte mir was passieren, bist du die letzte Chance für Anke. Und für Louisa.«

»Sicher?«

»Absolut. Ich vertraue dir vorbehaltlos.«

»Dann schieß los.«

»Es ist eigentlich ganz einfach. Und du kennst dich ja dort einigermaßen aus. Es ist im Kleeblatt, direkt unter dem Nachrichtenstudio. Du musst in den untersten Stock. Dort gibt es eine Zwischendecke. Die ist voll mit dem Zeug. Die Deckenpaneele lassen sich leicht lösen. Du wirst es finden.«

»Auf Paletten?«

Er schüttelte den Kopf. »So groß ist die Lücke nun auch wieder nicht. Jeweils immer nur zwei Pakete übereinander gehen rein. Aber über bestimmt fünfzig Meter. Und ebenso in der Breite.«

»Was eine Arbeit.«

»Ich habe über eine Woche gebraucht.«

Ich rechnete. Zu viert würden wir dann knapp zwei Tage brauchen. Mindestens. Das musste ich mit einberechnen.

Ich sagte: »Wir holen es zusammen da raus.«

»Eins musst du noch wissen: Ich habe Vorkehrungen getroffen. Kontaktzünder angebracht. Nur eine Deckenplatte bildet den Zugang. Ausgehend von der linken hinteren Ecke, wenn du von der Südseite kommst, musst du vier Paneele nach vorne abzählen, dann vier weitere nach rechts. Vertue dich bloß nicht. Alles verstanden?«

»Südseite. Hintere linke Ecke. Vier nach vorne. Vier nach rechts. Roger.«

»Gut. Jetzt weißt du es genau.« Er nickte. Stand auf. »Okay. Dann geh ich jetzt auch mal schlafen. Gute Nacht.«

»Gute Nacht.«

Ich blieb noch eine Weile sitzen. Und starrte ins Leere. Holte mir ein Bier. Wälzte Gedanken. Gab es wirklich keine Alternative? Großer Showdown? Alles auf eine Karte? Darauf hoffen, dass wir die Frauen befreien konnten? Dass wir wirklich alle erwischten und das TNT dann in Sicherheit war? Müller hatte eine ganze Armee an seiner Seite. Gut ausgebildete Soldaten. Er war Profi. Er würde mit allem rechnen. Was hatte er vor? Fragen über Fragen wanderten durch meinen Kopf.

Ich gab es auf. Brauchte Ruhe. Brauchte Schlaf. Und endlich eine Dusche.

Ich ließ die leere Flasche auf dem Tisch stehen. Löschte das Licht. Und ging auf mein Zimmer.

Morgen war ein neuer Tag.

59

Ich wurde mitten in der Nacht wach.

Es war stockdunkel. Ein Blick auf die Luminox. Die fluoreszierenden Zeiger zeigten kurz vor vier Uhr. Ich richtete mich auf. Unfähig zu sagen, was mich geweckt hatte. Ich war noch etwas benommen. Hatte ein mulmiges Gefühl. Irgendetwas arbeitete in mir. Wollte raus. Eine dunkle Wolke. Die seltsame Unruhe erstreckte sich auf alle Glieder. Tief atmete ich ein und aus. Drehte mich auf die andere Seite. Ahnte mehr die Wand, als dass ich sie sehen konnte. Es war totenstill im Haus. Nichts rührte sich. Die Augen fielen mir immer wieder zu. Ich sah das Lagerhaus. Das Gefecht. Die beiden Metalltüren. Thorgen, der auf uns zutaumelte. Die Kommandozentrale. Die Kamera. Das alles sehende Auge. Live. In Farbe. In HD. Müller am anderen Ende. Tobte er? Wurde er blass? Was ging in ihm vor? Oder rieb er sich letztendlich die Hände?

Zu einfach.

Die beiden Worte hämmerten durch mein Gehirn.

Zu einfach.

Moment!

Thorgen!

Ich riss die Augen auf. Sprang aus dem Bett.

Wir hatten einen Fehler begangen.

Einen entscheidenden Fehler.

Einen tödlichen Fehler!

Eilig stieg ich in meine Hose. Die Sneaker. Das Handy. Zur Tür. Alles ruhig. Die Glock in der Hand schlich ich zum Regal. Nahm das kleine Kästchen. Eine Etage höher. Der Flur. Thorgens Zelle. Ich schloss auf. Machte Licht. Er hatte am Tisch gestanden. Fuhr herum.

»Himmel, hast du mich erschreckt!«

Dann war ich bei ihm. Fuhr mit dem Scanner über seine Klamotten. Das Hemd. Die Hose. Das Jackett, das er ausgezogen und über die Lehne gehängt hatte. Sogar seine Krone untersuchte ich.

Nichts.

»Was soll das, Wolf. Glaubst du, ich bin verwanzt?! Das hätte ich gemerkt.«

Die Schuhe.

Das rote Licht sprang sofort auf grün.

Scheiße!

»Ich ... ich hatte keine Ahnung.«

Sie hatten uns ein Trojanisches Pferd ins Nest geschoben. Falsch, wir hatten es selbst in die eigenen Stadtmauern geholt. Der Hohlraum des hölzernen Pferdes. Ein uralter Trick. Wir waren darauf hereingefallen wie blutige Anfänger. Ich hätte mir ins Knie schießen können.

Jetzt zählte jede Sekunde.

Ich rannte aus dem Raum, ohne den lamentierenden *König* weiter zu beachten. Warf die Tür zu. Schloss hastig ab. Der Fahrstuhl. Rein. Nach oben. Still lag die Möbelhalle da. Ich schwitzte. Der Schweiß lief mir über den nackten Oberkörper. Mit vorgestreckter Waffe schlich ich vorwärts. Lauschte. Totenstille. Rechts rum. Geradeaus. Überall Verstecke. Dunkle Ecken. Nischen. Meine Augen brannten. Weiter. Geduckt. Kreiselnd. Druckpunkt. Bereit zu schießen. Bereit, in Deckung zu gehen. Anspannung. Flache Atmung. Die Ohren gespitzt. Das kleinste Geräusch konnte über Leben und Tod entscheiden. Ein Durchgang. Der Weg zum Ausgang. Die Pforte. Ich erreichte Hawaiis Büro. Endlich. Die Tür geschlossen. Durch die Scheibe sah ich seinen Schatten hinter dem Schreibtisch. Schlafend saß er vornübergebeugt in seinem Stuhl. Ich stieß die Tür auf. Stürmte rein. Rutschte aus. Und schlug auf dem Boden auf. Klammerte mich dabei an meine Glock.

Nur nicht die Waffe verlieren, hämmerte es in meinem Kopf. Nur nicht die Waffe verlieren!

Nässe.

Klebrig.

Zäh.

Blut.

Sofort stieg mir der Geruch in die Nase. Ich war zu spät. Der Tod war schneller gewesen. Ein finsterer Geselle. Heimtückisch. Absolut. Gnadenlos. Ich rappelte mich auf. War mit wenigen Schritten bei Hawaii. Nahm seine Stirn mit einer Hand. Der Kopf fiel seltsam leicht nach hinten. Sie hatten ihn fast abgetrennt. Nur ein Knorpel des Wirbels hinderte ihn daran, ganz abzufallen. Ein tiefer Schnitt von einem Ohr zum anderen. Eine scharfe Klinge. Von Meisterhand. Profiarbeit. In einer einzigen, flüssigen Bewegung. Rechtshänder. Links angesetzt. Kraftvoll und mit Schwung gezogen. RATSCH. Das Blut war nach vorne gespritzt. Und auch in seine Lunge gelaufen. Ein grausamer Tod. Das Leben floss aus. Bis es weg war. Keine zwei Minuten dauerte das. Zurück blieb eine Hülle. Aus einem Auge starrte er mich an. Das andere war weg. Fehlte. Eine leere, blutige Höhle. Ich sah eine klebrige Masse. Teile des Gehirns. Etwas Blut war über seine Wange gelaufen.

Der Aufzug.

Der Irisscanner!

Alles erlebte ich, als stünde ich neben mir. Als sähe ich mir selbst dabei zu. Als Gast bei meiner eigenen Show. Die Erkenntnis, wofür sie das Auge verwenden wollten, rieselte durch meinen Körper. Meine Knie wurden weich. Ich stützte mich auf der Kante des Tisches ab. Riss mich zusammen. Stieß den Atem aus.

Die anderen!

Ich musste sie warnen. Musste zu ihnen. Jetzt zählte jede Sekunde. Ich ließ den Kopf los. Mit einem dumpfen KLOCK schlug seine Stirn auf die Tischplatte. Blut spritzte auf den flimmernden Monitor. Ich sah Bilder vom Außengelände. Den Parkplatz. Den Zaun. Die Straße. In verschiedenen Perspektiven. Alles ruhig. Nur eine Katze verschwand zwischen parkenden Autos. Eine trügerische Idylle.

Er hatte sie nicht kommen sehen.

PLING.

Eine SMS.

Alles brach über mir zusammen. Keine Zeit zum Nachdenken. Ich fummelte mein Handy aus der Tasche. Aktivierte es. Las: *Na, ist das Vögelchen ausgeflogen? Zieht der einsame Wolf wieder seine Runden, anstatt seine Schäfchen zu bewachen? Böser, böser Wolf.*

Dann hörte ich Schüsse von unten. Ferne Echos. Das Bellen von Handfeuerwaffen. Unregelmäßig. Ihr Klang schnitt durch die Dunkelheit.

Scheiße!

Ich rannte raus aus dem Büro. Versuchte, das verdammte Blut von den Sohlen zu wischen. Brauchte einen festen Stand. Wieder hörte ich den Fahrstuhl. Er fuhr an mir vorbei nach oben. Wild hämmerte ich auf den Knopf. Ging links an der Wand in Deckung. Wartete. Das Handy. Ich wählte Philips Nummer. Nichts. Nathalia. Nichts. Lea. Nichts. Ich fluchte.

Wann kam der verdammte Fahrstuhl?!

Endlich.

Die Türen glitten auf. Ich war bereit, sofort zu schießen. Aber die Kabine war leer. Fast. Unter dem Irisscanner lag etwas. Matschig. Blutig. Ich ging hinein. Bückte mich. Das Auge.

Ich schlug auf U. Endlos langsam schlossen sich die Türen. Ich zielte nach draußen, bis ich den Ruck spürte und sich der Aufzug in Bewegung setzte. Links neben die Tür. Der tote Winkel. In Drehrichtung sollten sich die Türen zum Safe-House öffnen.

Abermals der Ruck.

Das PLING.

Raus.

Ich schwenkte den Raum ab, der jetzt im grellen Licht erstrahlte. Und erstarrte. Mehrere Personen am Boden. *Black Hawk Down*. Direkt vor mir einer von Müllers Leuten. Ein Loch mitten in der Stirn. Blut sickerte unter seinem Hinterkopf hervor. Ein wachsender Heiligenschein. Ich roch Kordit. Pulvernebel hing unter der Decke. Keine Bewegung. Nirgendwo. Ich ging hinter einem der Vans in Deckung. Umrundete ihn. Keine Gefahr. Rechts, die Waffen an der Wand. Dann sah ich sie. Lea. Sie lag auf dem Bauch. Ich wusste gleich, dass sie tot war. Ihr eigenes Messer steckte noch in ihrem Hals. Sie hatten ihre Aorta durchtrennt. Auch sie war innerhalb von zwei Minuten verblutet. Trotzdem tastete ich nach ihrem Puls.

Vergeblich.

Neben ihr eine Glock. Wenigstens einen hatte sie mit ins Grab genommen.

Gutes Mädchen.

Weiter.

Noch zwei von Müllers Leuten. Auf dem Rücken. Starrer Blick zur Decke. Die Brust zerschossen. Sturmgewehre neben ihnen. Patronenhülsen. Zerschossenes Interieur. Der Flat in Trümmern. Das Glas zum Kühlschrank zersprungen. Löcher in den Wandschränken.

Wo war Nathalia? Wo Philip?

Ich umrundete die Couch. Eine weitere Person. Armeehose. Top. Barfuß. Ein Bein angewinkelt. Die Glock noch in den Händen. Den Kopf zur Seite gedreht. Blutspritzer auf dem Teppich. Dem Betonfußboden.

Oh Gott! Nicht auch noch sie!

Der Puls. Ich tastete danach. Legte zwei Finger hinter ihr rechtes Ohr. Fühlte einen Herzschlag. Kräftig.

Gott sei Dank!

Ich drehte sie um. Sie war nicht bei Bewusstsein. Aber ihr Top sauber. Nirgendwo Einschusslöcher. Dann sah ich ihr blutiges Haar. Befühlte ihren Kopf. Atmete auf. Eine Kugel hatte sie nur gestreift. Direkt über der rechten Schläfe. Eine blutende Furche. Sonst war sie okay.

»Philip!«

Ich schrie alles heraus. Kam in die Höhe. Wirbelte herum. Drei Türen standen offen. Seine verschlossen. Ein dumpfes Gefühl im Magen. Vor. Die Klinke. Ich schluckte. Stieß die Tür auf. Kein Licht.

Aber auch so wusste ich, dass Philip verschwunden war.

60

Es hatte einen Kampf gegeben.

Umgestürzte Möbel. Der Stuhl in Trümmern. Das Bett verschoben. Das angrenzende Bad leer. Ich fluchte. Eilte zurück zu Nathalia. Hob sie auf. Und trug sie zur Couch. Legte sie dort ab. Ein Kissen unter ihren Kopf. Dann lief ich in die Küche. Das Geschirrtuch. Kaltes Wasser. Zurück. Vorsichtig tupfte ich ihre Schläfen ab. Legte ihr das Tuch auf die Stirn. Ein Stöhnen. Bewegung. Sie kam zu sich. Ihre Lider flatterten. Dann sah sie mich an.

»Wolf! Was ist passiert?«

»Wir sind aufgeflogen.«

»Lea?!«

Ich schüttelte den Kopf.

Trauer trat in ihren Blick. »Oh nein! Philip?!«

»Verschwunden. Sie haben ihn.«

Sie richtete sich auf. Zuckte zusammen, als sie sich an den Kopf griff. Betrachtete ihre blutige Hand.

Ich sagte: »Langsam. Ein Streifschuss. Du hast Glück gehabt.«

»Glück ist relativ.«

Ich nickte. »Hawaii. Er liegt oben. Er war der Erste.«

Ihre Trauer verwandelte sich in Wut. Und Aktionismus. Die Kämpferin. Die Soldatin. »Wir müssen weg hier.«

»Schnellstens.«

Ich holte mir mein T-Shirt aus dem Zimmer. Die Lederjacke. Zusammen liefen wir zu den Maschinen. Auf dem Weg dorthin ging Nathalia neben Lea in die Knie. Behutsam schloss sie ihr die Augen. »Entschuldige, Süße. Ich habe nicht auf dich aufgepasst.« Dann schlug sie ein Kreuz. Ein letzter Gruß. Die letzte Ehre. Unter Soldatinnen. Unter Kameradinnen. Unter Freundinnen. Treu bis in den Tod. Dann war sie neben mir.

Eilig packten wir die Rucksäcke. Mit zwei Sturmgewehren um unsere Oberkörper geschlungen liefen wir zu den beiden übrig gebliebenen Bikes.

»Moment«, sagte ich.

Ich kramte den Scanner hervor. Tastete die Bikes ab. Zur Sicherheit. So viel Zeit musste sein. Nicht den gleichen Fehler begehen. Nicht noch einmal. Dann Nathalia. Ihren Rucksack. Das Gleiche machte sie mit mir.

Rot.

»Sauber.«

Helm. Nierenschoner. Handschuhe. Wir saßen auf. Starteten die Motoren.

Ich sprach übers Com-Set: »Wenn die Fahrstuhltüren aufgehen, Vollgas. Du übernimmst die rechte Flanke. Ich vorne und links. Kein Zögern. Sollten wir uns verlieren, Treffpunkt U-Bahnhof Friedrichstraße. Bereit?«

»Aber so was von.« Kurze Pause. »Was ist mit Thorgen?«

»Wir lassen ihn laufen. Können ihn hier nicht versauern lassen. Soll er sich alleine durchschlagen.«

»Okay.«

»Ich steig im ersten Stockwerk aus. Gib mir Deckung. Blockiere die Türen.«

Wir fuhren in den Aufzug. Ich stieg ab. Ließ den Motor laufen. Und drückte den Knopf. Mit der Glock in der Hand wartete ich. Die Tür glitt auf. Dunkelheit. Ich griff nach rechts. Machte Licht. Still lag der Flur vor uns. Rüber zu Thorgens Zelle. Der Schlüssel. Ich drehte ihn zwei Mal im Schloss. Lief zurück, ohne mich weiter um den *König* zu kümmern. Er würde allein klarkommen müssen. Wir brauchten ihn nicht mehr.

Ich erreichte die Kabine. Diesmal drückte Nathalia den Knopf. Ich saß auf. Rollte vor bis zu der anderen Tür. Ein Ruck. Nach oben. Ein weiterer Ruck. Die Türen öffneten sich. Augenblicklich gab ich Vollgas. Und ließ die Kupplung fliegen. Schoss vorwärts in die Nacht. Das Sturmgewehr geradeaus gerichtet. Bereit auf alles zu schießen, was sich mir in den Weg stellen würde.

Hinter mir hörte ich Nathalias Bike. Sie klebte mir direkt am Hinterrad. Niemand zu sehen. Wir passierten das Tor. Ich riss die Maschine nach rechts. Gab abermals Gas. Das Vorderrad kam. Auf einem Rad fuhr ich auf die Straße. Drückte die Maschine nach unten. Erst einige Blocks weiter drosselte ich das Tempo. Immer wieder hatte ich zurückgeblickt.

»Weg mit den Gewehren. Wir sehen aus wie die *Expendables* auf Speed.«

Ich fuhr rechts ran. Nathalia hielt neben mir. Zusammen verstauten wir die Langwaffen in den Rucksäcken. Die Glock wanderte griffbereit zwischen Tacho und Drehzahlmesser. Sie passte perfekt in den Zwischenraum. Weiter. Ich hielt ununterbrochen nach Verfolgern Ausschau. Aber wir waren und blieben alleine. Langsam beruhigte sich mein Puls wieder.

»Wohin jetzt?!«, fragte ich.

Meine Wohnung oberhalb von Mauros Werkstatt konnte ich vergessen. Auch Ankes Domizil fiel aus. Blieb nichts übrig.

»Fahr mir nach. Wir haben noch eine weitere Adresse. Weniger komfortabel. Aber Plan B. Auch wir haben euch nicht alles gesagt.«

Ich grinste in meinen Helm. Und hängte mich an ihr Rücklicht. Wir fuhren quer durch Berlin, bis wir ein Industriegebiet erreichten. An einem dunklen Gebäude machte sie halt. Drückte einen Sender. Ein Tor fuhr auf. Und hinter uns wieder runter. Ich machte die Maschine aus. Stieg ab. Öffnete das Visier. Nathalia war in der Dunkelheit verschwunden. Kurz darauf flammte Neonlicht auf.

Ich sah mich um.

Ein wesentlich kleinerer Raum. Betonfußboden. Kahle Wände. Vier Stockbetten. Ein Tisch. Stühle. Die Tür zu einer einfachen Toilette stand offen. Sonst war der fensterlose Raum leer. Kein Vergleich zu unserem ersten Safe-House. Trotzdem war ich beeindruckt. Der General hatte wirklich an alles gedacht.

Nathalia zog ihren Helm ab. Legte ihn auf den Tisch. Ich machte es ihr gleich. Setzte mich. Sie nahm mir gegenüber Platz. Ihre rechte Gesichtshälfte war bereits verkrustet. Die Wunde hatte aufgehört zu bluten.

Ich sagte: »Das müssen wir verarzten.«

Sie winkte ab. Aber ich duldete keine Widerrede. Nahm Jod und Verbandszeug. Kurze Zeit später hatte sie einen hübschen Turban. Ich reichte ihr eine Wasserflasche aus dem Kasten, der neben den Betten stand.

Notdürftig wusch sie sich. Danach sah sie manierlicher aus.

Ich holte unsere Rucksäcke. Legte alles daraus auf den Tisch. Insgesamt vier Sturmgewehre. Vier Glock. Zwei Granatwerfer. Genug Munition für eine ganze Kompanie. Mehrere Blöcke C4 nebst Zünder. Zwei Taschenlampen. Zwei Nachtsichtgeräte. Zwei Tauchermesser. Dazu zwei komplette Garnituren schwarzer Kampfanzüge. Aus dem Regal hatte ich noch einige Kameras mitgenommen.

Zufrieden nickte ich. »Wir sind gut ausgerüstet.«

»Er wird reden, Wolf.«

Ich schwieg.

»Irgendwann reden sie alle. Glaub mir.«

Ich nickte. Wir hatten eine herbe Niederlage einstecken müssen. Lea und Hawaii gefallen. Philip verschleppt. Das Safe-House verbrannt. Müller war jetzt klar im Vorteil. Das wussten wir beide. Die Frage, ob Philip reden würde, war die falsche. Wann er reden würde, war die richtige.

Halt durch, Junge.

Nathalia trank den Rest aus ihrer Flasche. »Also, wie gehen wir vor?«

»Du glaubst, ich wüsste, wo das TNT ist?«

Sie sah mich an. Zog die Augenbrauen hoch. »Ich bin zwar blond, aber nicht doof. Dein Verhalten und dein Draht zu Philip. Es ist offensichtlich.«

»Es ist im *DDR*. Es hat das Gelände nie verlassen.«

»So was habe ich mir fast schon gedacht. Entweder da oder in irgendeinem Container eingelagert.«

»Jetzt weißt du es.«

»Ja, und?! Glaubst du, ich renn zum General? Ich habe einen klaren Auftrag: Schalte Müller aus. Setz der Operation *Gemini* ein Ende. Und daran halte ich mich.«

»Du bist also weiterhin dabei.« Das hatte ich nicht als Frage formuliert.

»Bis zum bitteren Ende. Und jetzt ist es persönlich geworden.«

Lea. Der Tod ihrer Kameradin ging ihr nahe. Und nicht nur ihr. Wir hatten Freunde verloren. Auch der schrullige Hawaii war mir ans Herz gewachsen.

»Das mit Lea tut mir leid«, sagte ich.

»Sie war sich der Gefahr bewusst. Wir leben wie Soldaten, wir sterben wie Soldaten, hat sie immer gesagt.« Sie musste schlucken. »Ich hätte besser auf sie aufpassen müssen.« Sie spuckte in die Ecke.

»Auf Lea aufpassen? Sie würde sich kaputtlachen, könnte sie dich jetzt hören. Oder dir gehörig in den Arsch treten.«

Nathalia grinste. »Du hast recht. Also, wie gehen wir vor?«

»Zu zweit bräuchten wir vier Tage, um das Zeug da rauszuholen und in Sicherheit zu bringen.«

»Die wir nicht haben. Höchstens einen Tag. Und dann schon zieh ich den Hut vor Philip.«

Ich zuckte zusammen. Denn jetzt erst wurde mir bewusst, was sie alles mit ihm anstellen würden. Ich fragte Nathalia gar nicht, welche Möglichkeiten es gab. Die, die ich kannte, waren schlimm genug. Auch meine Gefährtin zog es vor, nichts zu sagen. Es würde auch nichts an der Situation ändern. Jetzt war es ein Wettlauf gegen die Uhr. Wir konnten nur eins tun.

»Wir bereiten ihnen einen fröhlichen Empfang.«

Nathalia nickte. »Mit allem, was wir haben.«

»Einen Vorteil haben wir. Ich kenne mich dort aus.«

»Aber sie sind uns zahlenmäßig weit überlegen.«

»Deshalb müssen wir schlau sein. Ich dachte an Sprengfallen, Hinterhalte, das volle Programm.«

»Wie kommen wir auf das Gelände?«

»Das lass mal meine Sorge sein. Ich habe noch den Ausweis. Wir fahren offiziell tanken. Das ist nicht ungewöhnlich. Die Tankstelle ist Tag und Nacht geöffnet. Du zahlst mit deiner Karte am Automaten. Heute ist Samstag, da ist nicht allzu viel los.«

Ich dachte an die unschuldigen Mitarbeiter, die ins Kreuzfeuer geraten könnten. Aber man musste auch mal Glück im Leben haben. Hatte sich nichts geändert, hätten fünf Mann vom Wachschutz *Heimat* Dienst. Die wir aber fast vernachlässigen konnten. Das Gelände war groß. Ich hatte es selbst erlebt. Es war sogar möglich, dass sie lange nichts von einer Schießerei unter der Erde mitbekommen würden.

»Okay, Wolf. Du hast das Kommando.«

Ja, das hatte ich.

Ich sah auf die Uhr. Halb drei. Wir mussten uns ein wenig ausruhen. Wenn auch nur kurz. Ich verordnete uns eine Stunde Schlaf.

Nathalia nickte. Und ging zu einem der Betten hinüber. Legte sich in voller Montur hin. Keine zwei Minuten, schon hörte ich sie ruhig atmen. Antrainiert. Soldaten konnten so etwas, auf Kommando schlafen. Auch mir ging es so. Kaum lag ich, fielen mir die Augen zu.

61

Ich hatte Anke im Arm.

Philip stand daneben. Er grinste. Beide trugen sie Schwarz. Als wären sie auf dem Weg zu einer Beerdigung. Wir waren in einem Aufzug. Ein Spiegel, in dem ich uns doppelt sah. Zahlen, die ineinanderliefen. Ein Ruck. Drittes Untergeschoss. Ich stieß Anke weg. Zog die Glock. Sicherer Stand. Druckpunkt. Langsam öffneten sich die Türen. Dunkelheit. Bewegung. Ein Mann trat aus dem Gang in die Kabine.

Peter.

Er trug die Klamotten von unserer ersten Begegnung. Die geflickte Brille. Seine ausgelatschten Schuhe. Den Mund hatte er zu einem breiten Lächeln verzogen. Ich sah seine faulige Zähne. Ein schmaler braun-schwarzer Strich unter der Nase.

»Meine Familie!«, sagte er. Und nahm uns in die Arme. »Endlich sind wir wieder vereint.«

Ich roch die Fäulnis, die er verströmte. Spürte die Wärme seiner Haut. Schuppen rieselten aus seinen Haaren.

Die Türen schlossen sich wieder. Der Fahrstuhl fuhr weiter. Nach oben.

»Du bist tot, Peter.« Ich machte mich frei.

Er zuckte mit den Schultern. »Na und?! Darf sich ein toter Mann nicht freuen?«

Was sollte man darauf antworten? »Das ist nicht real«, sagte ich.

»In diesem Moment schon. Wir sind wieder vereint. Nur das zählt.«

Er hatte recht. Peter. Anke. Philip. Meine Familie. Alle hier in dieser Kabine versammelt. Auf vier Quadratmetern. Etwas, das ich mir immer erträumt hatte. Das so fern schien. Geradezu unmöglich. Bilder aus gemeinsamen Zeiten schoben sich vor meine Augen. Der kleine Philip lachend. Anke und Peter als glückliches Paar. Wir zusammen beim Italiener in Köpenick. Pizza und Lasagne. Hinterher Eis. Ein anschließender Spaziergang. Philip, der Steine über das Wasser des Großen Müggelsees flitschen ließ. Abwechselnd zu mir und Peter lief, uns aufforderte mitzumachen. Ein Wettkampf, der entbrannt war. Anke, die uns anfeuerte. Bis ich am Ufer abgerutscht war. Zu übermütig. Zu viel Schwung. Und bis zu den Knien im Wasser gelandet war. Gejohle. Die gute alte Zeit.

Und endlich konnte ich hier und jetzt lächeln. Ich genoss diesen Augenblick.

»Freu dich nicht zu früh, Wolf.«

»Warum?«

»Müller. Er ist noch immer da draußen.«

»Aber ihr seid hier.«

»Trotzdem ist dein Weg noch nicht zu Ende.«

»Wir könnten verschwinden.«

»Wolf, ich bin tot. Ich kann nirgendwo mehr hingehen. Bring es zu Ende. Für mich und all die anderen Toten.«

Ich nickte.

Wieder ein Ruck.

»Hier muss ich raus«, sagte Peter. »Wir sehen uns bald wieder.«

Die Türen öffneten sich. Peter trat nach vorne. Ins Leere. Ich wollte ihn noch packen. Erwischte ihn aber nicht. Er drehte sich zu mir herum. Stand für einen kurzen Moment still in der Luft. Er tippte sich mit der Hand an die Stirn. Bekam Übergewicht. Und fiel kopfüber lachend in einen dunklen Schacht. Sein Echo begleitete ihn. Die Schwärze schluckte ihn. Sekunden vergingen. Ein dumpfes Klatschen. Dann fuhren die Türen wieder zu. Zitternd stand ich da. Die Glock nutzlos zwischen den Fingern.

»Es tut mir leid ...«

Ich drehte mich zu Anke und Philip um. Starrte in den Spiegel. Sah nur mich. Einen Soldaten in Kampfuniform. Einen Einzelkämpfer. Ich war allein in der Kabine. Blutete aus den Augen. Rote Tränen liefen mir über das Gesicht. Tropften auf den Boden. Ich sah hinunter. Fasziniert starrte ich das Muster an, das sie hinterließen. Die Form eines Engels. Beine. Rumpf. Flügel. In der Hand ein Schwert.

Dann gab das Fahrstuhlseil nach. Obwohl das technisch unmöglich war. Aber es passierte dennoch. Ich hörte ein peitschendes ZOING. Die Kabine sauste nach unten. Meine Beine wurden leicht. Ich sah mein verzerrtes Gesicht im Spiegel. Die Glock fiel zu Boden, als ich mich abstützte. Meine Füße verloren endgültig den Halt. Ich wurde nach links gewirbelt, als die Kabine anschlug. Metallisches Kreischen. Der Spiegel explodierte. Scherben wie Geschosse. Alles drehte sich. Ich fühlte mich mit einem Mal schwerelos. Schwebte im Nichts. Zusammen mit den Splittern. *Lost in Space.* Die Stockwerkanzeige zählte einen atemberaubenden Countdown. Dann schien die Zeit stillzustehen. Eine unheimliche Ruhe setzte ein. Die Spiegelscherben fielen zu Boden. Dann explodierte alles vor meinen Augen. Und der Fahrstuhlboden raste auf mich zu. Die Decke begrub mich. *Game over.* Aus. Vorbei.

»Soldat?! Es ist so weit.«

Jemand rüttelte an meiner Schulter. Nathalia. Sie hatte sich schon umgezogen. Stand in Kampfmontur da. Die Glock in der Hand. Aus ihren blauen Augen starrte sie mich an. Tatendrang im Blick.

»Du hast geschrien im Schlaf.«

»Hab ich das?«

»Hast du einen Geist gesehen?«

»Sozusagen.« Ich setzte mich auf. Und schüttelte den Traum ab. Brauchte einen Augenblick. Orientierte mich. Wischte mir über die Augen. Ich zitterte am ganzen Körper. War schweißgebadet.

»Geht's?«, fragte Nathalia.

»Natürlich. Nur ein Traum.«

»Die wird man niemals los.«

Na toll.

Ich stand auf. Schüttelte Arme und Beine. Fühlte mich unvollständig. Noch nicht bereit.

Der Engel mit dem Schwert.

Bring es zu Ende.

Ich schlüpfte aus den Sneakern. Der Jeans. In Unterhose und T-Shirt ging ich zum Tisch. Wasser aus der Flasche. Ich wusch mich. Der Kampfanzug. Die Weste. Das Tauchermesser in den Schaft. Munition und Magazine in sämtliche Taschen. Die Glock wieder zwischen die Armaturen. Den Rest in den Rucksack.

Nathalia saß bereits auf dem Bock. »Na, los!«

»Warte draußen. Ich komme gleich nach.« Ich zog mein Messer wieder aus dem Stiefel. »Gib mir ein paar Minuten.«

Sie nickte. Startete die Kawa. Drückte den Sender. Kühle Luft kam herein. Frisch. Klamm. Erfrischend. Gut für den Kopf. Sie fuhr hinaus in die Nacht. Ich sah dem Rücklicht nach, bis es aus meinem Blickwinkel verschwand. Am Motorengeräusch hörte ich, wie sie anhielt.

Dann ging ich zurück zu dem Kasten. Griff eine Flasche. Beugte mich nach vorne. Goss mir Wasser über den Kopf. Nennen Sie mich abergläubisch oder auch verrückt. Aber es musste sein. Ich rasierte mir die Stoppeln vom Schädel. Geübte Handgriffe. Gleichmäßige Züge. Sollte ich sterben, dann bitte schön so. Es war einfach mein Ritual. Noch einmal Wasser. Eine letzte Korrektur. Zufrieden strich ich mir über die Kopfhaut. Die Klinge streifte ich an der Hose ab. Steckte das Messer zurück in den Stiefel. Schloss für einen kurzen Moment die Augen. Konzentrierte mich auf die Atmung. Endlich hatte ich den Kopf frei. War fokussiert. Fühlte meine Kräfte zurückkehren. Jeder Mensch braucht ein solches Ritual. Etwas, das einem hilft, wieder in die Spur zu kommen. Ein letzter bewusster Atemzug und ich öffnete die Lider.

Jetzt war ich bereit.

Eins noch. Ich zog das Handy aus meiner Tasche. Wählte. Nach dem zweiten Klingeln wurde abgehoben.

»Es geht los!«

Ich legte auf. Nierenschützer. Helm. Handschuhe. Den Rucksack geschultert, stieg ich aufs Bike. Atmete abermals durch. Startete die Maschine. Augenblicke später war ich neben Nathalia.

»Mir nach«, sagte ich ins Com-Set.

Hintereinander fuhren wir durchs nächtliche Berlin.

Vierzig Minuten später erreichten wir den *DDR*. Die Schranke. Das Wachhäuschen. Im Hintergrund der riesige, schwarze Schatten des Redaktionsgebäudes. Nichts hatte sich verändert. Es fühlte sich an, als wäre es Jahre her, dass ich dort gearbeitet hatte. Dabei waren es nur Monate. Ich sah sie alle vor mir. Stahl, meinen alten Chef. Meine Kollegen. Ralle. Marcel. Schorsch. Klaus. Die Toten, sie waren noch da.

Wir hielten. Und ich zog den Ausweis aus der Tasche. Hielt ihn Richtung Scheibe. Ein Arm. Ein Winken. Die Schranke öffnete sich. Wir waren drin.

»Was ist das für ein Wachdienst?«, fragte Nathalia.

Ich grinste.

Nichts, aber auch gar nichts hatte sich geändert.

Wir fuhren bis hinüber zum Kleeblatt. Ich hielt nach einer geeigneten Stelle für die Bikes Ausschau. Fand sie bei den Müllcontainern. Hinter dem letzten hielt ich an. Stellte die Maschine in den Schatten. Stieg ab. Ich winkte Nathalia herbei. Auch sie fand eine dunkle Ecke. Zusammen zogen wir die Helme ab. Hängten sie an die Lenker. Nathalia kniete sich hin. Wollte das Sturmgewehr aus dem Rucksack nehmen.

»Nicht hier! Falls doch jemand Streife läuft.«

Sie nickte. Stand auf. Ich nahm die Glock vom Bike. Ging an den vorderen Container. Wartete auf Nathalia.

Dann sagte ich: »Kleine Schulstunde. Wir stehen hier vor dem sogenannten Kleeblatt, dem Sendebetriebsgebäude. Der Klotz hinter uns ist das Redaktionsgebäude. Rechts die Tankstelle mit den Gebäuden für die Ü-Wagen. Was du von hier aus nicht siehst, sind noch die Verwaltung, die Trafostation und diverse andere Gebäude. Die Besonderheit: Alle sind unterirdisch miteinander verbunden. Ein Labyrinth. Das TNT ist im Untergeschoss des Kleeblattes in einer Zwischendecke. Vorschlag: Wir riegeln dort unten alles ab. Verteilen uns strategisch. Nehmen uns einen nach dem anderen von Müllers Leuten vor, wenn sie hier auftauchen. Und das werden sie.«

»Worauf wartest du noch?«

Vielleicht auf den Engel mit dem Schwert.

62

Jetzt kam es drauf an.

Der Ausweis. Funktionierte er noch? Oder war er deaktiviert worden? Ich hielt ihn an den Scanner. Mit einem WUSCH fuhren die Glastüren auseinander. Innerlich jubelte ich. Zusammen betraten wir die Eingangshalle. Die Nachtbeleuchtung brannte. Wenn ich mich recht erinnerte, führten zwei Aufzüge nach unten in die beiden Untergeschosse. Außerdem zwei Treppen jeweils daneben. Ich steuerte die Tür der linken Seite an, der Südseite. Beide hielten wir die Glock in den Händen. Wir nahmen die Stufen. Und sprachen kein Wort. Lauschten. Totenstille. Runter bis in die unterste Etage. Den Gang nach rechts. Eine Tür. Offen. Weiter. Der nächste Raum. Jetzt waren wir genau unter dem Nachrichtenstudio. Die Platten an der Decke. Einmal einen Meter groß. Sie lagen nur lose auf Streben, die sich von rechts nach links und von vorne nach hinten über die Decke spannten. Wir gingen in die linke hintere Ecke. Ich zählte jeweils die Platten. Vier nach vorne, vier nach rechts. Blieb stehen. Zeigte noch oben.

»Der Zugang. Die einzige Platte, die nicht mit einem Kontaktzünder gesichert ist.«

»Hübsch. Der Kleine gefällt mir immer besser.«

»Knie dich hin. Ich steig auf deinen Rücken.«

Sie nahm ihren Rucksack ab. Fiel auf die Knie. Ich steckte die Glock weg. Und setzte einen Fuß auf ihre Schulter. Stieg hoch. Den anderen Fuß auf ihrem Kreuz. Jetzt erreichte ich problemlos die Decke. Vorsichtig hob ich die Platte an. Kippte sie. Drehte sie etwas. Konnte sie schließlich einfach nach unten herausnehmen. Ließ sie los, sodass sie auf dem Boden aufschlug. Dann steckte ich meinen Kopf in die Öffnung. Duster wie in einem Bärenarsch. Ich schlüpfte mit dem linken Arm aus dem Träger des Rucksacks. Ließ ihn über meine rechte Schulter nach vorne gleiten. Die Taschenlampe steckte in der Seitentasche. Ich kramte sie heraus. Schaltete sie ein. Wieder nach oben. Jetzt sah ich sie, die Päckchen mit TNT. Fein säuberlich aufgereiht und gestapelt. Immer zwei übereinander. Verwaschene Totenköpfe grinsten mich an. In einigen Paketen steckten Zünder. Kabel, die an die jeweiligen Platten gingen. Gut. Alles war noch an seinem Platz. Ich zog den Kopf zurück. Sprang von Nathalias Rücken auf den Boden. Sie erhob sich.

»Alle noch da«, sagte ich.

Nathalia griff nach ihrem Rucksack. »Gut, bewaffnen wir uns.«

Sie zog das Sturmgewehr heraus. Prüfte es auf seine Funktionsfähigkeit. Ich tat es ihr nach.

»Was jetzt?«, fragte sie.

»Wir riegeln sämtliche Zugänge ab. Sprengfallen an den Türen zum Treppenhaus und zum Zugang zum Tunnel, der vom Redaktionsgebäude kommt. Kontaktzünder. Kameras an allen Türen. Bilder aufs Handy.

Außerdem C4 auf die Fahrstuhlkabinen. Aber Funkzünder. Mit den Aufzügen fangen wir an. Los.«

Wir eilten zurück in den Gang.

Ich forderte den Aufzug an. Und ging weiter ins Treppenhaus. Nach oben. In den Gang. Hin zur geschlossenen Fahrstuhltür. Ich nahm das Tauchermesser. Steckte es in den Schlitz. Hebelte, bis ich die Finger in den Spalt bekam. Und zog die Tür auf. Sicherte sie, indem ich die Klinge wie einen Keil darunterschob. Vor uns sieben Drahtseile. Ich leuchtete nach unten. Das Dach der Kabine gute drei Meter entfernt.

Ich stellte den Rucksack ab. »Ich hangel mich nach unten. Reich mir dann das C4 an.«

An den Handschuhen und die Beine um die Seile geschwungen glitt ich nach unten. Und kam auf der Kabine auf. Die Taschenlampe klemmte ich zwischen die Drähte, sodass der Lichtkegel direkt auf das Fahrstuhldach zeigte. Meine Arbeitsfläche.

»Okay. Wirf es jetzt runter.«

Ich fing den Sprengstoff auf. Und legte ihn aufs Dach. Überlegte und entschied mich für die doppelte Variante. Ich wollte beides anbringen: Kontaktzünder und Fernauslöser.

»Nathalia, ich brauche dein Messer.«

Sie warf es mir mit dem Griff voran zu. Ich fing es auf und machte mich gleich ans Werk. Mit der Klinge hebelte ich eine Platte los. Es ging kinderleicht. Ich sah in den Zwischenraum. Perfekt. Kramte einen Fernzünder aus der Tasche. Steckte ihn in die Masse. Und stellte ihn scharf. Grün leuchtete ein Licht auf. Ich prüfte den Auslöser. War zufrieden und verstaute ihn in der Seitentasche meiner Hose. Das präparierte Päckchen legte ich in den Hohlraum und schloss ihn wieder mit der Platte. Der erste Teil war erledigt.

Aber ich wollte auch noch den Kontaktzünder anbringen. Sollte sich ein Team abseilen und die Kabine betreten, BUMMMM. Jetzt wurde es schwieriger. Ich stellte mich mit beiden Füßen auf eine Strebe an der Wand. Mit einer Hand stützte ich mich an den Seilen ab. Hebelte eine weitere Platte auf und ließ auch in diesem Hohlraum ein Paket C4 zurück. Den Auslöser verdrahtete ich mit der Platte, die ich vorsichtig schloss. Nummer 2.

Dann schwang ich mich an die Seile. Und hangelte mich nach oben. Griff Nathalias Hand, die sie mir entgegenstreckte. Wuchtete mich in den Gang. Und nahm den Keil weg. Die Tür glitt wieder zu.

»Das war Fahrstuhl Nummer 1. Das war meiner. Der auf der Nordseite wird deiner sein.«

Auch diesen Aufzug präparierten wir auf die gleiche Weise. Nur dass Nathalia diesmal in den Schacht ging und ich sie wieder reinzog. Auch sie schaffte es in wenigen Minuten.

Dann die Kameras in der Lobby und im Tunnel. Die Lichtschranken brachten wir versteckt an. Nicht zu sehen. Unsichtbar.

Die Türen im Erdgeschoss zu den beiden Treppenhäusern und im Untergeschoss zum Tunnel. Hier dauerte es etwas länger. Auch sie sicherten wir alle mit C4. Nur verwendeten wir hier reine Kontaktzünder.

»Okay, Nathalia. Wir haben unsere Hausaufgaben erledigt. Dein Bereich ist die Nordseite. Ich bleibe hier auf der Südseite.«

Ich konnte nur hoffen, dass sich kein Unschuldiger nach hier unten verlor. Aber soweit ich wusste, lag dieser Bereich nicht auf der Route der Wachmänner. Mit etwas Glück blieben wir unbehelligt.

»Geh auf deine Position. Schieß auf alles, was sich bewegt«, wies ich sie an.

»Ah, der spaßige Teil beginnt. Waidmanns Heil.«

»Waidmanns Dank.«

Sie verschwand.

Jetzt konnten wir nur noch eines tun:

Warten.

Was sonst.

63 Die Zeit zog sich wie Kaugummi.

Ich hatte mich hinter einer Ecke verschanzt. Aufzug und Tür zum Treppenhaus und auch den Tunnel im Blick. Neben mir lag alles, was ich brauchte. Sturmgewehr. Granatwerfer. Magazine. Munition. Granaten. Gasmaske. Ich pinkelte in eine Ecke, weil ich es nicht mehr aushielt. Scham war jetzt fehl am Platze. Ich setzte mich wieder. Lauschte.

Und wartete.

Ich dachte an Anke und Philip. Ich glaubte nicht, dass Müller sie vorschicken würde. Es waren seine Trümpfe. Wahrscheinlich würde das Fußvolk daran glauben müssen. Auch wäre Müller der Letzte, der sich hier unten früh sehen lassen würde. Aber er würde kommen. Er war so scharf auf das TNT wie ein Junkie auf einen Schuss. Auch würde er damit rechnen müssen, dass Philip mir den Standort des Sprengstoffes verraten hatte. Da gab ich mich keinen Illusionen hin. Und dass ich mich nicht kampflos ergeben würde. Ein klassischer Fall von einem bevorstehenden Duell auf Leben und Tod. Bis zum bitteren Ende.

Ich beobachtete auf meinem Handy die Lobby. Schaltete alle paar Minuten um auf den Tunnel. Alles ruhig. Leere Räume. Wie ausgestorben.

Warten.
»Wie sieht's bei dir aus?«, fragte ich über das Com-Set.
»Ich hätte mir ein Buch mitnehmen sollen.«
»Was denn? *Die zehn besten Verhörmethoden der Welt*?!«
»Kenn ich schon. Ein *Lustiges Taschenbuch* wäre klasse.«
Ich lachte.
»Dann achte mal auf die Panzerknacker. Wolf Ende.«

Ich lehnte mich mit dem Kopf an die Wand. Dachte weiter an Anke und Philip. Sie würden mitten im Feuer stehen, da war ich mir sicher. Anke sogar als Gegnerin. Wie würde es ihr gehen, wenn sie sah, dass Müller ihren Sohn foltern ließ? Kam die Mutter in ihr durch? Stellte sie sich gegen Babyface? Oder war die Ideologie in ihr stärker. Die Überzeugung, für die richtige Sache zu kämpfen? Sah sie ihren Sohn nur als notwendiges Opfer, wie sie es bei Peter getan hatte? Ich konnte es nicht einschätzen, und das ärgerte mich maßlos.

Und unsere Liebe, was war sie wert? Hatte sie überhaupt je einen Wert für Anke besessen? War sie die gefühllose Agentin aus der Akte? Das Monster ohne Gewissen? Die eiskalte Soldatin in diesem absurden Krieg? Oder bereute sie inzwischen? Zeiten ändern sich. Menschen ändern sich. Ich hatte es in ihren Augen gesehen. Die Hoffnung auf eine Zukunft. Die Hoffnung auf Glück. Wie würde sie reagieren, wenn sie sich entscheiden musste? Für ihre Familie oder für das Regime? Noch hatte sie die Wahl. Was danach kam, stand in den Sternen. Ich hatte die Hoffnung noch nicht ganz aufgegeben. Aber wie ihre Entscheidung auch ausfiel, ich hatte ein Problem damit. Ihr

Verrat war schwerwiegend. Wie sollte und konnte ich damit umgehen?

Und Philip? Er trug das schwerste Los. Seine Mutter hatte sich mehr oder weniger von ihm losgesagt. Ihn im Stich gelassen. Ihn und Peter. Ihn und sein Leben. Saßen sie sich jetzt gegenüber wie zwei Fremde? Verdammt, sie waren Mutter und Sohn! Eine stärkere Verbindung gab es nicht.

Ich war sicher, dass er noch lebte. Dass Müller diese Karte noch ausspielen würde. Doch in welchem Zustand war er? Er würde nicht freiwillig das Versteck des TNTs verraten. Nathalia hatte es bestätigt: Irgendwann reden sie alle. Ich merkte, dass ich ihn immer noch als Kind sah und nicht als den Mann, der er geworden war. Das machte es aber auch nicht besser.

Ich durfte jetzt nicht emotional werden. Nicht jetzt. Ich brauchte einen klaren Kopf. Hatte es nicht mehr in der eigenen Hand. Der Kampf war die letzte Konsequenz, sollte das alles ein Ende finden. Selbst wenn ich mich mit Müller auf diesen Handel einließ, war es eine Niederlage. Viele Unschuldige würden sterben müssen. Das war keine Option. Und wer konnte wissen, welche Auswüchse es noch annahm. Operation *Gemini* würde erst der Anfang sein. Und nach Müller kam Meyer oder Schmidt. Nein, es musste hier und jetzt enden. Das ganze Leben besteht daraus, Opfer zu bringen. Entscheidungen zu treffen. Und da ist man ganz allein. Man muss mit den Konsequenzen leben.

Meine Entscheidung hatte ich getroffen. Deshalb war ich hier. Jetzt und heute wollte und musste ich einen Schlussstrich ziehen. Ich konnte nicht aus meiner Haut.

Ich war, der ich war. Auch alle anderen Beteiligten hatte ihre Entscheidungen getroffen. Ob gewollt oder ungewollt, auch sie mussten damit leben.

Der Alarm ließ mich hochschrecken.

Fast gleichzeitig waren die Lichtschranken ausgelöst worden. In der Lobby. Im Tunnel. Damit hatte ich gerechnet. Zwei Teams, die synchron vorgingen, an mehreren Fronten gezielt angriffen.

Es ging los.

Ich sah auf das Handy. Schaltete hin und her. Drei Vierer-Teams, die sich gegenseitig beim Vorrücken sicherten. Zwei in der Lobby, eines im Tunnel. Gut ausgebildete Soldaten. Die erste Welle. Ich traute meinen Augen nicht. Musste lächeln über so viel Pathos. Stil hatte Müller immerhin. Denn alle trugen sie Tarnanzüge der NVA, waren bewaffnet mit Sturmgewehren und Granaten.

»Nathalia.«

»Hab sie auf dem Schirm.«

»Viel Glück!«

»Und noch mehr Spaß.«

Ich war in die Höhe gekommen.

Sie waren jetzt vor den Türen. Gaben taktische Zeichen. Jeweils zwei standen rechts und links vom Türblatt. Der Dritte hatte einen Rammbock dabei. Nummer vier sicherte nach hinten. Ich sah den Truppführer sprechen. Wahrscheinlich stimmte er mit den anderen Alphas das Timing ab. Ich las von seinen Lippen ab.

Drei.

Zwei.

Eins.

Drei nahezu zur gleichen Zeit verheerende Explosionen. Feuerbälle. Männer, die zur Seite geschleudert wurden. Rauch. Die beiden oberen Kameras fielen aus. Die untere zeigte dichten Qualm. Als der sich lichtete, sah ich alle vier Mann am Boden. Keiner rührte sich mehr.

Eins zu null für uns.

Aber jetzt war der Weg frei. Von nun an hieß es Mann gegen Mann.

Mein Handy klingelte.

»Ja, Müller.«

Er war es. Ich wusste es, bevor er auch nur ein Wort gesagt hatte.

»Letzte Chance für den Deal, Wolf. Die Männer waren nur Kanonenfutter.«

Er klang ruhig. Als würde er sich mit mir zum Kino verabreden wollen und nicht um Leben verhandeln.

»Warum sollte ich darauf eingehen?«

»Nun, ihr seid zwei und wir … äh, viele. Und wir haben Philip. Anke nicht zu vergessen. Die letzte Chance, sie beide lebend wiederzusehen. Ihr zieht ab und sammelt sie draußen auf. Ganz einfach.«

Ich lachte. »Ihr knallt uns ab wie die Hasen. Ihr lasst uns niemals gehen, wir wissen zu viel.«

»Du hast mein Wort.«

Wieder lachte ich. »Da habe ich lieber das TNT.«

»Du opferst deine Familie?«

»Sie sind erwachsen. Sie haben Entscheidungen getroffen. Jetzt müssen sie damit leben.« Es fiel mir nicht leicht, das zu sagen. Aber es gab keine andere Möglichkeit. Müller wusste das genau.

»Einen Versuch war es wert, Wolf.«

»Jämmerlich. Drehen wir den Spieß um: Du schickst mir Anke und Philip und ziehst selber ab, oder ich jage das TNT in die Luft.«

Jetzt lachte er sein schleimiges Lachen. »Wenn ich eins von dir weiß, dann dass du niemals auch nur in Erwägung ziehen würdest, Unschuldige zu töten.«

»Dann kommen wir hier nicht weiter.«

Er seufzte. »Du bist ein schlechter Verhandlungspartner.«

»Niemals würde ich einen Deal mit dem Teufel eingehen.«

»Du hast es nicht anders gewollt. Ich komme und hole dich.«

»Worauf wartest du noch?!«

64

Ich konzentrierte mich ganz auf die Tür zum Treppenhaus und die zerstörte Tür zum Tunnel.

Und sah sie. Wieder ein Vierer-Team. Gute einhundert Meter entfernt. Ich hob das Sturmgewehr. Sah durch das Zielfernrohr. Sie trugen Schutzschilde vor sich her, wie es SWAT-Einheiten in den USA taten. Ich zielte auf die Füße des vorderen Mannes. Und erwischte ihn. Er fiel seitwärts in den Tunnel. Der Schild kippte nutzlos nach vorne. Freie Bahn. Eine weitere Kugel in die Brust.

Einer weniger.

Die übrigen Männer erwiderten das Feuer. Ich zog mich hinter die Deckung zurück. Als ich mich vorsichtig vorschob, sah ich sie nebeneinander auf mich zukommen. Komplett hinter den Schilden verschwunden. Nur langsam, weil sie sich gebückt vorwärts bewegen mussten.

Ich wartete.

Nahm den Granatwerfer.

In geschlossenen Räumen sollten Sie damit nur ganz vorsichtig umgehen. Genau zielen, damit die Granate nicht von einer Wand zu Ihnen zurückspringt. Ich wartete, ließ sie auf gut sechzig Meter herankommen. Rollte mich um die Ecke. Zielte. Schoss.

Ich erwischte sie genau zwischen dem ersten und zweiten Mann. Sie hatten keine Chance.

Erst jetzt bemerkte ich das Echo dumpfer Schüsse. Nathalia. Wir gaben es ihnen von beiden Seiten.

Bewegung links. Die Tür zum Treppenhaus. Zwei Gaskartuschen polterten in den Gang. Ich rollte zurück. Und griff nach der Maske. Stülpte sie über den Kopf. Sofort war mein Gesichtsfeld eingeschränkt. Blind gab ich einen Feuerstoß um die Ecke ab. Robbte vor. Riskierte einen Blick. Dichter Qualm schlug mir entgegen. Ich schoss ins Nichts. Fluchte.

Sofort wählte ich eine andere Taktik.

Ich hockte mich hin. Den Rücken an der Wand. Magazinwechsel. Die restlichen in die Beintasche. Hängte mir den Granatwerfer an den Gürtel. Das Sturmgewehr in der Rechten. Die Glock in der Linken. Wartete. Lauschte.

Das leise Quietschen von Gummisohlen. Ich machte mich bereit. Zu zweit kamen sie aus dem Qualm. Mit allem, was ich hatte, schoss ich auf die Schemen. Erwischte sie beide. Als die Körper vor mir aufschlugen, setzte ich noch Kopfschüsse an. Dann war es unheimlich still. Auch von der anderen Seite hörte ich kein Feuer mehr.

Ich zog mich ein paar Meter zurück. Das einzig Gute war, dass der Rauch auch mich schützte. Ich überlegte. Noch weiter zurückweichen war keine Option. Stellung halten auch nicht. Irgendwann würden sie mich überrennen. Blieben das Treppenhaus und der Tunnel. Da ich das Gebäude nicht verlassen wollte, war die Entscheidung leicht. Die Treppen.

Ich hechtete an die gegenüberliegende Wand. Sah die Hand vor meinen Augen kaum. Langsam robbte ich vor. Ein weiterer Schatten. Ich schoss. Taumelnd wurde der Körper nach hinten geworfen. Er schlug in den Gang. Der Tunnel machte mir Sorgen. Ich kämpfte an zwei Fronten gegen unzählige Gegner. Trotzdem rückte ich weiter vor. Wieder wechselte ich die Seite. Bereit, auf alles zu schießen, was nach Feind aussah. Aus dem Tunnel heraus wurde wieder das Feuer eröffnet. Aber sie schossen blind. Trotzdem wollte ich nicht das Opfer irgendeines Zufallstreffers werden. Ich griff nach dem Granatwerfer. Ein Schuss Richtung Tunnel – auch ins Nichts. Aber mit wesentlich höherer Wahrscheinlichkeit, Schaden anzurichten. Und noch eine Granate. Und noch eine. Die Geschosse schlugen hintereinander ein. Das ganze Gebäude erbebte bei jedem Mal. Und sie raubten mir das Gehör. Ein penetranter Pfeifton legte sich auf meine Ohren.

Dann war ich an der Tür zum Treppenhaus. Ich sah um die Ecke. Hier sah es besser aus. Der Qualm war bereits zur Decke aufgestiegen. Zog wie bei einem Kamin nach oben. Ich kam auf die Beine. Schloss als Erstes die Tür hinter mir. Verkeilte sie mit einer leeren Patronenhülse. Jetzt ging es mir besser. Ich hatte den Rücken frei. Ging hinüber zum Geländer. Schaute kurz nach oben. Eine ruckartige Bewegung. Niemand. An die Wand gedrückt nahm ich Stufe um Stufe. Zielte die ganze Zeit nach oben. Bereit, sofort zu schießen.

Eine Kugel schlug direkt vor mir in die Wand ein. Betonstücke spritzten gegen meine Stirn. Ich ließ mich instinktiv nach vorne fallen. Riss dabei die Waffe nach oben. Und drückte automatisch den Abzug. Doch mein Gegner war bereits verschwunden. Ich fluchte. Rappelte mich auf. Weiter. Stufe für Stufe. Mein rechtes Auge juckte, weil Dreck von der Wand hineingespritzt war. Doch ich wagte nicht, auch nur eine Hand von der Waffe zu nehmen. Dann erreichte ich das nächste Stockwerk. Auch diese Tür verkeilte ich. Weiter. Rauf.

Plötzlich riss mich eine Explosion von den Beinen. Ausgelöst durch den Kontaktzünder auf der Fahrstuhlkabine. Jemand musste auf die präparierte Platte getreten sein. Die ganze Wand wurde durch das C4 weggerissen. Schutt flog mir um die Ohren. Dann gab die Treppe nach. Knirschend. Ruckartig. Ich sprang nach vorne. Verlor dabei das Sturmgewehr. Konnte mich aber an der nächsten Stufe festklammern. Gute fünf Meter baumelte ich über dem Abgrund. Ich versuchte mich hochzuziehen, aber der Filter der Maske schlug gegen die Kante. Und als wäre das nicht genug, erschienen zwei Stiefel auf der Stufe.

Wehrlos starrte ich in den Lauf eines Gewehrs.

65 »Wen haben wir denn da? Müller wird sich freuen.«

Meine Arme schmerzten. Die Finger drohten abzurutschen. Der Soldat zog mir die Gasmaske vom Gesicht. Warf sie in die Tiefe. Er schien allein zu sein.

»Greif meinen Arm, Arschloch«, bellte er mich an.

Er reckte mir seine Hand entgegen. Ich hatte nur eine Chance und griff zu. Er zog. Ich bekam ein Bein auf die Stufe. Immer noch hielt er meine Hand. Ich spürte den Lauf an meinem Kopf. Und reagierte. Ich täuschte ein Abrutschen vor. Er beugte sich noch weiter herunter. Mit der anderen Hand griff ich nach oben. Erwischte sein Gewehr, zog. Er verlor das Gleichgewicht. Stürzte über mich hinweg in die Tiefe. Auch ich rutschte. Konnte mich aber so eben noch an der Kante festhalten. Mit letzter Kraft zog ich mich hoch. Blieb pumpend auf den Stufen liegen.

Sofort hatte ich die Glock wieder in der Hand. Rote Ringe tanzten vor meinen Augen. Mein Puls raste. Ich hatte panische Angst, ein weiterer Soldat käme um die Ecke. Ich setze mich auf. Und blickte nach unten. Müllers Mann lag mit gebrochenem Genick auf den Trümmern der Treppe. Seine toten Augen starrten mich vorwurfsvoll an.

Ich stand auf. War mit wenigen Schritten an der zerstörten Tür des Treppenhauses. Blut lief mir ins Gesicht. Ich hatte eine Risswunde an der Stirn.

Peanuts.

Von irgendwoher hörte ich Sirenen. Unsere Aktion war nicht länger unbemerkt geblieben. Ich bekam Panik, dass Müller die Biege machen würde. Aber er war hier. Ich spürte es. Wahrscheinlich würden uns zehn Minuten bleiben, bis es hier von Einsatzkräften nur so wimmelte. Fünfzehn, bis das SEK eintraf, das zum Notfallplan des Senders gehörte, sollten Terroristen das Gelände kapern. Genug Zeit.

Die Lobby lag verlassen da.

Ich arbeitete mich vor bis zur Glastür. Sah drei von Müllers Leuten nebeneinander auf das Gebäude zulaufen. Ich trat durch die Tür, schoss den ersten Mann nieder. Mein Waffenhand zuckte zum nächsten. Dann versagte die Glock. Ladehemmung. Eine Patrone hatte sich im Schlitten verklemmt. Ich hatte keine Chance mehr zu entkommen. Der vordere Mann legte an. Wie angewurzelt blieb ich stehen. Sinnlos wegzulaufen. Alles passierte in Zeitlupe. Ich sah, wie er langsam den Finger krümmte. Und schloss mit meinem Leben ab. Bilder von Anke kamen mir in den Sinn. Es stimmte also, die letzten Gedanken gehören der Person, die man liebt.

Im gleichen Moment zerplatzte sein Kopf. Der zweite Mann blieb wie angewurzelt stehen. Drehte sich zum Redaktionsgebäude. Diesmal hörte ich den Schuss, bevor auch er in einem Nebel aus Blut zu Boden ging. Ich sah auf das Dach des Hochhauses. Sandro zeigte sich, in der Hand das Scharfschützengewehr. Er winkte mir zu. Zeigte hinter mich. Nach oben. Und dann hörte ich es. Ein Heli im Anflug. Das konnte vieles bedeuten. Aber wahrscheinlich war es Müller.

Ich musste aufs Dach.

Ich warf die Glock weg und griff das Sturmgewehr des gefallenen Schützen. Stürmte zurück in die Lobby. Zum Treppenhaus der Nordseite.

Ich kam nicht weit.

An der Tür stand Müller, den ich eigentlich im Helicopter vermutet hatte. Er war schon da. Wartete wohl nur auf sein Taxi. Aber nicht er ließ mich erstarren.

Es war Anke, die vor ihm stand und mit einer Glock auf mich zielte.

»Nicht, Wolf«, sagte sie. »Ich schieße.«

Hinter mir spürte ich eine Bewegung.

G, der sagte: »Lass die Waffe fallen.«

Unverwandt starrte ich Anke an. Ausdruckslos ging sie mir einen Schritt entgegen. Müller, der grinste. »Welch eine Ironie. Du wirst durch die Hand deiner Geliebten sterben.«

Anke war stehen geblieben. Die Mündung wackelte.

»Lass die Waffe fallen.« Wieder G.

Mein Sturmgewehr schlug polternd auf dem Boden auf.

Ich sah Ankes Abzugsfinger zucken. Schloss die Augen.

Der Schuss krachte.

Aber ich spürte keinen Einschlag. Nichts. Ein stumpfer Seufzer hinter mir. Dann fiel jemand gegen mich. Und riss mich um. Ich brauchte eine Sekunde, bis ich begriff, dass es G erwischt hatte. Ich öffnete die Augen. Sah Anke auf mich zukommen. Die Glock zeigte nach unten.

Müller!

Er war verschwunden. Die Tür zum Treppenhaus fiel ins Schloss. Ich stieß G von mir. Und kam auf die Beine. Nahm Anke die Glock aus der Hand. Sie wollte mich umarmen. Aber ich wehrte ab. Gab ihr einen Stoß und war an ihr vorbei. Die Tür. Durch. Hoch. Oben wurde eine weitere Tür geöffnet. Glasklar hörte ich das Schlagen von Rotorblättern. Ich nahm zwei Stufen auf einmal. Die Glock immer im Anschlag. Dann dröhnte es nur noch dumpf, als der Zugang zum Dach zufiel.

Sekunden später war ich da. Öffnete die Tür. Sprang hinaus und rollte mich ab. Dreißig Meter entfernt stand der Heli. Ich sah den Piloten mit seinem glänzenden Helm. Müller stand in der geöffneten Tür. Er zerrte einen Mann aus der Kabine.

Philip.

Müller umklammerte ihn mit dem linken Arm am Hals. Drückte ihm eine Pistole an den Kopf. Ich erhob mich. Ging mit vorgestreckter Waffe auf die beiden zu.

»Es ist vorbei, Müller!«

»Bleib stehen! Oder ich puste ihm das Hirn weg!«

Philip sah furchtbar aus. Zerschlagenes Gesicht. Zerrissene Kleidung. Von seinen Händen tropfte Blut. Ich erkannte Stümpfe, dort, wo seine Fingernägel sein sollten. Er war aschfahl und hing schlaff in Müllers Griff.

Eine Reflexion von rechts.

Der Knall eines Schusses.

Philip knickte weg.

Sandro hatte ihm aus zweihundert Metern Entfernung die Wade weggeschossen. Gleichzeitig feuerte ich. Müller wurde nach hinten geschleudert. Halb kam er im Heli auf, der sofort abhob. Ich sah, wie Müller sich ins Innere zog. Und ließ die Glock fallen. Spurtete los. Der Pilot drehte nach links ab. Ich dachte nicht nach. Lief, was die Beine hergaben. An Philip vorbei, der versuchte sich aufzurichten. Er lebte. *Gott sei Dank.*

Ich erreichte die Kante – und …

sprang in die Tiefe.

66

Als ich die Kufen zu fassen bekam, blieb mir zunächst die Luft weg.

Fast wäre ich abrutscht, weil meine Beine nach vorne schwangen und von unten gegen den Heli schlugen. Ich pendelte zwischen Leben und Tod. Krampfhaft krallte ich mich fest. Diese Aktion war mit Sicherheit die bescheuertste Idee des Jahres. Aber ich hatte einfach nicht nachgedacht. Sondern instinktiv gehandelt. Irgendwann würde mir so etwas einmal zum Verhängnis werden. Aber nicht hier. Und nicht jetzt. Ich kämpfte.

Augenblicke später schwebte ich fünfzig Meter über dem *DDR*. Die Welt drehte sich. Ich lief weiterhin Gefahr abzurutschen. Bekam aber einen Ellenbogen nach oben. Und nahm Schwung. Das rechte Bein in die Höhe. Mit der Kniekehle über die Kufe. Ich zog mich hoch, als mich ein Tritt im Gesicht erwischte. Ich spürte sofort die Oberlippe aufplatzen. Rutschte tatsächlich ab mit dem Bein und der linken Hand. An nur fünf Fingern baumelte ich über dem Abgrund. Mein ganzes Gewicht zog mich nach unten. Verstärkt noch durch das Aufsteigen des Helicopters. Doch Aufgeben war keine Option. Mit letzter Kraft bekam ich die Linke wieder an die Kufe.

Der Heli gewann weiter an Höhe. Unter mir zogen Straßenschluchten vorbei. Häuser. Ein Park. Fahrzeuge, klein wie Spielzeuge. Ich pumpte wie ein Maikäfer. Sah hoch. Müller, der auf mich herunterblickte. Die Brust blutverschmiert. Eine Fratze aus Hass und Wut. Er richtete sich auf. Trat mit voller Wucht auf meine Hand. Ich biss auf die Zähne. Unter mir Wasser. Wieder bekam ich einen Fuß auf die Kufe. Konnte mich hochziehen. Müller war im Inneren verschwunden. Suchte nach irgendwas. Dann sauste ein Feuerlöscher auf mich zu. Ich duckte mich unter dem Schlag weg. Bekam die Kabinentür zu fassen. Zog mich hoch. Rein in die Kabine. Müller, der erneut ausholte. Ich blockte den Schlag mit dem Unterarm ab. Der Feuerlöscher wurde ihm aus der Hand geprellt und segelte in die Tiefe. Ich setzte mit einem kurz gezogenen Haken nach. Erwischte ihn am Kinn. Taumelte vorwärts und verlor das Gleichgewicht in dieser Luftschaukel. Zusammen stürzten wir auf die Sitze.

Ein ohrenbetäubender Knall.

Neben mir stanzte eine Kugel ein Loch in den Bezug. Der Pilot hatte sich halb umgedreht. Versuchte ungelenk, auf mich zu schießen. Ich bekam seinen Arm zu fassen. Überstreckte seinen Ellenbogen, bis ich es krachen hörte. Er riss am Steuerknüppel. Der Heli kippte. Der Motor heulte auf. Die Waffe prallte zu Boden. Rutschte hinaus. Und verschwand ebenfalls in der Tiefe. Müller packte meine Kehle. Drückte zu. Ich schlug ihm die Handkante unter die Nase. Spürte es knacken. Dann war ich wieder frei.

Das Messer.

Ich zog es aus dem Schaft. Wieder ein Ruck am Steuerknüppel. Der Pilot hatte Schwierigkeiten, die Maschine mit nur einem gesunden Arm wieder einzufangen. Ich musste das Messer loslassen, um nicht aus der Tür zu fallen. Es rutschte nach hinten unter die Sitze.

Unter uns sah ich jetzt Wasser. Der Wannsee.

Müller kam hoch. Seine Waffe in der Hand. Mit einem Tritt schob ich sie weg. Ein Schuss löste sich. Und traf den Piloten in den Hinterkopf. Der Kunststoff seines Helmes splitterte. Blut und Gehirnmasse spritzten nach vorne an die Frontscheibe. Dann sackte er leblos über dem Steuerknüppel zusammen. Sofort kam der Heli ins Trudeln. Er drehte sich um die Längsachse. Immer und immer wieder. Rote Lichter leuchteten grell blinkend in der Instrumententafel auf. Der Höhenmesser war im freien Fall. Alles piepte und kreischte.

Doch ich konzentrierte mich nur noch auf Müller. Sprang nach vorne. Stürzte mich auf ihn.

Wir kämpften.

Die Granate.

Ich würde sowieso sterben.

Ich riss sie vom Gürtel. Spürte einen harten Tritt in meine Weichteile. Mir blieb die Luft weg. Ringe tanzten vor meinen Augen. Mit letzter Kraft zog ich mit den Zähnen den Splint aus der Sicherung. Nahm Müller am Gürtel. Stopfte ihm das Ding zu seinem Schwanz. *Klingelingeling, hier kommt der Eiermann.* Dann explodierte abermals Mündungsfeuer vor mir. Die Kugel traf mich mitten in der Brust. Und schleuderte mich in Richtung Tür.

Ich wollte mich noch festhalten, aber eine weitere Kugel schlug erneut in meine Weste ein. Es war, als träte mich ein Pferd. Meine Finger griffen ins Leere. Ich sah

Müllers Scheiß-Visage. Sah den Hass. Sein Gesicht eine blutige Fratze. Bevor ich aus dem Heli kippte, sah ich aber auch die Veränderung. Die unbändige Wut machte Fassungslosigkeit Platz. Panisch griff er sich in den Schritt. *Kommen sie alle, alle an die Eier ran.*

Mit einem Lachen im Gesicht fiel ich rückwärts in die Tiefe.

Über mir die schlagenden Rotoren. Der Heli, der immer kleiner wurde, bis ihn eine gewaltige Explosion zerriss. Zwischen brennenden Trümmern ging es hinab.

Game over.

Das Ende.

Um mich herum wurde alles schwarz.

So war das also, wenn man starb.

67

Viel zu heiß.
Zum Sterben.
Für nur irgendwas.

Ein weiteres Kreuz wird in die knochentrockene Erde getrieben. Seit Wochen kein Regen. Luft, die steht. Still und schwer. Der Schrei einer Möwe. Mathilde, die treue Seele. Wer sonst könnte es sein?! Seltsamerweise. Denn das hier ist Berlin. Nicht Malta. Doch die Sonne verbrennt auch hier alles. Die Bäume. Das Gras. Das Leben. Sie kennt kein Erbarmen.

Den Toten ist es egal.

Mir ist es egal.

Die beiden Friedhofsgärtner machen ihren Job. Wischen sich Schweiß von der Stirn. Der Minibagger schon weg. Erde türmt sich. Ein Spaten wie ein weiteres Kreuz. Ein letzter Schlag. Dann packen sie die Werkzeuge zusammen. Verschwinden schnell zwischen Heiligen und Engeln.

Im Hintergrund Hochhäuser. Nicht schön, aber funktional. Satellitenschüsseln an Balkonen. Sonnenschirme.

Markisen. Mietskasernen. In Grau und Beige. Getrennt durch azurblauen Himmel. Kondensstreifen von Flugzeugen. Eine Propellermaschine zieht ein Banner. *Jesus lebt.*

Gut zu wissen. Denn hier ist der Tod zu Hause. Schleicht um die Gräber herum. Sitzt in den Wipfeln der Bäume. Umschmeichelt die Grabsteine. Die Sense bereit. Wartet. Still und geduldig. Irgendwann kommen sie alle.

Die kleine Trauergemeinde nähert sich.

Lautlos. Die Hitze schluckt die Geräusche. Lässt sie tanzen wie zu stummer Musik. Ein Walzer in b-Moll. Vorneweg ein Priester. Es folgen die Träger. Der Sarg schwer zwischen ihnen. Angehörige in Schwarz dahinter. Männer. Frauen. Kinder. Die Gruppe stoppt. Der Geistliche bleibt seitlich der Grube stehen. Dreht sich zu den Wartenden. Schweigt. Ein feierliches, ernstes Gesicht. Zur Schau gestellte Trauer.

Jesus lebt.

Die sechs Sargträger setzen sich in Bewegung. Jeweils rechts und links davon an der Grube vorbei. Ihre Last genau über den quer ausgelegten Balken. Sie lassen die Kiste ab. Treten einen Schritt nach hinten. Die Hände vor dem Körper verschränkt. Den Kopf gesenkt. Still stehen sie da.

Bewegung.

Die Trauernden bilden einen Halbkreis.

Philip ist erschienen. Die Hände verbunden. Seine Frau schiebt ihn im Rollstuhl. Anke daneben, ihren Enkelsohn Lucas auf dem Arm. Der kleine Kenu klammert sich an ihr Bein. Hinter ihnen taucht Thomas Thorgen auf – mit doppelt *th. Der König.* Die Hände vor sich verschränkt. Er hält den Kopf gesenkt, dabei kennt er die Wahrheit. Genauer gesagt, glaubt sie zu kennen. Mauro kennt die Details. Alle. Wort für Wort. Er ist der Einzige, der das Wahrhaftige von den Lügen trennen kann. Sonst aber niemand mehr. Er ist mit seiner Familie gekommen. Seine Frau Maria neben ihm. Auch die Kinder. Sein Sohn. Seine Tochter. Den linken Rand der Gruppe bildet Sandro, der Kommissar aus Malta. Er hält etwas in den Händen, das aussieht wie eine zusammengelegte Flagge.

Jesus lebt.

Die Propellermaschine verschwindet hinter den Baumwipfeln.

Der Geistliche setzt noch einmal zu einer Predigt an. Die Frauen und Kinder weinen. Taschentücher werden verteilt. Anke presst sich eines an die Nase.

Erhobene Arme. Wahrscheinlich spricht der Geistliche jetzt den Segen. Nickt dann den Trägern zu. Hände, die Taue packen. Ziehen. Der Sarg wird angehoben. Hände, die Balken beiseite räumen. Vorsichtig wird die Last in die Tiefe gelassen. Hände, die Taue herausziehen. Die Füße der Helfer. Hintereinander gehen sie in Richtung Kapelle davon.

Der Geistliche tritt an den Rand des Grabes. Nimmt den Spaten aus dem Boden. Lässt Erde von dem Blatt auf den Sargdeckel fallen. Tritt dann zurück. Überlässt das Ritual den Trauernden.

Nacheinander treten sie an die Grube.

Philip scheint nach Fassung zu ringen. Sein Oberkörper sackt für einen Moment nach vorne. Dann richtet er sich wieder auf. Kramt in der Tasche. Lässt etwas in die Tiefe segeln. Es sieht aus wie ein kleines Blatt Papier. Seine verbundenen Fäuste ballen sich. Der Kopf vorgereckt. Sein Oberkörper sackt nach vorne. Lisa drückt ihn nach hinten. Legt eine Hand an Philips Wange. Schiebt ihn in den Schatten, ihren Sohn Lucas jetzt auf dem Arm. Macht Platz für Anke. Kenu an sich gedrückt. Geht in die Knie. Ihre Schultern beben. Mauro zieht sie hoch. Umarmt sie. Auch seine Familie nimmt Abschied.

Sandro ist als Letzter an der Reihe. Kurz steht er still da. Dann gleitet die Flagge zwischen seinen Fingern in die Grube. Er hebt den Kopf. Schaut auf das Kreuz, als könnte er es wohl immer noch nicht glauben.

W
o
l
f

1964
-
2016

Er schüttelt den Kopf. Dreht sich um. Geht. Die Trauergemeinde schließt sich ihm an. Den Schluss bildet der Pfarrer.

Ich setze die M40A3 mit der Visiereinheit ab.

Zurück bleibt das komische Gefühl, Gast auf der eigenen Beerdigung zu sein. Ich stehe zwischen Büschen und Bäumen verborgen ein gutes Stück entfernt. Auf Armlänge hat mir das Zielfernrohr ihre Gesichter herangeholt. Trauer bei Anke, Philip, Sandro, Maria und den Kindern. Echte Tränen. Gespielte Trauer bei Thorgen und Mauro. Nur aus unterschiedlichen Gründen. Nur Mauro weiß, dass ich nicht tot bin. Dass ich meinen Tod nur vorgetäuscht habe. Der General hat dafür gesorgt, dass die Überreste aus dem Hubschrauber nicht untersucht wurden. Er hat seine Kontakte spielen lassen. Ein letzter, freundschaftlicher Akt. Das war er mir schuldig nach dem ganzen Chaos. Und immerhin hatte ich ihm das TNT besorgt. Es ist ihm gelungen, das Chaos im *DDR* unter den Teppich zu kehren. So gut es ging. Das SEK war eingetroffen, hatte aber nur noch die Leichen gezählt. Für die Presse hieß es, islamistische Terroristen hätten versucht, den Sender einzunehmen. Das Nachrichtenstudio, um ihre Hassbotschaften abzusetzen. Glaubwürdig, denn das konnte jederzeit passieren. Darum gab es Alarmknöpfe unter den Pulten der Moderatoren. Für diesen Fall der Fälle.

Alle Gebäude sind durchsucht worden. Nur die Zwischendecke nicht. Auch dafür hatte der General gesorgt. Ich hatte ihm die Informationen gegeben, wie er an den Sprengstoff herankam, ohne die Kontaktzünder auszulösen. Vier Platten nach vorne, vier nach rechts, von der hinteren linken Ecke aus, wenn man von der Südseite kam.

Ich war als Held gestorben. Als derjenige, der den Terroristenführer samt Hubschrauber über dem Wannsee in die Luft gejagt hatte. Der General hatte mich als Agenten des FSB ausgegeben. Ich sei dem Feind seit Wochen auf der Spur gewesen. Leider sei auch ich bei der Explosion ums Leben gekommen. Die deutschen Behörden zweifelten die Geschichte nicht an. Die richtigen Knöpfe waren gedrückt worden. Das Ganze lief auf höchster Ebene ab.

Ob mir wohl bei der Sache war, dass das TNT nun in russischer Hand war? Ehrlich gesagt, war es mir egal. Hauptsache, die Operation *Gemini* war gescheitert. Hauptsache, Philip und Anke waren mit dem Leben davongekommen. Hauptsache, sie waren frei und konnten von nun an ein selbstbestimmtes Leben führen. Ich hatte meine Mission erfüllt.

Fast.

Blieb Thorgen.

Die Ratte.

Als die Gemeinde verschwindet, stutze ich. Er ist allein am Grab zurückgeblieben. Steht da, schaut in die Grube, als wollte er sicher gehen, dass ich auch wirklich tot bin. Ich sehe ihn von hinten. Seinen breiten Rücken. Das graue Haar. Die Krone.

Danke, Gott.

Die Gelegenheit. Vorher hatte ich nicht gewagt zu schießen. Die Kinder haben mich daran gehindert.

Darauf habe ich gewartet.

Danke, Gott.

Ich reiße die M40A3 hoch. Das Fadenkreuz wandert über sein schwarzes Sakko. Hinauf zu seinem Schädel. Schwebt auf seinem Hinterkopf. Ich sehe ihn tatsächlich ins Grab spucken. Den Kopf im Nacken scheint er lauthals zu lachen. Das Dreckschwein.

Druckpunkt.

Er dreht sich um.

Diese ekelige Scheiß-Visage. Wie gerne wäre ich ihm gegenübergetreten. Wie gerne hätte ich ihn Auge in Auge getötet. Wie hat er mich nur verraten können? Seinen ehemals besten Freund. Aber es muss ein Ende haben. Ein für alle Mal.

Jetzt.

Ich krümme den Zeigefinger. Spüre den Widerstand. Ziehe durch. Über den Nullpunkt hinaus. Dieses herrliche Reißen in meiner Schulter, als die Kugel den Lauf verlässt. Ich sehe eine Fontäne aus Blut und Gehirnmasse nach hinten wegspritzen. Er kippt rücklings ins Grab. Dann ist er verschwunden und das Fadenkreuz schwebt auf meinem eigenen blutigen Namen.

Ich lese Buchstaben für Buchstaben.

»Mach's gut, Wolf«, murmele ich.

Fühle mich mit einem Mal frei.

Mit Anke habe ich abgeschlossen. Wann hatte sie sich für mich entschieden? Wie war es ihr in der Organisation ergangen? Wie hatte es in ihr ausgesehen? Fragen, die nur sie beantworten kann. Antworten, die ich vielleicht niemals erhalten werde. Mit ihrem Verrat jedenfalls kann ich nicht umgehen. Geschweige denn, damit leben. Wie sollte ich ihr jemals wieder vertrauen? Wie?! Das ging nicht. Ich habe es versucht, aber alles in mir war tot. Die Liebe gegangen. Zurückgeblieben war die Leere.

Um Philip tut es mir leid. Aber ich konnte ihm nicht die Wahrheit sagen. Dazu steht er seiner Mutter zu nahe. Er wird sich von der Folter und Sandros Schuss erholen. Er ist stark. Ich bin stolz auf ihn. Auf das Kind von damals, das ohne Vater und auch ohne richtige Mutter aufwachsen musste. Und auf den Mann, der er geworden ist. Ein Agent. Ein Sohn. Ein Vater. Er würde über meinen Tod hinwegkommen. Keine Zweifel. Zwischen uns ist alles geklärt.

Was für eine Familie.

Immer verschwindet einer.

Jetzt bin ich an der Reihe.

Ich lege die M40A3 ins Gras. Und lese noch einmal die SMS des Generals.

Seine Tochter Louisa ist schon vor zwei Jahren bei einem Verkehrsunfall ums Leben gekommen.

Ich drehe mich um. Verlasse den Friedhof. Verlasse mein altes Leben, um irgendwo neu anzufangen. Verlasse diese Welt. Keine Gewalt mehr. Keine Waffen. Keine Geheimnisse.

Ich setze mich in Mauros Lamborghini, den er mir zur Verfügung gestellt hat. Die treue Seele. Nehme das *Lustige Taschenbuch* vom Beifahrersitz. *Gesucht: Die Panzerknacker.* Eine Sonderausgabe der Enten-Edition. LTBEE 16. Ich habe lange danach suchen müssen. Stecke es in den Umschlag. Ein letzter Gruß an Nathalia, die tapfer gekämpft hat. Der General hat sie nach Hause geholt.

Ich drücke den Startknopf. Der mächtige 12-Zylinder erwacht schreiend zum Leben. Ich ziehe an dem Schaltpaddel. Klackend rastet der erste Gang ein. Es ist soweit. Bleibt nur noch eins:

Ich gebe Gas.

Epilog

Die Frau ohne Namen setzt einen Fuß vor den anderen. Ihr Gang hat etwas schwerfälliges. Plumpes. Unsicheres. Mit der linken Hand zieht sie sich am Geländer der Treppe nach oben. Mit der anderen drückt sie zusätzlich auf den rechten Oberschenkel. Die Frau zählt die Stufen. Sie zählt grundsätzlich alles. Das hat sie immer schon getan. So weiß sie auch, dass sie genau 9.490 Tage auf diesen einen Moment gewartet hat.

Wie jeden der 9.490 Morgen ist sie auch heute um 4:30 Uhr aufgestanden, hinüber zu der schäbigen Küchenzeile geschlurft, hat die Herdplatte angemacht, Wasser in dem alten Topf erhitzt. Danach löslichen Kaffee in einen Becher gelöffelt. Aufgebrüht. Umgerührt. Wie jeden Morgen waren es genau zehn Schritte zu dem alten Holztisch mit dem durchgesessenen Stuhl davor. Wie jeden Morgen hatte sie den Becher auf die Tischplatte mit den 9.490 Kaffeeringen gestellt.

Auch die hat sie gezählt.

Es sind immer die gleichen Handgriffe gewesen. Morgen für Morgen. Tag für Tag. Ihre Ausbilder hatten gesagt, Rituale seien wichtig. Rituale hielten das Leben zusammen. Rituale seien die Pfeiler des Lebens. Sie sollten recht behalten. Ein einziges Mal hatte sie versucht, alles anders zu machen. Und darüber vergessen, das Radio einzuschalten. Das Radio. Dieser hässliche, graue Kasten aus rissigem DDR-Kunststoff. Der von Anfang an neben den Kaffeeringen auf dem Tisch stand. Nur deswegen war sie doch hier – das Radio einschalten und auf die Zahlen warten.

Sie hatte tatsächlich vergessen, vielleicht sogar verdrängt – das glaubte sie eher –, das verdammte Radio einzuschalten. Damit hatte sie den Auftrag gefährdet. Mehr noch, sie hatte alles, wofür sie lebte, unbedacht aufs Spiel gesetzt. Als sie das begriffen hatte, wusste sie, was ihre Ausbilder wirklich gemeint hatten. Rituale waren der Schlüssel für das Gelingen der Mission. Pissige Rituale – sie entschieden über das große Ganze. Kleinigkeiten. Doch ein wichtiges Rad im Getriebe. Ohne ging es nicht.

Das hatte sie an jenem Tag verstanden. Seitdem hielt sie sich daran.

Wie jeden Morgen seit ihrem Aussetzer hatte sie auch heute Punkt 5:00 Uhr das Radio eingeschaltet. Die Frequenz war immer die gleiche. Den Regler für die Senderwahl hatte ihr Vorgesetzter vor über fünfundzwanzig Jahren abgebrochen und in der Tasche seiner Uniform verschwinden lassen. Ihr Boss hatte sie noch einmal lange angesehen. Dann die Handschuhe von dem damals fabrikneuen Tisch genommen. Sich auf den Hacken umgedreht und den Raum verlassen.

Ihr Vorgesetzter war der letzte Mensch, den sie seit 9.490 Tagen und Nächten gesehen hatte.

Wie jeden Morgen hatte die Frau ohne Namen auch heute im Dunkeln gesessen – den Duft des Kaffees in der Nase, die Nacht auf der durchgelegenen Pritsche in den Knochen – dem Knistern und Pfeifen aus dem einzigen Lautsprecher gelauscht. Das statische Rauschen der Kurzwellen war ihr vertraut gewesen. Hatte sie umspült wie Musik in einem Fahrstuhl. Hatte sie beruhigt vom ersten Tag an.

Es war der Sound ihres erbärmlichen Lebens.

Sie hatte einen Schluck Kaffee zu sich genommen. Ihn langsam über die Zunge nach hinten wandern lassen. Innegehalten. Gelauscht. Ihre Gedanken waren ins Schwarz getropft, bis nichts mehr da war außer betäubender Leere. Sie hatte gelernt zu warten. Gelernt, sich abzukoppeln von der Zeit. Stunden, Tage, Monate – ja, sogar Jahre waren unwichtig geworden. Zeit war das, was sie war: dehnbar. Geduldig. Unendlich.

Oft vergaß die Frau ohne Namen, ihren Kaffee heiß und frisch zu trinken. Aber kalt und abgestanden mochte sie ihn fast noch lieber. Sie war aufs Alleinsein trainiert. Gut darauf vorbereitet worden. Ihr waren Techniken vermittelt worden, es mit sich selbst auszuhalten. Ganz bei sich zu sein. Uralte Techniken. Sie begann, sich selbst Geschichten zu erzählen. Sich etwas vorzusingen. In ihrer Fantasie in die unterschiedlichsten Rollen zu schlüpfen. Sie war nie allein. Niemals.

Sie lebte in ihrer eigenen Welt.

Lange Zeit funktionierte diese Methode gut. Nahezu perfekt. Doch es war wie bei der Sache mit den Ritualen. Sie musste auch hier erkennen, dass sich diese Fantasiewelt irgendwie falsch anfühlte. Dass tief in ihr drinnen etwas lauerte, das alles ändern konnte – und vor allem wollte. Ein schlummerndes Monster. Versteckt. Ruhig. Unsichtbar. Bis zu jenem Tag, den sie im Nachhinein nicht mehr bestimmen konnte.

Die Veränderungen kamen schleichend. Kaum wahrnehmbar. Mit jedem neuen Morgen ein wenig mehr.

Das Monster war aufgewacht.

Das Monster drängte nach oben.

Das Monster verdrängte ihr altes Ich.

Stück für Stück. Das Monster nahm ihr den Geschmack und den Geruch. Genauer gesagt, verwandelte sich alles in stinkende Veilchen. Die Nahrung. Das Wasser. Selbst die verdammte Luft. Veilchen. Veilchen. Veilchen.

Das Leben war zur Hölle geworden – eine scheißduftende Veilchenhölle.

Kälte und Dunkelheit breiteten sich in ihr aus. Langsam. Stetig. Unaufhaltsam. Schwarz. Dicht. Stinkend. Die Veilchen verschwanden.

Und hinterließen die Pest.

Ihre Gedanken eine zähe Masse. Unbeweglich. Starr. Bedrohlich. Das Monster. Allgegenwärtig. Auf dem Sprung. Bereit, das letzte Stück zu nehmen.

Das Ende vor Augen.

Sie hatte aufgehört zu essen. Aufgehört, auf sich zu achten. Aufgehört zu sein. Sie vegetierte. Zwei Schlucke Wasser brachte sie täglich runter – als tränke sie ihr eigenes Erbrochenes.

Sie starb – jede Stunde ein wenig mehr.

Das Monster fraß sie auf. Von innen heraus. Mit Haut und Haaren.

Die Frau ohne Namen spürte bald eine weitere Gegenwart. Noch furchteinflößender als das Monster selbst.

Der Tod hatte sich zu ihr gesellt.

Saß in dem Kellerloch geduldig neben ihr. Die verdammte Zeit sein Freund, vielmehr noch, sein Schwert.

Wie lange sie in diesem Zustand gefangen war, wusste sie nicht – sie hatte sogar aufgehört zu zählen. Sie war fast durchgedreht damals. Wollte raus aus dem gottverdammten Bunker. Raus ins Leben. Raus in die Welt. Andere Wesen treffen. Sehen und gesehen werden.

An jenen Tagen hatte sie angefangen, sich zu ritzen.

Die Unterarme. Die Oberschenkel. Die Schienbeine. Zuletzt die Stirn. Waagerechte Schnitte. Senkrechte Schnitte. Sie hackte sogar auf sich ein, bis sie die Knochen schimmern sah. Nur so spürte sie, dass sie noch lebte, irgendetwas in ihr noch lebte. Der Rest war bereits tot. Abgestorben. Verschwunden. Die Hölle auf Erden.

Der Tod stand daneben und wartete.

Die Frau ohne Namen ein Zombie. Eine leere Hülse. Ihre wenigen sinnvollen Handgriffe mechanisch. Ein System im Notprogramm. Implantierte Bewegungen. Aufstehen. Herd. Radio. Aufstehen. Herd. Radio. Aufstehen. Herd. Radio. Immer und immer wieder die gleichen Dinge. Der Kaffee jedes Mal kalt. Vergessen. Unberührt. Alles stank nach Kloake.

Immer wieder ritzen.

Bis es weniger wurde. Bis aus zwei Schlucken drei wurden.

Dann vier.

Und fünf.

Immer weiter.

Das Wunder geschah. Irgendwann sah sie sich wieder. Bemerkte ihre Hände. Den Topf. Den Becher. Den Kaffee, den sie jetzt auch wieder riechen konnte. Den Lautsprecher. Die Zahlen. Tag für Tag. Die Rituale. Wie wichtig sie waren.

Irgendwann wurde es wieder hell in ihrer Welt. Irgendwann hatte sie es geschafft. Enttäuscht war der Tod wieder ausgezogen. Aber er würde später nach ihr sehen.

Irgendwann.

Er war geduldig.

Auf dem nächsten Absatz muss sie innehalten. Vor sich ein Schild. Plastikzahlen. Zwei Ziffern. 1 und 2. 12. Es ist nicht mehr weit.

Ein letztes Stockwerk noch.

Sie stemmt schnaufend die Hände in die Hüfte. Versucht tief und regelmäßig zu atmen. Sie ist nicht mehr in Form. Schon lange nicht mehr. Anfangs hatte sie sich fit gehalten. Liegestützen. Kniebeugen. Sit-ups. Sie hatte einen richtigen Trainingsplan. War stundenlang Achten gelaufen. Mehr gab der Raum nicht her – aber es hatte sie fit gehalten.

Dann das Rheuma.

Scheiß-Keller. Scheiß-Kälte. Scheiß-Gesundheit. Sie versuchte, einen gewissen Standard der Körperhygiene zu halten. Duschen. Waschen. Zähneputzen. Ein Blick in den Spiegel. Fahle Haut. Strohiges Haar. Grau durchsetzt. Augenbrauen zerzaust. Als Frau fühlte sie sich lange nicht mehr.

Sie sah … eine Soldatin.

Sie schüttelt die Erinnerungen ab. Sie sind nicht wichtig. Nicht mehr. Was zählt, war dieser Befehl. Nur wenn sie ihn befolgt, würde ihr Leben einen Sinn haben. Sie hatte bis hierhin durchgehalten.

Irgendwie.

Sie hat es geschafft. Darauf ist sie stolz.

Aber sie spürt auch eine Enttäuschung. Dieser Befehl. Sie hat es erst nicht wahrhaben wollen. Die Zahlen. Die falsche Reihenfolge. Immer und immer wieder. Bis sie es schließlich akzeptiert hat. Die Zahlen lügen nicht. Nein, nicht die Zahlen. Ihr letzter Befehl.

Sie hat verstanden.

Durchatmen. Ein paar Meter noch. Sie strafft ihren Körper. Geht weiter. Rechts. Links. Rechts. Links.

Der Soldat.

Die Tür zum Dach ist unverschlossen. Sie spürt weder die Sonnenstrahlen, die ihre weiße Haut verbrennen, noch die kühlende Morgenluft. Lediglich die Augen kneift sie zusammen. Rechts. Links. Rechts. Links.

Ein letzter Marsch.

Ohne zu zögern stellt sie sich auf den fußbreiten Sims der flachen Brüstung. Sie schaut nach unten. Sieht den Platz vor diesem ehrwürdigen Gebäude. Sieht Menschen. Winzig. Stumm. Emsig. Wahrscheinlich auf dem Weg in ihre Büros. Keiner sieht hoch zu ihr.

Eine Bewegung auf dem Dach gegenüber. Sie hebt den Blick.

Ein Mann ohne Namen klettert auf den Sims. Streicht seine billige, schäbige Kleidung glatt. Sieht die siebzig Meter zu ihr herüber. Er lächelt wie ein guter Bekannter. Ein alter Freund. Ein treuer Kamerad. Die Frau registriert das Band zwischen ihnen. Der Mann hebt die rechte Hand. Stumm zählen seine Finger rückwärts. Ihre Finger bewegen sich im Takt.

Vier.

Drei.

Zwei.

Eins.

Zusammen.

Null.

Jetzt.

Einundzwanzig.

Zweiundzwanzig.

Dreiundzwanzig.

Aufschlagende Körper. Echos zwischen Mauern.

Treu bis in den Tod.

Soldaten.

Gute Soldaten.

Danksagung

Ich danke Thomas Brod,
Kristin Köster, Nathalie Naab,
Kerstin Trees und Janina Winkelbach
für die schonungslose Objektivität.

Ihr habt dieses Buch besser gemacht.

Volker Dützer

DER SCHACHT

Taschenbuch, 400 Seiten
ISBN 978-3-95441-316-4
11,95 EURO

Mörderischer Zweikampf im Westerwald

Helen Stein trifft in der ländlichen Abgeschiedenheit auf ihren Albtraum. Starker Auftakt einer packenden Serie.

Drei Tage und drei Nächte war die Koblenzer LKA-Profilerin Helen Stein in der Gewalt eines Serienmörders, der bereits ein Dutzend junger Frauen ermordet hat. Sie erwacht nackt und hilflos auf dem Parkplatz einer Autobahnraststätte. An die Zeit ihres Martyriums fehlt ihr jede Erinnerung.
Ihr Vorgesetzter verordnet ihr eine Auszeit in einer kleinen Polizeiinspektion im Westerwald. Doch nur wenige Stunden nach ihrer Ankunft wird sie bereits mit einer Mädchenleiche konfrontiert. Schnell wird klar, dass der Killer ihr gefolgt ist und nun ein perfides Spiel mit ihr treibt.
Ihre einzige Hilfe scheint der Dorfpolizist Funke zu sein, der sich nach dem Verschwinden seiner Tochter langsam zu Tode säuft. Das ungleiche Paar nimmt den scheinbar aussichtslosen Kampf gegen einen skrupellosen Gegner auf, der ihm stets einen Schritt voraus zu sein scheint.

KBV KRIMINALROMAN

KBV KRIMINALROMAN

Hardy Crueger

DIE STUNDE DER FLAMMEN

Taschenbuch, 392 Seiten
ISBN 978-3-95441-252-5
11,90 EURO

Der grausame Tanz des alles verzehrenden Feuers

Auf dem verschneiten Gipfel des Brockens wird in einem Fahrzeugwrack die verkohlte Leiche einer jungen Frau gefunden. Zunächst deutet alles auf einen Suizid hin.
Dass es sich in Wirklichkeit um den Auftakt einer grauenhaften Serie von Ritualmorden handelt, offenbart sich erst, als es Kommissar Carsten Sanders vom LKA Niedersachsen gelingt, eine Verbindung zu einem anderen Todesopfer in der Nähe von Braunschweig herzustellen.

Nachdem eine weitere verbrannte Leiche im Landkreis Börde gefunden wird, ist Sanders gezwungen, an der Seite der spröden Kommissarin Mandy Kolwicz aus Sachsen-Anhalt zu ermitteln. Als es dem ungleichen Ermittlerteam schließlich gelingt, sich zusammenzuraufen, scheint es fast schon zu spät, denn der Mörder begeht seine Taten nach einem unerbittlich schnellen kalendarischen Rhythmus.

»... Ein packender, eiskalter Thriller, eingehüllt in eine Welt voller Angst und Hass. Mein Fazit: Lesenswert!« (Neue Braunschweiger zu »Glashaus«)